本书为"教育部人文社会科学研究青年基金项目资助"的"美国后人类科幻小说身体书写研究"（19YJC752017）的结项成果

美国后人类科幻小说身体书写研究

刘晓华　著

南开大学出版社

天　津

图书在版编目(CIP)数据

美国后人类科幻小说身体书写研究 / 刘晓华著. ——
天津：南开大学出版社，2022.9
ISBN 978-7-310-06295-9

Ⅰ. ①美… Ⅱ. ①刘… Ⅲ. ①幻想小说－小说研究－
美国－现代 Ⅳ. ①I712.074

中国版本图书馆 CIP 数据核字(2022)第 153986 号

美国后人类科幻小说身体书写研究
MEIGUO HOURENLEI KEHUAN XIAOSHUO SHENTI SHUXIE YANJIU

南开大学出版社出版发行
出版人：陈　敬
地址：天津市南开区卫津路 94 号　　邮政编码：300071
营销部电话：(022)23508339　营销部传真：(022)23508542
https://nkup.nankai.edu.cn

河北文曲印刷有限公司印刷　全国各地新华书店经销
2022 年 9 月第 1 版　　2022 年 9 月第 1 次印刷
230×170 毫米　16 开本　14.5 印张　2 插页　238 千字
定价：75.00 元

如遇图书印装质量问题，请与本社营销部联系调换，电话：(022)23508339

目　录

第一章　绪论

学者谢丽尔·温特（Sherryl Vint）说："技术正在快速地使'自然'人的概念过时。我们现在已经进入了后人类范畴，那是关于在人类之后将来临的身份和价值争论。"[①]科幻小说特别适合探讨后人类问题，因为它会带给我们一种能够与未来对话的语言，特别是关于科学、技术与人类未来的对话。[②]后人类，必然与人类不同，这种不同很大程度上会体现在身体方面。法国学者大卫·勒布雷东（David Le Breton）在《人类身体史和现代性》（*Anthropologie du Corps et Modernité*）一书中认为，在社会文化体系里，身体是一个具有象征意义的架构，它既标明了主体的藩篱和局限性，也宣示着主体的独特性和自由，同时还是人认识自我与世界的立足点。[③]我们有关性别的文化思考、有关死亡的哲学之思、有关族群身体特点的人类学知识，以及有关身体思维和身体隐喻的人类认知方式等，全是基于人的身体特点。而如果进入后人类时代，身体发生改变，那么，以往的很多认识或许都会发生改变，后人类身体也许会带来与之前迥然不同的人生观和世界观。正如有学者所言，科幻小说的可能性依赖于人们对进步之可能性的认识，这种认识来源于如下认知，即未来会不同于现在，同样关键却常被忽视的是，现在也不同于过去，人类几千年来一直在进步却没有被意识到，是因为它的上升是渐进式的，以至于这个坡度看起来像地球表面一样平坦。[④]后人类的到来却很可能导致一种文化的断裂。"一旦身体发生变化，

---

① Sherryl Vint. Bodies of Tomorrow: Technology, Subjectivity, Science Fiction[M]. Toronto: University of Toronto Press, 2007: 7.

② Brian David Johnson. Science Fiction Prototyping: Designing the Future with Science Fiction[M]. San Rafael: Morgan & Claypool, 2011: 3.

③ 大卫·勒布雷东. 人类身体史和现代性[M]. 王圆圆, 译. 上海：上海文艺出版社，2010：5.

④ Alan Sandison and Robert Dingley. Histories of the Future: Studies in Fact, Fantasy and Science Fiction[M]. Basingstoke: Palgrave, 2000: 8.

一切都会随之转型。"①我们在本书中所分析的正是美国科幻小说对后人类身体的关注。

第一节　美国科幻小说概述

美国科幻小说是世界科幻小说领域中的一股重要力量，不容小觑，以至于有人说"科幻小说是一种最典型的美国文类"②。克里斯托弗·皮瑞斯特（Christopher Priest）也认为，当代科幻小说主要是一种美国现象，这个文类的多数作品或者由美国作家所写，或者由采用了美国风格的作家所写。③由此可见美国科幻小说在西方科幻小说中的重要地位。

美国科幻小说的出现是在 19 世纪，这与欧洲科幻小说在 19 世纪获得发展大致是同步的，与 18 世纪末期以来科学技术的飞速发展关系密切。艾萨克·阿西莫夫（Isaac Asimov）曾描述了工业革命对科幻小说出现的影响，他提到，工业革命给世界带来了巨大的变化，这激起了人类想要知道未来会如何改变的好奇心，而科幻小说正是这种好奇心的产物。④达科·苏恩文（Darko Suvin）也正是借助"新奇性"来认识"科幻小说叙述的特定的本体性（ontolytic）效果和特点"⑤。如果说科学与小说（fiction，也有虚构之意）的结合提供了科幻小说的独特吸引力，那也是其张力的源泉。⑥正如有的学者所言，推动科幻小说发展的因素实际上是一个鸿沟，这个鸿沟位于科学与小说之间、读者的现实与小说世界之间、可能与不可能之间。这种联结有时似乎是一个薄弱环节，稍加解构就很容易打破；在其他时候，它似乎是科学和虚构这两种对立倾向之间的一个紧张地带。把"科幻小说"

---

① 尼古拉斯·米尔佐夫. 身体图景：艺术、现代性与理想形体[M]. 萧易，译. 重庆：重庆大学出版社，2018：3.

② 达科·苏恩文. 科幻小说面面观[M]. 郝琳，李庆涛，程佳，等译. 合肥：安徽文艺出版社，2011：67.

③ Patrick Parrinder. Science Fiction: A Critical Guide[M]. London: Longman, 1979: 187.

④ 艾萨克·阿西莫夫. 阿西莫夫论科幻小说[M]. 涂明求，胡俊，姜男，等译. 合肥：安徽文艺出版社，2011：72.

⑤ 达科·苏恩文. 科幻小说变形记——科幻小说的诗学和文学类型史[M]. 丁素萍，李靖民，李静滢，译. 合肥：安徽文艺出版社，2011：78.

⑥ John Cheng. Astounding Wonder: Imagining Science and Science Ficiton in Interwar America[M]. Philadelphia: University of Pennsylvania Press, 2012: 113.

这个词本身理解为一种矛盾修饰法是完全恰当的。①

在《科幻小说史》（*The History of Science Fiction*）中，亚当·罗伯茨（Adam Roberts）提到的美国早期带有科幻色彩的作品，是被誉为"美国文学之父"的华盛顿·欧文（Washington Irving）的《纽约外史》（*Knickerbocker's History of New York*）。这是华盛顿·欧文的第一部小说，出版于 1809 年。该小说写了月球人入侵地球的故事，但真实目的还是揭示现实问题，反思美国被殖民的状况，所以亚当·罗伯茨把这部小说称为寓言小说，认为其以月球人侵入地球来重新审视欧洲对美国的殖民。这部作品为华盛顿·欧文带来了极大的声誉，也标志着美国文学脱离了对英国文学的依附，是一部具有真正美国特色的文学作品。亚当·罗伯茨还提到了亚当·西波恩（Adam Seaborn）的《西姆佐尼亚：发现之旅》（*Symzonia: A Voyage of Discovery*），据他所言，亚当·西波恩很可能是支持"地球中空说"的约翰·西姆斯（John Symmes）的笔名，该小说正是讲述了人物由地球北极进入地下乌托邦的故事。

被公认为美国第一位写出真正意义上科幻小说的作家是埃德加·爱伦·坡（Edgar Allan Poe）。"许多评论家将玛丽·雪莱视为现代科幻小说的起点，而爱伦·坡是科幻小说始祖的说法也有许多拥护者。"②托马斯·迪什（Thomas Disch）便认为埃德加·爱伦·坡是整个科幻历史的起源。当然，关于谁是西方科幻历史起源的论断肯定存在争议，布赖恩·奥尔迪斯（Brian Wilson Aldiss）认为科幻小说起源于玛丽·雪莱（Mary Shelley），帕特里克·帕林德（Patrick Parrinder）则推荐威尔斯（Herbert George Wells）和凡尔纳（Jules Gabriel Verne）。抛开整个西方科幻小说发端的问题，单论美国科幻小说的起点，爱伦·坡无疑是不二人选。亚当·罗伯茨认为，科幻小说历史发展的决定性力量存在于"科学"与"魔法"、理性主义和神秘奇想之间的辩证平衡中，"科幻小说的美学支柱：想象与科学之间的互动"③，而爱伦·坡对一些奇异的现象做了"类科学"的处理，这正是符合科幻小说美学的处理方式。例如，爱伦·坡从催眠术中获取灵感写出了《荒凉山的故事》（*A Tale of the Ragged Mountains*）、《瓦尔德马先

---

① Rob Kitchin and James Kneale. Lost in Space: Geographies of Science Fiction[M]. London: Continuum, 2002: 4.

② 亚当·罗伯茨. 科幻小说史[M]. 马小悟，译. 北京：北京大学出版社，2010：110.

③ 亚当·罗伯茨. 科幻小说史[M]. 马小悟，译. 北京：北京大学出版社，2010：114.

生病例之真相》(*The Facts in the Case of M. Valdemar*)、《催眠启示录》(*Mesmeric Revelation*),在《埃洛斯与沙弥翁的对话》(*The Conversation of Eiros and Charmion*)中将末世大火的原因归结为聚集的氧气。

19世纪的美国科幻小说主要围绕着两个方面进行想象。第一个方面是关于外在空间探索和奇异旅行(voyages extraordinaires)的科幻小说。这是从古代就一直延续下来的悠久传统,到了19世纪,随着天文、物理、地理、机械等方面的科技发展,美国科幻小说对地理空间的想象也得到扩展,对地心、太空和微小空间世界的想象都得到描绘。美国记者兼作家菲茨-詹姆斯·奥布赖恩(Fitz-James O'Brien)的《钻石透镜》(*The Diamond lens*)是对微观世界的观察,詹姆斯·冈恩(James Gunn)在其所编撰的《科幻之路》(*The Road to Science Fiction*)中收录了该篇。在该小说中,科学家用显微镜发现了隐藏在水滴中的世界和里面一位美丽的小巧姑娘。爱伦·坡《汉斯·普法尔无与伦比的历险》(*The Unparalleled Adventure of Hans Pfaall*)中的飞抵月球、《瓶中手稿》(*MS. Found in a Bottle*)和《阿·戈·皮姆的故事》(*The Narrative of Arthur Gordon Pym of Nantucket*)中的极地探险,都对科技发展充满了积极乐观的期待和畅想,当然,也体现了开拓海外殖民地的国家意志。19世纪美国科幻小说热衷于表现的第二个方面,是关于时间的探索,主要是关于未来的想象。爱伦·坡的《未来之事》(*Mellonta Tauta*)、《莫诺斯与尤拉的对话》(*The Colloquy of Monos and Una*)都叙述了未来。"虽然乌托邦小说的书写贯穿了整个19世纪,但是在这些乌托邦小说中,有一部独领风骚"[①],那就是被布鲁斯·富兰克林(Bruce Franklin)称为"19世纪最有影响力的科幻作家"爱德华·贝拉米(Edward Bellamy)发表于1888年的《回顾:公元2000—1887》(*Looking backward,2000—1887*),作者借助催眠令主人公朱利安·韦斯特来回穿梭于2000年和1887年。小说一出版就销售了一百多万册,成了那个世纪除《汤姆叔叔的小屋》(*Uncle Tom's Cabin*)之外最为深刻地改变了美国人观念的作品。[②]该小说被译成多国语言,而且在其影响下,出现了乌托邦写作的热潮。亚当·罗伯茨对于这部小说受欢迎感到费解,他认为这个作品虽然有趣,但也只是19世纪众多乌托邦小说中的一部而已,他又解释道:

---

① 亚当·罗伯茨. 科幻小说史[M]. 马小悟,译. 北京:北京大学出版社,2010:131.

② H. Bruce Franklin. Future Perfect: American Science Fiction of the Nineteenth-Century[M]. New York: Oxford University Press, 1978: 269.

"贝拉米之所以有如此深远的影响，至少部分原因在于他写作的风格：以一种流行的文体对乌托邦进行想象性的再创作，将一道令人心动的光芒照射在原本让人排斥的社会秩序上，使它获得了生命。"①詹姆斯·冈恩在其编撰的《科幻之路》中认为，这部小说使乌托邦陌生化的重点从空间转变为时间。与埃拉纳·戈梅利（Elana Gomel）盛赞的真正借助科技穿越时空的《时间机器》（*The Time Machine*）②不同，爱德华·贝拉米的这部作品还属于埃拉纳·戈梅利所说的超自然范畴的时间穿越小说，但它已经具有了科幻小说的意味。

除了关于空间和时间的想象外，19 世纪美国科幻小说中还有一些关于神秘主义以及关于生命的思考。爱伦·坡的《莫诺斯与尤拉的对话》《埃洛斯与沙米翁的对话》等都探讨了宇宙、生命和死后的状况，《催眠启示录》《瓦尔德马先生病例之真相》都是关于病痛、死亡、催眠和生命的意义，已经涉及后人类思考。因饱受病痛折磨接受催眠治疗的患者进入了一种无法自主、毫无意义的生命延续阶段，按照康德以理性作为衡量人的准则或者按照存在主义的自由意志观点，他们已经不是人，可以从后人类的视角去思考他们的故事。

总体而言，19 世纪的科学技术成就促成了美国科幻小说的出现和发展，进入 20 世纪之后，美国科幻小说更为繁荣和多样化，对人的关注也更为深切，出现了很多关于后人类的科幻小说。

20 世纪美国科幻小说的繁荣始于"根斯巴克时代"。通常认为，"根斯巴克时代"起始于 1926 年，截止于 1938 年。在"根斯巴克时代"之前的 20 世纪初期，由于第一次世界大战，万事萧条，百废待兴。直到 20 年代，受战争影响最小的美国在科幻小说方面获得了大发展。1926 年 4 月，雨果·根斯巴克（Hugo Gernsback）发行了第一本真正意义上的纯科幻杂志《惊异故事：科幻小说杂志》（*Amazing Stories: the magazine of Scientifiction*）。亚当·罗伯茨认为，在所有通俗杂志小说中，科幻小说杂志是最具金属彩饰亮片特色的，这一方面是因为其内容更加炫彩夺目、令人眩晕，另一方面也是因为其廉价性，它的粗粝混合着充沛的精力和耀眼的火光。根斯巴克不仅期待科幻小说能够具有娱乐性质和令人惊异的能力，而且也强调科

① 亚当·罗伯茨. 科幻小说史[M]. 马小悟，译. 北京：北京大学出版社，2010：132.

② Elana Gomel. Postmodern Science Ficiton and Temporal Imagination[M]. London: Continuum International Pbulishing Group, 2010: 28.

幻小说的教育意义，他在《惊异故事》创刊号的编辑按语中写道："这些惊异故事不仅是极度有意思的阅读享受，而且也是具有教育意义的。它们为读者提供别处获得不到的知识，而且是使读者以一种相当惬意的方式受益，因为我们最好的当代科幻小说作家有将知识甚至灵感润物细无声地传达给读者的窍门，丝毫不让读者有被教导的感觉。"①在根斯巴克及其杂志风格的引领下，出现了很多依托于科学知识的科幻小说。

1938 年之后，美国人约翰·坎贝尔（John W. Campbell）担任《惊人科幻小说》（*Astounding Science Fiction*，简称 ASF）主编，科幻小说迎来了它的"黄金时代"，1938—1945 年也被称为科幻小说史上的"坎贝尔时代"。当然，也有人认为这个时代直至 20 世纪 60 年代才真正结束。在根斯巴克和坎贝尔所主导的时代，大量的科幻杂志出现，布赖恩·阿特贝里（Brian Attebery）将 1926—1960 年间的科幻小说时代称为"杂志时代"。②亚当·罗伯茨在《科幻小说史》中也使用了"杂志时代"这一说法。20 世纪的美国科幻小说正是借助于科幻杂志的繁荣而获得了突飞猛进的发展，涌现出了一批著名科幻作家：艾萨克·阿西莫夫、罗伯特·海因莱因（Robert Heinlein）、E. E. 史密斯（E. E. Smith）、雷·布拉德伯里（Ray Bradbury）、杰克·威廉森（Jack Williamson）、波尔·安德森（Poul Anderson）、斯坦利·G. 温鲍姆（Stanley G. Weinbaum）等等。科幻杂志不仅为作家提供了平台，也培育了一批具有高度自觉意识的科幻读者，而这又进一步促进了作家的创作，于是出现了科幻小说的"黄金时代"。

关于科幻小说"黄金时代"的起讫年限，说法略有差异，但都承认坎贝尔对于"黄金时代"的重要意义，亚当·罗伯茨将其界定为 20 世纪 40 到 60 年代由约翰·坎贝尔所主导的硬科幻风格：

> 黄金时代可以生动地定义为"科幻小说被从 20 世纪 30 年代末期到 50 年代在坎贝尔的《惊异》上发表的故事类型所主宰的时代"。
>
> 坎贝尔偏好的故事类型是这样的观念-小说：扎根于科学（在他漫长科幻生涯的后期，也包括进了例如心电感应这样的类科学）的小说，主人公解决问题或者力克强敌、扩张主义的、人类中心主义的（经常

---

① 亚当·罗伯茨. 科幻小说史[M]. 马小悟，译. 北京：北京大学出版社，2010：190.
② Edward James and Farah Mendlesohn. The Cambridge Companion to Science Fiction[M]. Cambridge: Cambridge University Press, 2003: 32.

是男权中心主义的）硬汉小说，对于可能的技术以及它们对社会和人类可能产生的影响的猜想演绎。[①]

"黄金时代"大师辈出，很多作品都涉及后人类。艾萨克·阿西莫夫被认为是"科幻小说作家受侦探小说影响最明显的例子"[②]，也是"黄金时代"最著名的科幻大师之一，属于对科幻稍有了解便会知道的名字，他的小说中涉及了大量的后人类，包括机器人、经过改造的赛博格、具有超长寿命的人等。阿西莫夫笔下的机器人别具一格。以前的机器人几乎无一例外都是威胁人类的可怕形象，不仅冷冰冰的毫无感情而且非常危险，而阿西莫夫笔下所塑造的机器人却打破了这种旧有模式，不仅很富于人情味，甚至比人类都更具有人性："阿西莫夫笔下的机器人成为了一个感觉细腻、舍己为人的种群，它们将康德的道德律令内在化了。当面对道德困境的时候，它们并不去征询自己的良心，而是严格遵守机器人三大定律。"[③]海因莱因也是"黄金时代"的代表者，亚当·罗伯茨甚至称之为最佳代表，认为他的作品像黄金一样珍贵并富于观赏性。海因莱因也描写了大量的后人类，如经过改造的长寿人、被外星生物寄生的人等等。西奥多·斯特金（Theodore Sturgeon）出版于 1953 年的小说《超人类》（*More than Human*），"描写了一场集体进化。小说中的 5 个人把各自的头脑相互连接起来，形成一个超人实体，即群脑（a group-mind）"[④]。也有一些作家描写了具有神秘色彩或者"类科学"因素的科幻小说，例如阿尔弗雷德·贝斯特（Alfred Bester）的《群星，我的归宿》（*Stars，My Destination*），描写了充满杀伐的未来太阳系，里面涉及瞬间移动和读心术，《被毁灭的人》（*The Demolished Man*）中也写到能看透人类思想的能力。其他作家和作品还有很多，不再列举。

在"黄金时代"之后，是 20 世纪 60、70 年代新浪潮科幻小说的崛起。亚当·罗伯茨认为，"黄金时代"虽然红火，却并不是当时科幻的全部类型，甚至并不接近科幻的主脉。"假使我们采取一种略显粗糙的视角，40、50

① 亚当·罗伯茨. 科幻小说史[M]. 马小悟，译. 北京：北京大学出版社，2010：210.
② Paul March-Russell. Modernism and Science Fiction[M]. Basingstoke: Palgrave Macmillan, 2015: 103.
③ 亚当·罗伯茨. 科幻小说史[M]. 马小悟，译. 北京：北京大学出版社，2010：214.
④ 艾萨克·阿西莫夫. 阿西莫夫论科幻小说[M]. 涂明求，胡俊，姜男，等译. 合肥：安徽文艺出版社，2011：139.

年代虽然产生了科幻小说的不少大师级著作，但是却远没有 60、70 年代来的有意思。这两个时期都见证了科幻小说的文化性统御地位。但是只有在 60、70 年代，活力四射的辩证形态替代了狭窄的坎贝尔式图景，达到了'核子反应'（所谓的'新浪潮'）的临界量。"①新浪潮作家带来了对科幻小说的一种更新。很多年里，科幻小说作家形成了一个向内生长的大团体，切断了与文学主流的关联，因为这些科幻作家支持科学家和技术人员的价值，直到 20 世纪 60 年代，科幻界才出现了打破封闭的欲望，宣称科幻小说与其他形式的当代小说之间的连续性。②新浪潮的出现与人们对世界大战以及科技在其中作用的反思有关。这类风格的作家热衷的不再是硬科幻，而是偏重于考察社会科学对社会和普通人的影响。艾萨克·阿西莫夫认为，1945 年之后便进入了社会科幻小说时期，后来他将这个时间进行了微调，认为 1950—1965 年为"社会科学主导期"。"尤其是 1960 年以后，科幻小说的一部分重点内容从科学转向了社会，从机器转向了人。它依然描述科技水平的变化，但对这些变化的描写更加偏重人文背景。"③在这一时期，硬科幻作品当然也还在大量发表，然而更引人瞩目的却是罗杰·泽拉兹尼（Roger Zelazny）、厄休拉·K. 勒古恩（Ursula K. Le Guin）等人极力推进的科幻小说改革，他们强调科幻小说的文学性，将心理学、社会学、语言学、人类学等社会科学领域纳入科幻小说进行呈现，打破了太空冒险科幻一统天下的格局，事实上也打破了男性在科幻领域一统天下的格局。通常，体裁被认为是性别化的，科学和技术时常被认为是"男孩儿们的玩具"，科幻小说的吸引力也主要被认为是具有阳刚之气的。④经过新浪潮的洗礼，女性科幻作家和作品大量涌现。女性科幻小说和奇幻文学的兴起成为 20 世纪 70 年代科幻领域最重要的两个发展方向。⑤

　　在美国的新浪潮科幻中，作家们探讨的范围非常广泛，有探讨历史可能性的或然历史科幻，例如菲利普·迪克《高城堡里的人》（*The Man in the*

---

① 亚当·罗伯茨. 科幻小说史[M]. 马小悟，译. 北京：北京大学出版社，2010：211.

② Patrick Parrinder. Science Fiction: A Critical Guide[M]. London: Longman, 1979: 67.

③ 艾萨克·阿西莫夫. 阿西莫夫论科幻小说[M]. 涂明求，胡俊，姜男，等译. 合肥：安徽文艺出版社，2011：15.

④ Geoff King and Tanya Krzywinska. Science Fiction Cinema: From outerspace to Cyberspace[M]. London: Wallflower, 2000: 37.

⑤ Edward James. Science Fiction in the Twentieth Century[M]. New York: Oxford University Press, 1994: 178.

High Castle）；有的描写不同文化之间的对抗与交流，例如弗兰克·赫伯特（Frank Herbert）的《沙丘》（*Dune*）、厄休拉·K. 勒古恩的《被剥削的人》（*The Dispossessed*，也有译为"失去一切的人"）、《黑暗的左手》（*The Left Hand of Darkness*）；有关注性别问题的，例如乔安娜·露丝（Joanna Russ）的《女性男子》（*The Female Man*）、麦琪·皮尔西（Marge Piercy）的《时间边缘的女人》（*woman on the edge of time*）；泽拉兹尼还写过一些探讨神秘和宗教的作品；等等。当然，新浪潮科幻中有很多作品写到了后人类，将各种社会哲学理论融入小说中，意在思考社会而非科技。例如，菲利普·迪克在 20 世纪 60、70 年代发表了一系列重要作品，如《尤比克》（*Ubik*）、《仿生人会梦见电子羊吗？》（*Do Androids Dream of Electric Sheep?*）等，它们完全不像硬科幻那样仅关注科技，而是更关注哲学和道德。

　　到了 20 世纪 80 年代，又崛起了一种新的科幻风格——赛博朋克（Cyberpunk）。威廉·吉布森（William Gibson）的《神经漫游者》（*Neuromancer*）"无疑是第一部也是最重要的赛博朋克小说"[1]，作家本人也被公认为"赛博朋克运动的领军人物"[2]。赛博朋克由赛博（Cyber）与朋克（Punk）两个词拼合组成。"Cyber"意为"计算机的、电脑的、网络的"，来自 Cybernetics（控制论）一词。"Punk"是指诞生于 20 世纪 70 年代的摇滚乐，体现着当时年轻人追求个性解放、反叛传统的诉求。当然，朋克风格也透露着欲望、无聊和颓废，以及暴躁不安的攻击性。赛博朋克借由矩阵（matrix）、比特之城（city of bits）试图打造对 E 托邦（E-topia）的向往，该词依据乌托邦（Utopia）改造而来，指向数字乌托邦、E 时代乌托邦，给人带来一种脱离肉身、脱离现实束缚的自由之境。相较于其他科幻小说类型，赛博朋克具有强烈的现实性和预见性，甚至因此而遭诟病，认为赛博朋克对近未来甚至是"几乎现在"的可信描绘，会破坏其作为科幻小说的独特性，并因此破坏其对所处文化做出批判性审视的能力。[3]在赛博朋克中，一切边界都被突破，连人的身体也进入了一种后现代的身体空间状态。人的身体和动

---

　　① Keith Brooke. Strange Divisions and Alien Territories: The Sub-genres of Science Fiction[M]. London: Palgrave Macmillan, 2012: 147.

　　② Robbie B. H. Goh. Consuming Spaces: Clive Barker, William Gibson and the Cultural Poetics of Postmodern Fantasy[J]. Social Semiotics. Vol. 10, No. 1, 2000: 29.

　　③ Jenny Wolmark. Aliens and Others: Science Fiction, Feminism and Postmodernism[M]. Iowa City: University of Iowa Press, 1994: 113.

物的身体、自然的身体和人造的身体、现实中的身体和虚拟空间的身体、肉身和机器，它们享有平等的地位，理所当然地共存于一身。因此有人说，赛博朋克被认为体现着对人与机器的后现代认同。①珍妮·沃尔马克（Jenny Wolmark）也说，赛博朋克叙述明显集中于新技术对传统社会和文化空间的持续影响，例如，人们对于后现代主义复杂状况的回应，特别是传统文化和严重的等级制的瓦解，主体的解中心化和碎片化。②

20 世纪 80 年代之后的美国科幻小说直至如今，风格多样化并存，既有"黄金时代"式硬科幻小说的回归，也有新浪潮式科幻小说和赛博朋克的继续存在，以及比较流行的科幻与奇幻混杂的风格。可以说，这期间的美国科幻多数都会涉及后人类描写。例如，写过不少硬科幻的格雷格·贝尔（Greg Bear）的《血音乐》（*Blood Music*）、借由赛博格来探讨女性主义问题的帕特·卡蒂甘（Pat Cadigan）的《合成人》（*Synners*）等，第二代赛博朋克作家玛吉·皮尔斯（Marge Piercy）的小说《他，她和它》（*He, She And It*）不仅是一部女性主义者的寓言，而且体现了女性主义者对赛博朋克小说的扭转③，在皮尔斯的赛博朋克背景中，控制论主宰着人类存在。④此外，还有尼尔·斯蒂芬森（Neal Stephenson）的《雪崩》（*Snow Crash*）、威廉·吉布森的《虚拟偶像：爱朵露》（*Idoru*）、洛伊斯·比约德（Lois McMaster Bujold）的《镜舞》（*Mirror Dance*），等等，不再赘述。

第二节　后人类概述

后人类（posthuman），是一个近些年颇为流行也颇为让人困惑的词语。罗西·布拉伊多蒂（Rosi Braidotti）在《后人类》（*The Posthuman*）一书的导论中提到："在学术文化圈内，后人类思想被一些人视为批评或文化理论

---

① Larry McCaffery. Storming the Reality Studio: A Casebook of Cyberpunk & Postmodern Science Fiction[M]. Durham: Duke University Press, 1991: 205.

② Jenny Wolmark. Aliens and Others: Science Fiction, Feminism and Postmodernism[M]. Iowa City: University of Iowa Press, 1994: 110.

③ Rob Kitchin and James Kneale. Lost in Space: Geographies of Science Fiction[M]. London: Continuum, 2002: 75.

④ Susan M. Bernardo. Environments in Science Fiction: Essays on Alternative Spaces[M]. Jefferson: McFarland & Company, 2014: 35.

的新前沿，被另外一些人视为追逐时尚的、令人生厌的众'后'学之一种。"[1]
"后人类"看起来似乎与"人类"这个概念形成对照甚至对立，但又与人类这个概念构成关联和依附关系。我们不可避免地要依照对"人类"概念的认识去述说后人类的概念，但是关于"人类"这个概念的标准本身，人们的认识也并非一成不变。在很久以前，奴隶主并不愿意承认奴隶是人，曾经黑人的权利也难以被白人承认，人们也曾难以接受人类来源于动物的观点，也曾否认潜意识对自我理性形象的威胁。在阿西莫夫的科幻小说《机器人与帝国》(*Robots and Empire*)中甚至写到了机器人对"人类"定义的重新认识。阿西莫夫笔下的机器人都遵从极其著名的机器人三大定律，其中之一就是机器人不能伤害人类。但无论是地球的后裔还是太空族派人去侦查索拉利人消失的原因时，他们无一例外都会在一踏上索拉利星球时就立刻被机器人杀死，这是非常诡异的现象，完全违背了机器人三大法则。后来经过调查才发现其中的秘密，原来，索拉利人在地面上消失之前曾经让机器人接受了被重新定义的"人类"概念，那就是，具有人类的外表但必须同时具有索拉利口音的才是人类，因此，地球人、其他的太空族都被排除在了传统的人类定义之外，那么，只要这些被排除于机器人所认知的人类概念之外的人登陆索拉利，都会被毫不留情地消灭。在阿西莫夫的科幻小说《……汝竟顾念他》(*... That Thou Art Mindful of Him*)中也涉及了重新界定"人类"的情节，这次是两个机器人主动篡改的。乔治第十和乔治第九按照自己的逻辑找到了机器人三大法则的漏洞，并创立了"人学三大法则"，在新定义中，这两个机器人自己就是人类。"当其他人接受了我们，以及比我们更先进的未来机器人之后，我们将采取行动，创造一个新的社会，其中'像我们这样的人类'是最主要的保护对象。根据三大法则，'像其他人的人类'没有那么重要，当服从、保护他们跟服从、保护'像我们这样的人类'互相冲突时，大可不必服从或保护他们。正是为了这个目的，我才会建议开始将世界生态机器人化。"[2]既然关于人类的认知尚且变动不居，那么想依据人类的概念来定义后人类的概念自然就会遭遇变数。有学者就提到，关于什么是后人类，一种简单的回答是无人知晓，也有人认为这个问题不可能被明确回答，因为那种生物尚未存在，而那些推测其

---

① 罗西·布拉伊多蒂. 后人类[M]. 宋根成，译. 郑州：河南大学出版社，2016：2.

② 艾萨克·阿西莫夫. 阿西莫夫：机器人短篇全集[M]. 叶李华，译. 南京：江苏文艺出版社，2014：492-493.

出现的人也几乎难以达成共识。①即便如此，我们仍然需要对"后人类"进行一个大致的观察和描述。

在科幻小说中，突然的灾变可能导致人类的灭绝是比较常见的题材。例如，美国作家 C. J. 薛利赫（C. J. Cherryh）在《罐子》（*Pots*）中写到，在八百二十五万年之前，人类被自己扔的原子弹所毁灭，没有人逃脱，也没有后裔。再如，阿西莫夫在《神们自己》（*The Gods Themselves*）中提到，钚-186 日益增强的放射性可以导致太阳爆炸，而整个地球及地球上的所有一切则会在八分钟之内变成蒸汽。那么后人类会在自然环境中逐渐催生、发展么？还是说，人类要创造自己的后继者？抑或后人类早已悄然出现？本书中所谈及的后人类主要涉及后两个问题。

法国哲学家米歇尔·福柯（Michel Foucault）在《词与物：人文科学的考古学》（*The Order of Things: An Archaeology of the Human Sciences*）中思考"人"时认为："人将被抹去，如同大海边沙滩上的一张脸。"②这就是被大家熟知的"人之死"，实际上是对传统概念中的"人"进行了一种反思和批判。那么，在人之死后面，自然便会面临对后人类的思考。"后人类"这个词语是在 1988 年由一位名叫斯蒂夫·尼古拉（Steve Nichols）的人最先提出来的，"他在《游戏月刊》发表了一篇《后人类宣言》，认为科学技术，尤其是数字通信技术和生物工程技术，已经从根本上改变了传统概念的人，世界已经进入了'后人类'（Post-human）时代。当时，并没有多少人在意这个宣言，大多数人都把它当成玩笑，不以为然"③。伊哈布·哈桑（Ihab Hassan）也谈到了后人类。"首先，我们应该明白，人类形态——包括人类的愿望及其各种外部表现——可能正在发生剧变，因此必须重新审视。当人本主义进行自我转化，成为某种我们只能无助地称之为'后人类主义'的新事物时，我们就必须理解五百年的人类主义历史可能要寿终正寝了。"④

由以上可知，对后人类的思考，是伴随着"人"的概念的危机出现的，

① Jeanine Thweatt-Bates. Cyborg Selves: A Theological Anthropology of the Posthuman[M]. Burlington: Ashgate, 2012: 1.

② 米歇尔·福柯. 词与物：人文科学的考古学[M]. 莫伟民, 译. 上海：上海三联书店, 2017: 392.

③ 罗保林. 后人类社会[M]. 北京：科学普及出版社, 2018: 9.

④ 凯瑟琳·海勒. 我们何以成为后人类：文学、信息科学和控制论中的虚拟身体[M]. 刘宇清, 译. 北京：北京大学出版社, 2017: 332.

它有两个基本的资源背景。

其一，是迅猛发展的科技背景。后人类一词描述了一种新兴的、日益增长的对"人性"可塑性和灵活性的欣赏，其由生物技术和虚拟技术、信息和通信技术的发现所激发。[①]具体涉及纳米技术、微生物学、虚拟现实、神经生理学、人工智能、认知科学等很多高端科技。科技会切实带来对人类身体的巨大改变，自然也会随之带来关于"人类"认识的巨大改变。罗保林先生编著的《后人类社会》，就是从科技对人类身体的改变这个角度来界定后人类的。"这里所说的'后人类'，就是利用现代科学技术，结合最新理念和审美意识对人类个体进行人工设计、人工改造、人工美化、技术模拟和技术建构，从而形成的一种新人类。这些人不是纯粹的自然人或生物人，而是经过技术加工或电子化、信息化形成的一种'人工人'，是地球生物人类的一种异化。这个异化，同人类的自然演化具有同等的分量，不同之处在于人类的演化是由于大自然千百万年的随机性选择，而人类向这种'后人类'的演化，则是依赖科学技术的力量，是人类用自身之力能动性地异化自身。"[②]这个意义上的后人类，是借助科技对人类的超越。可以将这种改变称为异化，也可以认为这种改变本身也是一种进化，是人类借助科技推动的主动进化。

其二，是对人文主义的反思和批判在思想、哲学领域引起的思想转变。罗西·布拉伊多蒂的思想颇具代表性，其称自己的后人类思想来自反人文主义者的主观性哲学传统。在《后人类》中，罗西·布拉伊多蒂反对在给定（自然）和建构（文化）之间的二元对立立场，而是坚持自然-文化的连续性和互动性："我认为，后人类境况的公分母就是承认生命物质本身是有活力的、自创性的而又非自然主义的结构。自然-文化的这种连续统一性是我研究后人类理论的出发点。这种后自然主义的假设究竟是否会导致对身体的可完善性的类似游戏的实验，或者引起对几百年来人类本性的土崩瓦解造成道德上的恐慌，抑或造成利益驱动下对遗传学或神经科学的开发利用，尚不得而知。"[③]罗西·布拉伊多蒂将后人类放在技术中介化和全球化氛围的背景中，对传统所认知的人的本质属性提出了质疑，并在与后人类

---

① Jeanine Thweatt-Bates. Cyborg Selves: A Theological Anthropology of the Posthuman[M]. Burlington: Ashgate, 2012: 1.

② 罗保林. 后人类社会[M]. 北京：科学普及出版社，2018：83.

③ 罗西·布拉伊多蒂. 后人类[M]. 宋根成，译. 郑州：河南大学出版社，2016：3.

有关联的反人文主义、后人文主义、超人类主义等概念的对比分析中来述说后人类。

罗西·布拉伊多蒂提到了后人类与反人文主义和后人文主义的关系。但是在此之前，必然要涉及人文主义这个背景知识。他认为，人文主义对"人"的认识是了解后人类转向的一把钥匙，并反复提到达·芬奇那幅著名的画作《维特鲁威人》："身体完美理念，和身心健康一样，共同建立了一套思想的、话语的和精神的价值观。"①罗西·布拉伊多蒂认为，在这个身体中，蕴含了欧洲中心的、男性的、理性的人文主义观念，它给出了一个系统化的认识及同一性的标准，据此标准对所有的他者做出评估并将其分配到一个指定的社会位置上去，以此为原则，人文主义演变为一个追求秩序化的现代性立场，一个霸权主义的文化模式，将自我反思理性强行划归为人类的普遍属性，使人文主义具有了一种帝国主义的文化特征，人们总是站在一个阶级、性别、种族或基因组的立场和利益上去谈及人类，并因此而犯下了很多罪行。正是由于对这些弊端的认识，一直存在对人文主义的反叛，正如学者所言，人文主义的危机不是新鲜事②。

"反人文主义"（anti-humanism）和"后人文主义"（post-humanism）都曾对人文主义展开批判，解构普遍主体，关注具体境遇中的个人，考虑到差异。反人文主义是作为人文主义的对立面而出现的。李育霖先生在为《赛博格与后人类主义》一书所作的导论中写道："反人文主义无疑成为后人类或后人类主义的重要成分。"③罗西·布拉伊多蒂也认为反人文主义是后人类思想的重要源泉，是通向后人类的理论之路，在《后人类》中，他宣称自己一点也不喜欢人文主义，而是更倾向于反人文主义。人文主义在两次世界大战的灾难中受到挑战和质疑，于是反人文主义在 20 世纪 60、70 年代悄然兴起。"反人文主义在于将人的主体同这个普遍论的姿态相脱离，要求他履行职责，即开展他自己正在制定的具体行动。不同和更加尖锐的权力关系出现了，一旦这个先前居于主导地位的主体摆脱了他的宏大幻象，就无法像过去所说的那样掌控历史的进步。"④正如罗西·布拉伊多蒂所言，后人文主义立场"建立在反人文主义遗产之上"，它继续反思和批

---

① 罗西·布拉伊多蒂. 后人类[M]. 宋根成，译. 郑州：河南大学出版社，2016：18.
② Stefan Herbrechter. Posthumanism: A Critical Analysis[M]. London: Bloomsbury, 2013: 107.
③ 李育霖. 导论二[M]//林建光，李育霖. 赛博格与后人类主义. 新北：华艺学术出版社，2013：14.
④ 罗西·布拉伊多蒂. 后人类[M]. 宋根成，译. 郑州：河南大学出版社，2016：32.

判着人文主义，但是没有那么激烈、激进。人文主义与反人文主义作为二元对立的两极，陷入了永无休止的争论和无法解决的矛盾中，于是"后人文主义"应运而生，成为能够超越二元对立的一个新修辞，代表一种较为温和的词汇和立场。"后人文主义是标志着人文主义与反人文主义对立结束的历史时刻，它追溯了一个不同的话语框架，更加肯定地展望新的可能性。"①在反人文主义与后人文主义的努力下，"大写的人"被拉下神坛，差异主体获得显现。当法国思想家米歇尔·福柯在《词与物：人文科学的考古学》中宣布"人死了"的时候，他是指人文主义的知识话语体系所建构出来的普遍的人的概念正在被解构。存在主义、女性主义、反种族主义、后殖民主义、环境主义等都是他者的崛起和解放运动。

超人类主义（transhumanism）也是后人类的重要思想源泉。法国著名哲学家吕克·费希（Luc Ferry）谈到，四份报告使得超人类主义赢得了巨大声誉也招致了不少争议，这四份报告是：《用以增强人类功能的技术的汇合：纳米技术、生物科技、信息技术以及认知科学（NBIC）》《超越疗法：生物技术和追求幸福的权利》《技术汇聚：塑造欧洲社会的未来》《人类增强》。仅从这几份报告的题目中我们就可以看出，超人类主义是紧紧依托于科学技术的，主张对人类身体进行超越"修复"之外的"增强"。"超人类主义是利用科学进步——尤其是生物技术的进步——对当前人类的体能、智力、情感和道德等方方面面进行改善的浩大工程。超人类主义运动的一个最本质的特征就是我们已经提到的，它打算从传统的医疗模式，即以'修复'和治疗疾病为主要目的的治疗升级到'高级'模式，即改善甚至'增强'人类。"②而这种对人体的增强达到某种程度的时候，迟早就会出现一个新的物种，即后人类。超人类主义与人文主义保持着千丝万缕的联系，主张人应该发展理性、科技并用之来进行自我发展、自我完善。马克斯·莫尔（Max More）在《超越主义者原理：超人类主义宣言》（*Extropian Principles: A Transhumanist Declaration*）中写道："像人文主义者一样，超人类主义者赞同那些以我们美好生活为核心的理性、进步和价值，而不是以外在的宗教权威为核心的理性、进步和价值。超人类主义者通过把科学技术与批判性和创造性地思维联系起来，向人类的界限提出挑战，从而使人文主义更

---

① 罗西·布拉伊多蒂. 后人类[M]. 宋根成，译. 郑州：河南大学出版社，2016：53.
② 吕克·费希. 超人类革命：生物科技将如何改变我们的未来？[M]. 周行，译. 长沙：湖南科学技术出版社，2017：32-33.

上一层。我们挑战衰老和死亡的必然性，我们追求我们的智能、体能和情感的不断进步。我们把人类看作智力进化发展的短暂阶段。我们提倡运用科学加快我们从人类到超人类和后人类的转变。"①

吕克·费希区分了两种超人类主义：第一种只是使人更强大，或者说更人性化；第二种是致力于创造一个新物种。他认为第二种才涉及后人类主义，例如像雷·库兹韦尔（Ray Kurzweil）所提议的通过在人脑中植入芯片从而让人与网络相连，这种系统化人机混合控制论计划所导致的便是后人类。但他也承认，对于这两者的界限以及究竟是从哪个点开始滑向了后人类难以做出确切的说明，因此只能说超人类主义是路径或过程，而后人类主义是结果或目标。在本书中，我们也没有刻意去区分两种超人类主义，凡是对人类的增强或者说改造达到了一定程度使之明显大大超越了我们现在人类物种的能力，我们便将其视为后人类范畴。

尽管关于后人类的看法很多，但是可以较为笼统地划分为三个路径。第一，是离身（disembodied）后人类，源于身心二元论的哲学；第二，是具身（embodied）后人类（也有人译为"即身后人类"），源于身心一体化的哲学，此时的身体已经由科技改造，发生了与传统人类身体迥然不同的重大改变；第三，是因为思维方式转变而导致认知剧变，这样的后人类也许伴随着身体的外在改变，也许没有。第三种后人类显然也是具身的，但是因其与第二种具身后人类本质不同，因此将其另归一类。

"心身问题是最古老的哲学问题之一"②，对这个问题的争论似乎从未停止。离身后人类的哲学根源是身心二元论，或者叫身心分离说。这是一个颇有传统的哲学源流，认为在人的身体与心灵（心智、思维、思想等）之间存在截然可分的界限，二者可以剥离。柏拉图、基督教传统、笛卡尔都是这种二元论中极为著名的思想资源。当代美国学者安东尼奥·达马西奥（Antonio Damasio）在《笛卡尔的错误：情绪、推理和大脑》（*Descartes' Error: Emotion, Reason, and the Human Brain*）中分析了笛卡尔的错误："在躯体和心灵之间划分了一道鸿沟，即在有形有象、机械动作且无限可分的躯体，以及无形无象、无法触及且不可分割的心智间，划分了一道鸿沟；他认为，推理、道德判断以及肉体疼痛或情绪动荡所带来的痛苦存在于躯

---

① 马克斯·莫尔. 超越主义者原理：超人类主义宣言[M]. 张立英，译//曹荣湘. 后人类文化. 上海：上海三联书店，2004：267-268.

② 高新民. 心灵与身体：心灵哲学中的新二元论探微[M]. 北京：商务印书馆，2012：2.

体之外。具体来说：他将最精巧的心智过程，与生物有机体的结构和运作分开了。"①达马西奥也关注了这种观点的几个现代变体，其中提到了一种观点，就是在20世纪中期流行起来的将笛卡尔的心智无实体的观念与现代科技相结合后的一种比喻，那就是将心智视作运行在一个被称为大脑的计算机硬件上的软件程序。

让-弗朗索瓦·利奥塔（Jean Francois Lyotard）也提到了这种比喻。他以太阳爆炸为情境来分析科技的作用以及思维与人类身体的联系。利奥塔认为，可以将人的身体看作是一种精密复杂的硬件设备，人类言语和思维都需要依赖这一硬件，但是，假如硬件这种物质存在条件在太阳爆炸中被炸毁，不是哪一个人或者哪一国人或者哪一类人的身体被炸毁，而是人类的身体被炸毁，那么依赖于这硬件的所有一切思维和文化都将消失。而利奥塔要思考的就是，在人类的躯体消失之后，如何让人类的思维脱离躯体而得以延续。他认为科技就是要使这种无身躯的思维成为可能：

> 因此技术-科学问题可以表述为：保证为独立于地球生命状态之外的硬件提供这种软件。
>
> 或者：使一种无身躯的思维成为可能。使它在人类身躯死亡后思维仍是可能的。只有这样，太阳爆炸问题才值得继续思考，太阳的死亡才能和我们所认识的死亡一样。无身躯思维是思考人体的、太阳的、地球的死亡和与躯体相关联之思维的条件。
>
> 但所谓无身躯，准确地说，就是无被命名为人体的复杂的地球动物的躯体。当然并不是不要硬件。
>
> 原则地说，解决的办法很简单：创造一个能够"培育"至少同人脑软件同样复杂的硬件。②

使无身躯的人类思维成为可能，这就是离身后人类的思维起点。在当代科技领域，离身后人类的理论资源和技术实践主要来自诺伯特·维纳（Norbert Wiener）、艾伦·麦席森·图灵（Alan Mathison Turing）、马文·明斯基（Marvin Minsky）、汉斯·莫拉维克（Hans Moravec）、雷·库兹韦尔等人的传统。这一传统认为，"身份的界定主要是基于意识，人类只被视为

① 安东尼奥·达马西奥. 笛卡尔的错误：情绪、推理和大脑[M]. 殷云露，译. 北京：北京联合出版社，2018：235.

② 让-弗朗索瓦·利奥塔. 非人：时间漫谈[M]. 罗国祥，译. 北京：商务印书馆，2001：14.

处理信息数据的实体，本质上类似于有智慧的机器"①，同时，意识也是信息，这些信息在条件适当的情况下可以脱离身体继续传递。

英国人工智能专家艾伦·麦席森·图灵在 1950 年发表了一篇著名的论文《计算机器和智能》（*Computing Machinery and Intelligence*）。图灵认为，能够让机器人具有与真人无异的外表和皮肤，并不能让它就真的成为人，或者更像人，而如果机器具有思维（thinking）能力，那倒可以说它更像人了。②他认为思维机器（thinking machine）是有可能的，人们只是出于神学或者人类中心主义等原因而不想承认罢了。美国信息论的创始人克劳德·艾尔伍德·香农（Claude Elwood Shannon）和控制论的创始人诺伯特·维纳推进了离身的进程。他们认为信息只是一种流（fluid），可以脱离物质实体，在不同载体间流动、传递。维纳甚至提出了人也是"信息系统"（informational system）的说法，这为基于控制论范式的机器人、赛博格以及离身后人类的发展奠定了理论基础。马文·明斯基也将人类看作处理信息的机器，只是比较复杂而已，他和汉斯·莫拉维克都希望将意识下载到计算机中，以此实现人类的永生。莫拉维克还设想了一个方案来推演将意识下载到计算机的可能性，凯瑟琳·海勒（N. Katherine Hayles）在《我们何以成为后人类：文学、信息科学和控制论中的虚拟身体》（*How We Became Posthuman: Virtual Bodies in Cybernetics, Literature, and Informatics*）一书的序言中写道："我们不妨将这个设想叫做莫拉维克测试，它在逻辑上是图灵测试的继承者。图灵测试是为了证明机器可以进行思考（之前，思考被认为是只有人类头脑才有的特殊能力），莫拉维克测试则旨在证明机器可以成为人类意识的存储器——即是说，出于各种实用的目的，机器可以变成人。"③雷·库兹韦尔认为，人类体内的物质含量一直处于快速变化之中，"这种形式很像溪流中的水。奔腾不息的水流绕过小溪中的石块形成了一种独一无二的特殊形式，这种形式会连续几个小时甚至几年保持相对不变。但是构成这种形式的真正的物质——水其实已经在百万分之一秒内就被替换了。这表明，我们不应该把人类的基本特性同某些特定粒子联系在一起，

---

① 王建元，陈洁诗. 人类·有机机器人·后人类的互动草图[C]//科幻·后现代·后人类：香港科幻论文精选. 福州：福建少年儿童出版社，2006：156.

② A. M. Turing. Computing Machinery and Intelligence[J]. Mind, Vol. 59, No. 236, 1950: 434.

③ 凯瑟琳·海勒. 我们何以成为后人类：文学、信息科学和控制论中的虚拟身体[M]. 刘宇清，译. 北京：北京大学出版社，2017：4.

而应该与我们所呈现的物质及能量模式联系起来"①。也就是说，意识并非必然依赖于某种特定物质，只要遵循一定的结构和程序，就可以人工仿制出同样的意识。这样一来，离身后人类就成为可能。但是，离身后人类仍然处于畅想或者试验的阶段，目前还远未实现，更具有吸引力且正在实现的是具身后人类。

具身后人类来源于身心一体化的哲学，认为身体是一个真正的整体，思维（心智、意识、认知等）都在身体中，而且有赖于身体所提供的感觉经验或者直觉等。让-弗朗索瓦·利奥塔在《非人：时间漫谈》中提到，不能将人的思维理解为按照二值逻辑生成，身体会为其提供一些不准确、模糊或者处于情境之外和边缘的信息，而人们甚至都不需要刻意运用理性去对这些信息作完整的统计就能分辨重要的和不重要的，包括直觉在内的身体整体自然就会生成一个结果。这种观点反对"计算主义"（computationalism），坚持具身的重要性，"具身心智范式被视为认知科学中反对计算主义的一场'哥白尼式革命'"②。美国神经科学、心理学教授安东尼奥·达马西奥坚持具身心智的观点，认为在任何认知过程之前都有一个潜在的、非意识的评估过程，基本躯体调节系统会为意识和认知过程提供基础条件，他的《笛卡尔的错误：情绪、推理和大脑》正是致力于打破身心二元论。通过研究一些前额叶受到损伤的患者，达马西奥得出了一些能证明身心一体的重要结论。他认为，躯体是非常重要的，其不仅支持了日常生活，还为心智提供了部分内容和基础参照，他直接以"没有躯体就没有心智"黑体大字作为文章中的一个小标题。"简单来说，在外界物理刺激、社会文化刺激作用于有机体，而有机体对环境作出反应的过程中，神经回路不断表征机体。如果表征的基本内容没有与躯体绑定，我们或许也能拥有某种形式的心智，但这并不是我们现在所拥有的心智。"③

具身后人类虽然不接受完全摒弃身体，但接受对身体的改造。在具身后人类中，"义肢"是常被提及的概念。首先，义肢这个概念肯定了一个与之相对的概念的存在，那就是原初的、完整的身体，它承认人应该具有一

---

① 雷·库兹韦尔. 机器之心：当计算机超越人类，机器拥有了心灵[M]. 胡晓姣，张温卓玛，吴纯洁，译. 北京：中信出版社，2016：66-67.

② 胡万年. 身体和体知：具身心智范式哲学基础研究[M]. 北京：北京师范大学出版社，2020：7.

③ 安东尼奥·达马西奥. 笛卡尔的错误：情绪、推理和大脑[M]. 殷云露，译. 北京：北京联合出版社，2018：213.

个给定的、完整的身体，这是对身体的本质主义看法。其次，义肢修复不完整的身体。这个不完整有可能是外在残缺也有可能是内在失能或者兼而有之，而义肢试图使身体恢复表面看来的原初完整性（originary wholeness）。[①]当人的原生神经系统受损的话，会有神经修复，当无法修复的时候，可能就会涉及用电子装置来进行替代，用脑机接口（BCI）将人类大脑的中枢神经系统（CNS）与计算机相连，这被称为神经义肢（Neuroprosthesis），用来代替失去功能的躯体使身体完整。再次，义肢延伸正常的身体，拓展和增强身体的功能，社会文明也因此得以发展。"我们只要思考一下文明的起源，就可以看到，文明的兴起都与身体机能紧密联系。文明的发展甚至可以解释为眼睛、耳朵、鼻子、舌头、皮肤等知觉的逐步扩展。望远镜、显微镜之类的发明诞生，是因为人类渴望看见更多东西并为此努力，这些发明大大地改变了人类的视觉能力。久而久之，人们把这类成就的积累称为文明。"[②]最后，具身（embodiment）本来就可以被视作某种形式的义肢（prosthesization）。[③]有学者甚至提出了"原初义肢"（originary prosthesis）的说法，否认人的身体具有所谓的先在本质，认为人的出现就是技术的出现，是工具创造了人而非人发明了技术。[④]这种非本质主义的看法，打破了自我与他者、内与外、主体与环境的二元对立，开放性地看待界限问题，身体可以不断生成，不断延展，成为具身的开放性身体。赛博格成为可以帮助理解"义肢"的一个例证，赛博格本身也是后人类中的一种。Cyborg一词来自 Cybernetic 和 Organism 的拼合，是对混合了生命体与机械装置者的一种称呼。简言之，赛博格就是人-机混合体。唐娜·哈拉维在《赛博格宣言》中说道："赛博格是一种控制生物体，一种机器和生物体的混合，一种社会现实的生物，也是一种科幻小说的人物。"[⑤]凯瑟琳·海勒在《我们何以成为后人类：文学、信息科学和控制论中的虚拟身体》中也谈论了即身后人类，延续的是图灵、维纳这条路径，认为变成后人类并不意味着只

---

① David T. Mitchell and Sharon L. Snyder. Narrative Prosthesis: Disability and the Dependencies of Discourse[M]. Ann Arbor: University of Michigan Press, 2000: 6-7.

② 铃木忠志. 文化就是身体[M]. 李集庆，译. 上海：上海文艺出版社，2019：77-78.

③ Stefan Herbrechter. Posthumanism: A Critical Analysis[M]. London: Bloomsbury, 2013: 98.

④ Bernard Stiegler. Technics and Time, 1: The Fault of Epimetheus[M]. Translated by Richard Beardsworth and George Collins. Stanford: Standford University Press, 1998: 141.

⑤ 唐娜·哈拉维. 类人猿、赛博格和女人：自然的重塑[M]. 陈静，吴义诚，译. 郑州：河南大学出版社，2012：205.

是给人的身体安装假体设备，而是要将人类的身体也看作与其他信息处理机器特别是智能计算机具有本质相似性的信息处理系统。以这种观念为基础分为离身和具身两种派别，凯瑟琳·海勒本人坚持身体的重要性："渐渐地，问题不再是我们是否会变成后人类，因为后人类性质已经存在。相反，问题是我们将会变成哪一种后人类。关于人工生命的叙事表明，如果我们承认观察者必须成为画面的一部分，身体就永远不可能只由信息构成，不管他出现在计算机屏幕的哪一边。"[①]当然，在具身后人类中，还涉及很多其他经过身体改造的后人类，都将在后文中论及，此处不再一一述说。

除了纠缠于"何为"后人类，人们还被另一个问题所困惑，那就是："何时"成为后人类？具身后人类中的赛博格属于正在进行时，真正的离身后人类则仍然属于将来时。这就会将人们的目光引向另外一种对后人类的认识。这种观点认为，不一定必须伴随着身体外形的改变，人类随时随地都可能成为后人类，因为它把后人类看作内在于人类的性质，有赖于认识改变带来的觉知。林建光先生在为《赛博格与后人类主义》一书所作的导论中写道："后人类研究中，常被提出的一个问题是：我们何时从'人'变成了'后人'，不可否认地，'后'这个字不免给人某种时间先后、甚至位阶上优劣顺序的感觉，但事实上'后人类'并不一定指涉'人类'之后的状态，而更接近一种对于自我与历史情境的觉醒与认知。人之于后人，情况类似于意识之于无意识。后人类或许一直是人类中心主义下的无意识，只是后者一直视而不见吧！这也是为何许多后人类研究经常透过后结构思想，以颠覆、拆解传统认知中人类/后人类、先/后、内/外、优/劣、原初/拷贝等二元对立思想。"[②]罗西·布拉伊多蒂也谈论了这种因认识改变而导致的后人类状况。在《后人类》的导论中布拉伊多蒂提到，虽然保守的社会力量总是力图以自然法的范式来界定人，但不可否认的是，人的概念已经随着科技进步和全球化经济的发展而发生了剧烈变化，后人类提出了一种思维方式的质变，它引进一种全新的思维方式来让我们重新思考我们自己是谁，我们与地球上的其他生物是一种什么样的关系。罗西·布拉伊多蒂认为后人类理论应该对当下现实进行积极的思考，对人类以往所处的位置和现今应当所处的位置进行批判和思考。"我希望规划出一系列方法，把

---

① 凯瑟琳·海勒. 我们何以成为后人类：文学、信息科学和控制论中的虚拟身体[M]. 刘宇清，译. 北京：北京大学出版社，2017：331.

② 林建光. 导论一[M]//林建光，李育霖. 赛博格与后人类主义. 新北：华艺学术出版社，2013：6.

后人类作为一个主要流通概念运用于全球化技术中介时代的社会生活。具体来说，后人类理论是一个生殖性的工具，帮助我们重新思考，在一个被称为'人类纪元'的生物遗传时代，在人类已经成为左右地球上一切生命的一种地质学力量的历史时刻，人类的基本参考单元究竟是什么？由此而推断，后人类理论帮助我们在全球范围内重新思考我们在与非人类的动物、植物相互交流时应该遵循的基本信条。"①依据林建光先生和罗西·布拉伊多蒂的论述我们认为，这种独特的后人类样态只是人类自身沉睡或被遮蔽的存在，当在某些情况下（特别经常涉及今昔对比）觉知到与往昔的迥然不同，那时人类就会发现自己处于一种或好或坏的后人类样态。

总之，不同的学者对于后人类的认识是不尽相同的，有持肯定意见的后人类主义者，也有持怀疑论的后人类主义者②。在以上所说认识后人类的三种路径中，有学者认为后人类应该是离身的，有的认为后人类是特指某种经由科技改造后的具身状态，还有人认为后人类甚至可以不涉及身体的具体改变，而只是一种思维方式的转变而已。因认识改变导致的后人类一定是具身的，因为其出发点就是不摒弃人类身体这个前提，罗西·布拉伊多蒂就说过："我提倡的后人类主体性是唯物论的和活力论的，具身和嵌入的，牢牢的定位于某处。"③也可以说它属于具身后人类的一种，但因其与科技带来身体巨大改变的具身后人类之间还是存在着相当大的差异，所以本书将其作为两种不同的类型进行处理。另外，这三种路径并不是彼此壁垒分明、不可逾越的，有时它们之间共享一些观念，例如，无论是离身后人类还是具身后人类，都可能会在某种程度上伴随对主体认识的改变，并伴之对他人与世界认识的改变。

第三节　　美国科幻小说中的后人类样态

詹姆斯·冈恩曾经谈到，科幻小说承认世界的变化，其关注的焦点在于外部事件：变化是什么以及人类准备如何去应对变化？④因此，毫不奇

---

① 罗西·布拉伊多蒂. 后人类[M]. 宋根成，译. 郑州：河南大学出版社，2016：7-8.
② Stefan Herbrechter. Posthumanism: A Critical Analysis[M]. London: Bloomsbury, 2013: 23.
③ 罗西·布拉伊多蒂. 后人类[M]. 宋根成，译. 郑州：河南大学出版社，2016：74.
④ James Gunn. Inside Science Fiction[M]. Lanham: Scarecrow Press, 2006: 75.

怪，科幻小说早已看到后人类出现的必然。

在本书框架内，我们将主要涉及美国科幻小说中的七种后人类样态，前五种是具身后人类，第六种是离身后人类，第七种更为特殊，涉及认知觉醒的后人类。

第一种后人类样态，是由人类利用科技制造出的"类人"创造物。这些类人创造物可以具有与传统人类无异的肉身，也可能具有与人类身体的外形或功能类似的载体，甚至也可以是与人类身体不那么相似的载体。这些被创造出来的后人类，身体功能类似于人，有可能相同、低于或高于人类，并最终有可能取代人类。例如，克隆人、基因改造人都属于具有与人类难以区分的肉身存在，而机器人、陶偶等后人类的身体则与人类身体存在重大差异。通常，这些被创造的后人类与自然人的地位存在差异，本体与复制体、原生人和复制人、人类和傀儡、主人和偶人等等，都是显示这种差异的称呼。在多数情况下，自然人居于优越地位，但在少数作品中也会将自然人置于平等甚至低等地位。例如，美国科幻作家罗伯特·西尔弗伯格（Robert Silverberg）的作品《来自梵蒂冈的喜讯》（*Good News from the Vatican*）。该作品获得了 1971 年星云奖，描写了机器人枢机主教当选为教皇的故事，这位教皇西斯都七世得到了机器人以及支持和同情机器人的人类的拥戴。在这类作品中，自然少不了强调类人创造物对人的威胁。例如，在《二号变种》（*Second Variety*）中，菲利普·迪克（Philip K. Dick）就写到了试图消灭人类的机器人。俄国士兵遭遇各种变种敌人，它们的外形有的能一眼看出是机器人，有的外表则完全像人，难辨真假。怀里抱着泰迪熊的小男孩儿大卫是三号变种机器人，一头长发、身材苗条的女兵则是二号变种，还有更为难辨的四号变种。人类士兵最后被四号变种塔莎蒙骗，告诉了它去往月球基地的飞船和信号弹发射次序，小说到此戛然而止。菲利普·迪克的另一部小说《伪装者》（*Imposter*）则从存在主义的角度讲述了一个后人类的故事。一艘外星飞船潜入地球防护罩内，投放了一个机器仿生人间谍，这个间谍的目标是除掉一个特定的人类并取而代之。奥尔海姆被告知，那个仿生人去取代的人就叫奥尔海姆，于是他陷入了困惑，如何才能证明自己是真的奥尔海姆，为此他想尽办法，因为他对自己作为人类的身份深信不疑。然而不幸的是，最终证实他真的只是一个仿生人。即使是塑造可爱机器人形象的艾萨克·阿西莫夫，也在《……汝竟顾念他》中描写了两个密谋推翻人类的机器人。劳伦斯·瓦特-埃文斯（Lawrence

Watt- Evans）在《最后的要塞》中则写到了自然人与后人类从对抗到合作的过程。李是纯血种，一向反对与电子生化人和基因改造人进行合作，以李的标准，其他种族甚至不能算作真正的人类，但是后来三方不得不合作共同对付一个更强大的对手。也有些作品描写类人创造物成为自然人的帮手或朋友，甚至被接纳为人类。例如，莱斯利·罗宾的《绿山墙的仿真人安妮》描写了一个被人类接纳的幸运机器人。马修·卡斯伯特购买了一个人形机器人，具有女性的外貌和温暖的皮肤，与他意识中那种没有性别、皮肤冰冷的印象完全不同。卡斯伯特原本是想将其作为自动化机器帮助自己在农场里干活的，但最终却将这个人形机器人安妮收养为女儿，让她读书。从此这个机器人便可以被人接纳、被人疼爱。"她用那对敏锐的机器人眼睛在离飞艇很远的田野里四处搜索，直到看见坐落在树林边上的绿山墙农舍才停下。看着这间屋子，她有了一种归属感，这是她以前从未有过的感觉。"[①]这类美国科幻小说还有很多，如大卫·布林（David Brin）的《陶偶》、洛伊斯·比约德的《镜舞》、菲利普·迪克的《仿生人会梦见电子羊吗？》和《电子蚂蚁》、保罗·巴奇加卢皮（Paolo Bacigalupi）的《发条女孩》（*The Windup Girl*）等等，这些作品在后文中会进行分析。

第二种后人类样态，是人与机器的结合，也就是赛博格。赛博格不是被制造出来的类人创造物，它不是从无到有，而是传统人类利用科技在自然身体中植入各种物件，成了一种人-机结合体，通常会极大地延展和提升自身能力，当然，也会伴随严重的身体危机和尖锐的身体政治[②]。赛博格依托于人类的自然身体，被称为后人类是因为这个自然身体已经过重大改变，与原本的自然身体具有了很大不同。这也是科幻小说中最常涉及的后人类。大部分描写后人类的科幻小说都会设置在高度技术化的未来，并顺带点出一些被技术深入侵袭的后人类身体。特别是在赛博朋克科幻小说中，身体入侵和意识入侵的主题被一再重复，到处都是植入电路和脑机接口。[③]例如，在威廉·吉布森的《神经漫游者》中，小说开篇就交代，在酒吧里的人们，很多都安装假肢、植入的高级微处理器以及其他各种植入体，谈论的是神经拼接术、植入系统、微仿生、各种违禁生物制品等等。他们的

---

① 莱斯利·罗宾. 绿山墙的仿真人安妮[M]. 夏星，译//迈克·雷斯尼克，姚海军. 世界科幻杰作选 II. 刘未央，等译. 成都：四川科学技术出版社，2017：366.

② 王建元. 文化后人类：从人机复合到数位生活[M]. 台北：书林出版有限公司，2003：44.

③ Bruce Sterling. Mirrorshades: The Cyberpunk Anthology[M]. New York: Ace Books, 1988: xiii.

身体已经离不开技术物的填充，是高度依赖技术的身体，可以被视为后人类身体。在威廉·吉布森另一部小说《零伯爵》（*Count zero*）中也充斥着各种植入体，而导致各方势力争相追逐的则是一个有望带来永生的可植入生物芯片。在格雷格·贝尔的《永世》中，人们都会植入一种可以提升逻辑思维能力并能保留意识、经历和人格的设备。人与机器的结合并不都体现出解放的特点，有时也体现出奴役。大卫·R.邦奇（David R. Bunch）的《摩德兰》（*Moderan*）描写了核毁灭后的未来世界，人被改造为机器，称为金属人，有便携式肌肉维持装置、金属四肢、机械泪袋等，他们一心想要成为新世界的王，当面对一个不断寻找真实、美与爱的血肉之躯时，金属人感到不可思议。安·范德米尔（Ann VanderMeer）和杰夫·范德米尔（Jeff VanderMeer）所编的一部科幻小说选集，选录了美国作家斯泰潘·查普曼（Stepan Chapman）出版于1996年的《亚历克斯是如何变成一台机器的》（*How Alex Became a Machine*），这个故事摘自其获得菲利普·迪克奖的长篇小说《三套车》（*The Troika*）。1995年的亚历克斯还具有人类的身体，他每天像机器一样在工厂做工，几乎从不间断，为了避免和人争吵而不和别人说话，用他自己的话说他甚至"不睡觉"。"但是人必须睡觉。也许我根本就不是一个人。也许我真的是个自欺欺人的机器。自欺欺人很简单。你只要随便找个地方，一直工作，永不睡觉。你永远不知道自己是什么，而这是你能做多少事情的关键。"[①]后来，他开始改造自己的身体，砸断手臂，为它们安装上强力螺丝刀和假肢。他虽然自称不睡觉，但又总是提到自己做的梦，梦到自己的嘴张不开，因为他的头是白色塑料做的，他还梦到穿着囚衣的无脸寄生虫。这些梦都与身体有关。"在梦里，我平躺在传送带上，望着天花板，传送带载着我前行。突然，传送带停了，一个穿着白色工作服的人卸下我的右臂，把它放在一边。然后传送带又开始滚动，每当它停下来，就会有一个穿着白色工作服的人卸下我身体的某一部分。梦做得越久，我剩下的就越少。"[②]到后来，他的身体真的被逐渐换成了部件，变得冷酷无情。这是一个人类被压迫失去人性变成机器的故事。威尔·沃辛顿（Will Worthington）真名为威尔·莫勒（Will Mohler），他的

---

① 斯泰潘·查普曼. 亚历克斯是如何变成一台机器的[M]. 赵晖，译//刘慈欣，等. 科幻之书Ⅳ：诗云. 虞北冥，等译. 北京：北京联合出版公司，2018：315.

② 斯泰潘·查普曼. 亚历克斯是如何变成一台机器的[M]. 赵晖，译//刘慈欣，等. 科幻之书Ⅳ：诗云. 虞北冥，等译. 北京：北京联合出版公司，2018：321.

《完满》（*Plenitude*）描写了传统人类与身上插满管子和电线的人造人之间的冲突。还有很多美国科幻作家都写到了赛博格，不再一一提及。在科幻世界中，正如布鲁斯·斯特林（Bruce Sterling）小说《群》（*Swarm*）中的一个人物阿弗雷尔说过的一句话："再过一千年，我们要么成为机器，要么成为神。"①

第三种后人类样态，是指为了适应某些特殊环境（通常都是外太空）而利用科技转化或改造而来的异形人，出现在很多星际殖民科幻中。"这个生造词的意思是以在地球之外生存为目的对人类实施的基因改造。克利福德·西马克的《逃兵》被认为是最早使用此概念的小说，早于布利什的作品……对人类的改造被认为比为了殖民而地球化其他星球更容易实现，侵入性也更小。"②这种样态的后人类出现在很多美国科幻作家的作品中。克利福德·D.西马克（Clifford D. Simak）的《逃兵》（*Desertion*）发表于1944年。人类要暴露于木星表面上去探索，但不能以人的身体前去，因为那样将难以生存，必须利用转换器将身体转变为可以适应木星生存的一种形态才可以，也就是木星人的洛佩尔形态。已经有五个人被转换后送出去，但是无一人返回。木星人勘察委员会3号穹隆的主任肯特·福勒和他的爱犬托瑟接受了转换，变形之后，托瑟变得能够和主人无障碍交流，不仅如此，他们用木星生物的身体获得了前所未有的智慧和感知。"因为人类的躯体十分差劲，差劲到不足以思考，不足以有应该了解的感知。甚至有可能，对于真实的知识而言，缺少的这种感知是不可或缺的。"③他们终于理解了为什么此前转换后被派出去的人类都一去不返。"一具更敏捷、更可靠的躯体，一种令人愉悦，对生命更深层次的感知，更加敏锐的思维，一个地球人做梦都想不到的美丽世界。"④在转化为木星生物之后的地球人看来，被丢弃的那具躯体满是疼痛和秽物，具有迷糊的大脑和混乱的思维。于是，在小说的结尾，肯特·福勒和他的爱犬托瑟也决定不再返回。詹姆斯·布

① 布鲁斯·斯特林. 群[M]. 阿古，译//乔治·R. R. 马丁，等. 科幻之书Ⅲ：沙王. 胡绍晏，等译. 北京：北京联合出版公司，2018：229.
② 詹姆斯·布利什. 表面张力[M]. 秦鹏，译//阿瑟·克拉克，等. 科幻之书Ⅰ：窃星. 秦鹏，等译. 北京：北京联合出版公司，2018：250.
③ 克利福德·D. 西马克. 逃兵[M]. 卢丛林，译//阿瑟·克拉克，等. 科幻之书Ⅰ：窃星. 秦鹏，等译. 北京：北京联合出版公司，2018：225-226.
④ 克利福德·D. 西马克. 逃兵[M]. 卢丛林，译//阿瑟·克拉克，等. 科幻之书Ⅰ：窃星. 秦鹏，等译. 北京：北京联合出版公司，2018：226.

利什（James Blish）发表于 1952 年的《表面张力》（*Surface Tension*）被评为星云奖创立之前最优秀的短篇小说之一，其中也写到了科技转化而来的异形人。人类为了在一片汪洋的恶劣外星环境生存下去，不得不利用全面修饰技术对自己的基因进行改造，使之能够在这里的水环境中存续。于是，他们在这个星球上大量播种，投下了很多采用人类干细胞制造的微生物，当它们在适宜的环境中苏醒成长起来以后，这些异形人会保有人类的心智，终究会回到人类这个种群中来。在《啊，当个布洛贝尔人！》（*Oh, to be a Blobel!*）中，菲利普·迪克写到一个叫作乔治·蒙斯特的地球人，在地球人和布洛贝尔人之间有战争的时候，他是被安插到布洛贝尔人中间的地球人间谍，为了做好间谍任务，他被改造成布洛贝尔人的形态，即一种水滴状的单细胞变形虫的形态。战争结束退伍以后，蒙斯特仍然无法完全恢复为地球人的样子，一天中将近有十二个小时都还是这种形态。他无法被地球人完全承认，成了一种边缘化的存在。布鲁斯·斯特林发表于 1982 年的《群》，也写到为了适应太空生活而对身体进行变形重塑的所谓"变形派"，他们的激素水平会被调整，没有阑尾，心脏结构被重新设计，智商被提高。罗伯特·里德（Robert Reed）的《雷莫拉人》（*The Remoras*）所描写的雷莫拉人曾经也是人类成员，但是为了能够穿着太空服在飞船外面与太空直接接触，他们选择经过大量辐射后变异，但他们的思维仍然是人类的。

第四种后人类样态，是自然人获得较大进化，已与传统人类具有重大区别，他们通常是传统人类的遥远后代，借助科技在漫长的时间中发生了某种内在的进化，具有了一些奇异的特点和能力。例如，尼尔·斯蒂芬森的《七夏娃》（*Seveneves*）就写到了几千年后的后人类。月球爆炸了，小说中称之为"月崩"，地球人为了保存人类和文明，打造了云方舟，只有进云方舟的东西能够幸免于难。尽管已经高度智能化，但是领导者认为："方舟上还是得有人，没办法完全自动化，而且，要是缺少人类心灵的创造力与适应力，我们将很难存续。"[①]于是几个年轻健康的女性以及冷冻的精子、卵子和胚胎成了人类血脉的最后希望。五千年后，当初的七夏娃已经繁衍出了一些后代，他们的基因全都经过各种修改，虽然被称为人类七族，但实际上与五千年前的人类已具有极大差异，成了世界末日之后出现的后人类。科幻小说中很常见的进化就是后人类具有了超长的寿命。例如，罗伯

---

① 尼尔·斯蒂芬森. 七夏娃Ⅰ：月崩[M]. 陈岳辰，译. 北京：中信出版社，2018：59.

特·海因莱因在《玛士撒拉之子》（*Revolt in 2100 & Methuselah's Children*）
中写到，霍华德基金会资助，让长寿的人配对生育后代，这样逐渐培育出
了一大批长寿人。逐渐地，长寿人位居一些高位，为了掩盖长寿人的秘密，
他们会协助族人在一定年龄后伪造长寿人的假死，然后重新分配姓名、年
龄、职业等，使其以新的身份再出现在社会生活中。在这部小说里面，拉
撒路·龙二百一十三岁，到了海因莱因的另一部小说《时间足够你爱》（*Time
enough for love*）中，拉撒路·龙已经两千多岁。金·斯坦利·鲁宾逊（Kim
Stanley Robinson，也有译成"金·斯坦利·罗宾逊"）的《2312》中也写
道："现在他们成了自己的无人替代的实验品，把自己打造成了从未见过的
新事物：体型变大，多种性别，最重要的是，变得异常长寿，当时最长寿
的已是两百岁左右。"[①]当然，美国科幻小说中还存在其他进化而来的后人
类特点，例如，具有读心术、能够靠意念进行时空穿越、能够脱离身体等。
在波尔·安德森的《脑波》（*The Brain Wave*）中，一种神秘的力场加速了
地球上生命的进化，动物进化出了智慧，甚至可以代替人类管理地球，而
原来的人类则进化成了后人类，可以摆脱身体的束缚，去开发外太空。后
人类智能的进化非常快，并产生了一些负面效应，以至于人类不得不采取
能够降低智能的措施。在《科幻小说史》中，亚当·罗伯茨提到了埃德加·赖
斯·巴勒斯（Edgar Rice Burroughs）的《火星公主》（*A Princess of Mars*）
以及阿尔弗雷德·贝斯特的《群星，我的归宿》等一类科幻小说，并称之
为神秘主义科幻小说，"身体或者出窍的灵魂能仅仅通过意志作用而到任何
想去的地方"[②]，亚当·罗伯茨认为它的哲学谱系是叔本华的意识说、尼
采的权力意志说。《群星，我的归宿》这部出版于 1956 年的科幻小说，将
背景设置在 25 世纪早期，那时思动的原理被发现，有专门的思动学校教人
们单纯依靠心灵力量实现身体的瞬间移动，这使传统意义上的交通工具失
去意义。小说的主人公格列·佛雷最后竟然实现了在宇宙间的随意思动，
能够瞬移到外太空。小说还提到了传心术、能单纯通过思想（意念）驱动
热核爆炸物等能力。库尔特·冯内古特（Kurt Vonnegut）在《不可穿的身
体》中写到一种新的两栖人，既可以完全脱离身体、以意识的形式存在，
也可以借来一具自己喜欢的身体穿戴上。通常是比较怀旧的人会去身体存

---

① 金·斯坦利·鲁宾逊. 2312[M]. 余凌，译. 重庆：重庆出版社，2016：58.
② 亚当·罗伯茨. 科幻小说史[M]. 马小悟，译. 北京：北京大学出版社，2010：137.

储中心租借身体，而年轻人大都愿意只以意识的形式存在。阿西莫夫在《基地边缘》（*Foundation's Edge*）和《基地与地球》（*Foundation and Earth*）中还描写了一种独特的后人类，他们拥有能够和环境进行感应与融合的身体。还有很多科幻小说写到了这种后人类，不再一一列举。这些后人类具有和传统人类不同的身体，而新的身体特点又带来了新的生活模式，对家庭、社会和环境产生了重大影响。他们往往主动与传统人类划分界限，自诩为新人类；或者，即使他们仍然承认人类为祖先，但事实上，这些新人类已经与他们的祖先具有天壤之别，成了一种后人类。

第五种后人类样态，是由于某些外在的突然变故导致传统人类在外在身体、内在心理、能力等方面发生各种异化，已与传统人类具有重大区别。在美国科幻小说中，这种异化常常会产生一种怪物，而且很多时候是突然完成的。例如，在罗伯特·海因莱因的《傀儡主人》（*The Puppet Masters*）中，这种异化的发生是由于外星人侵入人类身体使人类失去自由成为傀儡，表达了"以美国自由主义模式为根据构想的个人自由的重要性"[①]。来自泰坦星的鼻涕虫会寄生到人类身体里，然后控制人类的思想和行动，成为傀儡主人，而人类也就成了一种失去自由的后人类。小说突出的是人类为自由而战，但结局未知。杰克·威廉森在《比你想像的更黑暗》（*Darker Than You Think*）中也写到了一种携带特殊基因的变异人，其可以变形为动物，释放自己的兽性。小说突出了主人公威利·巴毕在兽性与人性之间的挣扎。菲利普·迪克的《天外的巫伯》（*Beyond Lies the Wub*）则写到了与外星生物合为一体的后人类。人类在外星得到了一只名叫巫伯的外星动物，会说话，能洞悉人类的思维和想法，与人类有着共同的神话体系，可以与人类毫无障碍地一起探讨《荷马史诗》中奥德赛的故事。船长弗兰克坚持吃掉了这只巫伯，然后神奇的事情发生了。当弗兰克与船员说话的时候，那显然是巫伯在说话，因为他继续了刚才中断的奥德赛话题，而当时船长并未在场，不可能知道人们在聊什么。F.L.华莱士（F.L.Wallace）的《会学习的身体》（*Student Body*）写了人类在外星开拓殖民地时遭遇的一种外星生命，这种生物的身体具有极强的环境适应能力，而且能够根据环境的变化发生身体变形，快速进化。当人类首次遇到它们时，那只是一种个头很小的杂食动物，用猫就可以对付，结果它们很快进化成了块头巨大的动物，能够

---

① 亚当·罗伯茨. 科幻小说史[M]. 马小悟，译. 北京：北京大学出版社，2010：216.

轻易将机器猫撕碎。生物学家用激素制造出了大型猎犬来对付它们，结果它们很快就进化成了老虎，在小说结尾处，它们甚至已经看起来非常像人类。更可怕的是，这些动物已经跟随飞船离开了，"它们将会出现在地球，还有所有有人类定居的地方"①。以它们极强的适应能力，或许，它们将以后人类的形态继续存在下去。奥克塔维娅·巴特勒（Octavia E. Butler）的《血孩子》（Bloodchild）写人类沦为了外星生物的代孕工具。菲利普·迪克的《血钱博士》、格雷格·贝尔的《血音乐》（Blood Music）也是其中的代表性作品，后文会详细分析。黄涵榆在《吸血鬼上线：以纪杰克式精神分析论当代科技文化》一文中，将吸血鬼故事纳入赛博格与后人类的范畴中进行了颇有启发性的分析。该文认为："怪物现身于政治、社会与科技文化的错位，而怪物幻界（the monstrous fantasy）则反应并反映这些错位，在某一程度上提供些许的想象性解决之道。值得关注的是，在文学与科技文化两个领域这怪物幻界都在某一程度上建构并维持了现实的一致性；然而此一幻界同时也将人们最深层的欲望与焦虑浮上台面。"②在科幻小说中，这些脱离了自然人轨道的变异人被视为怪物，实际上就是一种释放了欲望和恐惧的后人类。

　　第六种后人类样态，是离身后人类。最容易被想到的离身后人类就是数字生存，包括人工智能和上载生存。很多美国科幻小说都会写到人工智能，这些人工智能具有人才具有的自我意识和思考能力，甚至拥有人的情感，但是没有人类的肉身，是一种后人类形式。例如，在冯内古特的《艾皮凯克》中，第一人称"我"讲述了自己最好的朋友艾皮凯克，而这个朋友却是个被制造的人工智能。它具有机器的外形，却具有人类的思想和情感。迈克尔·斯万维克（Michael Swanwick）的《永不移位的城堡》（Steadfast Castle）描写了一个名叫凯西的房子电脑系统，它对主人产生了爱情，并甘愿为主人牺牲。海因莱因的《穿墙猫》（The Cat Who Walks through Walls）写到一台名叫亚当·塞勒涅的计算机，这台计算机可以自己编程、自己思考，有了自我意识、自由意志。在《穿墙猫》和《时间足够你爱》中还出现了具有智能且可以置换为肉身也可以脱离肉身的计算机密涅娃。杰弗

----

　　① F. L. 华莱士. 会学习的身体[M]. 魏映雪, 译//库尔特·冯内古特, 等. 科幻之书Ⅱ: 异站. 姚向辉, 等译. 北京: 北京联合出版公司, 2018: 346.

　　② 黄涵榆. 吸血鬼上线: 以纪杰克式精神分析论当代科技文化[M]//林建光, 李育霖. 赛博格与后人类主义. 新北: 华艺学术出版社, 2013: 248.

里·兰迪斯（Geoffrey A. Landis）的《漫长的追捕》描写了一个被追捕的智能机器，当然追捕它的也是智能机器。丹尼尔·威尔森（Daniel H. Wilson）的《机器人启示录》（*Robopocalypse*）里则写到了大开杀戒的人工智能。杰克·尼梅斯海姆的《追击莫里亚蒂》（*Moriarty by Modem*）、哈伦·埃利森（Harlan Ellison）的《我没有嘴，我要呐喊》（*I Have No Mouth, and I Must Scream*）等等，里面也都写到了人工智能。上载生存在本书中是指，人脱离了身体，在数字世界实现人类智能与人工智能结合的一种数字生存状态。威廉·吉布森的《神经漫游者》、弗诺·文奇（Vernor Vinge）的《真名实姓》（*True Names*）中都有写到这种后人类，后文会进行详述。当然，在美国科幻小说中，离身后人类还有很多种表现方式。例如，在物理学家、空间科学博士大卫·布林的《陶偶》中，艾琳所追求的终极目标就是离身后人类的形式，让意识脱离身体之后还可以存在于宇宙中。艾琳具有强大的自我意识，把意识、记忆看得特别重要，以其为原身所复刻的陶偶也都继承了这个特点。她的陶偶都会把记忆带回来传给艾琳，以至于艾琳的大脑空间已经几乎满盈，没有空间再继续接受偶人们的记忆。艾琳简直就成了一个发送和接收信息的机器。小说描写到一个场景，一群陶偶乱哄哄地围绕着一个真人，这个真人苍白无力，目光呆滞，毫无生机，只能仰躺在非常高档的生命维持系统里。她被剃光头发，头上插着很多电缆，被形容为像蛇发的美杜莎，嘴里也连接着滴管，简直就是一个失去生命意义的傀儡。一个复制人新鲜出炉，无需指令就能直接走向某个位置，与此同时，另一个即将终结的复制人走进来，没有任何仪式，两个姐妹过去割下她的头，放进记忆接收器，报废的身体则直接丢进再循环系统。"曾有人预言说，我们的未来就是这个样子。我暗自想，一旦能造出无数复制人去执行各种差事，你的原身就只剩下一种功能——成为保存记忆并延续记忆的容器，成为神圣的囚徒，像蚁后一样。至于生命的活力和生活的滋味，自有那些忙碌的工蚁来体会。"[①]因为受限于身体硬件，人所接收的信息是有限度的，因此艾琳选择抛弃身体，而让信息获得永恒。她选择用微型植入物炸飞自己的灵魂驻波，那些偶人也会被同时炸死，帮助她的灵魂发射升空，让那些信息获得永存。

第七种后人类样态，是由于观念问题而导致的后人类，也是哲学家们

---

① 大卫·布林. 陶偶[M]. 夜潮音，邹运旗，译. 成都：四川科学技术出版社，2012：134.

非常热衷于讨论的一种后人类。这种后人类，在外形、能力等方面与传统人类也许会有不同，也许没有任何变化，重点只是改变了传统上对人的认识，打破了之前的价值观念和思想意识，以一种迥然不同的立场来重新看待自己、看待世界、看待关系。思维改变所带来的转变也许是好的，能反思、矫正当下人类的错误，能体现出进步文化理念和人类未来发展方向，但也可能是坏的，使人进入了非人的境地，例如，成了丧失了主体性和自由意志、只能按照机械性轨道生活的像机器一样的人，或者是成了像机器一样冷漠、残酷的人，等等。总之，这类后人类，就是与此前对人类认知的一个断裂，会引起新的认知和新的转变，这种转变随时都可能在当下悄然发生。菲利普·迪克的《命运规划局》（*Adjustment Team*）写到了一个意外，小说主人公竟然错过了一位超验的老人对世界命运的重新规划，于是只有他见识到了真相，原来，人类的命运都是被设计好的。当他发现真相并想进行改变的时候，他就进入了后人类状态。但是，与据此改编的电影结局不同，小说的主人公选择回到原来的轨道，并与那位老人约定绝不和任何人谈起此事，继续安分守己地去过被规划的生活。那么，这种人就不是认知觉醒的后人类，因为这个断裂让他看到了真相却并未引起他的任何改变。W. E. B. 杜波依斯（W. E. B. Du Bois）发表于 1920 年的《彗星》（*The Comet*）借助科幻的形式表达了关于种族问题的思考，这里的人物也像菲利普·迪克《命运规划局》里的人一样，遇到了变革的契机但是没有做出改变。黑人吉姆是一个信差，恰巧在他被派到纽约的地下金库里寻找东西时，彗星扫过地球，这个过程释放了大量辐射，所以当他出来以后见到的是尸横遍野。吉姆遇到了一位出身富裕家庭的年轻白人姑娘，女孩儿一开始对吉姆充满戒备，认为两人是不同种族阶级的人，他一定心怀不轨。吉姆一路上的细心照顾终于让女孩儿放下了种族和阶级的偏见，在这个似乎是世界末日的时段里，无所谓黑白，无所谓贫富，她对吉姆产生了感激。然而，当女孩儿的亲人以及其他人从外市归来，吉姆立刻又成了被白人唾弃和厌恶的存在。阿西莫夫的经典短篇科幻小说《日暮》（*Nightfall*）描写了人重新认识世界的惊奇感，《仿生人会梦见电子羊吗？》《机器人启示录》《智能侵略》（*Amped*）等很多科幻作品都写到了由于认知问题和思维转变导致的后人类，这种转变既有坏的方向，也有好的方向，我们会在后文详细论述。

　　描写了以上几种后人类的美国科幻小说，都可以成为我们在本书中所分析的对象。有的科幻小说所写到的后人类样态可能同时涵盖其中的一两个种类甚至更多。例如，阿尔弗雷德·贝斯特的《群星，我的归宿》在前面被作为例子放在了因进化而导致的后人类那一个类别中，实际上小说的主人公格列·佛雷还是一个赛博格。他是一个因为仇恨之心而被激发了潜力的人，后来又花钱贿赂火星突击军团的最高级外科医生将自己改造成了战斗机器，成了一个赛博格。当他把舌头抵在右上方的第一颗大牙上后，会打开藏在牙齿里的交换器，让他的一半身体转化成电子机器。他自己也说，与其说自己是人，不如说自己是部机器："每一个神经网状组织都被重新装配，显微镜晶体管和变压器被埋藏在肌肉和骨头里，在他脊柱的根部露出一条铂质电源输出线。他的身体已经建立了一个几乎能完全自动运行的内部电子感应系统。"①总而言之，在一部科幻小说中同时包含几种后人类样态很正常。

① 阿尔弗雷德·贝斯特. 群星，我的归宿[M]. 赵海虹，译. 南京：江苏凤凰文艺出版社，2019：169-170.

第二章　超越脆弱的人类身体

——后人类身体的目标

对传统的自然人来说，身体是人来到这个世界上的最初所有，也是离开这个世界时的唯一陪伴。"我们打交道的是各种身体技术。身体是人首选的与最自然的工具。或者，更准确地说，不用说工具，人首要的与最自然的技术对象与技术手段就是他的身体。"[①]这个身体为人提供生命支持和保护，也是心灵的栖息之所，但有时也会给人带来难堪和伤害。人类的原初身体具有天然的优势，当然也具有无法克服的自然性和弊端，后人类身体的目标就是要超越人类身体的局限性，使嵌入身体的科技性弥补甚至战胜自然性。

第一节　脆弱的人类身体

布莱恩·特纳（Bryan S. Turner）在《身体与社会》（*The Body and Society*）中写道："我们有身体，但在特定意义上说，我们也是身体。"[②]传统的人类身体都依赖并受限于人的自然生理性机制。人类生命的孕育有赖于自然两性独特的生理性身体特点，当新生命来到世界之后，他的身体终其一生也都依赖并受限于人类身体的特点，以及与之相伴相生的弱点和局限性。身体机能比较敏感、脆弱，容易劳累，容易损坏，需要持续的而且是正确的物质条件供应，易受病痛以及其他伤害的侵袭，还容易受到欲望、情绪的影响，而且寿命短暂。"在身体总是受到残害、忍受饥饿、招致虐待

---

① 莫斯. 社会学与人类学[M]. 佘碧平，译. 上海：上海译文出版社，2004：306.
② 布莱恩·特纳. 身体与社会[M]. 马海良，赵国新，译. 沈阳：春风文艺出版社，2000：61.

的世界中，为我们所熟知的观念诸如责任、美德、宽厚、尊重他人等，就会变得一文不名，毫无意义。而且，身体能力也限定了对我们自己和别人的期望值，并因此决定了我们道德义务与道德追求的限度。"①因此，很多哲学家都表现出轻肉身重灵魂的二元论立场，认为肉身只是累赘。"西方传统哲学在身体性问题上有一个共同取向，即扬'心'（灵魂、心灵、心智）抑'身'（肉体、躯体），强调灵魂的实体性或本体性，是典型的离身灵魂论。"②

"在柏拉图那里，感性生活与理智生活被一条宽阔而不可逾越的鸿沟所分离。"③在《斐多》篇中，柏拉图认为，在追求知识时，肉体的感觉并不可靠，而且肉身需要营养、易于生病，还会被各种欲望、情绪和胡思乱想所困扰而分心，这些都导致人不能专心思考，因此柏拉图认为，要接近知识只有一个办法，那就是尽量不和肉身打交道。"要探求任何事物的真相，我们得甩掉肉体，全靠灵魂用心眼儿去观看。所以这番论证可以说明，我们要求的智慧，我们声称热爱的智慧，在我们活着的时候是得不到的，要等死了才可能得到。"④在《理想国》中，柏拉图也从一个政治家的立场谈论了身体的病痛给家务管理、军事服役、上班办公以及学习、沉思等道德实践和锻炼所造成的累赘。⑤新柏拉图主义的代表普罗提诺（Plotinus）也秉持着轻物质世界（自然包括肉身）重精神世界的理念。"普罗提诺那里精神与物质的对立导致了一种源出于蔑视的禁欲主义（事实上，根据他的学生波菲利[porphyry]的说法，他甚至对自己有一个肉体感到羞耻），这使得感官证据在他那里没有任何价值。"⑥

在中世纪流传下来的西方宗教传统中，身体在基督教中居于核心地位："身体，它既是宗教人士的修身之所，也是他们求索信仰的得失关键……在关于身体和其产生的形象方面，基督教的言辞透着一股平衡的论调：既对

---

① 理查德·舒斯特曼. 通过身体来思考：身体美学文集[M]. 张宝贵，译. 北京：北京大学出版社，2020：33.

② 胡万年. 身体和体知：具身心智范式哲学基础研究[M]. 北京：北京师范大学出版社，2020：40.

③ 恩斯特·卡西尔. 人论[M]. 甘阳，译. 上海：上海译文出版社，2004：5.

④ 柏拉图. 斐多[M]. 杨绛，译. 北京：生活·读书·新知三联书店，2012：18-19.

⑤ 柏拉图. 理想国[M]. 郭斌和，张竹明，译. 北京：商务印书馆，2016：119.

⑥ E. J. 戴克斯特霍伊斯. 世界图景的机械化[M]. 张卜天，译. 长沙：湖南科学技术出版社，2010：56.

名号贵族化而又对身体蔑视化的一种双重行为。"①这种矛盾来自罪感与得救，都与身体相关。"自从犯下原罪之后，人就因其欲念而脱离了意志的控制……因此，必须对身体进行控制，必须摆脱它，必须将神灵迎进身体之中……"②与柏拉图传统和基督教传统都具有难解之缘的笛卡尔所延续的也是重精神轻肉身的传统。笛卡尔承认"整个精神似乎和整个肉体结合在一起"，但他仍然只将"我"或"自我"界定为一种思考着的东西："严格来说我只是一个在思维的东西，也就是说，一个精神，一个理智，或者一个理性，这些名称的意义是我以前不知道的。那么我是一个真的东西，真正存在的东西了；可是，是一个什么东西呢？我说过：是一个在思维的东西。"③乔治·贝克莱（George Berkeley）也将自我等同于精神维度："这个能感知的能动的主体，我们把它叫做心灵，精神或灵魂，或自我。"④

　　与这种贬抑肉身的传统不同，文艺复兴时期以及随之复兴的古希腊罗马文化对身体的乐观认识获得发展，它带来的重视身体的传统也是基于身体的脆弱。正是从那时开始，人们有意识地关注身体的状态，认为应该尽可能长久地保持身体的健康，自此以后步入了狂热追求技术干预身体、提升身体素质的历史，直到 20 世纪达到一个新阶段。在 20 世纪，对身体的关注开始成为一个焦点。"20 世纪是身体登场的世纪，只是当身体出场时，却总是处于疾病和痛苦之中，而且还处于暴力与死亡的威胁之中，因此没有哪一个世纪像 20 世纪是一个如此充满身体创伤的时代了……但也没有比 20 世纪对身体如此推崇的了，因为身体本身作为问题凸显出来了。"⑤

　　科幻小说中写到的那些乐于脱离肉身的人，大都是因为那具肉身成了自己生活的累赘，甚至严重影响了生存本身。库尔特·冯内古特是美国经典文学传统中一位卓有成就的作家，但他的一些作品也常常被当作科幻小说来解读。例如《五号屠宰场》（*Slaughterhouse-Five*）就常常出现在一些梳理科幻小说史的著作中。我们在本书中也会谈到冯内古特的几部作品，《不可穿的身体》（*Unready to Wear*）就是其中一篇。它以一种看起来比较

---

① 雅克·热利. 身体、教会和圣物[M]//乔治·维加埃罗. 身体的历史（卷一）：从文艺复兴到启蒙运动. 张垒，赵济鸿，译. 上海：华东师范大学出版社，2019：2.

② 阿兰·科尔班. 宗教的控制[M]//阿兰·科尔班. 身体的历史（卷二）：从法国大革命到第一次世界大战. 杨剑，译. 上海：华东师范大学出版社，2019：46.

③ 笛卡尔. 第一哲学沉思集[M]. 庞景仁，译. 北京：商务印书馆，1986：26.

④ 乔治·贝克莱. 人类知识原理[M]. 关文运，译. 北京：商务印书馆，2010：22-23.

⑤ 夏可君. 身体：从感发性、生命技术到元素性[M]. 北京：北京大学出版社，2013：3.

玄学的方式写到了科幻小说中常见的梦想之一：逃离肉身。小说以第一人称“我”的形式，写到一种新的两栖人，这种人既可以完全脱离肉身、以意识的形式存在，也可以去“身体存储中心”借一具身体穿戴上去行动。小说里的“我”和妻子属于相对比较守旧的两栖人，他们会经常怀念身体，去租借身体，而年轻人却很少留恋身体。他们二人还会经常去看看自己拥有肉身时所积累下的那些物质，例如，“我”会常回老家的镇子转转，打理一下那里的东西，妻子玛琪则经常会借身体回去打扫他们的老房子，“我”甚至认为玛琪只有试过了地球上每个储藏中心的每一具身体之后才会满意。但是另一方面，“我”又庆幸玛琪可以摆脱她原来的身体，因为那是一具并不令人满意的肉身，而那时人们对生来就有的身体毫无办法，直到可以脱离它。所以，玛琪不是不爱身体，她只是不爱那个不能令自己满意的身体，那具身体让她失去自信，最后她的身体生了病，不久于人世，就在这时她走出了肉身。小说中发现人如何摆脱身体这种方法的人是柯尼基瓦泽，他心心念念要抛弃这个身体也正是因为他拥有一个难以忍受的身体。“他以前的身体几乎要把你赶出去。溃疡、头疼、关节炎、平足、修枝刀一样的鼻子、猪一样的小眼睛，皮肤糙得像二手的汽船旅行箱。他一直是个最温柔的人，你肯定想要那种朋友，但以前他困在那具身体里，没人靠近他，没人发现他的温柔。”[①]身体既是一种与外界的联通，也会造成与外界的隔绝。柯尼基瓦泽不堪的身体将他囚禁了起来，也成了他与其他人交往的障碍。柯尼基瓦泽是个数学家，谋生全靠心智，加之那具身体带来的不便，所以他一心想要摆脱身体：“心智是人类唯一有价值的东西。为什么心智必须绑在一堆皮囊、血液、毛发、肉、骨头、管子上？人的生活困在这么个寄生壳里，必须没完没了地给它吃饭，防止它受到天气和细菌的伤害，人什么事情也做不成就毫不奇怪了。而且这个傻东西终归还会耗干——不管你塞多少食物，不管你怎么保护它！”[②]有一天在公园里，柯尼基瓦泽集中心力突然就走出了身体，灵肉分离。从此以后，他摆脱了身体所携带的一切累赘：吃饭、睡觉、恐惧、麻烦。小说所描写的世界也存在着反对两栖人的传统人类，他们指控两栖人犯有遗弃身体的罪，指责他们胆小懦弱，

---

① 库尔特·冯内古特. 不可穿的身体[M]//欢迎来到猴子馆. 王宇光，译. 北京：中信出版社，2017：305.

② 库尔特·冯内古特. 不可穿的身体[M]//欢迎来到猴子馆. 王宇光，译. 北京：中信出版社，2017：306.

逃避困难，抛弃责任和信仰。传统人认为，抛弃身体是雄心的终结，伟大的终结，而小说中的"我"却认为那是恐惧的终结。

美国科幻小说中写到对自然身体不满意而试图逃离身体的情节数之不尽，如尼尔·斯蒂芬森《雪崩》中的吴那残破不堪的身体、约翰·斯卡尔齐（John Scalzi）的《生命之锁》（*Lock In*）中那些因为被黑登综合征禁锢而完全无法动弹的身体等等。正是因为身体的脆弱，古往今来人们一直在利用科技弥补身体的缺陷和不足，后人类身体的目标就是要超越身体的各种局限。

第二节　美国科幻小说中后人类身体的目标

美国科幻小说中的后人类身体都在试图利用科技打破传统人类身体所具有的疆界，让身体摆脱病痛和缺陷的囚牢，摆脱性别和种族的禁锢，甚至摆脱生死的束缚，希望能够将人类予以解放。后人类身体反天然主义、反本质主义，对他者敞开，不断融合、不断生成，力图超越自然、超越肉身、超越人类、超越死亡、超越极限，成为超越束缚的自由之所。罗西·布拉伊多蒂的《后人类》给了本部分论述极大的启发。

第一，超越"自然之手"。人们通常认为，大自然自有规律，这个规律就像"自然之手"，它会按照规律自我安排、自我调整，人类的身体也同样受到"自然之手"的控制，会携带着与生俱来的基因，而这些基因，最终会将人区分开来，带来不同的人生轨迹。也有人称这一规律为"自然彩票"，有些人天生就有更健康、更有天赋的身体，而有些人的身体自出生就携带着某些缺陷。人们甚至会用"基因贵族""基因穷人"这种词语来标明自然带来的这种内在不平等。在现实世界中，人们已经借助科技来干预基因的再分配，以正义和平等之名，实现从"运气到选择"的转变。超人类主义更是鼓吹这种改变，并因而引起了关于新型优生学的争论："'从运气到选择'看似非常自相矛盾，但是超人类主义的这个根本口号的确是出于伦理原因并使其最终走向一种新的优生学——之所以说新型，是因为它在各方面与极权主义优生学对立。极权主义优生学是灭绝式的国家行为，是纳粹，我们现在一听到优生学这个词仍然会条件反射似的这么想。超人类主义优生学与其有四点本质的区别：（1）不是国家行为，而是基于个人自由，如艾伦·布坎南（Allen Buchanan）等人的名作《从运气到选择》中所提到的：从很不公平、很随机的'自然彩票'到人的意志的自由选择。（2）没有歧视，相反，它旨在实现条件平等，因为它想纠正盲目而冷漠的自然对人类造成的不公正。（3）因此，它是出于一种民主化的角度：在经济和社会平等之外，意图实现基因平等（布坎南的书也是这个副标题：'基因与正义'）。（4）最后，它完全是纳粹优生学的对立面，因为它根本不想消灭弱者或所谓的'怪胎'，相反，它要修复或增强人的素质，因为自然在进行分配时既吝啬又不平等。"①

有很多反对基因改造的理由，例如福山提到的，"挑战了人们深为珍视的平等和进行道德选择的能力"，是"新的控制公民行为的手段"，"改变我们对人的品性及认同的传统理解"，"颠倒现存的社会结构"，而且更为根本地挑战人性，"人性是公正、道德和美好生活的根基，而这些都会因为这项技术的广泛应用而得到颠覆式的改变"。②而超人类主义者不但不认为应以道德的名义放弃对身体的干预，反而将这种干预视为一种道义上的责任，只要这种行为不是国家行为而是个人自愿。他们认为利用科技超越"自然之手"，并不是在抛弃自然、违背自然，而是在顺应自然。美国科幻作家保罗·巴奇加卢皮的小说《发条女孩》中有一位基因科学家吉布森博士，他的一句话恰好体现了这种信念，他说："我们就是自然。每一次小修小补都是自然，生物学上的每一点改进都是自然。"③问题是，这种改造将是一个永无止境的需求，附带着永无止境的野心。如果可以改变一个会威胁生命的疾病基因，接下来就会修改不致病的基因，下次就想可以变得更高、更美，接下来可能就想更聪明、更强壮，然后就会希望可以更年轻、更长寿。终有一天，人类就跨越界限迈入了后人类时代。

"设计婴儿"（designer baby）是超越"自然之手"在科幻小说中最常见的一种描写。美国作家弗雷德里克·波尔（Frederik Pohl）在《百万日》（*Day Million*）中对此有相关描述。未来距今一千年左右，人们能在胚胎期就对婴儿的天赋进行控制，"差不多是在细胞分裂的第二层，准确说来，就

① 吕克·费希. 超人类革命：生物科技将如何改变我们的未来？[M]. 周行，译. 长沙：湖南科学技术出版社，2017：50-51.

② 弗朗西斯·福山. 我们的后人类未来：生物技术革命的后果[M]. 黄立志，译. 桂林：广西师范大学出版社，2017：83.

③ 保罗·巴奇加卢皮. 发条女孩[M]. 梁宇晗，译. 成都：四川科学技术出版社，2012：349-350.

是当卵细胞分裂形成游离胚囊时，他们便以自然方式来帮助这些天赋形成
发展……而他们发现一个孩子具有做女人的天分，就把她变成女人。由于
性早就已经与生殖脱钩了，所以这样做相对来说并不困难，没造成什么麻
烦，也没招致半点议论——至少没引来多少流言蜚语"①。不只在出生之前
可以被改造，在出生之后人还会继续接受改造，眼睛会发光、有特殊的皮
肤、改变身体构造以适于水下生存、不需要上厕所，或者成为一个人机结
合体、用镉离心机代替心脏，很快，人身上大部分天然的部件就都被替换
掉了。但是这样的身体却感受不到真实的情绪，因为那些人造的器官根本
就不会有实际的感受，它们只是接收和传送神经脉冲的感受器而已，只要
大脑能够接收符号调制器发出的神经脉冲信号，就可以知道它所模拟出的
世间万事万物，包括痛苦与和爱情。

南希·克雷斯（Nancy Kress）的《大幕初启》（*Act One*）也是围绕着
被设计的孩子讲述了一个试图超越"自然之手"的故事。小说中的 "我"
名叫简·斯诺，是一位五十四岁的明星，需要出演一个与基因改造组织和
被改造的儿童相关的电影，名叫《完美未来》。因此"我"和经纪人巴里深
入基因改造组织内部去采访和观察。经过重重严密的检查，简·斯诺和巴
里终于见到了这个组织的头目——一个自称以实玛利的人，这只是个名叫
哈罗德·西尔维斯特·厄莱雷奇的人所用的假名字，他是一个失败的演员、
骗子和逃税者。在这个小说所描写的世界里，尽管有《反基因改造法》，但
还是有很多富有的父母在改进胚胎，选择孩子。小说里有一种特殊的基因
改造被称为"阿伦综合征"或者"阿伦进化"，因为当年是肯尼斯·伯纳
德·阿伦发现通过改造 X 染色体能够影响人类进行社交活动的能力，于是
他开了一家生殖诊所，用来创造出具有超共情能力的孩子。"阿伦承诺给
客户一个能完全理解父母感受的孩子，潜在客户很喜欢这样的承诺。六七
岁大的阿伦综合征儿童，尤其是其中比较聪明的，就能读懂一系列非语言
的信号了；到九岁或者十岁，你就不可能再对他们撒谎了。他们感情细腻，
易于合作，心怀感激，敏感警醒。要是你够诚实，并且真心为他们着想，
那么和这样的孩子相处是种享受。"②在这个故事中，已经有三千两百一十

---

① 弗雷德里克·波尔. 百万日 [M]. 罗妍莉，译//库尔特·冯内古特，等. 科幻之书Ⅱ：异站. 姚
向辉，等译. 北京：北京联合出版公司，2018：323.

② 南希·克雷斯. 大幕初启 [M]. 姐拉，译//盖娅的惩罚. 梁涵，姐拉，译. 北京：东方出版社，
2019：218.

四个孩子被改造过，这个地下组织希望就这样逐渐去改变未来。但是，后来这个组织却发现，基因改造并不能达到他们所预期的结果，因为这种改造的后果并不稳定。该组织制造出的儿童大都比较低调，但是有一对大明星却很特别，他们就是十一岁大的巴灵顿双胞胎，爱出风头的父母让她们上遍了全世界的封面杂志。这对双胞胎的外表简直无可挑剔，其中一个温顺友好，而另一个名叫贝琳达·巴灵顿的孩子却脾气古怪，拒人千里，在羞辱了简·斯诺之后非常开心，这种冷漠明显体现出这个孩子完全违反了阿伦基因改造的预期结果。这也就说明，共情也许意味着可以体察他人的感受，却并不代表一定会同情或者支持别人。于是，这个组织又创造出增加促育素受体的病毒，试图用一种基因改造来纠正另一种基因改造。这种增加促育素的病毒是一种能够传染的东西，接触的人都会表现出类似流感的症状，实际上它能增强促育素发挥的作用，会促进养育行为，从而使人变得充满爱意。该组织认为，利用这些孩子与他人接触来引起传染，引发促育素发挥作用，以此来制造更加善良温和的人，可以弥补制造出具有共情能力的儿童太少的缺憾。对于这些事，简·斯诺的经纪人巴里非常愤怒，他坚持认为，该组织没有权利未经本人许可就随便摆弄别人的基因。巴里之所以如此愤怒，这与他自身的经历有关，他是一个软骨发育不全的侏儒症患者，畸形的骨骼和软骨、矮小的身材、巨大的脑袋和屁股、像是被打扁一样的脸、脊椎管受到压迫造成的巨大疼痛，这一切做了很多次痛苦的手术也无法得到改善。简·斯诺对于这样的巴里竟然反对基因改造难以理解。事实上，巴里曾经支持基因改造，却为此付出过沉重的代价，因此他知道跟所有的基因修补术一样，阿伦综合征也一定会有副作用。当初，为了不让儿子伊桑遭受自己从小所遭受过的那些痛苦，巴里曾经选择对孩子进行了基因改造，他不想要有正常身高的孩子，怕孩子七岁时身高就已经跟自己一样，从此失去对孩子的控制，而且孩子还可能看不起自己的父母。改造的结果却出乎意料，体细胞基因矫正产生了严重而持久的副作用，就像多米诺骨牌一样，一个基因影响到另一个基因，又影响到下一个，改造的结果就像瀑布飞流直下，难以阻挡也难以承受。伊桑长成了一个高个子美男，但总是难以控制自己的冲动，有时会有严重的神经失控，更易冲动、更易愤怒。在小说的结尾，巴里故意沾上已经感染了促育素病毒的唾液去感染伊桑，希望儿子体内的促育素能够更好地发挥作用，能更温和善良。"混沌理论告诉我们，在一个循环反馈系统中，初始条件的细微变化就能导致结果发生不可预测的巨大改变。人类行为就是一个循环反馈系统。伊桑比从前更同情我，这是因为他体内的促育素受体增加了，还是因为我如今更愿意接受他（还有别人）的同情了？相同的共情基因改造为什么造就了布里奇特和贝琳达这两个表现不同的个体？"①小说并没有给出答案，这一切都只是大幕初启。

对于超越"自然之手"而定制孩子的这种新型优生学，很多理论家都表现出了担忧。如果赋予父母自由，很多父母一定会选择孩子的特质，就像在超市里选购自己最喜欢的商品带回家一样，他们会借助科技来选择孩子的特质，然后制造出一个让自己满意的孩子，而父母所偏好的特质却未必是孩子将来成年后会满意的，这实际上是对孩子自身权利的剥夺。学者迈克尔·桑德尔（Michael J. Sandel）在《反对完美：科技与人性的正义之战》（*The Case against Perfection: Ethic in the Age of Genetic Engineering*）中认为，试图借助科技来实现"完美"，会侵蚀人类的谦卑、责任和团结。②也有学者认为，需要预防出现"只顾改善自己及其后代的特权阶层"，这样就能避免最终导致"两个人类物种，他们除了拥有共同的历史再无其他共同点"。③

无论怎样，超越"自然之手"的确是后人类身体的目标，并由此才出现了后面超越各种限制的后人类。在不可阻挡的趋势下，学者们只能大力呼吁对风险的评估和监管。有学者认为，许多与生物技术后果相关的问题都被限定在政府责任之外，很多政府机构认为他们的作用是促进创新和发展而非评估和选择。④因此弗朗西斯·福山（Francis Fukuyama）才在《我们的后人类未来：生物技术革命的后果》（*Our Posthuman Future: Consequences of the Biotechnology Revolution*）中一再强调："未来生物技术将巨大的潜在利益与有形且显明、无形且微妙的威胁混合在一起，面对此，我们应该做些什么呢？答案是明确的：我们应当使用国家权力去监管它。如果事实证明

---

① 南希·克雷斯. 大幕初启[M]. 妲拉, 译//盖娅的惩罚. 梁涵, 妲拉, 译. 北京：东方出版社, 2019：284.

② 迈克尔·桑德尔. 反对完美——科技与人性的正义之战[M]. 黄慧慧, 译. 北京：中信出版社, 2013：84.

③ 吕克·费希. 超人类革命：生物科技将如何改变我们的未来？[M]. 周行, 译. 长沙：湖南科学技术出版社, 2017：98.

④ Sheldon Krimsky. Biotechnics and Society: The Rise of Industrial Genetics[M]. New York: praeger pubulishers, 1991: 229.

它超出了一国权力的管辖，那么就需要国际基础上的监管。"①哈贝马斯（Jürgen Habermas）也在《作为"意识形态"的技术与科学》（*Technik und Wissenschaft als "Ideologie"*）中认为，"必须进行一种政治上有效的、能够把社会在技术知识和技术能力上所拥有的潜能同我们的实践知识和意愿合理地联系起来的讨论"②。

第二，超越肉身中心主义。传统的人是肉身性的存在，这个肉身易于受到病痛、损伤的折磨，能承受的打击非常有限，甚至一个拳头就可以致人于死地。后人类身体就致力于打破肉身中心主义，实现生物有机体与非有机物质特别是自动控制机器的结合。马萨诸塞州大学的历史系教授布鲁斯·马泽里西（Bruce Mazlish）曾提出了科技推翻人类谬断的四个阶段，前三个分别是"地心说""人类中心说""理性中心说"，而现在进入了"第四次间断"，那就是：人类与机器的边界正在逐渐消失。

超越肉身有两种情况，一种是抛弃肉身，承认完全的机器之身，机器人或者离身的数字生存都属于这一类。但是目前来看，无论是从认知方面还是从技术方面，机器完全替代肉身仍然属于一种畅想而已。吕克·费希认为很难实现唯物主义超人类主义所期待的人与机器的所谓"一元论"。"即使机器能够完美地模仿人类，甚至比完美还完美，但因为机器的能力超出了我们人类的能力，因此机器终究无法体验快乐和痛苦、爱和恨，无法拥有真正的自我意识。当然，它可以表现得'像有'，但它并没有任何感觉，因为要感觉到情绪，需要拥有一个身体，需要有生命——因此，只看外部标准，只看行为，是不够的，甚至是惊人的幼稚的。"③

当前，在技术上和认知上更为现实的超越肉身的方式是人与机器的融合，就是赛博格。"赛博格"这个概念是 1960 年由美国学者——曼菲德·E.克莱恩斯（Manfred E. Clynes）和内森·S. 克莱恩（Nathan S. Kline）首先提出来的，他们希望人类能够积极推动自己的生物学进化，期待出现一种可以自我调节机体功能的超能人。④赛博格体现的就是人类和技术他者的

---

① 弗朗西斯·福山. 我们的后人类未来：生物技术革命的后果[M]. 黄立志，译. 桂林：广西师范大学出版社，2017：13.

② 尤尔根·哈贝马斯. 作为"意识形态"的技术与科学[M]. 李黎，郭官义，译. 上海：学林出版社，1999：95.

③ 吕克·费希. 超人类革命：生物科技将如何改变我们的未来？[M]. 周行，译. 长沙：湖南科学技术出版社，2017：119.

④ Chris Hables Gray. The Cyborg Handbook[M]. New York: Routlegde, 1995: 29-33.

关系,技术制品和肉身以前所未有的程度结合在一起,技术由他者变为"我"的一部分,成为技术化自我。安迪·克拉克(Andy Clark)认为,赛博格是 20 世纪后期的一种文化标志。①据雷·库兹韦尔预测,到 2029 年,人类与机器之间将鸿沟不再。

赛博格人类学致力于想象或然世界,赛博格意象也有助于构想将现有世界转变为新模样的策略。②可以说,赛博格为人们带来了超越身体局限的梦想,也带来了超越等级的梦想。唐娜·哈拉维曾经谈到,赛博格打破了人与动物、有机体与机器、身体和非身体之间的界限,"赛博格的意象暗示了一条走出二元论迷宫的途径,我们曾经在这个迷宫中向自己解释了我们的身体和工具"③。赛博格将保留人类的感觉、情感和思维能力,但其机器装置则可以超越人类肉身的局限性,令身体更灵活、更精确、更长久耐用。可以说,赛博格概念的提出为柏拉图式和笛卡尔式逃逸出身体囚牢的梦想重新注入了活力。

第三,超越人类中心主义。亚里士多德那个时代就认为万物是有等级的,矿物最低,其次是植物、动物,而人类处于最高等级。④尽管早在 1859 年,达尔文的《物种起源》就已经证明人类是由动物演化而来的,不过是自然物种中的一个,但人类中心主义至今仍然是很多人心中不容置疑的价值观。然而科幻小说中的后人类身体却在超越人类中心主义,走向后人类中心主义。作为后人类思想来源之一的超人类主义主张打破各种形式的等级,当然也包括人类中心主义:"超人类主义自认是后形而上学的、环保主义的、平等主义的、女权主义和反物种主义(赞成动物权利)的。"⑤罗西·布拉伊多蒂认为,后人类是具身化和嵌入式的关系项,作为自然中的一分子与其他自然物种相互作用,打破了物种等级的壁垒,后人类中心主义打破了物种等级观念和人作为万物尺度的标准。因此,布拉伊多蒂声称后人类中心主义应该是一个开放的、相互作用的、扩展的关系型自我,后人类主

---

① Andy Clark. Natural-born Cyborgs: Minds, Technologies, and the Future of Human Intelligence[M]. New York: Oxford University Press, 2003: 5.

② Chris Hables Gray. The Cyborg Handbook[M]. New York: Routlegde, 1995: 345-346.

③ 唐娜·哈拉维. 类人猿、赛博格和女人:自然的重塑[M]. 陈静,吴义诚,译. 郑州:河南大学出版社, 2012:253.

④ 亚里士多德. 形而上学[M]. 苗力田,译. 北京:中国人民大学出版社, 2003:35.

⑤ 吕克·费希. 超人类革命:生物科技将如何改变我们的未来?[M]. 周行,译. 长沙:湖南科学技术出版社, 2017:49.

体的关系能力绝对不仅仅局限于人类之间，而是也包括"所有非拟人化的元素"，无法斩断与"其他有机生命的联系"，这种"以普遍生命力为中心的平等主义"就是罗西·布拉伊多蒂所认为的后人类中心主义转向的核心，而这自然会给传统人类概念带来冲击："后人类中心主义的后人类层面可能最终被视为一个解构主义走向。它解构的对象是物种的超然性。但是也打击了人性的恒久概念。"①

在科幻小说中，人类的身体里可以拥有动物的器官或者基因，人与动物甚至人与微生物都可以共存。"智人的种种能力、需求和欲望都根源于智人的基因，而智人的基因组只比田鼠或老鼠复杂了 14%（老鼠的基因组有大约 25 亿个碱基，智人约有 29 亿个）。用转基因灵长类动物来研究人类，用转基因改造人类，可以把其他物种的天性移植到人类身上，如声波定位、敏锐感官，或者产生光合作用、所需营养自给自足等，可使人类从其他动物中获得基因优势；人类也可以借由黑猩猩的基因移植，来增加肌肉强度，提升记忆力，增强规划能力。"②在美国科幻小说中，这种物种混杂于一个身体里的状态非常多。厄休拉·K. 勒古恩在《变化的位面》（*Changing Planes*）中提到了一种由席达·杜利普发明的位面转换法，可以让人转换到其他位面，见识其他人和文化，有些人就可以被视为某种后人类。例如，《伊斯拉克粥》（*Porridge on Islac*）这篇科幻小说中写到了一些跨物种的后人类。这里的科学家将其他位面的基因技术滥用到这里，不仅制造出了会说话的狗、能下棋的猫，还制造出了具有百分之四玉米基因、千分之五鹦鹉基因的人类，以及身材矮小、会咯咯叫的鸡人等等。这些跨物种后人类所生下的后代，当然还会跨物种到更复杂的程度，鱼人、马人、鹅人……菲利普·迪克的《血钱博士》（*Dr. Bloodmoney*）中的人物斯图亚特说人类和动物之间已经不再有以前那么宽的鸿沟了，保罗·巴奇加卢皮的《发条女孩》中的发条人被混合了犬类基因。杂交是令人恐惧的，因为它既是我们又非我们；同理，杂交中也存在着人类被包容和增强的潜力。③金·斯坦利·鲁宾逊在《2312》中描写了人类开辟的外星世界，人们会吞食外星的微生物，或者把它们注射到自己的血液里。女主人公斯婉是一名生态设计者，负责为星球设计合适的生态系统，保护即将灭绝的物种。斯婉就曾

---

① 罗西·布拉伊多蒂. 后人类[M]. 宋根成，译. 郑州：河南大学出版社，2016：95.
② 罗保林. 后人类社会[M]. 北京：科学普及出版社，2018：111.
③ Jessica Langer. Postcolonialism and Science Fiction[M]. New York: Palgrave Macmillan, 2011: 107.

经服用了一杯土卫二外星微生物，而这些微生物竟然在关键时刻救了她的性命。当受到外来的爆炸袭击时，很多人遭受了严重的辐射，或死亡或重伤，而斯婉的情况却好得多，她体内的土卫二共生物帮了大忙，它们有很好的抗辐射性，作为屑食性生物，它们通过以斯婉身上的死细胞为食而繁衍起来，并加入到她的淋巴细胞中帮忙清扫身体。小说中的扎沙曾经称斯婉已经成了"某种'后人类生物'，或者说，至少是一个完全不同的人类了"①。

格雷格·贝尔的《血音乐》描写了一种更为本体论意义上的超越人类中心主义，这里描写的后人类是一种可以融合自然万物的存在。小说开始的情节，便是乌拉姆被公司领导杰拉尔德·哈里森训斥和警告。他在为国家卫生研究所管制的好几种微生物设计新的互补 DNA，而且使用了这里不允许使用的哺乳动物细胞，因为公司的设备不足以防备生物性危害，没有相应的安全措施，所以他的行为非常危险。变形后的后人类身体不仅瓦解自己原本的躯体形态，还会和其他身体融合为一体，甚至把环境也包裹进来。小说中有一段记者报道：

> 我该如何描述下面这一片景观？也许需要新的词汇和新的语言才可以。生物学家也好，地质学家也罢，这种外观和形状都是他们前所未知的。它覆盖了所有地方：城市，乡村，甚至北美的荒野。整片整片的森林都变成了灰绿色的……呃……锥形、钉形和针形。通过长焦镜头，我们可以看到这些森林中有动静：大象般巨大的物体正以不为人知的方式移动着。我们还看到河水仿佛受了控制，流动的方式完全不同于正常的水流运动。在大西洋沿岸，尤其是在纽约和大西洋城附近，离岸十到二十公里的海面也披上了一层油亮、光滑的绿"毯子"，而且显然是活的。
>
> 至于那些城市本身——没有一丝正常生命的迹象，没有一点人类的踪迹。纽约已经变成了一个陌生的几何体大杂烩，一座被拆除重组的城市，显然是为了迎合那瘟疫的意图——如果瘟疫也有意图的话。实际上，我们所看到的景象，证明了那则盛行的传言：入侵北美的是某种智能生命——那是一种智能微生物，能够合作、变异、适应和改变周围环境的生物。我们在新泽西州和康涅狄格州看到了类似的生物

---

① 金·斯坦利·鲁宾逊. 2312[M]. 余凌，译. 重庆：重庆出版社，2016：74.

体结构，这架飞机上的记者们管那叫做"电影城"，因为没有更好的词来形容。更精确的术语还是留给科学家去寻找吧。[①]

在早期的整体论世界观中，人的身体与环境原本就是一体，人与自然万物之间本就可以联接。"个人存在的根基令它完全暴露在环境因素的影响之下。'身体'不等于界限，不是原子，而是象征性整体中的一种不可分离的元素。人的身体与世界的身体之间光滑无暇。"[②]传统的整体论世界观有一个现代变种，被称为"盖娅理论"或"盖娅假说"（Gaia hypothesis），由英国科学家詹姆斯·拉夫洛克（James Ephraim Lovelock）提出。盖娅假说认为，地球是一个"超级有机体"（superorgaism），能以完全自动的方式达到自己的和谐状态。"存活物自身制造出最有助于它们繁荣昌盛的环境。所以说它们不是消极被动的：它们以最有利于自身长远发展的方式巧妙操纵并急剧改变着环境。这就使整个地球成为一个自立的系统：一个通过反馈机制对变化做出合适的反应从而维系自身完整的独立实体。生命与非生命间互补又协作。"[③]阿西莫夫的科幻小说《基地边缘》和《基地与地球》中所描写的"盖娅意识"与盖娅假说很相似。在他的作品中，盖娅星球奉行一种人与万物共享的集体主义和整体意识。盖娅星球的每一个个体都可以称自己为盖娅。"还有这片土地，还有那些树木，以及草丛里那只兔子，以及那位站在树林中的人。整个行星和它上面的万事万物，全部是盖娅。我们都是单独的个体，都是独立的生物体，可是我们全部分享一个整体意识。其中无生命的行星占得最少，不同形式的生命各占不同比例，而人类占了绝大多数——但大家多少拥有一部分。"[④]盖娅行星的人在自指时用"我/们/盖娅"，所有个体便是整体。在这种整体意识中，盖娅的生态系统自治自理，却刚好自洽、平衡。盖娅人就可以被视为一种超越了人类中心主义思维的后人类。

当然，并非所有科幻小说都可以达到其反传统的潜力，事实上这种体裁的叙事形式可能会强化人文主义和人类中心主义。[⑤]另外，跨物种和后

---

① 格雷格·贝尔. 血音乐[M]. 严伟，译. 成都：四川科学技术出版社，2014：206-207.

② 大卫·勒布雷东. 人类身体史和现代性[M]. 王圆圆，译. 上海：上海文艺出版社，2010：8.

③ 戴维·佩珀. 现代环境主义导论[M]. 宋玉波，朱丹琼，译. 上海：格致出版社、上海人民出版社，2011：14-15.

④ 阿西莫夫. 基地边缘[M]. 叶李华，译. 南京：江苏文艺出版社，2012：347-348.

⑤ Elana Gomel. Science Fiction, Alien Encounters, and the Ethics of Posthumanism: Beyond the Golden Rule[M]. Basingstoke: Palgrave Macmillan, 2014: 6.

人类也并非总是带来乐观，也会带来物种焦虑、人性焦虑和伦理焦虑。

第四，超越死亡。在很多神话里，不死是神的专属权利，普通人不仅终有一死，而且寿命短暂，弗洛伊德更认为死亡是人与生俱来的本能诉求之一。可以说，对死亡的恐惧是普通人都会面对的终极恐惧。而现代科技有可能让人超越死亡，基因疗法、纳米技术、干细胞研究、机器人和人工智能技术将使很多往日不可想象的事件成为现实。

菲利普·迪克的《死者的话》（*What the Dead Men Say*）、《尤比克》所描写的便是一种超越死亡的方式，它们都写到了一种位于生死之间的"半生命"状态："保留的一点点生命力量可以在'暂停器'（moratorium）延长好几年的'半生命'（half-life）。'半生命'是一个新词，意思是人徘徊在生死之间的阈限状态。"①这种状态在《尤比克》中译本小说中的术语是"中阴身"。小说的背景是 1992 年以及之前的几年时间，人们在死亡之后，身体会被寄放在亡灵馆中，那是一种介于生与死之间的状态。身体被停放在一个个冰棺中，写着编号。在通常的意义上，这个人已经死亡，但是还有一些活跃的脑电波，科技便将这种脑电波读出来。当这个"半生命"的亲人要求将其激活的时候，管理者会将一个手持式光相子放大器探入冰棺，调试显示出大脑活动迹象的频率，然后将其送往探视室里，让其亲友可以与这个中阴身建立联系。亲人们带来外部世界的消息，趁亡灵的脑部短暂激活时，告诉他们。但是，这个中阴身也有时限，每一次读取都会消耗中阴身的能量，当能量消耗净尽之后，中阴身也就被宣告终结，进入彻底的死亡。所以，要想更长久地保留中阴身的活性，就不能频繁地激活它。中阴身越到后期信号越差，不仅会断断续续，而且会被其他中阴身的信号干扰。亡灵馆的老板赫伯特就希望自己以后会嘱咐继承人每一百年把自己复活一次，这样的话，他就可以知道人类的命运了。但这种方式也有弊端，费用昂贵，也许有一天继承人不乐意支付了，于是中阴身就会被拉出冰柜，埋进黄土。小说描写了格伦·郎西特会见自己亡妻的场景。他的爱妻埃拉才二十岁，中阴身在冰棺中，而且所剩时日不多，亡灵的思考能力已经受损，随时都可能是最后一面。"上回见面是三年前，她自然一点没变。不会再有变化，至少外表如此。每次激活，她的大脑活动会得到短暂恢复。不

---

① 凯瑟琳·海勒. 我们何以成为后人类：文学、信息科学和控制论中的虚拟身体[M]. 刘宇清，译. 北京：北京大学出版社，2017：247.

论为时何其短暂，她都会死去一点。仅存的余寿如脉搏一样衰竭消失。"[①]
在郎西特正跟埃拉交流的时候，突然，埃拉断线了，另一个声音响起，说
自己叫乔里。赫伯特介绍，那人应该是躺在埃拉的冰柜旁边的乔里·米勒。
因为长期挨着，亡灵也会心灵相通，精神发生串接。乔里去世那年才十五
岁，所以还保持着能量充沛，时常会去吞噬旁边比较偏弱的半生命补充自
己的生命能量。"他最主要的特征就是对生命的贪婪（voracious appetite for
life）……他通过吞噬比他更衰弱的半生命的生命力来维持自己的原生材料
和蓬勃的生命力。"[②]总之，即便只有一点儿机会，无论是活着的人还是已
经成为中阴身的人，都会想尽办法寻求超越死亡的方式。

　　从阿西莫夫小说中四百年左右的太空族到海因莱因《时间足够你爱》
中两千多岁的拉撒路，科幻小说对超越死亡的想象从未停止。在大卫·布
林的《陶偶》中，真人和陶偶都追求永生。高岭发明的给陶偶无数次充能
的技术、偶人对偶人的复制技术，就是对永生的追求，那些濒死的富豪会
抛弃他们的原生身体，在优质偶人的陶偶躯体里延续生命。而那些陶偶则
希望杀死主人，获得灵魂驻波的永生。

　　在达尔文的进化论中，死亡具有重要意义。优胜劣汰会使不具有竞争
力的个体甚至群体消亡，腾出空间，而留下来的都是大自然筛选出来的优
胜者，携带着更适于生存的遗传因素。而当科技接手了大自然的筛选之手
后，人们会尽自己所能地去自我提升，那么社会空间就会变得拥挤，如果
到了不堪重负的地步，社会权力必然会插手干预，替代自然进行强制筛选，
从而由自然难题进入道德难题。

　　第五，超越极限。后人类身体永无止境地追求更快、更好、更强，最
终走向超越一切极限。美国科幻作家西奥多·斯特金的《超人类》中一个
人物希普提出了一个问题：超人有超大的欲望还是超大的寂寞？[③]科幻小
说给出的答案通常是兼而有之，无尽的诱惑没有带来满足和生活的享受，
而是日益远离生活，远离他人，丧失同情和怜悯，甚至不可避免地走向了
离身和死亡。

　　美籍华裔科幻作家特德·姜（Ted Chiang）的小说《领悟》（Understand）

　　① 菲利普·迪克. 尤比克[M]. 金明，译. 南京：译林出版社，2013：8.
　　② 凯瑟琳·海勒. 我们何以成为后人类：文学、信息科学和控制论中的虚拟身体[M]. 刘宇清，
译. 北京：北京大学出版社，2017：248.
　　③ 西奥多·斯特金. 超人类[M]. 张建光，译. 成都：四川科学技术出版社，2020：245.

用第一人称叙述的方式，讲述了一个不断追求极限的故事。主人公"我"名叫利昂，是一个曾经长期处于植物人状态的病人，因为大脑受伤，接受了"荷尔蒙 K 疗法"，该疗法可以使受损的神经细胞获得再生。小说就是记述接受这种治疗后所引起的身体变化。最开始是经常做噩梦，医生认为这是大脑对被逐渐修复的神经细胞做出的适应性反应。此后，主人公就发现自己发生了巨大变化，如记忆力突飞猛进地发展、阅读速度加快、理解力增强、能同时做两件事等等。利昂忍不住要求医生再给自己注射一针荷尔蒙。医生告诉他从健康角度讲已经不需要再次注射了，但拗不过利昂就又给他打了一针。噩梦再次开始，随后利昂无论学什么都非常快，而且不是靠死记硬背和冥思苦想，此次利昂洞悉了知识的规律和模式。他总是能够凭直觉就可以轻松把握所有的细节与步骤，一眼就能发现那些系统是如何作为整体来运转的。数学、科学、艺术、音乐、心理学、社会学……他不仅能掌握每个知识领域的本质结构和内在规律，而且能看到这些知识彼此之间的内在联系。他自由出入于各种数据库，汲取各种知识。这期间，医生曾给利昂打电话，让他一定要来检查，因为在另一家医院发现了接受荷尔蒙 K 治疗的病人出现了副作用，说是会失去视觉，因为视觉神经生长太快，会迅速达到退化的地步。但是，利昂却选择悄然离开，因为他担心自己会被带回去当作研究对象。接下来，利昂选择偷取荷尔蒙 K 给自己注射，在此之后，他能够不费吹灰之力地看穿忙碌的众生各自的心思。在利昂看来，常人就像儿童，可以被他一眼洞穿，毫无秘密可言。然而异于常人带给他的却是孤独。"我的情感发展受制于周围人的智力水平，而且我与他们的交往十分有限。我不时想起孔子的'仁'这个概念：'仁慈'这个词远不足以表达'仁'的内涵，'仁'浓缩了人性的精华，只有通过与人接触才能获得，孤独者是无缘问津的。而我，虽然与人同在，处处都有人同在，却没有与任何人往来。按照我的智商，我可以成为一个完人，可是目前我仅仅是完人的一小部分。"①随着知识的增长，利昂感觉到了语言的局限，他创造了一种新的语言，但这语言只适合整体领会而不适合书写和言说，于是他试图创造一种人工智能语言，但总是难有进展，结果就是，他动用了第四瓶荷尔蒙 K。尽管他深知这么做的危险，即有可能带来大脑受伤或

---

① 特德·姜. 领悟[M]. 王荣生，译//你一生的故事. 李克勤，等译. 南京：译林出版社，2016：135-136.

者精神错乱，但他还是无法抵制魔鬼的诱惑，给自己进行了注射。药物突破了临界量，利昂出现了幻觉、精神的剧痛和极度亢奋。清醒后，他不仅洞悉外在，也洞悉全部的自我，知道了身体的规律。利昂理解了自己的思维机制，能够清晰地反观自身，确切地认识到自己了解事物的过程，可以知道自己的大脑和身体是如何运转的。诱惑并没有就此终止，利昂的下一个目标是就要破译世界的规律，但是大脑遭遇了局限，于是他试图将大脑与电脑连接，下载思维，进行人工强化。然而现有的数字计算机都无法满足他的需求，于是他需要开发一种新的技术，建造一个基于神经网络的纳米结构电脑，实现人脑功能与电脑功能的连接和增强。随着智力的提升与对事物规律的发现，利昂愈发远离他人。在他眼里，人只是一个规律中的某个因素。他能够清晰地感知到他人的心思、情感，但这没有把他导向更容易与他人共情的结果，而是导向了旁观他人的冷静理性。这使他无法正常与人交往，因为他与别人之间的交流再也无法靠心灵吸引，而是可以通过控制信息素。这就像其他科幻小说中描写到的意识控制术。他能够控制自己体内信息素的散发和肌肉张弛度，诱发他人做出他所期待的反应，例如让他们愤怒、恐惧、同情等。这可以使他轻易地左右别人，本来也可以帮助他更好地理解别人、帮助别人、交上朋友，但事情却走上了反面。这种人际交往变得索然无味，没有了情感因素，只剩下了技术因素。他再也不做梦了，因为他已经完全洞悉并控制了自己的大脑，里面已经没有不可知的潜意识，于是梦也就消失了。当他偶尔对大脑的控制松懈的时候，会出现一些幻觉，所以小说后面发生的事情是他的幻觉还是真实并不确定。后面的情节写到，利昂遇到了一个名叫雷诺兹的人，也是注射过荷尔蒙 K 的超能变异人。他们进行了交流，但发现二人具有截然不同的世界观。雷诺兹视智慧为手段，最终要解析的是人与社会，里面包含了同情心和利他主义，而利昂则视智慧为终极目标，只潜心于认识真与美。"雷诺兹没有看到我所见到的美。他站在顿悟所展示的美景面前，却视而不见。激发他灵感的唯一的本体规律恰恰又是我所忽视的，即地球社会的规律，地球生物圈的规律。我热爱美，他热爱人类。彼此都觉得对方忽视了大好机会。"①于是二人开战。小说最后以利昂的死亡告终。

---

① 特德·姜. 领悟[M]. 王荣生，译//你一生的故事. 李克勤，等译. 南京：译林出版社，2016：150.

　　还有很多美国科幻小说都写到对极限的追求和超越，以及这种追求对人性的伤害。丹尼尔·凯斯（Daniel Keyes）的《献给阿尔吉侬的花束》（*Flowers for Algernon*）中便写到了"强调个人性（personal）超过重视社会性"[①]的危害。有学者认为这部小说"可能会被称作最小限度的科幻小说。它在小说世界和现实世界之中只造成了一个断裂（discontinuity），这个断裂并不需要我们对人类、自然、社会的假定进行明显的重新调试。但是这个对普通生活的断裂，却让整个故事超出了我们所熟悉的日常经验情境"[②]。《献给阿尔吉侬的花束》最初是一个短篇科幻，后来丹尼尔·凯斯又将其扩展为长篇。我们这里所谈及的便是这个长篇。小说是以主人公查理·高登的第一人称日记形式写成的，三十二岁的他曾经是一位智力低下的人士，在接受斯特劳斯医生和尼姆教授的手术之前，他的日记中遍布错误，而做了手术变聪明之后，他的日记也变得正确、流畅、有思想。这些日记记录了该变化过程。一开始，在与白老鼠阿尔吉侬的比赛中，查理·高登都会输掉，做完手术之后，他的智力逐步提升。他先是能够战胜阿尔吉侬，然后意识到面包店的人并不是自己的真朋友，他们只是在嘲笑和捉弄自己，在查理·高登变聪明以后，他们甚至对他充满了排斥和敌意，之后他想起了过去，看透了一切被遮蔽的真相。查理·高登像一块巨大的海绵一样快速地吸收知识，在几周内完成了别人一辈子才能做到的事，直至成为天才。然而，变化并非都是好的，他原本希望自己变聪明以后能够有很多朋友，但事实刚好相反，他不仅因为识破了虚假友谊而失去了从前那些朋友，而且也不再想交朋友。他沉迷于追求极限的超越快感。"我已经走到突破的边缘，我感觉得出来。大家都认为我这样的工作节奏形同自杀，但他们不了解的是，我正处于神智清明的美妙巅峰，是我从来不曾有过的体验。我身体的每一部分都为工作而妥善调试。在入睡的每一刻，不管白天或夜晚，我全身的每个毛细孔都在吸收东西，各种想法像烟火一样在我的脑中爆发，世上再没有比为问题找出答案更美妙的事了。"[③]他和别人之间，

　　① 罗伯特·斯科尔斯，弗雷德里克·詹姆孙，阿瑟·B. 艾文斯. 科幻文学的批评与建构[M]. 王逢振，苏湛，李广益，译. 合肥：安徽文艺出版社，2011：50.
　　② 罗伯特·斯科尔斯，弗雷德里克·詹姆孙，阿瑟·B. 艾文斯. 科幻文学的批评与建构[M]. 王逢振，苏湛，李广益，译. 合肥：安徽文艺出版社，2011：38.
　　③ 丹尼尔·凯斯. 献给阿尔吉侬的花束[M]. 陈澄和，译. 桂林：广西师范大学出版社，2015：222.

不仅隔着智力的差异，更隔着拒绝沟通的鸿沟。小说中的一个角色伯特认为，虽然查理·高登通过治疗获得了绝佳的心智和几乎深不可测的智慧，已经获得了别人在漫长的一生中都难以累积到的知识，但他的发展却很不平衡，他没有发展出了解他人的能力，没有获得容忍他人的能力。尼姆教授也对查理说过，这个实验的目的是让他变聪明，根本无法让他受欢迎，是查理让自己从一个讨人喜欢的有智力障碍的年轻人变成了傲慢、自负、反社会的样子。查理本人也觉得，他确实早已抛弃了以前的查理所具有的谦卑和低调，而这导致他在情感上远离他人，失去了结交朋友的能力，不懂为别人着想，只对自己有兴趣。然而，与特德·姜《领悟》中的利昂不同，查理逐渐认识到，仅有知识是不行的。虽然在大学的教育中，智能、知识都被推崇为大家崇拜的偶像，但若没有人性情感的调和，智慧与知识就会变得毫无意义，甚至反而可能成为祸患。"智慧是人类最伟大的恩赐之一，只是在追求知识的过程中，对爱的追寻往往就被搁在一旁。这是我自己最近发现的结论。我可以把这个假设提供你参考：没有能力给予和接受爱情的智慧，会促成心智与道德上的崩溃，形成神经官能症，甚至精神病。而且我还要说，只知专注在心智本身，以致排除人际关系并因此形成封闭的自我中心，只会导致暴力与痛苦。"[①]认识到这些以后，查理希望自己可以重新归属于人群，于是又开始珍视当初面包店的那些朋友，去看望家人，还勇敢地和艾丽斯享受了短暂的亲密爱情。然后他不甘但是安然地接受了智力急剧衰退的命运。

　　人对更快、更好、更强的追求永无止境，由于自然身体的局限性，病痛、死亡、天赋的限制等，我们只能无奈地止步于不甘心止步的地方，而当后人类可以超越自然身体局限性的时候，就会打开那些局限之门，进入挑战极限的欣快症中，这个超越极限的过程，只有遇到后人类的身体局限才会终止。但是，在这个过程中，人类是否会丢失人之为人的根基，成为异化的冰冷怪物，这是一个值得思考的问题。

---

① 丹尼尔·凯斯. 献给阿尔吉侬的花束[M]. 陈澄和, 译. 桂林：广西师范大学出版社，2015：230.

第三章 后人类身体与自我

在世俗的概念中，有什么东西是能够从生到死一直陪伴一个人的呢？只有自己的身体。"每个人都会经历一种独特的、与他人不同的命运。身体也参与了这一历程"①，而"科技对身体的重塑与改造，挑战了以往身体与身份认同之间相对固定的关系"②，后人类所遭遇的质疑中，最大的那个诘难也是来自身体。

第一节 人类的身体与自我认知

在传统文化观念中，自我寄于身体，并借由身体栖居于世界。人就是具有肉身性的存在，尽管大家所强调的重点会有不同。笛卡尔所推崇的理性离不开身体这个物质基础；费尔巴哈认为"身体属于我的存在，不仅如此，身体中的全部都是我自己，是我特有的本质"，当然他更强调感觉的意义，认为"我是一个实在的感觉的本质，肉体总体就是我们的自我，我的实体本身"③；而叔本华更强调意志，"意志的活动和身体的活动不是因果性的联结起来的两个客观地认识到的不同的情况，不在因和果的关系中，却是合二而一，是同一事物"④；尼采在《权力意志》中强调要以肉体为准绳，"肉体乃是比陈旧的'灵魂'更令人惊异的思想"，"对肉体的信仰始终胜于对精神的信仰"⑤。在福柯那里是被规训的身体（disciplined bodies），

① 安娜·玛丽·穆兰. 医学的身体[M]//让-雅克·库尔第纳. 身体的历史（卷三）——目光的转变：20世纪. 孙圣英，等译. 上海：华东师范大学出版社，2019：29.

② 张金凤. 身体[M]. 北京：外语教学与研究出版社，2019：178.

③ 路德维希·费尔巴哈. 费尔巴哈哲学著作选集（上卷）[M]. 荣震华，李金山，译. 北京：商务印书馆，1984：169.

④ 叔本华. 作为意志与表象的世界[M]. 石冲白，译. 北京：商务印书馆，1982：151.

⑤ 尼采. 权力意志[M]. 张念东，凌素心，译. 北京：商务印书馆，1991：152.

是被权威操纵的肉体①，在德勒兹那里是欲望机器（Desiring-machine）、是无器官身体（body without organs）。胡塞尔更重视身体的统一性："我的身体，作为经常在我的意识领域中存在的东西，是和我的精神生活紧密结合的"②，"人的精神毕竟是建立在人的身体之上的；每一个别的——人的心灵生活都是以身体为基础的，因此每一种共同体也都是以作为该共同体成员的个别人的身体为基础的"③。梅洛-庞蒂（Maurice Merleau-Ponty）将自我、身体置于世界之肉中来进行整体理解："世界之肉不能由身体之肉来解释，身体之肉也不能由否定性或居于它之中的自我来解释，这三种现象是同时的。"④在梅洛-庞蒂的理论基础上，休伯特·德雷福斯（Hubert Dreyfus）提出了人类具身性的三个层次："第一，是指自我身体的确定形状和内在能力；第二，是指我们习得的处理事物的技能；第三，是指文化的具身性，意味着文化的世界与我们的身体相互关联。"⑤即使是在互联网的虚拟世界，依附于身体特点的因素仍然起着非常重要的作用，尽管它体现出凯瑟琳·海勒在《我们何以成为后人类：文学、信息科学和控制论中的虚拟身体》中所提到的"表现的身体"与"再现的身体"的断裂。许多网络乌托邦的支持者声称，互联网天生就是民主和色盲的，因为它的用户可以匿名参与，当人们进行网络聊天、向网站或新闻组发短信或发送电子邮件时，他们的种族和/或性别不需要被其他人知道，所以一些人认为，在网络上，用户的身份可以从种族中"解放"。但实际上却不是，种族的刻板印象会被从旧媒体转码到新的互联网媒体中。⑥

总之，身体是传统人类自我认知与自我呈现的基础。"在使用自我这个词的时候，我绝没有暗示我们心智中的一切内容都是由一个位于中央的全知全能者进行监控，更不意味着这样一个实体位于一个单独的脑区。我说的是，我们的经验倾向于一致的视角，从而使大部分，尽管不是全部的内容好像的确由一个全知全能者监控。我认为这种视角植根于一个相对稳定、

① 福柯. 规训与惩罚[M]. 刘北成，杨远婴，译. 北京：生活·读书·新知三联书店，1999：175.
② 胡塞尔. 第一哲学（上卷）[M]. 王炳文，译. 北京：商务印书馆，2010：207.
③ 胡塞尔. 欧洲科学的危机与超越论的现象学[M]. 王炳文，译. 北京：商务印书馆，2001：370.
④ 莫里斯·梅洛-庞蒂. 可见的与不可见的[M]. 罗国祥，译. 北京：商务印书馆，2008：319.
⑤ 姚大志. 身体与技术：德雷福斯技术现象学思想研究[M]. 北京：中国科学技术出版社，2020：15.
⑥ Lisa Nakamura. Cybertypes: Race, Ethnicity, and Identity on the Internet[M]. New York: Routledge, 2002: 101, 61.

不断重复的有机状态。这种稳定性来源于有机体稳定不变的结构和运作，以及有机体的自传体历史的缓慢演变。"①这种对自我认知的稳定性既来源于对身体的所有权，也来源于对肉身与精神整合统一性的认识。如果有其他的精神入侵，就会导致自我认知的问题。在厄休拉·K.勒古恩的科幻小说集《变化的位面》中，《社会性的梦境》这个故事就体现了梦境入侵对自我认知的影响。小说中的一个普通人来到了陌生的弗林位面，发现那里的每个人都可以和其他人共享梦境，连动物的梦境也可以入侵。这些动物都很温顺，而人们也只会让它们提供劳力、乳品等，不会吃它们的肉。这里的一位哲学家给出了解释，认为共享梦是为了拓宽人类灵魂的界限，让人类脱离自以为是、妄自尊大和固执自满，体会到附近所有其他生物的恐惧、希望和快乐。"对于他们而言，梦是与世界上所有有感觉的生物的一种交流。它让'自我'的概念遭受了深深的质疑。我只能设想，对于他们而言，进入睡眠就意味着完全放弃自我，进入（或重新进入）无限的存在当中。"②

在很多美国科幻小说中，身体对于自我认知的意义都得到确认。人们往往是通过观察一个身体来确认一个人。在大卫·布林的《陶偶》中，那些被复制的偶人，不管他们的思想多么迥然不同，只要他们具有同样的身体，就会被认为是同一个人。即使是在赛博朋克的虚拟世界中，身体也仍然是人们在虚拟世界建立自我认知的重要部分。在尼尔·斯蒂芬森的《雪崩》中，超元域是一个由计算机和通信网络创造和维持的平行宇宙，在数字之境中，身体也是建立虚拟形象的重要组成部分，大家同样重视面貌，以及得体的形象，甚至身体所呈现出来的礼仪。小说的主人公阿弘和前女友胡安妮塔·马奎兹共同在"黑日系统公司"就职，他们就专门负责研究能够显现在虚拟空间中的人物形象，也就是"化身"。这些出现在虚拟环境中的"化身"，要能体现出真人的身体特征和服饰特点。阿弘负责制作身体，胡安妮塔·马奎兹则专门制作面孔。那时候大家并不注重面孔设计，都认为面孔只不过是化身顶部的一个骨肉综合体而已，胡安妮塔自己便是面孔部的全班人马，但是后来她的工作证明他们全都大错特错。可以说，令"黑日"辉煌的不是其他，正是胡安妮塔所设计出的一张张面孔将黑日公司带上了巅峰。胡安妮塔曾借助自己的一件往事讲述了她对面孔意义的认识。

---

① 安东尼奥·达马西奥. 笛卡尔的错误：情绪、推理和大脑[M]. 殷云露，译. 北京：北京联合出版社，2018：224.

② 厄休拉·勒古恩. 变化的位面[M]. 梁宇晗，译. 成都：四川文艺出版社，2018：87.

那时，十五岁的她意外怀孕，不知所措也不敢和亲人诉说自己的苦恼，而祖母单凭隔着饭桌端详她的脸便明白了整件事情。这让胡安妮塔突然意识到："我的天，人脑能够吸收处理数量惊人的信息，只要信息以适当的形式出现就行，适当的界面。只要你赋予信息一张恰当的面孔就行。"①正是基于对面孔的这种认识，才使得她日后想方设法地让化身能够表现出近乎真实的感情。在超元域里，当商人们在这里谈判时，他们总是专注于对方的面部表情和肢体语言，以此来了解一个人的脑袋里正在转什么念头。身体就是一种自我呈现，人们可以借此来了解自己，也可以凭此去了解他人。"从社会认知的具身观点来看，他心并不是隐藏着的和不可通达的。"②这种通达需要借由身体中介来实现。

在约翰·斯卡尔齐的《生命之锁》中，同样写出了身体对于自我认知的重要性。即使是无法行动、没有知觉的黑登人的身体同样重要。这部科幻小说中的黑登人，是被黑登综合征禁锢了身体的人。因为无法动弹，黑登人的身体通常被放置在一个仅能容下其身体的安置装备里，只能靠维持生命的系统来输入药物和食物以维生。在现实世界中，他们的身体不需要多大的空间，一个能够放下其身体的摇篮即可，只需占据房间里的一隅，由家人照顾。也可以采取一种新型的群体生活模式，一些黑登人的肉身可以群居在经济公寓，并排躺在并置的摇篮里，旁边有监视器，他们的意识可以进入机器替身里，驱动机器替身来轮流分担家务，承担监护大家的职责，确保每个人的呼吸管和排尿管都正常运作。这种经济公寓被叫作理念社区，更像一个大学宿舍。然而，这两种方式留给黑登人身体的空间都很狭小，这会给黑登人带来心理问题。即使是无法行动的身体也需要更大的空间才能带来一个比较满意的自我认知。

> 对于一名黑登人来说，个人空间是个敏感话题。在实体世界中，人们就黑登人到底需要多大的空间一直争论不休。我们的身体不能移动，而且绝大多数人的身体都被安置在特殊的医疗摇篮中，只不过摇篮的复杂程度有所不同。黑登人的摇篮以及与摇篮相连的医疗设备需要空间存放，严格地说，那就是黑登人所需要的所有空间。

① 尼尔·斯蒂芬森. 雪崩[M]. 郭泽，译. 成都：四川科学技术出版社，2009：70.

② 肖恩·加拉格尔. 理解他者：具身社会认知[M]. 赵志辉，译. 杨国荣. 身体与政治. 上海：华东师范大学出版社，2019：15.

　　同样地，对于我们的机器替身来说，空间不应该是个问题。机器替身只不过是机器，而机器不需要个人空间。一辆汽车不会在意车库里有多少辆其他汽车，它只需开进开出的空间就足矣。基于这两点考虑，人们起初为黑登人和他们的机器替身设计空间时，大都偏爱拉塔莎·罗宾逊介绍给我的那种经济公寓：面积小，简约，实用。

　　后来人们逐渐发现，黑登人开始出现一系列重性抑郁症，与通常的病因不同。任何愿意花时间思考这个问题的人，都会发现其原因显而易见。黑登人的身体也许被禁锢在了摇篮中，机器替身虽然只是机器，但是当黑登人使用机器替身时，他们仍然是人类——而绝大多数的人发现自己生活在一间橱柜中时，都会感到不开心。虽然黑登人不需要拥有和"自然活动的人"同样大的实体空间，但他们仍然需要一些空间。这也是为什么那些经济公寓成为黑登居民不得已的选择。①

　　总之，按照传统的看法，人对自我认知的体认是建立在身体之上的。进化的发展赋予身体一个中心地位，使它不仅成为意识与世界之间的必要关联，而且成为我们过去与未来之间的必要关联。②人们正是基于传统肉身而形成完整统一、稳固自足的自我认知和呈现，以及与此相关的对性恋化、种族化和自然化的自我的确认。对传统人类而言，身体是自我的基石，也是自我与他人获得联系的中介。当后人类对身体进行改变之后，自然便会招致质疑。事实上，人们对后人类的质疑，很多时候都是围绕着其发生改变的身体进行的。

第二节　身体与对后人类的质疑

　　马克·罗斯（Mark Rose）曾经在早期关于科幻小说这种体裁的批评探索中提到，科幻小说的主要范式是人与非人之间的对抗。③实际上，人与非人的对抗所折射出的还是人与自我的对抗，人与后人类的对抗也是如此。

---

① 约翰·斯卡尔齐. 生命之锁[M]. 逯璐，译. 南昌：江西教育出版社，2017：147-148.

② Gary Westfahl and George Slusser. Science Fiction and the Two Cultures: Essays on Bridging the Gap between the Sciences and the Humanities[M]. Jefferson: McFarland & Company, 2009: 98.

③ Elana Gomel. Science Fiction, Alien Encounters, and the Ethics of Posthumanism: Beyond the Golden Rule[M]. Basingstoke: Palgrave Macmillan, 2014: 6.

科幻小说"是允许我们去具体地想象身体和另外的自我的一种叙述，是能够使我们对于现实的通常认识变得陌生化的一种叙述"①。因此，科幻小说特别适宜于帮助我们在未来叙事中探讨后人类的焦虑问题。"围绕技术滋生出的许多焦虑都来自身体是堪比机器的机器等价物同身体是独特及特殊的这两者间的张力、身体是'自然的'同身体是'文化的'这两者间的张力。"②

在传统的身份认知中，人的身份特征是与身体有关的（body-related），诸如性别、性、民族、种族等，但是具有多种可能性的后人类身体恰恰凸显了这种传统身份特征的不稳定性。③在《承认的过程》（*Parcours de la Reconnaissance*）一书中，保罗·利科（Paul Ricoeur）说："承认某种东西是同一种东西，是与自身等同的东西，而不是区别于自身的他物，意味着把这种东西与所有其他东西区别开来。"④人们批判后人类、质疑后人类，是因为觉得后人类挑战了人类的本质因而是区别于自身的他物，而这个质疑，通常都和身体有关。

在一些后人类科幻小说中，人们拒绝让自己转化为后人类，正是因为后人类取消了人类传统身体的样貌，而固守身体就成了固守人性的一个标志。这在被亚当·罗伯茨形容为"精彩而毛骨悚然"的《血音乐》中得到了很好的描写。该小说的作者是美国著名科幻作家格雷格·贝尔，中篇小说《血音乐》获得星云奖和雨果奖，令其声名鹊起。我们这里分析的作品是根据中篇改编的长篇，这个长篇又为格雷格·贝尔赢得了星云奖和约翰·坎贝尔奖两项大奖的提名。中篇《血音乐》是以爱德华的第一人称叙事的，结束于爱德华之死。长篇变成了第三人称叙述，增加了伯纳德、苏茜等一些人物的故事，展现了科学家、民众、政府等各界人士应对灾难的反应。同时，尽管格雷格·贝尔也试图以一些理论来自圆其说，但改编后的长篇具有了一些诡谲、怪诞的色彩，亚当·罗伯茨认为它"完全交织在科幻的辩证关系，用一个应用科学的表达框架，却最后进入神秘的超越领

① Sherryl Vint. Bodies of Tomorrow: Technology, Subjectivity. Science Fiction[M]. Toronto: University of Toronto Press, 2007: 19.

② 奥利弗·J. T. 哈里斯，玛丽安·麦克唐纳，约翰·罗布. 技术时代的身体[M]//约翰·罗布，奥利弗·J. T. 哈里斯. 历史上的身体：从旧石器时代到未来的欧洲. 吴莉苇，译. 上海：格致出版社、上海人民出版社，2021：335.

③ Stefan Herbrechter. Posthumanism: A Critical Analysis[M]. London: Bloomsbury, 2013: 99.

④ 保罗·利科. 承认的过程[M]. 汪堂家，李之喆，译. 北京：中国人民大学出版社，2011：16.

域"①。我们这里分析的便是这部长篇科幻小说。

小说中的故事发生在纽约市,当人物称呼后人类时使用的是"它""它们"。在小说里的人物看来,不能把这里的后人类看作人类,就是因为他们是一种彻底抛弃了人类身体的存在,躯体和意识都发生了完全的改变,完全不能按照传统的意义来说他们是人性化的。也就是说,成为后人类,就要抛弃人类的身体,"跟它们在一起,你就再也不需要身体了"②。凯瑟琳·海勒将《血音乐》称为"表现突变的文本","在这个故事中,后人类的产生是通过彻底重组人类的身体而实现的"。③作家格雷格·贝尔以非常多的笔墨详尽地描写了由人转变为后人类的过程,而这个过程正是体现在外在物质躯体的渐渐变形以及内在思想的逐步转化上。这是人类身体与异质细胞融合的过程,最终彻底改变了人类身体的结构模式而完全成为另一种物质的样子。作者要突出的重点就是这个身体转变的过程,而且一次次通过不同人物的身体变形进行重复描写。前期以乌拉姆为主,后期以伯纳德为主,中间穿插了爱德华、苏茜家人等。在这个过程中,作者写出了人类对陌生身体从恐惧、抗拒到认同、迷恋,当然也写出了对人类身体的不舍和留恋。

这场剧变的起因是疯狂科学家维吉尔·乌拉姆(Vergil Ulam,也有翻译成"弗吉尔·乌拉姆")。"他的名字由维吉尔和乌拉姆的结合而成。维吉尔是但丁(Dante)的引路人,而乌拉姆则是原子弹的共同发明者之一斯塔尼斯洛·乌拉姆。这个名字暗示他作为引路人和泄密者的双重功能。"④小说中的乌拉姆在实验中发现了细胞这种生物计算机的基因逻辑,并将变异细胞注入自己的血液中。这些变异细胞不断发展,成了具有思想、能够协作的细胞集群,它们不断研究人的身体,改造人的身体,最终使身体失去人类形状,变成了具有白色斑纹和脊状式突起的物质,成为乌拉姆所说的那些思想细胞的"超级母亲",爱德华则称之为"超级宿主"。"过去身处一具肉体之内的种种感官,都再不存在。肌肉的收缩与放松,肚子里咕噜噜

---

① 亚当·罗伯茨. 科幻小说史[M]. 马小悟,译. 北京:北京大学出版社,2010:322-323.

② 格雷格·贝尔. 血音乐[M]. 严伟,译. 成都:四川科学技术出版社,2014:242.

③ 凯瑟琳·海勒. 我们何以成为后人类:文学、信息科学和控制论中的虚拟身体[M]. 刘宇清,译. 北京:北京大学出版社,2017:336.

④ 凯瑟琳·海勒. 我们何以成为后人类:文学、信息科学和控制论中的虚拟身体[M]. 刘宇清,译. 北京:北京大学出版社,2017:338.

的液体流动，血液的奔流和轰鸣，还有心脏的搏动，全都没有了。这就像突然从城市里搬到了一个安静的洞穴深处。"[①]人的身体、人格都会被思想细胞编码，成为思想细胞所说的"最高统帅簇"，也就是一个具有思想的细胞式生命，然后各个独立的细胞式生命再与其他细胞式生命融为一个巨大的细胞生命体。另一位美国科幻作家西奥多·斯特金的《超人类》中也写到过这种多人融合而形成的兼具多元性和统一性的后人类形象。在《血音乐》中以理论物理教授肖恩·戈加迪为代表的学者认为，信息是世界的母语，宇宙中除了信息别无他物，人和宇宙万物、所有能量甚至时间和空间本身，都只不过是可以编码的信息，能够相互转化。学者凯瑟琳·海勒认为，这"是一种匪夷所思的科学，掺杂着不确定性原则（Uncertainty Principle）和社会建构主义（social constructivism）"[②]。

按照《血音乐》的描写，变成这样的后人类大有益处。首先，可以消除人类身体的缺陷与病痛，这些思想细胞会修复、改善人体，使人的身体机能、生活方式乃至精神状态趋于更健康。这些细胞的创造者乌拉姆首先体验了思想细胞对身体的改变。最先被乌拉姆注意到的改变，是他的饮食口味发生了巨大的变化。以前他喜欢吃甜食、淀粉类食品、肥肉和面包加黄油，改变后的乌拉姆却喜欢多吃果蔬和谷物，饭量变小了，人也变瘦且更健康了。他还养成了锻炼身体的习惯，脚也不像以前那样一锻炼就疼，背痛也缓解了，高血压也消失了，他的身体在向好的方面转变，肤色也由苍白变成了健康的桃红色，甚至连花粉过敏症也好了，在最容易引起过敏症的季节里他已经两星期没有打过喷嚏。他从小因为麻疹而患上的近视眼也改善了，不再需要戴眼镜就可以看得很清楚。总之，乌拉姆从未像现在这样感觉良好。随着生活习惯和健康的改变，乌拉姆对生活的态度也发生了变化。以前他满心愤恨，充满不平，现在没有了，他开始享受简单的恋爱关系，过风平浪静的生活，整天是一副心满意足、无所谓的态度。已经两年没见过面的朋友爱德华·米利根见到乌拉姆之后也十分惊讶。眼前这个肤色黝黑、身材匀称、衣着得体、微笑着站在他眼前的绅士根本不是记忆中的那个乌拉姆。小说中的另一个重要人物迈克尔·伯纳德也体验了这种好处。他是先前乌拉姆所就职的基创公司的高级顾问，后来发生变形之

---

① 格雷格·贝尔. 血音乐[M]. 严伟，译. 成都：四川科学技术出版社，2014：232.
② 凯瑟琳·海勒. 我们何以成为后人类：文学、信息科学和控制论中的虚拟身体[M]. 刘宇清，译. 北京：北京大学出版社，2017：342.

后跑到德国一家公司供人研究。"从伯纳德先生身上提取的组织样本显示，这种病——假设我们真的可以把它称作一种病——正在迅速扩散至他的整个身体，可是却并未损伤他的各项机能。实际上，他本人宣称，除了一些奇特的症状——稍后我们将会讨论到——他有生以来从未感觉像现在这么好。而且十分明显，他的身体结构正在发生彻底的变化。"[①]其次，这样的后人类还可以实现永生，可以重建人生。在人类世界中，爱德华电死了已经变形的乌拉姆，但是细胞状态的乌拉姆却并不会死。伯纳德成为细胞式生存之后也见到了细胞生命形态的乌拉姆。细胞还根据伯纳德的记忆，为他重建了另一种人生，弥补了他年轻时的遗憾，跟自己心爱的姑娘在一起了。正如小说中所写的话，无所谓失去和遗忘，一切都在血肉当中。

　　但是，看起来如此美好的后人类生命，小说中却有人并不喜欢，完全拒斥。苏茜·麦肯齐就是其中一个，她曾坚持认为，人类的身体更重要，因此最初一直拒绝被改造。小说中的处理方法非常打动人心。作者描写的很多部分都围绕着与身体相关的情节来展现，其中独特处在于，围绕着衣服和身体的关系来写。这是将身体看作人的标志，而衣服就是一种附属标志。只有人才需要衣服，而已经发生了身体变形的后人类早就抛弃了衣服。苏茜不想让自己的身体变形为后人类，她对身体的执着也体现在对衣服的执着上。

　　苏茜·麦肯齐是一个十八岁的姑娘，一天早上醒来，自己的妈妈和哥哥们都不见了，后来她发现了变形的身体以及被遗弃后堆在地上的衣服，作者如此描写她看到的场景："三块奇形怪状的物体，三具尸体。一个穿着件连衣裙，从水槽瘫垂到地板上；一个坐在餐桌旁的椅子上，只穿着一条牛仔裤，没穿上衣；第三个一半在食品柜里面，一半露在外面。没有杂乱无章，没有惊慌失措，只是三具她一时无法辨识的尸体。"[②]妈妈的脸上、胳膊上、腿上还有手上，到处都布满了白色的条纹状突起，有密密麻麻的根状的小管子从哥哥霍华德的牛仔裤管口延伸出来，又转进了地板和墙壁之间的缝隙里。在苏茜·麦肯齐眼里，这三个脱离了衣服的就是物体而再也不是人，他们是尸体，或者是怪物。

　　在苏茜·麦肯齐孤独又恐慌地生活了一段时间之后，她的家人又复归

---

① 格雷格·贝尔. 血音乐[M]. 严伟，译. 成都：四川科学技术出版社，2014：150-151.
② 格雷格·贝尔. 血音乐[M]. 严伟，译. 成都：四川科学技术出版社，2014：140.

人形出现在她的面前。凯瑟琳·海勒在《我们何以成为后人类：文学、信息科学和控制论中的虚拟身体》中对这个场景进行了概括："（家庭成员）不再是人类，这些后人类是细胞用了很多努力才建成的复原体（reconstructions），并且只能维持很短的时间。这些复原体暗示，苏茜可以选择是否愿意改变。由此，对话就变成一种手段，作者可以通过这个手段比较人类与后人类状态的相对优势。复原体向苏茜保证关于改变的事情，告诉她除了失去孤独，其他什么都不会失去。这些后人类坚持认为他们没有被破坏，仅仅发生了变异，因此他们现在还能够与成千上万其他的智慧生命（intelligent beings）进行连续、丰富的通讯。"①

　　苏茜的家人临走之前说，他们永远都会陪伴在苏茜的身旁，但是不会再重建实体肉身来看望她了，因此他们百般说服苏茜，告诉她变形以后可以获得更多，可以和家人在一起，可以变得更强大、更聪明。但是，苏茜还是选择了拒绝，她知道这一切虽然引人入胜，但这不是人类的东西，因此她也不想要。她只知道，如果变形以后，她将再也不是现在的自己了。于是苏茜告别了家人，"我只是想做我自己。不多不少，就是我自己"②。

　　苏茜独孤地打开电视，看着关于英国和欧洲的新闻，那是还未遭遇变形的地方，这让苏茜觉得，世界还有正常的地方，也许终有一天会恢复正常。虽然那些地方距离她非常遥远，那些人能不能过上正常的生活跟她没有关系，那些地方也不会有人认识她、关心她，但这世界上还有一些仍然正常的人类会让她觉得很宽慰，只因为他们还仍然是人。即使在苏茜认为自己可能是这个世界上唯一没有变形、保持着肉身的人之后，在这么悲惨、恐慌的境遇中，苏茜·麦肯齐竟然做了一个看起来很不合时宜的梦，她梦到自己正在逛街买衣服。作者在这里没有描写她的恐惧、她的忧虑、她要面对的困难以及她要怎么活下去、怎么保障饮食、怎么找到安睡之处等等，而是描写了看起来似乎没那么重要的东西，然而正是这个看似没那么重要的东西，却正是苏茜作为人的自觉性的一种体现。对衣服的执着，是人类特有的一种表现。苏茜如此珍视作为人的这个身体，在世界末日的时候也仍然想为身体买衣服。

　　小说中有一个与之相对的情节，描写了衣服作为一个本质分界点对于

①　凯瑟琳·海勒. 我们何以成为后人类：文学、信息科学和控制论中的虚拟身体[M]. 刘宇清，译. 北京：北京大学出版社，2017：340.

②　格雷格·贝尔. 血音乐[M]. 严伟，译. 成都：四川科学技术出版社，2014：267.

人的身体与变形之后身体的不同意义。苏茜的男朋友卡里曾重建肉身来叫苏茜加入后人类，此时的卡里全身赤裸，因为他已经将自己认同为变形后的模样，便自然而然觉得不再需要衣服，即使重建为人的身体之后也延续着这种想法。苏茜对此难以理解，因为苏茜是在梦里、在潜意识深处都在为自己买衣服的人。

小说中还有几处强化了衣服这个意象，衣服与衣橱、试衣镜在一起共同凸显了身体对于人类的重要意义。衣服是为人的身体而制作的，它依附于人的身体而存在，没有了身体，衣服也就失去了意义。衣橱是为了储存衣服，试衣镜是为了欣赏身体和衣服，大多数时候是穿上衣服的身体。交代清楚这些之后，我们再来看小说中的这个场景。此时，家人早已变形消失，外面一片末世景象，空中飘舞着雪花，而苏茜·麦肯齐独孤地来到自己钟爱的衣橱前，当初她一眼就爱上了这间公寓，就是因为看中了这个衣橱。

> 苏茜关上窗户，把冷空气隔在外面，然后站在衣橱门内侧的长镜子前面，看着那明亮的雪花在她的头发上融化。她笑了起来。
>
> 苏茜转过身，朝着黑洞洞的衣橱里面看去。"有人么？"她对着衣橱里不多的几件衣服说道。她取出一条长裙，六个月前她曾穿着这条裙子去参加过美国大使馆的舞会。它是漂亮的祖母绿色，苏茜穿上它显得好看极了。[①]

苏茜把裙子穿上，在衣橱前左转转右转转，满脸笑意地欣赏镜中漂亮的自己，觉得就算现在马上死了也心甘情愿。苏茜就是这样坚持着对身体的执着，也坚持着对抛弃了人类身体的后人类的质疑。

《血音乐》是比较典型的后人类科幻小说，它所描写的那些变异之后的形态无论外形还是内在思想意识等方面都发生了根本性的质变。但是大多数情况下，美国科幻小说对后人类的描写并没有如此大的变化，而且很多时候被描写的后人类都是与人同形的，或者称之为人形后人类，或者类人后人类。作者们往往抓住其中某一个或某两个点来凸显后人类特质。大体来说，关于人形后人类的质疑通常有以下三个角度，其一是针对肉身性的质疑，其二是针对自主思维能力的质疑，其三是针对自主情感能力的质疑。

---

① 格雷格·贝尔. 血音乐[M]. 严伟，译. 成都：四川科学技术出版社，2014：296.

　　将肉身性作为人与后人类的本质区别和判别标准，这一认识具有显而易见的现实基础和哲学基础。在传统文化观念中，人都是具有肉身性的存在，是性恋化的、种族化的和自然化的存在者。而那些不具有肉身性的类人创造物，便不被认同为传统人类，而是一种后人类。

　　在阿西莫夫的《证据》中，史蒂芬·拜尔莱是一位很有竞争力的政客，他的政敌很难找到漏洞打败他，于是想方设法要证明他是个机器人，因为他们从来没有看见过史蒂芬·拜尔莱表现出人类肉身所需的喝水、吃饭、睡觉等，于是怀疑他不是人类。在很多科幻小说中，即便外表看不出区别，甚至内在也没有什么区别，但只要不是人的原初肉身，就会被判定为不是人类。斯蒂芬·李的《再造》中，写到了原生人与再造人之间的对比。原生人与再造人的居住地之间隔着一道墙，这是一道可以翻越的墙，有一次原生人克丽丝看见六个原生人在欺负一个再造人，她冒着会惹下很大麻烦的危险出手救了再造人塞雷娜。但是，原生人和再造人之间还有一个不可逾越的墙，就是他们之间的本质区别。与再造人相比，原生人被视为低等的人，而且即使有钱又年轻也不能接受再造，否则会被认为连人也算不上了。在丹尼尔·威尔森的《智能侵略》中，"纯种人主义者"也是持这种观点来对后人类进行质疑的。这部小说里遭受质疑的后人类是植入了神经自动汇聚器的"智人"。实际上他们就是我们在前面分类中所提到的赛博格。传统人类对这些智人的质疑，就是因为他们的身体被技术入侵，虽然他们的头脑、意识都是人性化的。小说中的神经植入物原本是用于治疗的目的，用于解决精神无法集中、多动症、癫痫等疾病，也可以作为脑机接口来操纵电动假肢、微电子视网膜植入物等。但是以约瑟夫·沃恩为首的"纯种人主义者"却坚持人的原生性，也就是人最初的肉身性及其完整性和统一性。他们将这些身体被技术侵袭的"智人"视为异种，认为他们威胁了人的定义，是不具备拥有人权资格的。大卫·勒布雷东说："并不存在所谓的人性多于身体性这一说法，而是存在一种随着人类社会时间与空间的变化，并随之变化的身体状态的一种人类状态。"①当身体状态改变了，人性含义也会随之受到质疑和修订。《智能侵略》这部科幻小说所反映的，正是技术侵入身体所带来的人性困惑，在小说的结尾处，人性概念得到了修订，人们接受了技术与身体并存而成为赛博格的事实，实际上也接受了人类或许

---

① 大卫·勒布雷东. 人类身体史和现代性[M]. 王圆圆，译. 上海：上海文艺出版社，2010：4.

会转变为后人类的一种趋势。

在《陶偶》中，尽管被复刻的陶偶具有与人类一样的自主思维和情感能力，但肉身的独特性仍然是质疑后人类的一个标尺。真人保守派认为，偶人没有肉身，因而是没有灵魂的东西，是对天赋人权的最大挑战，也是对上帝特权的僭越，他们根本无权自称为"我"。真人运动的标语一般为"天然肤色美丽！""人造生命是对宇宙万物的嘲弄！""每个人：只有一个灵魂"等等。陶偶不被看作人类，除了其陶制身躯之外，生存的本能会让人在复刻陶偶时有所保留，不让陶偶成为完全像自己一样的存在。正如小说中的人物马哈拉尔所说："动物的反映定式仍旧深植在我们人类内心……也就是说，拼尽全力去延续肉体的存在。我们继承的生存本能在进化过程中扮演着重要的角色，它同时也是一只锚，将灵魂驻波驻扎在体内。所以能够制造出真正的一流偶人——没有情感缺失和记忆沟壑——的人类才会如此稀少。一般人会抑制自己，不让完全的自我流入陶土身躯。"①小说中多次写到真人身体的独一无二性，例如："我眨了几下眼睛，就像老话说的，一阵寒意冲上脊梁骨。这种感觉你只能亲身体验，用你真正的身体和原本的灵魂去体验——这是你六岁的时候，面对黑暗中的阴影，感到毛骨悚然时的同一具身体，同一副神经系统。"②

在《陶偶》中，肉身被称为"锚"，是作为人的标志，被复刻的陶偶不可能具有与人一样的肉身，因此不被认为是人，而如果人摆脱了身体这个锚，就不再是人，而成为后人类。小说中有偏执、自大狂综合征的疯狂科学家尤希尔·马哈拉尔发明了一种机器，他称之为"通神机"，小说中介绍说这是一种通过精神强化和自我意识折射达成的神明级增幅机，会形成一个经过增幅放大的精神场，试图在两个近乎完全相同的偶人之间创造出某种能够自行维持的灵魂共鸣。后来他发现自己遇到了障碍。本体与复制体之间，拥有一种深层次的持续连接，形成一种无法察觉的"纠缠"。或者说，拥有真实肉身的本体，像一根无法切断的铁链，一只让灵魂动弹不得的锚，会持续地控制复刻体，而解除这个问题的必要条件，就是杀死本体。马哈拉尔认为，杀死本体的肉身，就能令陶偶丧失本体感，才能解除那个锚的控制，使灵魂得到释放。

① 大卫·布林. 陶偶[M]. 夜潮音，邹运旗，译. 成都：四川科学技术出版社，2012：342.

② 大卫·布林. 陶偶[M]. 夜潮音，邹运旗，译. 成都：四川科学技术出版社，2012：33.

　　人类的肉身与头脑是进化的经典范例，有了这副躯壳，才有可能
进化出自我意识和灵魂驻波——这一切奇迹都来自躯体，但它也被动
物本能和需求拖累着。比如个体性，也就是你我对独处的渴望，就像
鱼儿需要被水环绕一样。

　　为了爬上陆地，永远远离海洋，我们必须抛弃累赘的肉身！[①]

　　正是秉持着这种观点，马哈拉尔的复刻人为了实现自己的野心，杀死
了自己的本体，也试图杀死莫里斯的本体。因为莫里斯有强大的自我意识，
所以能够复刻出最大程度保留本体特点的陶偶，这是一种独特的复刻天
赋。马哈拉尔不断抓取莫里斯的偶人做实验，并用莫里斯的偶人复刻另外
的偶人。最终他用莫里斯的两个偶人（一个灰色偶人以及由它复制而来的
红色偶人）充当镜子，让灵魂驻波来回反弹。但是莫里斯强大的自我意识
也成为其陶偶的强大束缚，所以马哈拉尔需要借助莫里斯的偶人却要杀死
莫里斯，以图借助莫里斯在复制偶人方面的独特才华来加强马哈拉尔自己
的灵魂，将它增幅到极其强大的程度，带入类似神性的永生存在。最终由
于这场实验失败了，尤希尔·马哈拉尔也消失了。

　　美国科幻作家约翰·斯卡尔齐的小说《生命之锁》也表达了对后人类
身体的质疑。在这部小说中，一种疾病会引起身体的改变，可能会导致身
体失能、残疾或精神出现问题，也就是成为黑登人。围绕着如何解决黑登
人的困境，小说中有几种不同的争论。劳登制药的首席执行官吉姆·巴克
尔德认为，如果想让黑登人被当作正常人看待的话，可以为黑登人提供多
种选择，让他们打破每天不得不忍受的生理束缚，例如寻找治愈的方法让
其能重新回到自己的身体中去。吉姆·巴克尔德致力于黑登医药研究，从
事让黑登患者解除禁锢状态的探索，例如，帮助患者模拟进食，赋予他们
基础性的身体机能——咀嚼、吞咽等，以期将来可以唤醒他们的身体，真
正帮助身体解除禁锢。这种"重组"自主神经系统的新疗法前景很好，但
仍处于动物实验阶段。他们研究的神经释放素有望能把四百五十万被禁锢
的黑登人解放出来，但该药物的主要研究人员之一炸毁了公司，导致数据
销毁。不过，触媒投资公司的首席执行官兼董事长卢卡斯·哈伯德却认为，
这种唤醒没有多少意义，因为很大一批黑登人完全没有在实体世界生活的
记忆，他们将无法适应融入社会和人群。哈伯德认为，"因为不能接受他们

[①] 大卫·布林. 陶偶[M]. 夜潮音，邹运旗，译. 成都：四川科学技术出版社，2012：499-500.

本来的面目便改变他们，这是不对的。我们需要做的是改变人们以自我为中心的思想。你嘴上说着'治愈'，我听见的是'你和人类并不完全相同'"[1]。哈伯德所在的触媒投资已经开始和赛百灵-沃纳讨论合并，而赛百灵正在开发机器替身的味觉功能，机器替身不需要吃东西，但并不代表不能吃东西，如果可以进食，而不是仅仅坐在餐桌旁的话，就会显得自然得多。黑登人和他们的家人一直致力于让人们将机器替身视为人类，但前路艰辛。相较于机器替身，综合者的存在对被禁锢者而言更具有意义。有一些大人物在参加重要活动时必须有一张人类的面孔，所以就需要综合者而非机器替身。例如卢卡斯·哈伯德，他是这个星球上最富有的黑登人，参加董事会议或亲自洽谈时总需要使用综合者，以拥有一张能够灵活移动的脸，尼古拉斯·贝尔就是他长期使用的综合者。哈伯德说，自己从二十五岁时便开始被禁锢，但其他人能做的他都做了，其他人想做的他也做了，这正是由于综合者的帮助。普通人当然也需要综合者。塞缪尔·施瓦茨是触媒投资公司的法律总顾问，他运营了一个项目，可以让一些发育不良、只得依靠经过严格控制的刺激物度日的禁锢者能在公园里度过一天，感受户外生活，能去宠物动物园、玩娱乐设施、吃棉花糖等，总之，能在几个小时里享受现实生活。虽然他的动机可疑，但是这种项目想必意义重大。正如卢卡斯·哈伯德所言，他认为自己借用别人的身体，不是假装自己没有黑登病，"我借用别人的身体，是因为如果我不这么做的话，总会有一部分人忘记我还是人类"[2]。综合者可以帮助黑登人融入社会，可以使黑登人自己以及非黑登人意识到这些被禁锢者也是人类。一副人类的身体就充当着这样一种标志。

　　正因为这个无法逾越的界限，很多后人类都想抛弃自己的身体换取人类的肉身，哪怕承担肉身的病痛、腐朽和死亡。在阿西莫夫的《双百人》中，机器人安德鲁·马丁也愿意放弃所谓的长寿，以死亡来换取别人对他作为人的承认。在罗伯特·海因莱因的《时间足够你爱》中，计算机系统密涅娃爱着一个名叫艾拉的男人，它宁愿选择人的局限性而成为一个有血肉之躯的人。后来，它真的成了一个人，或者说是这个电脑的系统或记忆转移到了一个有血有肉的女性身体里，实现了自己成为人的梦想和追求爱

---

① 约翰·斯卡尔齐. 生命之锁[M]. 逯璐，译. 南昌：江西教育出版社，2017：88.
② 约翰·斯卡尔齐. 生命之锁[M]. 逯璐，译. 南昌：江西教育出版社，2017：88.

情的梦想。

除了肉身性，自主的情感能力也常被一些人看作人与后人类的本质区别。海德格尔说："作为自我感受的感情恰恰就是我们身体性存在的方式"，"我们并非'拥有'一个身体，而毋宁说，我们身体性的'存在'"。[①]也有学者指出，只要我们仍然依附于传统的情感和思想，那么我们就仍然保持着人与机器的本质区别。[②]当然，这里我们所说的自主的情感能力，也是要把它理解为来源于身体的支持，与身体融为一体，而非可以与身体剥离独立存在的。在《仿生人会梦见电子羊吗？》中，作者菲利普·迪克正是将移情能力作为了人与仿生机器人的本质区别，人类能够移情所以是人类，仿生人不能移情，所以他们不是人类。

学者克里斯托弗·西姆斯（Christopher A. Sims）曾经撰文分析过《仿生人会梦见电子羊吗？》中的技术以及人与技术的关系，他认为，小说探讨了奴役"类人"生物机器的道德问题，但是，更主要地还是借用人形复制品的发明来评判和定义人类的本质，即能够将人与技术制造的"类人"仿制品区分开的品质。[③]事实上，这正是菲利普·迪克小说所关注的重心。小说中人们改装了一种叫作"合成自由战士"的战争机器，这些人形机器——严格说来是有机仿生人，能在外星工作，任劳任怨。按小说中的联合国法律，每个移民的人会自动拥有一个仿生人。后来仿生人不甘于被奴役逃回地球，主人公里克·德卡德被警察雇佣，任务就是追杀这种逃亡仿生人，领取猎头赏金。

显然，这些仿生人不被看作人类，但这里区别的标准，不是看起来像人的身体，也不是思维与智力。这些由罗森公式制造的枢纽 6 型仿生人在外表上完全与真人一样，从外在看完全无法区分，小说中称之为"活体意义上的人"。他们有新陈代谢、细胞更新，但很受限，所以寿命短暂。在法律上，仿生人没有生命，但实际上却有生物学意义上的生命，他们不是由半导体线路搭起来的机器人，而是有机的实体。虽然他们不是被生出来的，

---

① 海德格尔. 尼采（上卷）[M]. 孙周兴，译. 北京：商务印书馆，2003：108.

② Kaye Mitchell. Bodies that Matter: Science Fiction, Technoculture, and the Gendered Body[J]. Science Fiction Studies, Vol. 33, No. 1, 2006: 109.

③ Christopher A. Sims. The Dangers of Individualism and the Human Relationship to Technology in Philip K. Dick's Do Androids Dream of Electric Sheep?[J]. Science Fiction Studies, Vol. 36, No.1, March 2009: 67.

不会长大，不会死于疾病或衰老而是死于磨损，但他们确实具有短暂的有机生命。例如小说中的蕾切尔，她已经存在两年，还能再存活大概两年。智力测试也无法区别仿生人与真人。"这种枢纽 6 型仿生人，他寻思，在智力上甚至胜过了好几类特障人。也就是说，装备了枢纽 6 型脑单元的仿生人，从严格冷酷的实用主义角度来看，在进化上已经超越了很大一部分人类，虽说是相对比较低劣的那部分。有时候，仆人比主人还要像人。"①能够区分人与仿生人的，只有沃伊特·坎普夫移情测试。的确，里克追捕过的仿生人都很有才华、非常聪明，但待人冷淡。在这部小说中，将人与仿生人区分开的，正是移情能力。

艾迪特·施泰因（Edith Stein）在《论移情问题》（*Zum Problem der Einfühlung*）中如此定义移情："移情是对陌生主体及其体验行为（Erleben）的经验（Erfahrung）。"②在《仿生人会梦见电子羊吗？》中，仿生人就缺乏这种情感能力。"为什么仿生人面对移情测试时，会那么挣扎无助。很显然，移情现象只存在于人类社群中，而智力则或多或少地普遍存在于所有门类的动物身上，甚至包括蜘蛛。比如，产生移情的一个先决条件是群体本能。而像蜘蛛那样的独居动物，移情不但无益，反而可能有害于它的生存，因为移情能让它体会到被它困住的猎物对生的渴望。如此一来，所有食肉动物，包括像猫那样高度进化的哺乳动物，都可能饿死。"③正如这段引文所言，产生移情的先决条件是群体本能，它需要社会性生存。大卫·勒布雷东说过："在以整体论为基础的传统社会里，人是不可分割的，身体不是分裂的对象，人被融入宇宙、大自然与群体当中。在这类社会中，身体的意义实际上就是人即个体的意义。身体的形象是自我的形象，由构成大自然和宇宙的原材料以不加区别的方式塑造而成。这类观点要求人们有一种同源感，一种积极投入参与到全体生物界的意识。"④即使后来人类脱离了整体论时代进入了个体化时期，但这种与他人和世界融合的渴望仍然作为本能延续了下来。苏珊·伯纳多（Susan M. Bernardo）称这是一种地域意识和群体意识（senses of place and community）。苏珊·伯纳多认为，在《仿生人会梦见电子羊吗？》中，依据作者所描写的环境，地球是堕落的星

---

① 菲利普·迪克. 仿生人会梦见电子羊吗？[M]. 许东华，译. 南京：译林出版社，2013：21.
② 艾迪特·施泰因. 论移情问题[M]. 张浩军，译. 上海：华东师范大学出版社，2014：21.
③ 菲利普·迪克. 仿生人会梦见电子羊吗？[M]. 许东华，译. 南京：译林出版社，2013：21-22.
④ 大卫·勒布雷东. 人类身体史和现代性[M]. 王圆圆，译. 上海：上海文艺出版社，2010：13.

球，贫乏的环境已经不适于生存，但是很多人类仍然不愿意离开，正是由于这种意识，大地之爱（Terraphilia）一词也被用来形容人类与地球的深刻联系。苏珊·伯纳多曾经引用艺术家理查德·凯布（Richard Cabe）等人对该词的定义，认为该词是指与地球及其生命群体的内在情感和联系，没有这种联系，我们会是孤独的、贫乏的、不完整的，而在这些联系中，既包括与他人的联系，也包括与非人之物的联系，因为它们也提供环境。[①]据此为标准，小说中的仿生人被认为没有社会性，也没有群体本能。意大利学者多梅尼科·帕里西（Domenico Parisi）曾借助机器人的视角来凸显人类社会的独特性。"人类几乎从不独处。人类的大部分时间都是和其他人一起度过的，他们相互交往，一起做事。而且，即使是在独处时，人类通常想的也是其他的人，想别人是怎么想他们的，想他们应该怎么对待别人，以及别人会希望他们怎么对待自己……人类有一种极端的社会依赖形式。"[②]多梅尼科·帕里西（Domenico Parisi）认为，这种源自本能的东西与智能不同，前者是经过漫长进化才产生的，而后者却是可以在一生当中去不断发现和发展的。

　　鉴别仿生人的沃伊特·坎普夫量表就是根据仿生人缺乏移情能力而设计出来的。测试时，会将一个带导线的小吸盘贴在被测试者的脸上，"测量的是脸部毛细血管的扩张。我们知道，人类最原始的自动反应之一，就是对道德震撼的刺激产生所谓'羞愧'或'脸红'的反应。这是没法主观控制的，跟皮肤导电性、呼吸或心跳那些现象不一样"[③]。这个测试会通过观察、记录被测试者对测试问题的反应而打分，建基于身体现象学的反映。而当仿生人被问到伤害人类或者动物生命的问题时，他们却似乎不会被这些刺激性问题所困扰。小说中的蕾切尔就是这样被测试出来的，一个关于婴儿皮手提箱的问题测出了蕾切尔的确是个仿生人。他们说词汇，但无法体会和表达词汇的情感内涵。仿生人罗伊·贝蒂很具有领袖气质，他曾经借助多种药物希望在仿生人中践行群体体验，但是失败了，他自己也杀了很多人。

---

① Susan M. Bernardo. Environments in Science Fiction: Essays on Alternative Spaces[M]. Jefferson: McFarland & Company, 2014: 155.

② 多梅尼科·帕里西. 机器人的未来——机器人科学的人类隐喻[M]. 王志欣，廖春霞，等，译. 北京：机械工业出版社，2016: 204.

③ 菲利普·迪克. 仿生人会梦见电子羊吗？[M]. 许东华，译. 南京：译林出版社，2013: 33-34.

当现实世界发生问题时，人类甚至会在虚拟世界中去寻求与他人、与世界融合的能力，小说中的默瑟主义便是为了满足这种需要，而仿生人对此无法体会也无法理解。菲利普·迪克曾经写到被定性为劣等鸡头的约翰·伊西多尔借助共鸣箱与默瑟融合时的体验。此时的约翰·伊西多尔身处一片废墟，周边的人和动物要么逃走要么死亡，万物凋敝，只有孤独和基皮充斥空洞，但是当他握住共鸣箱的手柄之后出现了神奇的一幕："这部分循环持续了很久，他不知道。因为一直没有什么事件发生，时间变得无法衡量。但最终，枯骨生出了肌肉，空眼眶里长出了能看见世界的眼睛，恢复如初的鸟喙和嘴巴开始发声，咔吧，汪汪，喵呜。也许是他干的，也许他脑中那个超感官节瘤长回来了。也可能不是他干的，只是一个自然过程。不管怎样，他不再沉沦，开始和其他生灵一起向上攀登。很久以前他就看不到它们了。他发现自己似乎是在独自攀登。但大家都在，都陪着他。他能感觉到它们，很奇怪，就在他灵魂里。"①

约翰·伊西多尔觉得人需要共鸣箱，是因为"那是你身体的延伸，是你接触其他人类的途径，是你摆脱孤独的方式"②。苏珊·伯纳多认为，仿生人仿造人类社会，让自己有同事、有工作，也都是出于逃避孤独的目的。③但他们无法真正体会和理解默瑟主义的真谛。凯瑟琳·海勒在《我们何以成为后人类：文学、信息科学和控制论中的虚拟身体》中提到这点，这本书在翻译时使用了"机器人"而非"仿生人"。作者认为，仿生人与人类在本体论上就处于一个完全不同的范畴，能够证明这种官方意识形态的一个强有力"证据"，就是仿生人不能感受与默瑟的融合（fusion）。"机器人没有能力体验这种融合，所以被认为缺乏共鸣和同情。共鸣和同情是'真正'人的试金石和检验标准。"④也正是由于这一本质差别，尽管作者菲利普·迪克将仿生人作为被剥削者而施以同情，但更明显的是作者希望它们被看作邪恶、非人性的。⑤

---

① 菲利普·迪克. 仿生人会梦见电子羊吗？[M]. 许东华，译. 南京：译林出版社，2013：17.

② 菲利普·迪克. 仿生人会梦见电子羊吗？[M]. 许东华，译. 南京：译林出版社，2013：50.

③ Susan M. Bernardo. Environments in Science Fiction: Essays on Alternative Spaces[M]. Jefferson: McFarland & Company, 2014: 159.

④ 凯瑟琳·海勒. 我们何以成为后人类：文学、信息科学和控制论中的虚拟身体[M]. 刘宇清，译. 北京：北京大学出版社，2017：233.

⑤ R. M. P. and Peter Fitting. Futurecop: The Neutralization of Revolt in Blade Runner[J]. Science Fiction Studies, Vol. 14, No. 3, 1987: 342.

　　除了肉身性、自主的情感能力之外，还有人认为理性是判断人与后人类本质区别的那道分界线。但即使以此观点对现实世界进行衡量，也会对一部分人不公允，在科幻世界中，就显得更加难以适用。很多作家都会以机器人有理性这个前提来开展故事叙事。例如，擅长写机器人小说的阿西莫夫，在他的《钢穴》(*The Caves of Steel*)、《裸阳》(*The Naked Sun*)、《曙光中的机器人》(*The Robots of Dawm*)中，都有一些只懂得遵循逻辑原则却不懂从全局和远景来权衡利弊的低级机器人，就像人工智能专家马文·明斯基所说的，属于"If→Do"这种"基于规则的反应器"(Rule-Based Reaction-Machine)[①]。但在后来面世的小说中，机器人的理性却大放光芒，阿西莫夫甚至把决定人类未来命运的重任放在了两个机器人的身上。在《机器人与帝国》中，机器人吉斯卡具有能够觉察并影响人类精神的能力，它发现并命名了"心理史学"，在吉斯卡彻底失去功能之前，它调整了机器人丹尼尔，使其具有了精神侦测和控制的能力。丹尼尔虽然落单了，但努力承担了需要守护整个银河的重任。也是这个丹尼尔，它想到了机器人的第零法则，即机器人不得伤害人类整体，或因不作为而使人类整体受到伤害，这说明它具有了从远景和全局来思考和权衡利弊的理性。在两万年的时空变换中，正是机器人总是以自己的智慧去帮助人类化解危机，并带领大家找到正确的道路。波兰著名科幻作家、哲学家斯坦尼斯拉夫·莱姆(stanislaw lem)曾写道："一个人类作家如何能描写一个被明确地赋予了理性的存在者，而它又确定无疑地不是人类？"[②]答案又回到肉身性。即使有了理性之后，也有理由将其排除在人类之外，例如没有直觉。在《机器人与帝国》中，机器人吉斯卡在和机器人丹尼尔聊天时也曾提到地球人贝莱的智慧："但他使用的工具是人类所谓的直觉，那是我无法理解的字眼，而这就意味着我对那个概念完全陌生。也许它不在理性范畴内，而理性却是我唯一的凭借。"[③]为什么没有直觉呢？自然又是归结到肉身。

　　总而言之，对后人类的质疑都集中于身体，我们虽然将肉身性、情感、理性、直觉等分开进行了各自的说明，但实际上它们都来源于身体这个整

　　① 马文·明斯基. 情感机器[M]. 王文革，程玉婷，李小刚，译. 杭州：浙江人民出版社，2016：23.

　　② Elana Gomel. Science Fiction, Alien Encounters, and the Ethics of Posthumanism: Beyond the Golden Rule[M]. Basingstoke: Palgrave Macmillan, 2014: 3.

　　③ 阿西莫夫. 机器人与帝国[M]. 叶李华，译. 南京：江苏文艺出版社，2014：49.

体。肉身提供了身体的基础架构和基本功能，而情感、理性、直觉等则是身体的涌现属性（emergent property）："涌现属性究竟意味着什么？涌现属性是由整体表达的，而非必然由其个别的部分表达。系统会拥有一些在其部分中不曾表现出的属性。"[①]当然，也有很多被创造出来的后人类和进化而来的后人类，他们具有人类的肉身性、情感、理性、直觉，一应俱全，此时对他们的质疑便是身体的原初性，也就是自然人的身体。总之，在美国科幻小说中，对后人类的一切质疑都与身体相关。

第三节　后人类的自我认知困惑

　　上一节我们探讨了人们立足于人类的身体状况常常对后人类产生的质疑，这一节我们来看看后人类对自我存在的困惑。《智能侵略》中的"智人"、《陶偶》中的陶人、《镜舞》中的克隆人、阿西莫夫笔下的机器人，以及会带来身体与意识分裂的赛博格人等等，他们有的是被创造的后人类，有的是被异化的后人类，这些后人类不仅遭受着来自"纯种人"的批判，也经受着自我质疑：我为什么不能是人？如果不是人，我是什么？我是真实存在的吗？我是谁？我为什么存在？我人生的意义是什么？总之，作家以各种叙事方式言说着后人类对于自我身体的感知与认知困惑。

　　《电子蚂蚁》是菲利普·迪克的科幻小说，描写了一个电子人发现自己是没有真实身体的后人类之后的震惊。三星电子公司的老板加森·普尔车祸事故后在医院醒来，突然被医生告知他只是一个仿生机器人，被称为电子蚂蚁。他从来都不知道，自己所拥有的那些记忆都是被植入的假象，包括他运营着三星公司这种记忆也都是植入的，事实上他从未运营过公司。当加森·普尔得知自己并不是真人而只是一个傀儡、一个机械奴隶之后，小说如此写道："他一边坐在那儿小酌，一边出神地望向窗外——他唯一的窗户，看着对街的大楼。我应该回办公室去吗？他问自己。如果回去，为了什么呢？如果不回去，又是为了什么呢？总得选一个吧。他心想，老天，知道真相以后我真是崩溃了。我就是个怪物，他突然意识到。一个努力模

---

　　① 克里斯托弗·科赫. 意识与脑——一个还原论者的浪漫自白[M]. 李恒威，安晖，译. 北京：机械工业出版社，2015：132.

仿活人、自己却没有生命的东西。然而，他曾真切地感觉到自己活着。只不过他现在的感觉不一样了。"①他找到了那个内置的现实磁带，证实了他所认知的一切现实其实都是被设计的虚拟之物而已。小说最后，随着加森·普尔的解体，因他而建构的世界也随之消失了。

保罗·巴奇加卢皮的《发条女孩》描写了一个有真实身体却被剥夺了自由意志的后人类的叛逆。这种后人类在小说中被称为"新人类"，有的被制造成军用型，有的供私人使用。小说主人公是基因修改人惠美子，她是在人口老龄化严重的日本被制造出来的，在试管中培育，在保育院中教养长大，后来被日本三下机械公司的一个高层领导岩户先生购买，成了他的秘书和私人伴侣。一次，她陪伴主人来泰国办事，但由于回程机票太贵，她被主人丢在泰国，成为非法的日本垃圾，只得流落在娱乐之地成为猎奇之物。惠美子的身体由细胞和被调整过的人造 DNA 制成，被植入了能抵御任何疾病和癌症的基因，不惧怕任何细菌和寄生虫的感染。惠美子还有被增强的完美视力，头发永远不会变成灰白色，被细化了毛孔的完美肌肤即使到了一百岁也不会衰老，光滑细腻，虽然因毛孔太细不利于出汗而经常陷入身体热度过高的状况中。因此，惠美子的外表和人类几乎没有区别，除了被刻意凸显的在走路时一停一顿的节奏之外，这动作让她看起来就好像一个发条人。这是为了易于识别的一个标志，也是她被驱逐于人类之外的一个记号。在娱乐场所寻欢作乐的人看来，这个既令人垂涎又令人鄙薄的身体就是一堆基因垃圾、一个玩物；在崇尚自然主义的格拉汉姆教派看来，她的身体就是对自然的公然亵渎和侮辱，她是竟敢修改基因的罪人；在擅长基因拆解的激进科学家吉布森看来，她的身体代表可以替代老版本人类的进步方向；在普通人看来，发条人就是没有灵魂的人造物体；即使在对发条人很宽容的日本，她也只是一份登记在主人名下的财产；在基因修改人自己看来，这是一个没有自我的身体。"她什么都不是，只是一个傻乎乎的牵线木偶，那可笑的一顿一顿的动作——动一下停一下，动一下停一下——再没有了她在保育院时三隅老师训练出来的优雅风格。如今，她的动作中已经没有所谓的高贵典雅或是小心谨慎，被粗暴地展示出来的，只有她那由 DNA 塑造出来的身体，供所有人观赏、嘲笑。"②为了更好地

---

① 菲利普·迪克. 电子蚂蚁[M]//少数派报告：菲利普·迪克科幻小说精选. 周昭蓉，译. 南京：译林出版社，2013：274.

② 保罗·巴奇加卢皮. 发条女孩[M]. 梁宇晗，译. 成都：四川科学技术出版社，2012：55.

服务人类，新人类被设计得不具有生育能力，也不具有反抗意志。惠美子的身体里被加入了某种易于遵从的基因，以使她乐于取悦他人并服从命令，尽管她对这样的自己也心生厌恶，然而如果她有反抗的意念，新人类的基因就会迫使她服从命令，反抗的欲念便会给她带来强烈的羞耻感。在设计之初，人们就只看重新人类的服务功能，而不允许他们提出任何问题。惠美子就这样被禁锢于这个完美的身体皮囊里。"她有时会想，如果她是另外一种动物，比如一只毛茸茸的没有思想的柴郡猫，她会不会感到凉快些。这并不是因为变成柴郡猫的话，毛孔就能更有效率地扩张，皮肤的通透性会更好，而是因为她会变得没有思想，不用再思考了。她不需要意识到自己是困在一个令人窒息的完美皮囊里——当她还在试管里的时候，某个该死的科学家就调整了她的基因，使得她的皮肤如此光滑，而她的内部却如此酷热。"①这个身体就是一个矛盾的综合体，仅考虑了功能而制造出来的身体，却拥有无法被剥夺的自由意识，结果导致这个身体陷入一种自相矛盾的悖谬性中，那种难以释放却也难以消失的酷热就像一个隐喻，终将会找到一个突破口，带来能量的爆发和自由的释放。在逃跑的途中，惠美子曾经设想不为任何人服务会是什么感觉？如果没有主人她会做些什么？正是带着对未知的期许，她逐渐意识到自己可以不做奴隶，而且也逐渐发现了被优化的身体所具有的超常能力，例如，她事实上更聪明、更敏捷、更敏锐。最终，惠美子轻易地杀死了八个伤害过她的人，这些人都曾接受过完整的军事训练，之后她想逃到北方山里发条人的聚集地，据说那里的发条人没有主人。

《陶偶》更集中地描写了后人类的自我认知困惑。小说主要是围绕着真人艾伯特·莫里斯和他的四个陶偶展开第一人称叙事，这种方式能让读者更清楚地看到这些后人类的感受和思想。这些陶偶不仅能复刻真人原身的外在身体形态，甚至还能复刻真人的灵魂驻波，具有原身的性格、品质以及记忆和习惯，成了有感情、有想法的人。例如，莫里斯的所有偶人都分享了他的坚韧、好奇心和求生欲，绿偶人喜欢挠头，这也完全是真人艾伯特·莫里斯本人的习惯，因为偶人头上没有毛囊，也没有寄生虫。但问题是，偶人的身躯是一堆陶土，而且他们的生命通常只有一天。作为私人侦探艾伯特·莫里斯的偶人，他们每天都在受伤，但是丝毫不会懈怠，因为他

---

① 保罗·巴奇加卢皮. 发条女孩[M]. 梁宇晗，译. 成都：四川科学技术出版社，2012：52.

们都复刻到了原身的意志、能力、品质。所以，这些偶人的头脑、意识是人性化的，具有人的记忆、思维、情感、本能，但是身体不是肉身，是被创造的后人类。他们不被视为与人同等的人类，只被视为高效的工具、仆役阶层。德国思想家瓦尔特·本雅明（Walter Benjamin）在《机械复制时代的艺术作品》（*Das Kunstwerk im Zeitalter seiner technischen Reproduzierbarkeit*）中曾经论述过，机械复制会导致艺术品独特的光韵（Aura）丧失。[①]因为大量的复制会导致艺术品的独一无二性丧失，复制品变得多而廉价。可以复制的后人类身体也具有这种廉价性和可抛弃性。小说中的布兰恩督查很讨厌沃梅克为什么不在自己的偶人里加入自毁装置，这样就不需要耗费这么大人力物力来拯救她的偶人了；从事犯罪生意的贝塔也把自己的偶人当作工具，他真的会在偶人里植入小炸弹，一旦被捕就会爆炸自毁；私人侦探莫里斯也是如此，他自己的偶人有很多都是有去无回，而他也从不在意，只把这些损失当作为了完成侦探工作不得不付出的代价。

康德说："每个有理性的东西都须服从这样的规律，不论是谁在任何时候都不应把自己和他人仅仅当作工具，而应该永远看作自身就是目的。"[②]而偶人会清晰地意识到自己的工具性，失去了存在主义意义上的自由选择，但他们也会思考自我生命的价值。偶人由真人复刻而来，保有原身的全部记忆，但他也会产生自己的身份意识，积累属于自己的记忆。因此，事实上从离开加温槽的那一刻开始，每个傀偶都有两套自我意识共存。一套自我意识来自本体，另一套则来自偶人自身。一方面，他们强烈地认同本体，想要保护本体、回家把记忆上传给本体，并借此获得重生；但另一方面，他们又具有强烈的个体自我意识，想要让自己真正地存活下去。我们来看看当一个绿色偶人在面临生死存亡的时候他的想法。这个绿色偶人被莫里斯派去打入贝塔进行非法复制明星偶人的营地侦察，结果被发现并被追杀，一路逃亡使它筋疲力尽，身体破败不堪。

> 放弃吧，睡吧，这不是死亡。真正的你会继续活下去，带着你的梦想，他会活下去的。
> 真正的你不会死。说得太对了。准确地说，我的原身就是我。该

---

① 瓦尔特·本雅明. 机械复制时代的艺术作品[M]. 王才勇，译. 南京：江苏人民出版社，2006：53.

② 伊曼努尔·康德. 道德形而上学原理[M]. 苗力田，译. 上海：上海人民出版社，2012：40.

死的，从昨天开始，我们的记忆就分离了。这一整天，他可以打着赤脚、穿着内裤、窝在家里办公；而我却在这座城市的最底层寻寻觅觅，这儿的生命比大仲马小说里描写的还要廉价。但和我经历过的种种情形相比，此时此地的状况不过是小菜一碟。

……

每一次我走进复制机，我的新偶人都会继承那种延续几十亿年的求生本能。

我想要来生。①

　　这种多重自我意识会导致自我认知的困惑。英国哲学家德里克·帕菲特（Derek Parfit）在《理与人》（*Reasons and Persons*）中设想了一个"我"大脑中的信息被完全复制并传输到另一个星球的身体上的情境，从而追问"我"的同一性何在。无论是《陶偶》中的真人还是偶人都面临这个问题。能够复刻的真人也已经成为后人类，他拥有偶人传回的很多记忆，也会遭遇自我意识混乱的时刻。真人艾伯特·莫里斯接收完自己偶人的记忆之后，作者写道："我起身走下复刻台，知觉还有些混乱，得适应一会儿。真正的双腿感觉有些奇怪——肌肉结实，实实在在的，但有种陌生感——毕竟，片刻之前'我'还拖着两条腐坏的残肢。身旁的镜子里映出一个壮实的黑发男子，看起来也很奇怪——太健康了，反而显得不真实。"②有些真人就是不愿意看到另一个自己，所以宁愿不与偶人见面，只通过屏幕对他们发号施令。相较而言，偶人所遭受的自我认知混乱会更为强烈。

重聚的冲动……重组的冲动……融合为一的冲动，压倒了我。

可是，是哪个我？

什么样的我？

什么原因、什么时间、什么地点的我？

……

人物都是我，相同而又不同。其中一个我知道的事，另一个我却毫不知情。③

---

① 大卫·布林. 陶偶[M]. 夜潮音，邹运旗，译. 成都：四川科学技术出版社，2012：11.

② 大卫·布林. 陶偶[M]. 夜潮音，邹运旗，译. 成都：四川科学技术出版社，2012：18.

③ 大卫·布林. 陶偶[M]. 夜潮音，邹运旗，译. 成都：四川科学技术出版社，2012：395.

　　表面上看来，《陶偶》是一个侦探破案故事，但其中包裹着众多的社会学、哲学思考，特别是绿偶人的存在主义思考。绿偶人的故事，很像弗兰肯斯坦故事与匹诺曹故事的综合体，前者是一个被创造者背弃创造者而寻求独立的故事，后者则是怀揣着从傀儡成为真人的梦想而自我成长的故事。

　　在第一个绿偶人报废之后，莫里斯又复刻了第二个绿色偶人。绿色偶人原本只是为了帮原身处理最简单、最低级的事情，例如买东西、刷马桶，他们在偶人中也处于低人一等的位置，灰色偶人自带高档的实时记录器材，而绿色偶人只带有老式微缩磁带来储存记录。但是这个绿色偶人却放弃了被分派的打扫卫生、跑腿的职责，称自己是一个出错的复制人、一个弗兰肯斯坦怪物。他要自我放逐，就利用这一天的时间去寻找自己的人生意义。如果真人宣布放弃那个绿色偶人的所有权，就会有变态猎人去追杀他，所以真人莫里斯没有采取行动。这就使得绿色偶人有时间去探索自己的世界，并踏上了逆袭之路。高岭把绿色偶人染成了灰色偶人，给他做了修复，延长了他的生命时间，让他去为自己调查。在这个过程中，绿色偶人发挥了非同寻常的聪明才智和毅力，最后也是因为他拼死抗争才唤醒了原身莫里斯的正确认识，也才摧毁了坏人的巨大阴谋。小说的结局是耐人寻味的。绿色偶人得到了偶人复原技术的维护，可以不断更新记忆，但是他终归会到终止期，直到一个新的机会出现了。由于最后一战的巨大冲击，真人莫里斯的头脑被灌满了东西，再也没有空隙去接受绿色偶人的记忆，最终，真人莫里斯决定卸除全部记忆，然后再把绿色偶人的记忆复刻进去。这样一来就意味着，从此以后真人莫里斯的头脑里所具有的记忆只是绿色偶人的记忆，从另一个意义上来说，真人莫里斯也就是绿色偶人了。所以，这个绿色偶人被接受为人的标志是很典型的，他最终占据了一个肉身，才被接受为人，作为一个目的而不是作为手段存在。

　　与被复刻的陶偶相似，克隆人也会遭遇类似的自我认知困惑，尤其是克隆人具有与人一样的肉身性、情感和思维能力，唯一的区别是，他们是被制造出的，带着各种各样的工具性和目的性，一出生便失去了存在主义哲学意义上"存在先于本质"的自由。克隆人的意义便不在于存在本身，而在于存在的目的。这意味着，虚无和时间对他而言不再会带来可能性，克隆人的人生也便不再具有独特性。大卫·艾略特（David Elliottu）正是基于克隆制造人以及其侵蚀了人的独特性而认为人类克隆在道德上是不可接受的。①美国作家南希·法默（Nancy Farmer）在《鸦片之王》（*The Lord of Opium*）中写出了克隆人作为手段与目的所具有的截然不同的价值。小说中的马特是鸦片之王阿尔·帕特隆的克隆人，他存在的意义是为了给这位鸦片之王提供可更换的器官。此时，克隆人马特是作为工具和手段而存在的，因此他就不具有自己独立的人格意义，只能被称呼为"肮脏的克隆人"。小说写道："克隆人比动物还低等。他们的出现只是为了提供器官，就像一头牛的存在只是为了提供牛排。然而牛是天然的，它们还能收到尊重，甚至爱。"②而克隆人被认为既不是人也不是动物，他们的身体会被打上印记，以标明是属于谁的财产。南希·法默在另一部小说《蝎子之家》（*The House of the Scorpion*）中就专门描写了克隆人马特成长过程中所遭遇的种种羞辱和磨难。而当马特的原身阿尔·帕特隆突遭意外死去之后，这个克隆人的生活立即发生了彻底的扭转，他继承了原身的一切，包括身份、财产、地位、权力，更重要的是尊重和承认。此时，克隆人马特是作为目的而存在的。

《镜舞》是美国作家洛伊斯·比约德的科幻小说，这个书名特别恰当地写出了克隆人的自我认知困惑，他们的人生一开始便被设定为另一个人的镜像，只能因他人而舞。"埃斯科巴最大的商业运输中转站的旅客大厅里，排列着一长串通信舱。舱门是玻璃的，被彩虹一样的光分割成一个个斜纹格。显然，这是根据某个人的装饰理念而设计的。这些方格被有意排列得参差错落，映出的镜像也就成了一块块碎片。一个矮小的、身穿灰白两色军服的男人，冲着镜子里自己那四分五裂的身影皱了皱眉头。"③结合克隆人马克这个人物的特殊身份来看，这里的地点、景象都寓有深意，正体现了马克对自己身份与命运的困惑。"他开始审视军服里面自己的身体。一个挺直了身体的、侏儒般的小矮人，驼背、短脖子、大头。他这个矮小身体的上上下下，几乎没有留下任何疏忽或漏洞，所有的地方都被精心整修过：黑头发修剪得非常整齐，黑眉毛下面的灰色眼睛加深了颜色，身体的各个细小的部位也都修正过了。他恨这个身体。"④这个被精心矫正、修整过的

---

① David Elliott. Uniqueness, Individuality, and Human Cloning[J]. Journal of Applied Philosophy, Vol. 15, No. 3, 1998: 217.

② 南希·法默. 鸦片之王[M]. 陈佳凰，译. 海口：南方出版社，2016：4-5.

③ 洛伊斯·比约德. 镜舞[M]. 昂智慧，译. 成都：四川科学技术出版社，2004：1.

④ 洛伊斯·比约德. 镜舞[M]. 昂智慧，译. 成都：四川科学技术出版社，2004：1.

身体，属于自己却又不属于自己，它以别人为模板，穿着别人的衣服。对这具身体，马克只有恨意。玻璃门所映射出来的那个四分五裂、破碎的虚幻镜像，恰当地揭示了马克似真似幻、似虚似实的存在状态。作为迈尔斯的克隆人，马克不知道该如何界定自我。"你的真实姓名是什么？"这是马克对自己的诘问。

作为一个克隆人，马克也像其他克隆人一样，被预先注定了目的性生存。然而，他与小说中的其他克隆人又完全不同。他有一颗智慧的头脑，有清醒的自我意识，也因此深陷于自我认知的痛苦中。

在小说中的巴罗普乔王朝，克隆人主要被用于生命延长买卖，或称换脑手术。克隆人的基因来自顾客的生殖细胞，然后将其放在子宫复制器里孕育，不健康的会被即刻处死，健康的则会在巴罗普乔王朝的教养院里被精心养大，保证他们拥有一个强健的身体。有的客户还会对身体提出其他一些额外要求，那么这个克隆身体就要承受额外的痛苦来进行一些整形和改良。为了能快速满足衰老原身的需求，克隆人会被喂养生长加速剂，使他们在十岁左右的时候就具有十八九岁的身体状态。在原身需要的时候，这个身体就会被立刻拿来做换脑手术，用原身的大脑替换克隆人的大脑，这样一来，原身具有了健康的身体，而克隆人的大脑则会被当作垃圾处理掉。被当作垃圾的克隆人大脑在生前自然会被刻意愚化，没有人教给他们何为自我，何为知识，这样才能更容易被控制，在需要他们为原身牺牲身体的时候才能更容易解决。

马克的遭遇与其他克隆人相反。客户对他的期待是具有聪明的头脑和满腹的学识，但是要有一个不健康而且畸形的身体。他是科玛人复仇的工具。作为贝拉亚征服的第一个外星球国家，科玛的流放者制定了一个复仇计划，他们设法偷走了贝拉亚摄政者弗·科西根伯爵的儿子迈尔斯的细胞组织，克隆了一个替代品。他被制造出来的目的只有一个，就是听命于科玛人，模仿迈尔斯，接近并杀死科西根伯爵，甚至最终替代国王。因此，他的创造者把他定制成了一个富有智慧和思想的人。而马克最终利用这些不仅成功实施了自救，而且选择了自己的道路，他杀了盖尹也杀了瑞瓦尔，拯救了迈尔斯也拯救了那些可怜的克隆人，当然也赢得了他人的承认和尊敬。迈尔斯是一个有着聪明头脑和畸形身体的原身，还未出生时他就被父亲的敌人下了毒，身体受到了严重伤害，新陈代谢功能异常，身体畸形矮小，加之迈尔斯经常参加各种危险活动，受伤是常事，因此身体经常出现各种问题。而马克新陈代谢功能正常，身体健康，原本应该像科西根伯爵家族里的其他男性那样拥有正常的身高、体重，高大匀称、身姿挺拔，但是，科玛复仇行动的领导者萨尔·盖尹为了让他看起来与迈尔斯一样，利用各种方法来折磨马克，如超强度的运动、饥饿、电击、殴打、致畸手术、损害健康的药物控制、精神折磨等等。这一切就是为了让马克的身体与迈尔斯保持一致，马克被锯掉双腿而代之以塑料腿，是因为迈尔斯成了这样。头脑方面的折磨同样不少，马克也需要不断接受多种训练以及各种知识的灌输，因为迈尔斯本人就是一个受过博大精深教育而且也一直在持续学习和提升的人。在马克十四岁的时候，盖尹带走了他，之后这个曾经被急于寻求身份认同的马克当作父亲一样的人对他进行了更加变态的折磨。最终，他杀死盖尹出逃。逃跑过程中，他既要逃避科玛恐怖分子的追杀，也要躲避迈尔斯对他的追寻，为此他使用过无数的假名字，但是没有一个名字能给他带来一种确定的自我身份。当迈尔斯得知马克扮演自己去了杰克逊联邦之后，他赶去收拾残局却遭到轰击，身体受了重伤，脑袋被急速冷冻，身体被修复以后他却患上了冷冻失忆症，并误以为自己才是那个克隆人，那段时期他体会到了需要依附在别人身上才能获得存在依据的恐怖，那会让人觉得惶惑不安、毫无价值感："我是那个错误的克隆人。似乎他本身没有任何价值，而且他似乎神秘地依附在内史密斯将军的身上……他感到自己毫无价值、多余而又孤独。"①

　　马克渴望拥有一个确定的身份，这在伯爵夫妇承认他为马克勋爵之后让他看到了希望。然而，当他为了拯救迈尔斯而被恨迈尔斯入骨的瑞瓦尔抓获并进行了可怕的身体虐待和心理折磨之后，他刚要建立起来的身份感遭遇崩溃。马克终于精神分裂了，让真正的自己成了一个无名的家伙："一些人来了，无所顾忌地折磨着一个没有名字的家伙，然后又都离开了。他常常遇见他们。他身上的一些突出的部分都具有了自己的特征，于是他给他们取了相应的名字，使他们获得了自己的身份。这些家伙就是戈杰、格鲁特、豪尔和'另一个'——这个家伙一直待在一旁，等待着。"②最终，作为一种策略，马克利用这些游离身份，骗过了瑞瓦尔并杀死了他。从此以后，他再也不害怕会迷失在那些分裂的、虚假的身份中，因为他拥有了

---

① 洛伊斯·比约德. 镜舞[M]. 昂智慧，译. 成都：四川科学技术出版社，2004：428.

② 洛伊斯·比约德. 镜舞[M]. 昂智慧，译. 成都：四川科学技术出版社，2004：453.

稳固的自己。他甚至觉得迈尔斯只有内史密斯将军这一个虚假身份，而自己已经在数量上胜过迈尔斯，因为他拥有五个身份：马克·弗·科西根勋爵、戈杰、格鲁特、豪尔、杀手，他打算以后好好照顾这几个身份，并让他们在自己危险时来保护自己，就像内史密斯将军和迈尔斯勋爵一样。

迈尔斯和马克对这个身体都不甚满意，但两人的做法却完全不同。迈尔斯努力增加自己其他方面的魅力，例如学识、智慧、勇气、魄力等等，这些光芒为他迎来了尊敬、崇拜，让人们忽略了他的身体特征。而马克讨厌这个身体是因为这是别人的身体，自己只是一个替身。于是他想方设法地要让这个身体不会被看作原身。为了不再让人将自己和迈尔斯混淆，马克拼命吃东西，在几天之内胖得再也穿不下迈尔斯的衣服，三个星期之后，即使视力不好的人也不可能再将他认作迈尔斯了。伯爵夫人对马克的这种行为进行了合理的解释："反抗和恐惧。就反抗而言——他整个一生到目前为止，在身体体质和形状等方面，都受到他人的全面控制。过去，他无法决定或选择自己的身体形状。现在，至少他拥有了自主权。至于恐惧，他害怕贝拉亚，害怕我们，但是，他最主要的恐惧，坦率地说，还是来自迈尔斯，他害怕被迈尔斯的阴影所覆盖，而且这种可能性非常之大，即使他不是迈尔斯的弟弟。"[①]当迈尔斯问马克让自己长那么胖舒服吗，马克回答，只要没有人再把他和迈尔斯混淆起来他就会很舒服。给马克带来痛苦和恐惧的是这个身体，最终能够拯救他的也只有这个身体。在第三十二章中，马克和迈尔斯一起回家了，这里又写到了镜子。此刻，兄弟二人穿着各自的服装，对镜中的自己都很满意。

黑格尔认为："自我意识是自在自为的，这由于并且也就因为它是为另一个自在自为的自我意识而存在；这就是说，它所以存在只是由于被对方承认。"[②]后人类的自我认知困惑很大程度上正因得不到承认而产生，他们被制造为人的样子，却不被承认为人。一旦得到人类的承认和尊重，他们便会获得自我认同和归属感。就像美国作家莱斯利·罗宾的《绿山墙的仿真人安妮》中的机器人安妮，它本是被马修·卡斯伯特买来干农活的人形机器人，却被卡斯伯特夫妇收养为女儿，让她读书。安妮此时意识到自己有了归属感和责任感，"她必须弄明白自己的行为会带来什么样的后果，并

---

① 洛伊斯·比约德. 镜舞［M］. 昂智慧，译. 成都：四川科学技术出版社，2004：246.
② 黑格尔. 精神现象学（上）［M］. 贺麟，王玖兴，译. 上海：上海人民出版社，2013：181.

且学会应付这些后果。到了这时，她才明白了自由的真正涵义：拥有一个有意义的人生"[①]。因为得到了承认，安妮不仅有了归属感，而且有了创造人生意义的动力。"小说给予我们的就是让我们知道和我们全然不一样的人是如何看待他们自己的，他们如何做出一些让我们惊骇的行为，他们如何给他们的生活赋予意义。"[②]科幻小说对后人类的描写正是如此。

第四节　后人类身体与自我的开放性

人的开放性体现于其创造性，用存在主义的语言来说，是具有无限可能的存在，或者用法国哲学家让-弗朗索瓦·利奥塔的话说："人的本义就是人本义的缺席，就是其虚无，或者是其超验性。"[③]阿西莫夫笔下的机器人受制于机器人法则，是封闭性的存在，而人是开放性的存在，机器人丹尼尔对此曾非常恐慌："一想到人类未受制于任何法则，我就会感到不安。"[④]当然，人类有人类的法则，但人类绝对比机器拥有更多的变动性、开放性和创造性。但是，传统人类的身体却是封闭性的。在传统的人类概念中，人是被封闭于一个相对固定的肉身之中的，外在躯体与内在的思想、情感、记忆等是一个不可分割的统一整体。人类的自我认知，也是基于身体完整性与连续性之上的，基本上是稳定、统一的，"一个稳定、统一的自我则可以见证和证明一个稳定、统一的现实"[⑤]。而一些美国科幻小说则描写了后人类身体的开放性以及伴随而来的后人类自我的开放性。在这些小说中，身体的边界被打破，后人类不再是连续的、封闭的，而是断裂的、开放的。

在大卫·布林的《陶偶》中，身体的开放性表现为可复刻的身体与可上传的记忆。这打破了身体疆界的完整性和封闭性，使人的身体可以在空间上被多重延展，记忆可以不断补充、绵延，主体因而成为一个动态的主

---

① 莱斯利·罗宾. 绿山墙的仿真人安妮[M]. 夏星，译//迈克·雷斯尼克，姚海军. 世界科幻杰作选Ⅱ.刘未央，等译. 成都：四川科学技术出版社，2017：366.

② 理查德·罗蒂. 哲学、文学和政治[M]. 黄宗英，译. 上海：上海译文出版社，2009：77.

③ 让-弗朗索瓦·利奥塔. 非人：时间漫谈[M]. 罗国祥，译. 北京：商务印书馆，2001：4.

④ 阿西莫夫. 机器人与帝国[M]. 叶李华，译. 南京：江苏文艺出版社，2014：33.

⑤ 凯瑟琳·海勒. 我们何以成为后人类：文学、信息科学和控制论中的虚拟身体[M]. 刘宇清，译. 北京：北京大学出版社，2017：386.

体，走向开放。大卫·布林是美国当代科幻小说家，这位拥有空间物理学博士学位的作家很擅长写太空歌剧，以"提升"系列科幻小说获得了关注和认可。"提升"系列包括《太阳潜入者》(*Sundiver*)、《星潮汹涌》(*Startide Rising*)、《提升之战》(*The Uplift War*)、《光明礁》(*Brightness Reef*)、《无限的海岸》(*Infinity's Shore*)等，其中《提升之战》获雨果奖，而《星潮汹涌》则将雨果奖和星云奖全部斩获。我们现在要分析的《陶偶》，没有描写太空传奇，而是将故事背景设置在近未来的地球上，描写因为可以不断复制而导致的多重自我。大卫·布林在《致中国读者》中承认这个故事的灵感来源于西安的陶俑士兵。《陶偶》是围绕着一个真人莫里斯以及他的几个陶偶展开的。真人莫里斯是一个有执照的调查员，主要从事一些关于偶人的犯罪调查和盗版追缉。例如，有些人会盗用明星偶人进行盗版复刻从事营利和非法活动，也有些人会把自己的复制人打扮成别人的偶人去从事违法犯罪的事情，这类人被称为"窃脸贼"。这里的真人和陶偶都不是传统意义上的人，而是都成了后人类。每章涉及不同的后人类莫里斯，全篇基本都是第一人称叙事，只有其中一两节使用了第二人称叙事。就像小说中译本封面上的那句话——"我是我，我似我，我非我"。小说通篇充斥着"我"的众声喧哗，但是每个"我"既指向同一个人，又指向不同的人，既是我，又不是我。

在小说中开创了陶偶技术的人是尤希尔·马哈拉尔博士，他是一位天才科学家，寰球陶土集团的创始人之一，也是人体复刻领域大部分专利的持有人。马哈拉尔的名字还指向了 16 世纪布拉格的犹太拉比，也是一位马哈拉尔（Maharal，正式头衔的简称，意谓"我们的导师"）。据说，为了保护布拉格的犹太人免受攻击，这位犹太拉比用河边的粘土制造了一个魔像（golem），这个魔像具有生命，能够行动，但后来却逃脱了管控，成了一个暴戾的怪物，开始随意伤害人。"希伯来语中的 golem 指'没有形状的生物体'"[①]，往往指向一种具有高度兼容性的宽泛意义，既可以是拯救者、保护者、牺牲者，也可以是罪犯、恶魔、破坏者，既可以是混乱、隔离、绝望，也可以是秩序、融合、希望，还可以跨越性别和种族文化。总之，它指向一种未定型的开放意义。在《陶偶》中，陶土制造的偶人也具有这种

---

①　艾萨克·阿西莫夫. 阿西莫夫论科幻小说[M]. 涂明求，胡俊，姜男，等译. 合肥：安徽文艺出版社，2011：63.

未定型性和开放性，它打破传统的"人类"含义，指向一种具有不确定性的"后人类"特质。

可复刻的身体必然导致开放性。在《陶偶》中，肉身可以像拍张照片一样被复制，同时被复制的还有那个肉身当时所具有的一切思想、情感、记忆、本能。不同的是，这些被复制的身体不是平面化、无法行动的照片，而是可以行动自如的身体，可以同时在不同的地方完成主体布置的不同任务，实现人类自古有之的分身之梦。与以前被困于一身的状况相比，这是一种开放性。

在其他科幻小说中，数字信息技术和纳米技术被推崇为高端科技，在《陶偶》中却被贬低为注定短命的过时科技，陶偶神经技术才是这部科幻小说中被视为真正改变了人类社会规则的技术。小说提到，在杰弗蒂·阿诺纳斯破解了神秘的、比任何基因组更加复杂的灵魂驻波之后，马哈拉尔加入了一家新成立的公司，其首脑是当时最伟大的人物——埃涅阿斯·高岭，他们的合作使得陶偶复刻技术大行其道。由于这项技术，人可以像纸张一样被轻松复制。小说中是如此描写复刻的：先在陶偶烘焙炉里烧制好成型的本体模板，然后用复刻机扫描本体的大脑皮层，复制本体的交感神经和副交感神经系统，或者用小说里更常用的说法，就是把本体的灵魂驻波刻入陶偶里，数以百万计的催化细胞就会被激活，人造肌肉像面团一般蠕动起来，然后根据偶人的功能加上不同颜色。一个全新的偶人就可以自由行动去执行本体的任务了，甚至根本不需要跟偶人交代任务，因为他带着本体的所有记忆、思维和情感，本体在想些什么，偶人也知道得一清二楚。弗洛伊德所提到的本我、自我、超我是被封闭于一个身体里的，而被复刻的陶偶却可以在真实的世界里去实现本体的每一个或公开或隐秘的欲望，然后把记忆上传给本体，而本体则可以始终留在家里，舒适地晒太阳、吃早餐、锻炼，保持身体的良好状态。偶人复刻技术使得多个"我"成为真正的现实。在赛博朋克科幻小说中的数字世界里，人们过着多重的虚拟生活，而在《陶偶》中，人们以实体的形式在现实世界中过着多重真实生活。

在小说的开篇，因为调查犯罪事件被追捕的绿偶人曾将人类的过去与现在进行了对比。在人只有一副身体的时代，无论面对什么情境，都只能亲身前往，自己承担命运，即使前面是灾难和死亡。而陶偶技术则解放了真人，让他们不必以身犯险。因为工作危险，莫里斯所复制的偶人大都经历过很多痛苦，这些记忆也随着复刻而进入到当下这个绿偶人的头脑里，尽管他不曾经历以前的创伤，但它们就是真实地存在于他的记忆中。"我真的能做到吗？噢，我受过上千次伤，从焚烧到窒息再到身首分离，每一次都足以葬送我祖辈中的任何一位。我数不清自己死了多少次。不过，现代人从来不会用本体去经历这些事！真人的身体是用来锻炼的，不是用来受苦的。"①

在《陶偶》中，传统状况只存在于极少数思想陈旧的人那里，这些人拒绝将自己的身体进行复刻。绝大多数人都可以通过复刻技术获得无数个"我"。这些分身，可以同时从事多项工作，提高效率，也可以体验多种生活，增加乐趣。小说主人公莫里斯的女朋友名叫克拉拉·冈萨雷斯，她既是学生，也是一位兼职士兵，她会根据需要制造各有专长的陶偶，如果用于战斗，那个偶人将是动作灵敏、身手矫捷的，如果是用于学习，那个偶人则聪明绝顶、刻苦钻研、专注力强。克拉拉派陶偶去学习的很多课程，有些她永远都不会用到，去学习只是为了单纯地满足好奇心。这个小说还提到有很多终身制学生，他们的复刻人可以为原身学完这个世界上所有感兴趣的课程。当我们只有一个真身时，我们只能专注于少数的事情上，以获得某种发展来支持生活或者满足兴趣，而对于可以复刻身体的人来说，他们的兴趣可以被永无止境地满足。

不只是学习各种知识，陶偶还可以为本体去体验各种生活，让以前在数字世界里的虚拟体验实体化。有的公司，例如"无限剧本"，会派一个黑色偶人充当专业顾问，根据客户的预算和需求，来实现他的想象，为他量身打造一个剧本、一个舞台，甚至还能够提供一整套的道具和演员阵容，让他扮演勇敢的罗马角斗士、深陷爱情的罗密欧，成为任何他想成为的角色，或者是还原他任何的梦境。还有的公司，例如"冒险代理"，可以带上刚复制完但还未烘焙的复制人，到客户想去的世界任何一个角落烧制好，然后让他痛快淋漓地玩一整天，最后将冷冻得恰到好处的头颅带给客户，让客户可以在舒适的家里接受这个疯狂了二十四小时的奇遇记忆。有些公司还会铤而走险提供特别服务，只要客户支付高得离谱的费用和税金，甚至可以得到对人类本体而言是违法行为却被允许实施在偶人身上的某些特殊服务。在《雪崩》等赛博朋克中，以前只能在影视剧中看到的明星可以借助虚拟化身到"超元域"里闲逛，其他人也可以在那里虚拟追星，而在

① 大卫·布林. 陶偶[M]. 夜潮音，邹运旗，译. 成都：四川科学技术出版社，2012：254-255.

《陶偶》中，万一某个明星的其中一个陶偶被盗版，那么之后大量被复刻的明星陶偶立刻就会销售一空。一切虚拟的都在实体化，只有想不到，没有那些公司办不到的。他们甚至还可以把人类的灵魂注入某个器官，然后和其他人一起组成整副身体，或者注入特制的各种动物身体里。小说中的人物小帕就做了一个迷你傀偶，看起来像只大号雪貂，有拉长的近似人类的头部，闪闪发光的毛皮。人们甚至可以派出傀偶到一个被偶人接管的废弃城区，在那个偶人城区里，假装组成一个新的家庭，过上一种全新的生活，体验一种迥然不同的人生，这被称为"陶土歌剧"。在《陶偶》的故事情节里，人类虽然不能延长寿命，但是可以拓展生命的宽度，本体拥有了多重生活经验，就相当于延长了生命时间。小说里写到苏门答腊的复制人服刑事件，犯人们可以让多个偶人同时服刑，把二十年刑期变成两年，据说，这样做既可以节省资金，又可以充分教育犯人。

总之，可复刻的身体打破了身体的边界，为主体带来了开放的空间、无限的可能。在数字时代，人们逃离现实，沉溺于虚拟；而在陶偶时代，人们放弃虚拟，在现实中能真实模拟以前在虚拟世界的一切。大家都过着不止一种人生。

这些丰富的经历，最终都化为记忆回到本体的大脑里。可上传的记忆必然导致开放性。被复刻的偶人在离开本体之后，经历着丰富多彩的二十四小时人生，他们会随时把自己的经历（备忘录）发给家用电脑，或者在一天结束之时赶回家去将记忆上传给真人大脑。随着傀偶身体的衰老，内在于偶人身体中的"洄游本能"会愈加强烈，"就是那种促使我回家上传记忆的冲动。通过返回唯一真实的有机大脑来规避就此湮灭的命运，继续生存下去"①。所以，偶人们大都会在生命力耗尽之前奔回家去上传记忆。只要记忆能够延续、归并到一个肉身躯体里，就意味着统一。但是这种统一是具有开放性特点的统一，因为这个本体的大脑随时都可能接收大量的信息补充。偶人的记忆加入会让本体的记忆无限敞开，让本体的人生也接收了无限可能。莫里斯的绿色偶人曾经指出，如果把偶人们的记忆加在一起，莫里斯相当于已经"活"了将近一百年。在理论上，专业人士最多能"活"五个世纪，也就是说，本体大脑能够接收大约五个世纪的记忆容量。这些记忆可以不断补充原身的记忆，使在传统时代更新缓慢的记忆获得突

---

① 大卫·布林. 陶偶[M]. 夜潮音，邹运旗，译. 成都：四川科学技术出版社，2012：444.

飞猛进的发展。没有复刻技术的自我，他们的记忆是持续、连贯的，这导致相对稳固、统一的自我。而陶偶技术则使得每天都有大量的新鲜记忆被上传到本体的大脑，带来信息风暴，这会导致不稳固、不统一的自我，或者说，是突变的、开放的自我。

约翰·斯卡尔齐的《生命之锁》中后人类身体的开放性跟《陶偶》类似，但也并不完全相同。在《陶偶》中，是同一个人的身体被复刻，记忆被上传给同一个大脑。而《生命之锁》更复杂一些，后人类身体的开放性体现在意识的可迁移和身体的可替换。从身体被禁锢的黑登人的角度来看，一个意识可以存在它原本所属的肉身之外的综合者的肉身里，或者是机器替身的钢铁之躯里。被禁锢者虽然身体不能行动，但是他的意识可以有多个容纳之所，去经历各种事情，身体是静态的，但是意识可以独立发展。从综合者的角度来看，在工作的时候他的身体可以接受他人的意识进入，受到他人意识的接管，这种方式自然也打破了原有身体的封闭，带来一种开放性。

在菲利普·迪克的《仿生人会梦见电子羊吗？》中，后人类身体的开放性是指身体性质的可转换。作家开放性地看待原生人与仿生人之间的身体区别，动态性地看待两者之间的界限。凯瑟琳·海勒说过："由于相当依赖'真正的'人类，真正用来界定它的性质具有特殊的意义。真实/可靠性不是取决于被谈论着的生物是否已经被制造出来或者已经出生，是血肉之躯还是电子电路。这个问题不能用生理学标准来决定。从这点上，迪克会同意马图拉纳和瓦雷拉的观点，他们认为人工制造的系统当然也有资格作为生物/生命之物（being）。"[①]在《仿生人会梦见电子羊吗？》中，身体性质不被局限于某一个固定的性质和概念，人和仿生人都可以在有益与有害之间转换，也都可以在人与非人之间转换。一切边界都变得可质疑、可开放。"迪克主张人类是可以创造自身目标的。他继续发展他认为可以将人类与仿真机器人区别开来的其他特征：独一无二地存在；无法预测地行动；体验各种情绪；感受活力与生命。这份清单读起来像是设想中的自由人本主义主体应该具有的特点总结。然而，清单上的每一个项目都被迪克小说

---

① 凯瑟琳·海勒. 我们何以成为后人类：文学、信息科学和控制论中的虚拟身体[M]. 刘宇清，译. 北京：北京大学出版社，2017：216.

中的人类和机器人带入了疑问。"①

　　在小说中，人类对仿生人格杀勿论，而仿生人被杀的理由是，他们虽然具有人类的外表，但身体并非肉身，也没有与肉身相伴随的移情能力。这样的仿生人就被认定为非人类，被认定为冷酷无情，不能对人甚至同类产生爱和互助之心。但事实上，作者写到，有的仿生人具有人性化的意识，可以产生对艺术的爱、对同伴的关心，甚至有梦想。"仿生人会不会做梦？里克问自己。显然会。那就是为什么它们偶尔会杀死雇主，逃到这里来的原因。不用当奴隶的舒适生活。就像鲁芭·勒夫特，更愿意在台上高唱《唐璜》和《费加罗的婚礼》，而不是在荒芜的碎石田间做牛做马。那根本不是一个适合居住的世界。"②正如凯瑟琳·海勒所说："迪克小说中的机器人和创造物（拟象）包括的角色是富有同情心的、性格叛逆的、对自己的目标意志坚定的、与共享这个世界的人类一样强烈个性化的。"③

　　小说塑造了两个特别富有人性化特点的女性仿生人形象：蕾切尔和鲁芭·勒夫特。与某些像机器一样绝情的人物形象相比，这两个角色反而显得更有情、更像人类。

　　蕾切尔无法通过移情测试，但很多读者都会觉得她有感情。她早就和其他仿生人一起联手试图阻止赏金猎人，为了保护自己和同类，甚至多次诱惑赏金猎人，因为她相信在跟自己发生肌肤之亲后，那些赏金猎人就再也无法去捕杀仿生人，然而有些人（例如菲尔·雷施）的冷酷却超出她的想象。实际上这就是仿生人的一种群体移情反应，她们并非像人类所认为的那样，在危难时刻互相出卖以求自保。蕾切尔与赏金猎人里克之间有一段感情纠葛，她声称若是发现一张沙发是用里克的皮做的，那她在沃伊特·坎普夫测试中的得分就会非常高，这说明蕾切尔对里克是能够产生爱的。

　　鲁芭·勒夫特是另外一个重要的仿生人女性形象。这个仿生人带给里克的触动是非常大的。她不像其他的仿生人那样杀戮人类，只是单纯地热爱艺术且颇有天赋，能给人带来艺术享受。在美国作家 A. 梅里特（A.

----

　　① 凯瑟琳·海勒. 我们何以成为后人类：文学、信息科学和控制论中的虚拟身体[M]. 刘宇清，译. 北京：北京大学出版社，2017：216.

　　② 菲利普·迪克. 仿生人会梦见电子羊吗？[M]. 许东华，译. 南京：译林出版社，2013：142.

　　③ 凯瑟琳·海勒. 我们何以成为后人类：文学、信息科学和控制论中的虚拟身体[M]. 刘宇清，译. 北京：北京大学出版社，2017：217.

Merritt）发表于 1934 年的小说《机器人与最后的诗人》（*The Last Poet and the Robots*）中，能够真正领悟或者掌握艺术，被视为判别人性的一个标准。在这篇科幻小说中，当时的俄罗斯是所有国家里机械化程度最高、最依赖机器人的国家。纳罗尼是最后一位诗人，也是伟大的音乐家、画家，同时也是自己专业领域内最伟大的科学家。但纳罗尼却极力要求隐身而退，他和另外九个人一样，远离世事，住在各自的洞穴里。他们都是对世界和生命漠不关心的一类人，进行研究只是因为自己想研究，并不想让研究成果被外界所用从而成为加速世界毁灭的工具。当有人要扶持机器人走上统治地位从而将人类陷于危险之地时，纳罗尼挺身而出，他问了机器人几个问题：机器人是否能写诗、是否唱歌画画、是否做梦、是否跳舞，而机器人只能回答"什么叫写诗""我们不睡觉""这些事留给人类去做，所以我们征服了他们"。[①]当然，纳罗尼有打败机器人的技术方法，但是我们可以看出，这几个问题也是他判断人与机器人优劣的一个标准。同样，在《仿生人会梦见电子羊吗？》中，艺术也赋予了仿生人鲁芭·勒夫特以人性。里克拿到的资料上显示鲁芭·勒夫特的"年纪"是二十八岁，外貌美丽，生机勃勃，是一个非常优秀的歌剧演员，有完美无缺的声音。当里克听到台上的鲁芭·勒夫特高唱时，他被其音质吓到，认为可以和自己收藏的那些经典录音相媲美。还有一个场景描写特别触动人心，就是里克在博物馆中再次见到鲁芭·勒夫特的场景，在这里有一个对比。"这个展览吸引的人还挺多，包括一个语法补习班的学生。带队老师的尖利嗓音穿透了展览的所有房间。里克想，那才是仿生人该有的声音——和长相。而不是像蕾切尔·罗森和鲁芭·勒夫特……"[②]在艺术面前，当忽略人的固定概念时，里克看到了某些人的粗俗和丑陋，而承认仿生人的美丽、温柔、高雅。当里克进到博物馆里面，他看到长相美丽、声音完美的鲁芭·勒夫特正站在一幅画前，那是蒙克的《青春期》：一个女孩双手合十，坐在床沿，一脸的困惑、惊奇、希望和敬畏。正是这位热爱艺术并能被艺术打动的仿生人，勾起了里克的同情之心。里克想帮鲁芭·勒夫特买下那幅画，但那是非卖品，于是里克自掏腰包买下包含那张画的画册送给了她。鲁芭·勒夫特对此深表感谢，并说道："我真的不喜欢仿生人。自从我来到地球，我的生活

---

① A. 梅里特. 机器人与最后的诗人[M]. 程静, 译//阿瑟·克拉克, 等. 科幻之书 I：窃星. 秦鹏, 等译. 北京：北京联合出版公司, 2018：192.

② 菲利普·迪克. 仿生人会梦见电子羊吗？[M]. 许东华, 译. 南京：译林出版社, 2013：99.

完全就是在模仿真人，做真人该做的事，表现得跟真人一样有思想，有冲动。我模仿的，对我而言，是一种更高级的生命形式。"[①]这说明，作为一个仿生人，鲁芭·勒夫特能够被作为异类的人感动，而且能够看到他者的优越之处，并试图努力模仿而提升自己。在里克眼里，鲁芭·勒夫特只是一个天才，了不起的歌唱家，他甚至希望她可以在地球上好好发挥自己的专长。然而这个仿生人却被赏金猎人菲尔·雷施粗暴地打死了，里克对此非常痛心。

仿生人本身的表现会冲击人类将仿生人逐于界外的标准，用来鉴别仿生人的沃伊特·坎普夫量表也存在局限性，罗森公司保证枢纽 6 型一定能被测试出来，但是否如此，仍需验证。事实上，仿生人也有区别人与仿生人的方法，但是鲁芭·勒夫特说自己在辨别真人和仿生人时会出差错。也就是说，这里的界限是受到质疑的，那么所谓的人与仿生人的本质概念也必然受到质疑。凯瑟琳·海勒认为菲利普·迪克笔下的机器人是一种能指，在"像机器一样行动的人"和"作为机器的人"之间滑动，因此人与仿生人界限的混淆不仅体现在仿生人这里，也体现在人类这里。"与其说机器人是一种固定的符号，不如说是一种能指，既规定又暗示人类和非人类之间精神分裂的、实体分离的两种相互对立相互排斥的主体位置。"[②]

小说不仅写到了像人一样的机器人，而且也写了像机器人一样的人。毕竟，有时候，我们的进步会使我们失去人性[③]，罗西·布拉伊多蒂也认为"技术的侵入和掌控到了无以复加的地步，以无情的效率让人类去人性化"[④]。那个用来鉴别仿生人的沃伊特·坎普夫量表，有小部分真人也无法通过考核，小说中提到有百万分之一的可能性，例如，性格冷漠的真人、移情能力衰退的人。"在这些各不相同的主体位置所允许的混杂的耦合中，机器人充当了一种模棱两可的条件，在将自由主体归并到机器中的同时挑战它的血肉结构。"[⑤]如果抛弃了对人的本体论认识，开放地看待人与非人

---

① 菲利普·迪克. 仿生人会梦见电子羊吗？[M]. 许东华，译. 南京：译林出版社，2013：102.
② 凯瑟琳·海勒. 我们何以成为后人类：文学、信息科学和控制论中的虚拟身体[M]. 刘宇清，译. 北京：北京大学出版社，2017：214.
③ Karl Kroeber. Romantic Fantasy and Science Fiction[M]. New Haven : Yale University Press, 1988: 23.
④ 罗西·布拉伊多蒂. 后人类[M]. 宋根成，译. 郑州：河南大学出版社，2016：159.
⑤ 凯瑟琳·海勒. 我们何以成为后人类：文学、信息科学和控制论中的虚拟身体[M]. 刘宇清，译. 北京：北京大学出版社，2017：226.

的区别，将具有人性化意识、爱和移情能力的仿生人认定为人，那么与之相对，有些真正的人类反倒表现得更像个机器。"小说中的人类角色经常在内心感受到死亡，并且看到他们周围的世界也是死寂的。他们许多人都没有爱或者同情其他人类的能力。"①主人公赏金猎人里克在接触了一些仿生人之后也意识到，自己认识的大部分仿生人甚至比人更有生命力、更想活下去，反而是有些人完全缺乏生机和目标，只是机械化地维持着毫无活力的生命。人们甚至连自己的情绪也无法自我调解，当产生想要开心、沮丧、生气等基本情绪时，只能依靠把情绪调节器调到不同的档上来控制。在小说的开头，主人公里克顺利杀死了一个仿生人，自信满满又兴致勃勃地打电话给妻子邀功时，妻子对一切都漠不关心，既不关心他差点丧命，也不关心他挣到了钱，只是陷入了对婚姻和生活的绝望中。这让里克很灰心，瞬间觉得自己这样冒险卖命没有任何意义，于是跟妻子争吵起来：

> "可是我发现，我把猎头赏金领回家后，你心血来潮时买什么犹豫过？"他站起身来，大踏步走到情绪调节器的终端前。"也不省点钱，好让我们买只真正的绵羊，换掉了楼上那只电子羊。我一个人奋斗了这么多年，挣来的这点钱也就供得起一只电子宠物而已。"他在终端前犹豫了一会，是该调出丘脑抑制剂（来把怒气消掉），还是丘脑兴奋剂（来吵赢这场架）呢？
>
> "你要是敢调得更毒辣"，伊兰睁开眼看着他，"那我也调上去。我会调到最高值，让你看看这场架能吵到多凶，把我们以往吵过的任何架都比下去。你调试试，放马过来吧"。她迅速起身，一跃来到她自己的情绪调节器终端前，站在那儿瞪着他，跃跃欲试。②

情绪和情感原本是身体的自发反应，到了需要科技来控制的时候，人已经异化为机器了。里克依赖情绪调节器帮助自己进入工作所需的精神状态，他的妻子伊兰需要情绪调节器来让自己对独自待在空荡荡的房间里感受到的空虚做出反应。"在我关掉电视声音以后，我正处在 382 号情绪。我是刚拨到那个号的。因此，虽然我理智上听到了那份空虚，实际上并没有感觉到什么。我的第一反应是，感谢上苍，我们能供得起一个彭菲尔德情

① 凯瑟琳·海勒. 我们何以成为后人类：文学、信息科学和控制论中的虚拟身体[M]. 刘宇清，译. 北京：北京大学出版社，2017：216-217.

② 菲利普·迪克. 仿生人会梦见电子羊吗？[M]. 许东华，译. 南京：译林出版社，2013：2.

绪调节器。可是随后，我意识到这是一种很不健康的状态。感觉到生命的缺失，却无法作出反应，不光在这座楼里，在其他所有地方都是如此。你明白吗？我估计你不明白。这曾经被当成一种精神病态，名曰'情感缺失症'。于是我让电视继续静音，坐到情绪调节器前，开始试验。最后我终于找到了设置绝望情绪的办法。"[①]"情感缺失症"曾经被视为一种精神疾病，在这部小说中却成了一种常态。这是一种理智与情感分裂的状态。用来鉴别仿生人的沃伊特·坎普夫量表所测试的正是情感反应，而人类这种情感无能的状态很容易让人对那个量表的正确性产生质疑。

　　小说中还有一个和仿生人形成鲜明对照的人物是里克的同事——赏金猎人菲尔·雷施。菲尔·雷施是一个只知道职责却毫无同情心的人。蕾切尔说自己曾多次成功诱惑赏金猎人，使他们对自己产生感情后不能再去追杀仿生人，而菲尔·雷施却是个例外。鲁芭·勒夫特甚至一直认为冷冰冰的菲尔·雷施和自己一样是个仿生人，但她确定自己一点都不喜欢他，总是对他冷眼相向，充满厌恶和愤怒。菲尔·雷施甚至等不到鲁芭·勒夫特去做量表测试就直接杀了她，看到里克将那本包含《青春期》的画册烧成灰烬来祭奠这个仿生人艺术家时，菲尔·雷施责怪他为什么毁了画册，而不是自己留着。里克对这个冷酷的同事也非常厌恶，甚至希望菲尔·雷施的测试能证明他是个仿生人，而测试的结果表明，他只是一个比较冷漠的真人。里克认为菲尔·雷施就是喜欢杀戮而已，只要有借口，他也会毫不犹豫地杀了同胞。菲尔·雷施就像一个只认"取向"（tropism）受程序控制的机器人。"'取向'这个词是他（迪克）从诺伯特·维纳关于控制论创造物的说明中捡来的。比如，为飞蛾建立的'取向'就是'光'——飞蛾扑火。"[②]菲尔·雷施冷漠、机械地区分人与机器人，机械地屠杀，看不到两者之间的裂隙。

　　里克对仿生人产生移情并动摇之前也与菲尔·雷施一样，是仿生人蕾切尔和鲁芭·勒夫特令他逃脱了"取向"的轨道。凯瑟琳·海勒认为："自始至终，在他（迪克）的小说里，仿真机器人是与自我和世界之间不稳定

---

① 菲利普·迪克. 仿生人会梦见电子羊吗？[M]. 许东华，译. 南京：译林出版社，2013：3.
② 凯瑟琳·海勒. 我们何以成为后人类：文学、信息科学和控制论中的虚拟身体[M]. 刘宇清，译. 北京：北京大学出版社，2017：218.

的界限紧密关联的。"①《在仿生人会梦见电子羊吗?》中,仿生人就立足于这个界限上,成为质疑和动摇那个界限的试金石,带来界限的滑动,乃至动摇界限存在的根基。小说中写到了好几处真人与仿生人之间彼此逆转的情节,例如关于蕾切尔是否为仿生人的情节,更为典型的情节则是下面这个。鲁芭·勒夫特相信自己不是仿生人,拒绝做测试,并要求里克做测试,里克说自己以前已经通过了测试,鲁芭·勒夫特则认为那有可能是假记忆,毕竟仿生人时常被植入假记忆。里克提出自己的上司可以作证,鲁芭·勒夫特对此的反驳是,也许曾经有那么一个一模一样也叫作里克的真人,但被仿生人杀了并取而代之,而他的上司对此却并不知情。最后鲁芭·勒夫特打电话叫来巡警克拉姆斯警官,里克陷入了一种卡夫卡式的境地中。对方否定里克的证件,里克打电话给上司哈里·布赖恩特局长,却被告知查无此人,给妻子打电话,也只看见一张他从未见过的脸。他无法证明自己的身份。然后里克被克拉姆斯警官带去了执法部,这是里克完全不认识的一个地方,被称为米申街新执法部,而不是伦巴底街上的旧执法部。这是仿生人运营的一个内部封闭的系统,在这里,他见到了自己要追击的下一个仿生人目标加兰德局长。这里的人认为里克和菲尔·雷施才是被植入了假记忆的仿生人。在这个情节中,人和世界都变成了被质疑、需要自我证明的存在,鲁芭·勒夫特、里克、加兰德、菲尔·雷施,每个人都陷入了彼此怀疑的境地。菲尔·雷施自始至终不受影响,而里克却开始对原来的界限产生质疑,并最终开始质疑自己。

小说开始时,妻子说里克是警察雇的杀手,里克非常生气地辩白自己从没杀过一个人。他从内心深处极力否认自己杀的仿生人是人,无论是自己还是别人,把仿生人当作人都会让他非常愤怒。他喜欢把仿生人看作人形机器,而且是单纯的捕食者。仿生人杀人,就是无情的杀手,而他杀掉仿生人,就是为了正义。"对于里克·德卡德来说,一个逃亡的机器人杀了主人,还具备了比许多人类更高的智力,对动物毫无感情,对另一个生命的喜怒哀乐完全无动于衷;这,就是对杀手的最明确定义。"②这保证了里克杀仿生人的正义性。

然而,在接触了蕾切尔和鲁芭·勒夫特之后,特别是看到菲尔·雷施

① 凯瑟琳·海勒. 我们何以成为后人类:文学、信息科学和控制论中的虚拟身体[M]. 刘宇清,译. 北京:北京大学出版社,2017:211.
② 菲利普·迪克. 仿生人会梦见电子羊吗?[M]. 许东华,译. 南京:译林出版社,2013:22.

冷酷地杀死了鲁芭·勒夫特后，里克的思想发生了彻底的转变。"真正的活人和人形物品之间，还有什么区别？在那个博物馆，在那部电梯里，我与一个真人和一个仿生人在一起……而我对他们的感情却与应有的感情相反，与我的习惯感情相反，与职责要求的感情相反。"[1]平生第一次，里克对自己产生怀疑，萌生退意，不想再做赏金猎人了。为了找回自信、找回自我，里克花一大笔钱分期付款买了一只真正的黑色努比亚山羊而不是电子羊，他还希望在干掉其他的仿生人之后就买一只真正的绵羊，然而他的自我认同感还是消失了。在演讲稿《怎样建成一个在两天之后不会瓦解的宇宙》中，迪克把真正的人类（authentic human）和真实联系起来。这种构想也暗示了它的反面。"伪造的现实将会创造伪造的人类。或者，伪造的人类也会生成伪造的现实，然后将它们兜售给其他人类，并且最终将其他人类也变成他们自身的伪造物。"[2]在《仿生人会梦见电子羊吗？》中，真人与仿生人的界限、真实与虚拟的界限都被质疑了。

后人类身体的开放性还体现在很多方面，例如，在很多赛博朋克科幻小说中，身体的开放性体现为时空中真正的延伸，成为"无线的两足动物"。"当我的网络不断向外延伸，我身体的界限就如池塘中的涟漪般重复并延伸开来。我的电子自我的构造是——像 Linux 系统一样——一个由层层叠叠的外壳组成的系统，在不同的层面之间有着细致的枢接和受控的互联。"[3]威廉·J. 米切尔直接提到了威廉·吉布森的小说，认为其小说中的主人公"居住的世界里，神经系统的外延达到了极致，已经不需要借助任何中间设备，大脑可以与全球网络直接相连"[4]。再如，在《血音乐》中，后人类身体的开放性体现其生成性。"一个生成就是一种新现实，它连接着那不与其组合相区别开的术语，来取得自己的表达方式，它既不会简化成一种相似性，也不会简化为一种结构的一致性。生成无视所有类型的分类，无

---

① 菲利普·迪克. 仿生人会梦见电子羊吗？[M]. 许东华，译. 南京：译林出版社，2013：109.

② 凯瑟琳·海勒. 我们何以成为后人类：文学、信息科学和控制论中的虚拟身体[M]. 刘宇清，译. 北京：北京大学出版社，2017：215.

③ 威廉·J. 米切尔. 我++：电子自我和互联城市[M]. 刘小虎，等译. 北京：中国建筑工业出版社，2006：33.

④ 威廉·J. 米切尔. 我++：电子自我和互联城市[M]. 刘小虎，等译. 北京：中国建筑工业出版社，2006：24.

论它是国家的、生物种属的还是性别种属的分类。"①《血音乐》中变形后的后人类再也不是一个封闭在自我圈子里的维特鲁威式的人,而是流动的、不断接纳异质的融合,这样的后人类将不再具有个体意识,而是一个信息共享的集体意识。总之,后人类身体打破传统人类身体的界限和封闭性,将主体带入一个动态和未完成的状态中。

第五节　后人类身体与自我的分裂性

在传统的身体概念中,躯体与意识并非随意、松散的聚集,而是具有内在统一性的有机整体。"'自我'建立在有机体的整体活动之上,其中既包括躯体,也包括大脑","为了产生这一生理状态下的自我,大脑和躯体的多个系统都需要全速运转。如果切断从大脑到躯体的所有神经连接,躯体就会发生严重改变,心智也会随之变化。反之,切断从躯体到大脑的连接,心智也会改变。即使只堵塞一部分躯体到大脑的通路,正如那些脊椎损伤的患者那样,此时心智也会发生改变"。②因此,如果身体的统一性遭到破坏,例如精神疾病或躯体失去一部分,都会导致个体自我认同的困扰。凯瑟琳·海勒曾提到控制论范式下的后人类必然带来对主体完整性的担忧:"当系统的界限是由信息流和反馈回路决定的,而不再由表层表面决定时,主体就变成了一个可以被装配和分解的系统,而不是一个作为有机整体的实体。"③那么,当我们的身体被技术侵入而可以分裂时,一定会带来自我认知的混乱。

美国科幻作家帕特·卡蒂甘在其赛博朋克科幻小说《变奏的作曲家》(*Variation on a Man*)中,用"珍珠项链"来形容这种自我认知的混乱。该作品发表于 1984 年,后来成为其长篇《意识操纵者》的一部分。那是一个记忆可以被抽取、偷窃、擦除而人格可以再生的年代,兰德·格拉德尼以

---

① 莫妮克·达维-梅纳尔. 德勒兹与精神分析[M]. 李锋,赵靓,译. 福州:福建教育出版社,2019:89.

② 安东尼奥·达马西奥. 笛卡尔的错误:情绪、推理和大脑[M]. 殷云露,译. 北京:北京联合出版社,2018:214.

③ 凯瑟琳·海勒. 我们何以成为后人类:文学、信息科学和控制论中的虚拟身体[M]. 刘宇清,译. 北京:北京大学出版社,2017:211-212.

前是一位著名的作曲家，但是他被人抽取了意识，一位格拉德尼的仰慕者偷窃了他的意识与自己的意识合并，希望自己能成为格拉德尼，但是他偷窃的这个意识和他自己原本的意识之间发生了冲突，最终导致他在两种意识的撕扯中发了疯。格拉德尼之前的音像公司给他办理过人格再生的保险，于是医生给格拉德尼植入了新的人格。这意味着格拉德尼需要重新学习语言、重新认识世界，从大脑的空白区域长出一个全新的自己。除了名字还是格拉德尼之外，他已经不再是以前的格拉德尼，也具有了以前不曾拥有的绝对音准。人格再生后的格拉德尼总觉得在大脑深处有另外一个人，因此需要记忆操纵者帮助他变得身心协调。这就是一种"珍珠项链"效应，一个人意识到了自己的断裂，或者说遇到了陌生的自己。此种情况需要意识直连，也就是依靠专业的意识操纵者通过双眼的视神经与患者的大脑意识对接，用自己的意识直接干预患者的意识，对其进行帮助和引导。从事这种工作的意识操纵者也会遭遇"珍珠项链"问题，他们需要经常做体检，摘下自己的双眼，让检测系统通过视神经与意识对接。书中这样描写：

> 检测系统似乎有意在我脑中生出疑窦，使得一串长长的珍珠项链出现在我的内心世界。这串项链上的每一颗珍珠都是亚历山德拉·维多利亚·哈斯、"A.K.A"以及"冷面艾莉"等人的生活片段。这些片段之间原本的关联线突然断了。每颗珠子、每种身份在我眼中都变得冰冷陌生。这些陌生人唯一的共同点就是，他们都长着和我一样的面孔。他们是我的过去，可是他们不是我。这串珍珠项链就像是我领衔主演的一出出话剧——毫无关联的场景、似曾相识的剧情——我似乎从未完整地存在过。我感到一阵钻心的剧痛：过去的我，并非现在的我。

> 我无法追忆自己的过去的喜悦心酸，也不能想象下一刻的自己会是什么模样——因为未来的我就像过去一样，是素不相识的陌生人。①

美国著名科幻小说作家约翰·斯卡尔齐的作品《生命之锁》也描写了这种认知困惑。约翰·斯卡尔齐曾在 2010 年当选为美国科幻奇幻作家协会（SFWA）主席，创作了一些知名度很高的作品。他的小说，大多围绕

---

① 帕特·卡蒂甘. 变奏的作曲家[M]. 沉默螺旋, 译//乔治·R.R. 马丁, 等. 科幻之书 III: 沙王. 胡绍晏, 等译. 北京：北京联合出版公司, 2018：304.

着星际故事展开，例如《幽灵舰队》（*The Ghost Brigades*）、《星际迷航：红衫》（*Redshirts*）、《消失的殖民星球》（*The Last Colony*）等。《生命之锁》是约翰·斯卡尔齐比较独特的一部小说，它跳出了星际故事的圈子，讲述了一个发生在地球上的美国故事，这个故事没有宏大的背景，而是围绕着人类的身体展开。人类的身体因为黑登综合征的侵袭而发生了改变，成了一种后人类，后人类身体的分裂性也得到了详细描述。

　　小说的题目叫《生命之锁》，事实上被锁住的不是生命，因为生命仍在存续。被锁住的是躯体，完全无法动弹，不能行动、不能吃喝，只能依靠医疗设备维持生命的延续。这些人的大脑突然与躯体隔离开来，这种身体被锁的状态有一个专用词语，叫作"被禁锢"。故事就是围绕着被禁锢的身体以及与之有关的一系列事情展开的。

　　身体被禁锢是黑登综合征的一种表现。"黑登综合征是指最初由'大流感'引发的一系列连续的身体状况、精神状态和残疾。这种带来流感样症状的全球性流行病已导致世界范围内超过 4 亿人死亡，患者或者死于最初的流感样症状；或者死于类似脑膜炎的脑部和脊髓炎症的第二阶段；又或者死于该疾病第三阶段引起的并发症。这些并发症通常会造成自主神经系统的全部瘫痪，导致受害者处于被'禁锢'的状态。"[1]该病名称的来源是小说中的美利坚合众国前第一夫人玛格丽特·黑登，她是这一病症最出名的受害者。

　　黑登综合征会给身体带来四种可能的结果。第一种可能就是死亡，会出现在黑登综合征的所有阶段。第二种可能是身体被禁锢。第二阶段的黑登综合征虽然表面上看与病毒性脑膜炎类似，但会导致大脑的结构发生深层而持久的改变，它会带来很高的死亡率，也有一部分患者的身体会发生被禁锢的情况。第三种可能就是在死亡和被禁锢之间出现的各种程度的躯体功能或智力的退化。第四种比较奇特，罹患黑登综合征的病人中的少数（小说中给出了一个数字，说全世界不超过 10 万人）幸存下来，虽然他们大脑结构发生了巨大变化，却不会经历躯体功能或智力方面的衰退，这类人中有一部分会成为综合者，小说提到全球大约有一万名。接下来我们要谈及的问题就是围绕着这些遭受黑登综合征而带来身体改变的人展开的，主要涉及的是其中的被禁锢者和综合者。在小说中那些未曾遭受过黑登综

---

[1] 约翰·斯卡尔齐. 生命之锁[M]. 逯璐，译. 南昌：江西教育出版社，2017：1.

合征困扰的正常人看来，这些身体发生改变的人是异类，甚至不被看作人类，我们正好可以引入后人类视角来进行分析，发现禁锢者和综合者都会遭遇后人类身体的分裂。

那些身体被禁锢的黑登综合征患者被称为"黑登人"，他们的躯体几乎完全失去了功能，他们无法行动却仍然可以进行思维活动，具有自由的思想和想做一些事情的意念，只是无法再支配自己的躯体而已。面对这种境况，有的被禁锢者会精神崩溃、死去，但也有一些被禁锢者希望能够继续活着，融入社会，于是就出现了对替身的需要，他们愿意借助身体的延伸物或替代物代替本来的身体开展实际的行动。而这种与外界的连接有赖于他们头脑中所安装的一些特殊机器装置。我们可以通过小说中对一位综合者的头部扫描来得知被禁锢者头脑内部的装置，因为他们的装置是一样的。"萨尼的头部扫描显示，有一系列细长的卷须状物盘绕着大脑，并在五个连接处汇合。这些连接处全部分布在头骨内侧的表皮上，且连接处本身也以网状的形式相互连接在一起。"①这是一种可以发送和接收大脑信息的人工神经网络，有两种人有这样的头部结构，一种是综合者，另一种是被禁锢者。被禁锢者的替身有两种，一种是机器替身，一种是综合者替身。无论是机器替身，还是综合者替身，当黑登人接入这两者中的任意一个时，他（她）就成了赛博格，成了人与机器的结合。这两种替身各有好处也各有问题。

机器替身是一种人格传输机器，是可以寄放被禁锢者的思想的机器"身体"。为了方便黑登人能穿戴着自由行动，机器替身在力量、灵活度等方面都是以尽可能接近人类身体为旨归的。人格传输机在法律上也享有相应的身体权利，是受保护的一种特殊的机器种类，袭击机器替身所受到的惩罚跟袭击人类身体是一样的。破坏一个机器替身并不会对黑登人造成伤害，因为硬件是可以替换的，但袭击机器替身的人仍会以侵犯人身罪被指控。当然，机器替身无法完全替代黑登人原来的身体，它只是机器，驾驶这些机器替身的黑登人的身体正躺在其他的地方。即便如此，处于连接状态中的黑登人与机器替身仍然具有暂时的一体性，当黑登人穿戴着机器替身犯罪而被逮捕的时候，若黑登人此时断开连接试图抽身而逃，就会被认定为拒捕和逃逸。

---

① 约翰·斯卡尔齐. 生命之锁[M]. 逯璐，译. 南昌：江西教育出版社，2017：110.

　　机器替身也会带来一些问题，其中最主要的便是躯体与意识的分离。其实这正是某些超人类主义者的理想，他们秉持一种意识和躯体可以随机拆卸与重组的身体观念，但又延续了古典人文主义认为主体性必须与意识主体相吻合的传统。也就是说，只要意识存在着持续性，就被认为是人的持续性，而躯体可以被随意抛弃和置换。詹姆斯·休斯（James J. Hughes）在《死亡的未来——人体冷冻术和自由个人主义的"终结"》（*The Future of Death: Cryonics and the Telos of Liberal Individualism*）中写道："生物技术的发展正在迫使西方社会最终放弃陈旧的有关身体和人性的前现代的理念，要求社会把权力和价值的等级始终如一地和意识的等级保持一致。"[①]

　　在《生命之锁》中，躯体被禁锢在一个方寸之地，无法动弹，而意识却在跟着机器替身四处活动，这很容易带来一种躯体与意识分裂的感觉。小说的主人公兼叙述人"我"便是一名喜欢穿戴机器替身的非常著名的黑登人。他叫克里斯·谢恩，由于他的父亲是当时的名人，谢恩从小便经常在各大媒体露面，也成了第一个拥有和使用机器替身的黑登儿童。正如他自己所说，在十八岁以前，他是世界上名气最大、上镜率最高的黑登儿童之一。在小说开始时，已经二十七岁的谢恩刚刚成为一名联邦调查局的特工，专门侦办一些与黑登人有关的案件。谢恩曾说，他们虽然处于被禁锢的状态，但是有意识的，在醒着的每分每秒都能意识到自己身处何处。当然如果离身体很远，这种意识可能会延迟。在多数情况下，黑登人的躯体与意识是各自独立的。谢恩可以像局外人一样旁观自己的身体。当谢恩在外办公时，他可以快速浏览一下家里情况，发现自己的肉身刚刚被输入了午饭时间的营养液，那便是他的午饭。当谢恩返回家里去看自己的身体时，作家描写他会意识到两个分裂的"我"，小说中称之为"多重本体感受"。

　　　　我弯下腰来检查自己的褥疮。和广告上说的一样，这是一种令人作呕的红色伤痕，布满了我的臀部。我抚摸了一下伤口，而就在机器替身的手碰到肌肤的那一刻，我感到一阵隐痛。

　　　　我感受到了那种黑登人独有的感觉——在同一时刻从两个地方感受到的眩晕感，而当你的身体和机器替身同处于一间房时，这种感觉尤其强烈，术语将其称为"多重本体感受"。人类天生只有一个身体，

---

　　① 詹姆斯·休斯. 死亡的未来——人体冷冻术和自由个人主义的"终结"[M]. 陈英涛，译//曹荣湘. 后人类文化. 上海：上海三联书店，2004：302.

并不适应多重本体感受。因此，多重本体感受会改变你的大脑结构。从核磁共振成像中，你可以看到黑登人的大脑和未受黑登病毒感染的大脑之间的差别。

当你的大脑意识到不应该从两个分离的身体中获取信息时，这种眩晕感就会发生。遇到这种情况时，最简单的解决方法就是把目光投向其他地方。

我转过头，看到了房间里的第三个我：我的上一架机器替身，也是我在660XS之前使用的主要机器替身。①

当然，机器替身带来的这种躯体与意识的分裂也可以带来一些便利。以谢恩为例，机器替身为办案带来了某些方便。谢恩的搭档范恩认为，有个黑登搭档好处很多，因为机器替身在很多方面都比人类身体强多了。他可以在10秒之内不费吹灰之力就将意识传输到破案所需到达的异地。他的躯体仍然躺在家里，不会受到伤害，而人格传输机却带着他的思想在外自由行动。这个机器替身损坏了可以换另一个，只要不损害到大脑，机器替身的损伤就不会伤及身体。因为家庭富裕，谢恩的机器替身是一个新型号的高端机器替身——赛百灵-沃纳660XS，功能更多，更利于他的工作。谢恩的头脑就是电脑，可以打开记录模式，加上三维网格，清晰地标出任何细节，绘制的现场图会有很高的分辨率。谢恩还可以关闭痛觉，把自己的听觉调弱，使自己免受噪音干扰。他还可以调到替身优先，从而降低对自己肉身的敏感度，这会使他逃避身体的不适，专心工作。例如，谢恩臀部褥疮复发的痛苦、拔掉白齿的剧痛，他都可以避免，只要将感觉系统设定为机器替身优先即可。

但是，当有人问谢恩会不会总把感觉系统设定为机器替身优先时，他回答说自己不喜欢那样做，认为感觉不到身体会觉得身体被关闭了，这会让他觉得很奇怪。事实上，这不只是奇怪那么简单，还会带来更大的后果。谢恩的护理医生杰瑞曾讲过上一个客户的事情。那名客户不想感觉到身体，她甚至压根就不愿意承认自己拥有那样一个累赘的身体，于是总把感觉系统设置为机器替身优先，结果当她心脏病发作的时候，自己竟然完全没有感觉到，而是通过机器替身上的自动警报系统才发现的，一切都已经来不及补救。"她话说到一半就猝死了，死的时候仍然很气愤。一方面，她实际

---

① 约翰·斯卡尔齐. 生命之锁[M]. 逯璐，译. 南昌：江西教育出版社，2017：67.

上是感觉不到死亡的，我想这也许不是件坏事；另一方面，她对自己的死一定感到很诧异，她在机器替身里待了这么长时间，我觉得，她真的以为机器替身就是她自己。"①

机器替身带来的这种身体与意识的分裂在综合者这里同样存在。综合者虽然也得了黑登病，但身体却行动自如，智力也没被损伤，只是大脑结构被改变，可以被其他人综合。综合者的脑袋里被植入神经网络，一开始很头疼，因为那些线路在移动，等各就各位后便会开始正常工作，接受他人意识进行综合。小说里的人物卡珊德拉把这种情况称为"附身"。从表面上看，综合者所具有的功能和人格传输机是一样的，就是协助那些因为黑登综合征被禁锢的人实现可以行动的目的，走出被禁锢的肉身。但是，机器替身只是机器，而综合者是人类，为了做这份职业，他们经过严格的选拔和训练才得以胜任。要成为综合者，必须通过大量的心理学和能力倾向测试，而且训练过程非常长，花费很高，这也是综合者人数极少的原因。

综合者所从事的工作需要他们把自己身体的控制权交给别人，一个外形、年龄、国籍甚至性别都完全不同的人。但事实上，在综合的过程中，综合者自己的意识也是在场的，只是会退居幕后，如果客户需要帮助，或者准备做一些超出综合者工作范围的事情或危及综合者生命时，综合者的意识是被允许来到前台重新接管自己身体的。因为在那些占据他们头脑来发号施令的人中，有一些人想做的事情千奇百怪，完全令人难以接受。"所以让综合者失去知觉不仅不合伦理道德，而且也违背了综合的最初目的，那就是：让客户产生一种幻觉，让他们觉得自己拥有一个能正常运作的人类身体。客户很难控制一个失去意识的综合者的身体，不仅走起路来很困难，而且做任何事都不可能如正常人般灵巧。"②那么，当一个意识进入一个陌生的身体，或者说一个身体被一个陌生的意识接管之后，必然带来强烈的身心分裂的感觉，产生很大的不适感。

谢恩只用过一次综合者。十二岁那年，父母带他去迪士尼乐园，想让他在真正的肉身中体验一下。但是他感觉糟透了，脚受伤了，还差点尿裤子，因为他从小就患了黑登病，根本不记得如何控制自己的身体，结果就是综合者浮出表面自己解决问题。谢恩的意识根本不知道该如何指挥一个

① 约翰·斯卡尔齐. 生命之锁[M]. 逯璐，译. 南昌：江西教育出版社，2017：68-69.
② 约翰·斯卡尔齐. 生命之锁[M]. 逯璐，译. 南昌：江西教育出版社，2017：218-219.

陌生的身体。谢恩的搭档是一名女性特工，名叫莱斯利·范恩，她在患了黑登综合征之后，曾经短暂地成为一名综合者，这也是为什么她进入联邦调查局之后专门负责黑登人案子，因为她能够理解这类人。范恩很快退出综合者这一行当，正是由于身心分离的困扰。已经四十岁的范恩在十六岁时感染了黑登病，并导致父亲死去，连他想捐献身体的遗愿也未能实现，因为那是个有黑登病毒的身体，最后只能全部火化，而这是他父亲不喜欢的方式。范恩在完成了美利坚大学的学业后就在脑袋里植入了神经网络，成了综合者。第一次综合时，一般会是一名患有黑登病的医务人员。当真正打开连接范恩感觉到有人进入了自己的大脑并能感觉到那人在想什么、要什么的时候，她有一种溺水的感觉。她想试着移动自己的胳膊，但是它不听使唤，她吓坏了，于是大便失禁了。"我在第一天就明白了一件事：我的身体就是我的身体。我不希望其他任何人待在里面。我也不希望其他任何人控制它，或者试图控制它。这是我在这个世界上属于自己的小空间，也是我唯一的空间。"[①]接下来，范恩无法在完全清醒的状态下去工作，每次综合前都要喝酒喝到不会感到惊慌的程度，综合结束后再去喝酒。但是，那种惊慌感从未离开，而且越来越严重，以至于她只好越喝越多。她喜欢把酒称为"治疗剂量"。

综合者有意识，而与他综合的黑登人也是有意识的，这就导致在一个身体里，有两个意识并存。被禁锢者的意识与自己的躯体分离，来掌管综合者的身体，这有可能导致黑登人对综合者身体的伤害。虽然有法律来规范综合行为，但仍然有一些人会为所欲为，而有时候就会给综合者带来身体伤害。这种情况当然并不经常发生，因为综合者有权在客户做出不当行为时断开连接并进行举报，被举报得多了，这名客户就会被拉入黑名单并被永久禁用综合者，这对于需要依赖综合者的人来说是极其严重的惩罚。即便如此，对综合者的伤害还是难以避免的，范恩就曾直面这种伤害。由于在综合时需要大量饮酒来抵御强大的身心分裂感，这导致她意识反映不够灵敏，就像能够自动驾驶但是做不到踩刹车，那就意味着，当有客户要做出她在合同里没有同意的事情时，她无力及时将之拉回来予以阻止。范恩有一名青少年客户，这个客户并不想死，只是想体验死亡那一刻是什么感觉，每个人都知道综合者能阻止客户做这种傻事，但是碰巧范恩在综合

---

① 约翰·斯卡尔齐. 生命之锁[M]. 逯璐，译. 南昌：江西教育出版社，2017：249.

时会喝大量的酒以致反应迟钝。那个客户在列车到来的最后一刻，跳了下去，幸好被一名早已看出异样的旁观者一把拽了回来。范恩气愤地断开连接，并以谋杀未遂的罪名指控了这个客户。从此后范恩就再也不干综合工作了，她在惊恐发作时担心的一切有关综合的后果竟然成了现实。小说中的综合者尼古拉斯·贝尔也在综合时遭遇了黑登人的陷害。有人在综合时利用他的身体开枪杀人，当然贝尔不需要为此负责，因为当时他的神经网络已被改动，导致他对于当时发生的事情毫无意识。即使贝尔当时有意识，也不会被判有罪，因为小说中的法律认为，一旦黑登人的意识进入了综合者的身体，综合者和他们的客户之间就拥有了一种特权，就像律师-当事人特权、医生-病人特权，或者忏悔者-神职人员特权一样。所以，如果客户杀了人，这并不等于是综合者杀人，而且综合者也不能泄露客户信息。这就等同于，这个综合的身体分割了身体与意识，也分割了法定的权利与义务。综合者还可能构成一种有意合谋的包庇。当一个长相漂亮的女士里斯声称自己的意识其实是触媒投资的法律总顾问塞缪尔·施瓦茨时，没有人可以辨别真伪，而实际上，当时施瓦茨的意识却正在劫持另一个综合者卡尼去炸毁劳登制药，爆炸使研究倒退了好几年，实验室里独一无二的数据被毁了。当里斯失去利用价值之后，她便在一次综合时被寄居在她身体里的他人意识操纵炸死了自己。

《陶偶》中的后人类身体也具有分裂性特点。并不是所有的偶人都能够顺利回到本体那里上传记忆。有些本体派偶人出去替自己工作、冒险或享受生活，但他们却选择不回收偶人的记忆，特别是当那些记忆较为痛苦或尴尬时，而有些偶人可能会遭遇意外无法返回本体那里上传，当然也有的偶人会主动选择不返回。这些被派出去的偶人拥有可以自由行动的躯体以及独立的意识，可以度过自己短暂的人生。无论由于哪种原因，这些独立的偶人真正地脱离了本体，是与本体身体或意识的彻底分离、断裂。

小说中的复刻技术催生了身体出租和身体盗版的生意。现代映像的音乐大师和头牌金妮·沃梅克那美丽性感的身体就经常会被盗版，供人娱乐，而她舍不得在自己的复制人中植入远程遥控炸弹，因为在偶人的身躯里，能假装永生不死，这样才能在枯燥乏味的日子里撑下去。金妮·沃梅克聘请莫里斯解救了被盗版分子劫持的偶人以便终止盗版，莫里斯也成功与警方合作捣毁了贝塔的盗版犯罪窝点，救出了金妮·沃梅克的乳白偶人。但是她不会接收这个偶人的记忆。这是一个被抛弃的傀儡身体，没有延续，没有重生。小说主人公莫里斯的偶人经常被抓住折磨、追杀，所以常常会有很多不愉快的记忆，莫里斯也可以选择不接收，这样一来那糟糕的一天对他而言就压根不存在。当然大多数时候因为这些偶人头脑里都装着对于案件调查非常重要的信息，莫里斯都会接收记忆。还有很多时候，莫里斯的偶人会自己决定脱离本体而独立行动。他的偶人大多被派出去从事危险系数较高的活动，因此都需要随机应变的能力。莫里斯本人在复制这些偶人的时候也都会赋予他们独立行动、自主决断的能力，偶人们为了避免与莫里斯手上的其他案子发生利益冲突，就会独自决定不再返回，这样的话如果发生不好的事情就可以帮助本体脱责，毕竟这是一个左手不知道右手在做什么的时代。二号灰色偶人就是出于这个理由选择了"不再返回，独立行事"的模式。他私自接受了金妮·沃梅克的任务，去调查寰球陶土集团是否发明了新的危险技术，例如给陶偶充能延长他们的生存时限。调查结束之后，这个偶人会被金妮·沃梅克销毁，再把三倍的价钱赔给真人莫里斯，而莫里斯想必也不会拒绝。这个灰色偶人还不是唯一做出这种决定的，就在同一天，真人莫里斯突然发现自己的三个复制人都处于失去联系无法接通的状态。

不仅是像金妮·沃梅克这种名人或者像莫里斯这种从事特殊工作的人，普通人的偶人不返回也是常事。莫里斯的女友克拉拉就是如此。莫里斯很难理解为什么克拉拉经常指派自己的偶人去学新知识或做家庭作业却不回收他们，这样的学习有什么意义？那些偶人明知一天结束后却不能向原身上传记忆为什么还要拼命学习？书中提到过一种解释，即如果过于频繁地接收记忆，会让大脑充满，无法为其他记忆提供空间。人原本是充满好奇心的生物，但由于生命的局限，只能将有限的时间投入于某些个别的事情中，压抑了其他方面的兴趣。于是，像克拉拉一样对一切都充满兴趣的人，便利用身体的分裂性让陶偶代替自己去做感兴趣的事而不回收记忆。

也有陶偶背叛本体的例子。小说中提到有很少的一类人，他们难以制造出忠于自己的偶人，那些偶人往往会背叛本体，当然也有种说法认为这不是背叛，而只是本体被压抑的某些特质在复制过程中被转移到了偶人身上。丽图和他的父亲马哈拉尔就是这样的人。丽图不仅遗传了马哈拉尔的基因缺陷，而且自己还有一些严重的心理缺陷，这些缺陷在本体里还能保持无害，而在制造偶人的过程中，缺陷会被无情放大，所以她很难制造出值得信赖的偶人。那些偶人会对本体不满甚至憎恨，不仅不会帮她实现目标，反而会进行阻挠，还有一些会自行出走。所以，丽图在面临重要事情的时候只能用真身亲自去解决，她会为自己的陶偶安装高强度异频雷达身份标签，以确保他们遵纪守法。小说中从事陶偶盗版生意的贝塔实际上就是从丽图复刻而来的第二自我，不仅乐于从事犯罪营生，而且劫持了丽图的几乎所有偶人。当丽图发现这一真相之后，她停止了复刻，而且杀死了每个接近自己想要上传记忆的贝塔，这导致贝塔的延迟激活偶人快用完了，所以，贝塔绑架了丽图，强迫她复刻偶人。这比弗兰肯斯坦制造的怪物还要可怕，因为这是另一个你自己，而他对你怀着仇恨。"有多少电影讲述了同一个古老的噩梦——对于被你自己的造物，被自己的黑暗面所征服的恐惧？在丽图身上，科技将她内心的梦魇变成了活物，将仅仅是令人厌恶的性格放大为一个实实在在的特大号罪犯。"①

如果偶人的寿命不再仅限于一天，那么陶偶的野心就会增长，主动脱离本体而自立的愿望就会更强烈。陶偶世界存在的基石是，傀偬从创造出来就自带能量，胶质陶土培养基里有一些超级分子，可以储备能量。如果能够给人造细胞中的超级分子持续补充能量，那么偶人就会持续存在下去。据克拉拉说，有些军用偶人体内充满了能量，一次可以支撑好几天。寰球陶土集团正在秘密研发给偶人充能的技术，如果获得成功，那将彻底带来偶人与本体的断裂。"一旦偶人的寿命延长，便很可能与他们的人类母版分道扬镳，不再与原身共享记忆。他们会越走越远，越来越关心自身的存活问题，而不是继续为创造出他们的'持续体'服务。"②对当初的陶偶来说，那个肉身的意义仅在于能够存续记忆，让偶人有一种活下去的假象，对能够充能的偶人来说，那个肉身将不再具有任何意义。

后人类身体的分裂性还体现在很多美国科幻小说的人物中，例如《神经漫游者》中的莫利。为了做手术强化神经系统以及给自己配备装备，她需要筹集很多钱，于是开始出租自己的身体以满足顾客的各种需求来赚钱。为了不让自己感觉到这份屈辱，她内置了芯片来阻断神经，顾客们想做什么都可以。雇主知道了这件事之后，把她放到了专门寻求变态刺激需求的市场里高价出租，因为需要钱，莫利也无法放弃这种玩偶生活。由于神经切断芯片的存在，她觉得钱就像是白来的，最多有时醒来身上会酸痛而已。

---

① 大卫·布林. 陶偶[M]. 夜潮音，邹运旗，译. 成都：四川科学技术出版社，2012：510.
② 大卫·布林. 陶偶[M]. 夜潮音，邹运旗，译. 成都：四川科学技术出版社，2012：99.

对莫利而言，她只是在出租肉体而已，因为精神根本就不在场。其实，无论是对于《生命之锁》中的被禁锢者来说，还是对于《陶偶》中的偶人来说，他们和出租身体的莫利一样，都经历着躯体与精神的分裂，都希望脱离身体获得一种自由。这就是后人类身体的分裂性。对于个体独一无二的人格来说，身体将不再是必要的，它将只是肉体（meat），一种可以像在宗教中那样被超越的东西，或者是一种像设计师的衣服一样被买卖的东西。[①]

第六节　后人类身体与自我生命价值

"技术进步的故事不一定非得贬低人性，叫人沮丧。"[②]事实上，技术进步常常在帮助人类改善生活，也完善人性，例如，帮助人缓解病痛、改善缺陷、超越身体的局限，从而使人类获得更多自我生命价值。

在《生命之锁》中，那些因为黑登综合征而被禁锢住身体的人，他们完全无法动弹，只能靠生命维持仪器提供生命营养液存活。有的人是在年少时患病，还有的患者例如卡珊德拉，她甚至是在母亲的子宫中就已经患病。如果就这样耗费生命，只能任由时间流逝，直到耗尽生命。这样的人生很难评价自我的尊严和生命的意义。但是如果借助小说中所描写的机器替身和综合者而成为后人类，这些被禁锢的黑登人就可以脱离身体的束缚，参与社会生活，追求自己的人生和理想。《智能侵略》写到了一些利用科技改变了人生的小孩子。萨曼莎·布莱克斯原本是个有着斗鸡眼、爱流口水、经常用脏脏的小手抓着积木往嘴里塞的小孩，她所受到的歧视和嘲笑可想而知。在植入了神经活动自动汇聚器之后，萨曼莎·布莱克斯成了三年级中最聪明的孩子，甚至是全市范围里 1% 最聪明的少数人之一。小说中还有一个叫作尼克的孩子曾经说过这样一番话："在装上视网膜芯片之前，我什么东西都看不到；如果没有神经汇聚器估计我都没法正常想问题。你是问我想不想回到之前那样白痴一般的生活？不好意思，我宁可明明白白地

① William H. Kateberg. Future West: Utopia and Apocalypse in Frontier Science Fiction[M]. Lawrence: University Press of Kansas, 2008: 184.

② 布莱恩·克里斯汀. 最有人性的"人"——人工智能带给我们的启示[M]. 闻佳，译. 北京：人民邮电出版社，2012：11.

活得像个怪物，也不愿意做个正常的傻子。"①这些原本很不幸的人，经过技术的辅助，他们成了一种人-机结合的赛博格后人类，身体的缺陷被弥补、修复，人活得更有尊严感和价值感。

当然，科技有时也会带来负面效应，促使人们思考自我生命价值。特别是当科技使得后人类的寿命延长甚至永生之后，一些随之而来的问题也会出现，例如像美国作家金·斯坦利·罗宾逊的"火星三部"中所描写的那样，人类大幅延长寿命后会伴随有失忆的现象，这种失忆让人损失的不只是对某些事情的记忆，甚至会让人丧失某种能力，例如某人在数学方面的才能。不仅如此，接受抗老化治疗的人，虽然跳过了慢慢衰老的过程，但是会变成"急遽衰老——或者，更令人不安的是，由健康直接暴毙，根本没经过衰老过程"②。这就会催生出精神层面的困惑："生活意义到底为何？人们无疑会对此有更多的思考，且不同于以往：无限期地活着意味着什么？一个与死亡无关或几乎无关的人生意味着什么？"③在海德格尔的哲学中，死亡是如此重要。"死作为此在的终结乃是此在最本己的、无所关联的、确知的、而作为其本身则不确定的、不可逾越的可能性。死，作为此在的终结存在，存在在这一存在者向其终结的存在之中。"④在海德格尔看来，死是此在的终结，也只有在死亡中，此在才能最终达到与自我的同一，脱离常人回归本真，因此，人注定是"向死而生"。尽管在现实世界中，寿命延长至今仍未取得超出人类预期的程度，不过，"我们不得不从现在起就认真思考人的寿命得到显著延长之后可能带来的后果"⑤。科幻小说恰恰可以带领我们去看一看。

在美国作家乔·霍尔德曼的《让记忆沉睡》中，有一位死亡事物顾问，他提到，来找自己的患者基本都是活了几百岁的人，而且都很有钱，但他们却都有各种各样的心理问题和死亡需求。这位顾问认为，活得太久的人，他们身边认识的人都在一一死去，在这种情况下就容易滋生孤独感和厌倦

---

① 丹尼尔·威尔森. 智能侵略[M]. 童凌炜，译. 武汉：华中科技大学出版社，2015：77.

② 金·斯坦利·罗宾逊. 蓝火星[M]. 蔡梵谷，译. 重庆：重庆出版社，2017：586.

③ 吕克·费希. 超人类革命：生物科技将如何改变我们的未来？[M]. 周行，译. 长沙：湖南科学技术出版社，2017：98.

④ 马丁·海德格尔. 存在与时间[M]. 陈嘉映，王庆节，译. 北京：生活·读书·新知三联书店，1999：297.

⑤ 吕克·费希. 超人类革命：生物科技将如何改变我们的未来？[M]. 周行，译. 长沙：湖南科学技术出版社，2017：13.

感。在厄休拉·K. 勒古恩的《不朽者之岛》（*The Island of the Immortals*）中，那些衰老、变形的不朽者的身体让人望而却步。因此，寿命并不是越长越好，在一定的长度内，人会对这个长寿的身体感到喜悦、爱惜。但是超过一定长度的话，则会走向反面。威廉吉·布森的科幻小说《神经漫游者》中提到了一个人物叫朱利斯·迪安，一百来岁的他非常重视对自己的照顾，关注身体的健康、寿命甚至衣着。"朱利斯·迪安现年一百三十五岁，每周兢兢业业用昂贵的血清和激素调节新陈代谢。不过他抗衰老的主要方式还是每年一度的东京朝圣，让遗传外科医生重设他的 DNA 密码，这技术千叶还没有。手术完成后他就飞去香港买一整年穿的西装和衬衫。他男女莫辨，耐性惊人，对生活的满足感似乎主要来自对裁缝技艺的神秘崇拜。凯斯从没见过他重复穿过一套西装，虽然他所有的衣服都只不过是略加更改的上世纪风格。"①

一百三十五岁的朱利斯·迪安对身体是爱护有加的，对生活也充满激情，而小说中更为长寿的人却已开始陷入了对生命的倦怠，他就是老埃西普尔。埃西普尔家族是非常低调、怪异的第一代太空家族，他们在家族内部大量进行克隆，并利用自己的冷冻设施进行冷冻睡眠以延长寿命，老埃西普尔最后被从冷冻睡眠中唤醒时已经两百多岁了。对生命的厌倦使他已经多次想自杀，但每次都又跑回去冷冻。无论是自杀的企图还是逃回冷冻深眠中，都说明了老埃西普尔对生命的厌倦和逃避，他的寿命在增长，但是他的自我生命价值却没有任何增值，而是毫无意义的延续和消耗。

"发现任何能打败疾病、延长寿命的方式，对医学界是毫无疑问的喜事。对死亡的恐惧是人类最深沉和最持久的担忧，因此，对任何能够推迟死亡的医疗技术进展表示欢呼，理所当然。但人们不仅关注寿命的延长——也关注生命的质量。"②美国科幻小说中那些长寿的人出乎意料地几乎都在抱怨生命的质量。在《机器人与帝国》中，四百多岁的嘉蒂雅谈到长寿的弊端时提到，后面一两百年会很无趣："比方说你终究会发现自己再也没有任何想看或想听的东西，再也无法生出新的想法；比方说你甚至会忘记新事物所带来的惊喜，而年复一年，你只知道会越活越无聊？"③不只是嘉蒂

---

① 威廉·吉布森. 神经漫游者[M]. Denovo，译. 南京：江苏文艺出版社，2013：14-15.

② 弗朗西斯·福山. 我们的后人类未来：生物技术革命的后果[M]. 黄立志，译. 桂林：广西师范大学出版社，2017：68.

③ 阿西莫夫. 机器人与帝国[M]. 叶李华，译. 南京：江苏文艺出版社，2014：164.

雅本人，她说自己见过很多上了年纪的太空族，他们后面的人生大都只是变得头脑迟钝，性情乖戾，丧失雄心壮志，越来越冷漠，只剩下等待生命中最后的大事，那就是死亡，甚至会对此产生期待，至少这也是一场未知的冒险。所以嘉蒂雅在和寿命短暂的贝莱星人（地球后裔）谈论自己两百三十三岁的年龄时提到："但这种计算时间的方式是全然僵化的，它所衡量的是数量而非质量。我这一生过得很平静，甚至有人会说十分无趣。在运作顺畅的社会体制保护下，我一辈子几乎无灾无难，但也因此丧失了各种求新求变的机会，再加上身旁永远少不了机器人，让我更加无忧无虑——我的日子就是过得这么刻板。"①

法国学者吕克·费希在《超人类革命：生物科技将如何改变我们的未来？》（*La Révolution Transhumaniste*）中有一段话很好地写出了后人类长寿人的问题："假如可以（几乎）长生不老，我们会做什么？我们还会愿意工作、早晨起床去工厂和办公室上班吗？我们难道不会感到厌烦、怠惰？活上漫长的数个世纪之后我们还有什么可学的新东西？我们还会不会想做一番大事，继续精进自己？我们的爱情故事难道不会变得令人厌倦？我还会想要孩子、还能生孩子吗？一本没有结尾的书、一部没有结局的电影、一段没有休止的音乐基本上没有意义。"②罗伯特·海因莱因的《时间足够你爱》中的主人公一开始就面对了所有这些问题。海因莱因在自己的几部作品中写了一些前后贯穿的长寿族后人类，如拉撒路、伊师塔、格拉海德等等。这些人通过一些生命延长疗法获得长寿，例如植物复合疗法、置换新鲜血液、回春术等。在这些后人类里，两千四百多岁的拉撒路是最具有传奇色彩的人物，他是唯一一个生活经历涵盖了从危机发生到大散居的二十三个世纪的人。作家在《时间足够你爱》中如此介绍这个人物：他是霍华德家族的老祖，也是人类最古老的成员，有着丰富的人生阅历，使用过无数的身份，从事过很多不同的职业，做过很多具有开拓性的轰轰烈烈的事情。古老的霍华德家族早年曾进行了长寿家族之间的杂交实验，使长寿基因获得发展。后来又经过技术的干预以及拉撒路身上特殊的变异，让他具有了跳动缓慢的巨大心脏、强大的免疫力和异常灵敏的反应能力等。拉撒路似乎永远精力旺盛，永远具有各种欲望。就是这样一个两千多岁的长

---

① 阿西莫夫. 机器人与帝国[M]. 叶李华，译. 南京：江苏文艺出版社，2014：179.

② 吕克·费希. 超人类革命：生物科技将如何改变我们的未来？[M]. 周行译，长沙：湖南科学技术出版社，2017：13-14.

寿人，却自主选择放弃回春治疗，悄悄地在旧城最差的廉价旅馆里一心求死。他希望平静、有尊严地死去，因为他担心身体年轻没有伴随精神年轻，而且他也厌倦了漫长生命带来的倦怠和无意义感。当他的后代子孙艾拉希望说服老祖继续接受回春治疗时，拉撒路说："为了什么，先生？在我花了两千多年时间、尝试了生命中的一切之后？在我看过了无数行星、以至于它们在我的记忆中都变得模糊了之后？在我有过无数妻子、甚至忘了她们的名字之后？祈祷最后一次降落在给予我们生命的地球上——我连这都做不到；我的出生地——那颗可爱的绿色行星甚至比我还要老迈；回到那里将是一次痛苦的经历，而不是欢乐的还乡之旅。不，孩子，无论经过多少次回春治疗。最后都会迎来这样一个时刻：你所要做的就是关灯，然后沉沉睡去。"[①]海因莱因给这部小说安排的结局是比较积极的。在后代的帮助之下，拉撒路又找到了生命的意义，接受了回春治疗。在小说结尾，他又充满了求生欲和求知欲，开始了新的冒险。但他相信，只要活在"现在"，享受生命，寿命短暂的人与长寿人其实一样，与衡量生命长短的单位"年"无关。

当然，还有很多科幻小说在传达自我生命价值与生命的长度无关。特别是那些被创造的没有肉身的后人类，如何成为人是他们的形而上学。阿西莫夫的《双百人》（*The Bicentennial Man*）中写到一个机器人想成为人类的故事，它宁可抛弃钢铁之躯，抛弃长长的寿命，也愿意换一个人类的肉身之躯享有的短暂人生。小说的主人公是一个机器人，名叫安德鲁·马丁，它原本是吉拉德·马丁从机器人公司购买的私人财产，在这个家族里充当男仆、管家，但由于机器人公司的某种技术失误而导致他具有一些不可预测的思考能力和天分。他竟然学会了制作精美的家具、木雕等手工艺术品，为马丁家里赚了很多钱。更令人震惊的是，它要用这些钱从主人那里买回自己的自由，并推动了法律对自由概念的扩展，使法律不再认为只有人类才能是自由之身，而是认为："任何生灵只要拥有足够进化的心智，能领悟自由的真谛、渴望自由的状态，吾人一律无权将其自由剥夺。"[②]为了成为真正的人，这个机器人开始不顾人们的嘲笑给自己穿上衣服，去图书馆借书学习，要求机器人公司将自己的钢铁之躯替换成有机仿制材料，他还为

---

① 罗伯特·海因莱因. 时间足够你爱[M]. 张建光，译. 成都：四川科学技术出版社，2015：27.
② 艾萨克·阿西莫夫. 阿西莫夫：机器人短篇全集[M]. 叶李华，译. 南京：江苏文艺出版社，2014：503.

制造人造器官以延长人类寿命做出了巨大贡献，然而，法律仍然不愿意接纳他加入人籍。"还有个棘手问题，就是世界法院当作人籍判据的那个器官。人类的大脑是细胞构成的有机体，就算机器人拥有大脑，也只是铂铱合金的正子脑——而你拥有的当然是正子脑……不，安德鲁，别露出那种眼神。若想符合世界法院的判决，你的脑子必须足够接近有机体，而我们却不知道如何仿造细胞大脑的结构。"①机器人安德鲁·马丁认为，脑子的材料并不重要，人类对他的顾忌其实是因为他有无尽的寿命，于是他做了一个手术，让自己正子脑中的电位慢慢地流失，也就是让自己走向死亡。他说："我在身体的死亡与理想和欲望的死亡之中作出了选择。让我的身体活着，却以更大的死亡做代价。"②在他二百岁的时候，死亡最终换来了人类对他加入人籍的承认。其他的后人类也有评判自我生命价值的方式和标准。美国作家戴蒙·奈特（*Damon Knight*）的科幻小说《面具》（*Masks*）也描写了一个渴望自我生命价值的人造人吉姆。他不愿意待在实验室里被保护起来延长寿命，而是宁愿到太空冒险，做自己喜欢的事情，认为那样才是有尊严和自由地活着。另一位美国作家迈克尔·毕晓普（Michael Bishop）曾说过自己非常欣赏奈特的《面具》，并以它为基础创作了《慈悲分享者之所》（*The House of Compassionate Sharers*）③，该作品发表于 1977 年。在《慈悲分享者之所》中，多里安·洛尔卡是一个因为事故而致使身体遭受重创的人，妻子为了让他活下去，坚持把他打造成了一个机械人，除了具有人类知觉的大脑之外，其余部位是全套假体。"我是一部引擎、一套系统、一系列肌电和神经机械组件，而造成这次艰苦卓绝的肉体化过程的事故已经过去了两个 M 年。"④多里安·洛尔卡厌恶这样被延长的生命，遭受着严重身心分离的痛苦，不得不接受一些特殊的心理治疗来寻找自我生命的价值。

在《陶偶》中，作家也在传达自我生命价值与生命的长度无关。真人莫里斯、绿色偶人、小帕，他们不追求永生，而是追求与他人和世界建立

---

① 艾萨克·阿西莫夫. 阿西莫夫：机器人短篇全集[M]. 叶李华，译. 南京：江苏文艺出版社，2014：528.

② 艾萨克·阿西莫夫. 阿西莫夫：机器人短篇全集[M]. 叶李华，译. 南京：江苏文艺出版社，2014：531.

③ 迈克尔·毕晓普. 慈悲分享者之所[M]. 秦鹏，译∥乔治·R. R. 马丁，等. 科幻之书Ⅲ：沙王. 胡绍晏，等译. 北京：北京联合出版公司，2018：68.

④ 迈克尔·毕晓普. 慈悲分享者之所[M]. 秦鹏，译∥乔治·R. R. 马丁，等. 科幻之书Ⅲ：沙王. 胡绍晏，等译. 北京：北京联合出版公司，2018：68.

正常的身体现象学的联系。莫里斯曾经差点就选择了抛弃肉身奔向马哈拉尔所许诺的永恒，这样做会使马哈拉尔的罪恶计划得逞，给人类带来灾难。是绿色偶人忍受着伴随巨大身体疼痛的被拆解的场面，使得莫里斯突然深受感动，他改变主意才避免了一场大灾难。莫里斯看见他的绿色偶人，那个只有二十四小时寿命、已经支离破碎马上就要到期的绿家伙，用他那残破的身躯去奋力破坏机器，那么努力，那么真实。于是莫里斯突然醒悟：自我生命的价值不在于永生，而在于肉身所能感觉到的当下。

> 然后是一声轻笑。我嘲笑我的那个拙劣仿制品，只剩一条肢体，正在分解的倒霉蛋。他倒在地上，不幸至极又无依无靠，甚至没有另一条腿可丢，却还在试图阻挠这一切。
>
> 这一幕是如此悲伤，感人……而且滑稽！
>
> 泪和笑同时如岩浆般喷涌，来源却并非头脑，而是本能。我为这个凄惨的绿皮大笑——为他的勇气和不幸，还有闹剧般的固执。而且，在这一刻，我无比清楚地知道：
>
> 我不想成为神明。
>
> 我看见了那些天堂般的景致。它们是真实存在的可能性，随时可以成为现实。但直到现在，我才明白其中缺了什么。它们之中没有幽默的一席之地！
>
> 还用说吗？任何"完美"的世界都不会有悲剧发生，对吧？这就意味着人类再也无需勇敢地面对不幸，无需直面难以忍受的不公。而幽默正是人类在这种情形下所展示的无畏、轻蔑的——经常是徒劳的——姿态。
>
> 哦，老天。比起那个傲慢自大、自诩为神的灰色偶人，我和那个破破烂烂的绿色偶人更有共同点。
>
> 这番顿悟仿佛扫清了重重迷雾，我的知觉忽又完整起来。我嘲弄地笑着，把那支愚蠢的铅笔扔到屋子另一端。
>
> 然后我开始寻找那把折椅。①

接下来，莫里斯用那把椅子对准电脑的全息屏幕狠狠地砸了下去，破坏了马哈拉尔的罪恶计划。

---

① 大卫·布林. 陶偶[M]. 夜潮音, 邹运旗, 译. 成都：四川科学技术出版社, 2012：537-538.

正是这真实的身体经验，让我们更加真切地感受到陶偶的真实性和具身性。一般来说，绿色偶人五感不健全，然而他知道感觉有多重要，会让人更有活着的经验，也让他意识到个体的独立性和价值。"我们也许会用相似的词汇形容夕阳。我们的主观意识经常会趋于一致，甚至彼此相通，合作关联，直至形成复杂的文化。然而，一个人实际的感觉和感知永远是独一无二的，因为人脑不是电脑，神经元也不是晶体管。"①由于对拯救人类做出了巨大贡献，莫里斯的绿色偶人得到了特殊的优待。当他抛弃身体去追求自我生命价值的时候，他真实地感受到生命的意义，也获得了身体的馈赠。高岭承诺会提供给绿色偶人超高质量的空白偶人以及傀偶延寿服务，还赋予了他健全的五感，能够去看、去闻、去触摸、去感觉，可以用身体真实地活在这个世界上。

科技也为莫里斯的朋友小帕带来了自我生命价值。小帕的身体被困在生命维持椅子上，但身体的残缺从未阻止他对世界的兴趣和探索，他经常复制偶人，让偶人代替自己去行动。他愿意将自己的灵魂驻波复刻进几乎所有形状的傀偶中，以任何怪异的形态去行动，无论是四足动物、禽类还是蜈蚣。然而，小帕最喜欢的，却是以真身冒险，他借助那个神奇的生物智能感应轮椅来控制自己的活动，从不畏惧身体的伤害和死亡，他更喜欢用自己的真身踏踏实实地活着。莫里斯的绿色偶人原本想劝小帕不要用真身涉险，然而在见到小帕利用那副残躯冒险的过程之后他领悟到，有些刺激只有肉身才能享受，哪怕是一具残缺的肉身。

正如我们在前文所言，科技有时候可以帮助人们获得自我生命价值，但有时又会贬低人的自我生命价值。弗朗西斯·福山认为："将来，生物技术的发展将迫使我们在寿命延长和生命质量之间进行选择。如果这个选择被广为接受，它将会产生巨大的社会影响。"②爱伦·坡的科幻小说《瓦尔德马先生病例之真相》（*The Facts in the Case of M. Valdemar*）便是这样一个故事。埃内斯特·瓦尔德马是一位饱学之士，泰然达观，很珍视自我生命价值，当得知自己患了肺结核要面对疾病和死亡时，他并不害怕，实际上，他早就已经习惯了平静地谈论自己即将来临的死亡，就像谈论一件既不可避免又不必遗憾的事情。就在医生宣告他的生命即将结束的二十四小

---

① 大卫·布林. 陶偶[M]. 夜潮音，邹运旗，译. 成都：四川科学技术出版社，2012：69.
② 弗朗西斯·福山. 我们的后人类未来：生物技术革命的后果[M]. 黄立志，译. 桂林：广西师范大学出版社，2017：70.

时前，一位研究催眠术的朋友说服他进行催眠，试图阻止死亡延长生命。然而，可怕的事情发生了，催眠让埃内斯特·瓦尔德马尊严尽失。他虽然不能死去也感觉不到疼痛，但是他却持续衰老，可怕的样貌令人胆寒，甚至直接吓昏了一位医学生，护士们也不敢再进入这个房间。显然，这段被延长的生命对瓦尔德马而言毫无意义，在偶尔意识清醒的间隙，他喊出"让我安睡——不然，快——快唤醒我"[①]。这种仅剩身体意义上的活着对瓦尔德马来说毫无意义，他在潜意识中都希望自己死去，嘴里一直发出"死""死"的声音。这位失去了对生命"自为"把握的老学者，宁愿有尊严地死去，也不愿意屈辱而无意义地延续生命。然而，他却陷入了弗朗西斯·福山所描述的那种可怕境地，既无法按照自己期望的水平处理事情、享受生活，又无法自己结束生命，成了丧失主体性的傀儡后人类。

存在主义哲学将存在分为"自在"的存在与"自为"的存在。自然是一个自在的世界，也就是一个自我完满的世界，它"不欠缺"，所以也就是一个处于和谐与平静中的世界。而人类却是自为的存在，是其所不是，这注定其所面临的存在永远只能是其所尚未实现的。因此，人的命运就注定是为了实现所欠缺的可能性而操心。"操心的这一结构环节无疑说出了：在此在中始终有某种东西亏欠着，这种东西作为此在本身的能在尚未成其为'现实'的。从而，在此在的基本建构的本质中有一种持续的未封闭状态。不完整性意味着在能在那里的亏欠。"[②]这说明，作为自为的存在，人能够有目的性地去选择、创造、改变自己的生活，也能够体认到自我生命价值。因此，人们就能够以自己的标准而非自然的标准去衡量生命的价值。假如人失去了这种"自为"能力，或者用弗朗西斯·福山的话说，"以低水平的认知和身体机能为代价来延长人的寿命"[③]，那么被延长的生命将有损于自我生命价值。

技术总是必然给人类带来改变，但我们也不必惧怕技术。"越是对技术无知，越是对历史无知，才越会惧怕技术，越会惧怕'人将不人'。其实，

---

① 爱伦·坡. 瓦尔德马先生病例之真相[M]. 爱伦·坡暗黑故事全集（下册）. 曹明伦，译. 长沙：湖南文艺出版社，2013：145.

② 马丁·海德格尔. 存在与时间[M]. 陈嘉映，王庆节，译. 北京：生活·读书·新知三联书店，1999：272.

③ 弗朗西斯·福山，格雷戈里·斯多克. 生物技术暴政与尼采哲学的最后阶段[M]. 曹荣湘，译//曹荣湘. 后人类文化. 上海：上海三联书店，2004：176.

别说人类发明的技术是与身体协同发展的，就连今人认为最'原教旨主义'、最具本质意义和固定性的基因，也是与人们认为最复杂多变、最人为……的文化协同演化的。"①

① 吴莉苇. 译者序：是身体的问题，还是观念的问题？[M]//约翰·罗布，奥利弗·J.T.哈里斯. 历史上的身体：从旧石器时代到未来的欧洲. 吴莉苇，译. 上海：格致出版社、上海人民出版社，2021：20.

第四章　后人类身体与家庭

美国科幻小说描写了很多身体外形和功能的改变，例如双性同体人、机器之身等。这些身体的变化必然带来对传统家庭观念和家庭功能的影响，既有积极意义，也有消极意义。

第一节　后人类身体对家庭的积极意义

美国科幻小说中写到了一些与后人类组成的幸福家庭。例如，无法自然生育的父母制造了孩子、因思念而仿造了离开或故去的亲人。在这种组合的家庭中，后人类充当的角色非常广，如丈夫、爸爸、孩子、妻子等等，这些被制造的后人类给家庭带来了爱和安慰。

在菲利普·迪克的科幻小说《今为人类》（Human Is）中，作者写了后人类取代丈夫反而组成美好家庭的情节。这个家庭里原来的丈夫莱斯特·赫里克是一个令人生厌的人物，他为军方研发病毒，眼里只有工作，对一切会耽误工作的事情很反感。相反，他的妻子吉儿·赫里克热爱生活，喜欢孩子，心地善良。吉儿很喜欢哥哥的孩子小格斯，于是恳求哥哥让孩子过来陪自己几天。在小说的开篇，妻子眼睛里噙满泪水在控诉丈夫莱斯特·赫里克，因为丈夫觉得自己有太多工作要完成，所以拒绝妻子把哥哥的孩子接过来照顾，并指责她哥哥为什么不自己照顾孩子。面对这样冷冰冰、仿佛机器一样的丈夫，吉儿决定等丈夫出差回来之后就离婚，她想选择一个喜欢孩子的伴侣。但是，当莱斯特从外星球回来之后，他仿佛变了一个人，会赞美妻子、赞美食物、赞美房子，会拖延工作的时间来享受家庭生活。他喜欢和小格斯一起做游戏、开玩笑。很快，联邦防侵局派人来调查莱斯特·赫里克，并提出了一个说法，认为莱斯特可能是在瑞克瑟四号行星发生了什么，导致他的身体被瑞克瑟星人侵入。"受体的原有灵魂物质被移除，并被存储起来——进入某种静止状态。顶替者的灵魂物质会被瞬间注入受体。莱斯特·赫里克可能在探索瑞克瑟星系的城市废墟时，忽略了自身的安全防护措施——没激发防护罩或穿人工防护服——被它们乘虚而入。"[①]这种就是前面我们分析的由于异质入侵导致突然变异的后人类。联邦防侵局希望吉儿的证言能证实丈夫前后的差异性。如果获得证实，他们就会逼迫瑞克瑟星人交出被存储于瑞克瑟星系某处废墟中的莱斯特，让他回到吉儿身边。但是吉儿并不希望那个冷酷无情、乏味无趣的丈夫回来，于是她不承认眼前这个丈夫发生过什么转变，然后和这个风趣、温柔、热爱生活的后人类丈夫一起回家了。

　　在另一位美国作家希拉·芬奇的《影子爸爸》中，后人类充当了爸爸的角色。小说是以倒叙的方式讲述的。蒂姆带着女儿贝丝回到自己小时候居住的房子里，此时母亲卡琳已经去世，但是房子里还放着很多儿时的东西，勾起了他往日的回忆。蒂姆是母亲购买了别人的精子而出生的，所以他从不知道自己的父亲是谁，但是作为机器人学专家的母亲给他制造了一个机器人爸爸，全名是"父亲替代程序：原型机一号"，蒂姆则称他为"影子爸爸"。影子爸爸陪伴蒂姆成长，陪他做游戏、学功课，倾听他的烦恼。"蒂姆很快骑着影子爸爸绕着院子跑起来，他抓着两个金属臂膀，大声喊'驾！'或者'吁！'，直到嗓子沙哑，几乎忘了影子爸爸是一个机器人，他真的以为自己骑着一匹鬃毛随风流动的小种马在西部高地奔跑。"[②]与《今为人类》中那个像机器一样的人类身体相反，这个由机器打造的影子爸爸却更像个人类，甚至比某些人类更可亲。他永远不会生气、不会嫌烦、不会批评责备人，给了蒂姆像父亲一样的关怀。在蒂姆十八岁要考虑上什么大学的时候，母亲想让儿子去学机器人学，而蒂姆想去学体育，在母子二人争吵时，影子爸爸支持了蒂姆，而且说出"我爱他""他离开我也会不开心"之类的话。母亲很震惊，她虽然给这个机器人装过各种情感程序，但从未想过影子爸爸具有了自我意识，于是她带着影子爸爸回公司让实验室的人进行研究。这件事让蒂姆很生气。而今，妻子意外离世，蒂姆带着女儿再次回到这个儿时的家。蒂姆的岳父是爱德华·拉斯伯恩三世，掌握着

　　① 菲利普·迪克. 今为人类[M]//命运规划局：菲利普·迪克中短篇小说全集Ⅱ. 肖钰泉，译. 成都：四川科学技术出版社，2018：413-414.

　　② 希拉·芬奇. 影子爸爸[M]. 崔久成，译//迈克·雷斯尼克，姚海军. 世界科幻杰作选Ⅱ. 刘未央，等译. 成都：四川科学技术出版社，2017：228.

数十亿美元企业，他告诉蒂姆，绝对不能让那些机器和人类享有同等的权利，而且以自己的外孙女为条件，要挟蒂姆去刺杀新当选的机器人市长斯蒂芬·拜尔利，因为他有可能带来机器人平权运动的发展。为了能够以后都跟女儿待在一起，蒂姆原打算妥协。但是当他又在阁楼房顶上的一根主梁上意外发现了影子爸爸以后，记忆如潮水涌来。他意识到母亲并没有把机器人留在实验室，这说明母亲也牵挂着自己，而且他也意识到，自己的童年并没有那么凄惨，家就是一群互相关心的人在一起，哪怕这群人中有一个机器人，爱也无法定义，它也包含了分享、养育和学习玩乐时的陪伴。在小说的结局，蒂姆不仅放弃了刺杀机器人市长的想法，而且决定放弃月球和地球这两个容易被岳父找到的地方，带着女儿去小行星勘探，虽然那是苦差但可以保住这个家，他告诉女儿，这个机器人是她的影子爷爷。

在詹姆斯·凯利（James Kelly）的科幻小说《小小蜘蛛》（*Itsy Bitsy Spider*）中，后人类充当了孩子的角色。小说中的第一人称叙述者"我"是四十七岁的范西，去看已经二十三年未见的父亲，却看到了作为后人类的自己。父母多年前离婚，范西其实也并未多么恨父亲，只是为了和母亲站在统一阵营而跟他一刀两断。这次前来是为了给父亲送母亲的遗产。来开门的是一个小女孩儿，其实是一个人造机器人，大概三四岁的样子，而这个机器人就是范西小时候的样子。范西开始很生气，后来了解到这个机器人是父亲的法定监护人，负责照料已经无法料理自己事务的父亲。更为意外的是，范西听到机器人说它是母亲送给父亲的礼物，还有这所房子也是母亲承担开销。尽管父亲从始至终也未认出已经长大的女儿，但是范西可以看出来父亲与那个机器人女儿的相处充满了爱意，他们亲昵互动的场面，令范西想起自己小时候与父亲相处时的情景，她心里百感交集。临走时，范西承诺在父亲去世后不会收回这所房子，而是将房子送给机器人，如果需要费用她也可以提供。机器人说自己只是个替代品，父亲爱的只是范西，而范西则说父亲爱的是他的小女孩儿。这个机器人的存在，不仅给父亲带来了莫大的慰藉，而且代表着父母之间难以割断的情感，同时也消除了父女之间的隔阂。

美国科幻小说中还有一些作品描写了更为敏感的家庭类型，例如与克隆孩子组成的家庭。D. M. 罗维克（D.M. Rorvik）的科幻小说《人的复制》（*In His Image*）就是如此。这个克隆孩子是按照独身且没有后嗣的默克斯的要求而制造出来的，这位六十七岁的富翁斥巨资创建了一个团队。事情非常顺利，不仅被克隆的孩子非常健康，而且默克斯先生也很喜欢生下克隆孩子的代理母亲，于是这三个人住在一起，组成了一个美好的家庭。故事看上去很圆满。在小说的结尾，促成了这次事件的"我"认为："我想，这不完全是一个细胞核的家庭。但是这是一个令人激动的场面，这个老头，这个年轻的姑娘，这个奇妙的婴儿。"①小说中的默克斯、戴尔文等人都只是将克隆技术看作另一种人工辅助生殖技术而已，另一位科研人员玛丽甚至通过讲述自己亲历的一件事情来支持克隆技术的合法性。玛丽曾经帮助一对患有生育障碍疾病的夫妇生下了一个孩子，然而这个孩子却在四岁时因车祸去世。这对夫妇的痛苦可想而知，而且他们也不会再有任何机会自己生育孩子了。玛丽认为，这样的事例可以为论证无性生殖的合法性提供支持。可以说，整部科幻小说中参与了克隆计划的科研人员大都持这种观点，只要能够给予这个孩子完整的家庭和真正的关爱，那么克隆与其他的人工辅助生殖技术便没有什么不同。这种观点在小说之外的现实世界中也是存在的。学者詹姆斯·威尔森就曾经乐观地认为，只要克隆孩子出生在已婚夫妻的家庭中，得到父母的关爱，那么克隆孩子便没有问题；相反，克隆孩子可以为无法自己生育孩子的已婚夫妻带来幸福，相较于无子女终老、领养和向他人寻求精子或卵子甚至是子宫这三种方式，选择夫妻中的一个来克隆孩子避免了来自他人的不确定，可以带给父母一个有基因亲缘的孩子，这会是四种选择中最有吸引力的选择。②这种观点与《人的复制》这部科幻小说中所体现出来的观点一样，将克隆所涉及的伦理问题和法律问题悬置，克隆孩子和代理母亲的身体所具有的目的性和工具性也被忽视了。生物伦理学家列昂·卡斯（Leon R. Kass）认为，克隆本身就是摧残儿童。③他进而指出，克隆孩子的问题绝不仅仅如詹姆斯·威尔森所言只需已婚家庭便可解决，它更深刻地与性相关，因为没有自然的性，便没有父母、没有家庭，而克隆这种无性生殖便可能从根本上瓦解家庭的自然基础，并最终瓦解家庭。列昂·卡斯认为，即使是在詹姆斯·威尔森所说的家庭

---

① D. M. 罗维克. 人的复制——一个人的无性生殖[M]. 陈良忠，译. 北京：科学出版社，1980：202-203.

② Leon R. Kass and James Q. Wilson. The Ethics of Human Cloning[M]. Washington: The AEI Press, 1998: 64-68.

③ Leon R. Kass and James Q. Wilson. The Ethics of Human Cloning[M]. Washington: The AEI Press, 1998: 78.

克隆（intrafamilial cloning，在已婚家庭中克隆丈夫或妻子）中，仍然存在着很多问题。例如，伦理关系的错乱，无基因关系的一方与孩子的疏远，等等。总之，列昂·卡斯坚信，克隆技术侵蚀了传统家庭模式，不应该以建基于性、爱、生殖、婚姻等传统联结模式中的生殖自由来看待克隆问题。

事实上，本节我们所谈及的所有科幻作品，对于人类家庭而言，它们所谈到的后人类都是工具性的，无论是《今为人类》中的肉身样态，还是《影子爸爸》和《小小蜘蛛》中的机器身体，抑或是《人的复制》中的克隆之身，这些后人类身体无一例外都是家庭的附庸，他们的身体存在占据了物理空间，也填补了精神空间的缺失，但他们却是非独立的。《影子爸爸》中的机器人，他的身体可以被置于阁楼灰尘中度过很多年，然后又以失能的形态回到主人公的视野中，除此之外就是回忆中的身体，这种写法是颇有代表性的。这些后人类身体之于家庭而言，都是功能性的、替代性的，他们可以填补家庭中的空缺，带来表面的幸福，却是以丧失后人类身体独一无二的珍贵性为代价的。

第二节　后人类身体与家庭的瓦解

在"异性规范矩阵"（heteronormative matrix，默认的异性恋社会规范）背景之下，性和性别代表了一种最基本的"自我技术"，支撑着有性生殖的"自然性"（naturalness）。[1]因此，无论是出于身体特点还是出于文化制约，传统的人类家庭组成是建立在异性组合的基础之上的。但是，后人类身体却可能完全改变这种状况。

在传统社会中，家庭的存在模式和功能与人类的身体特点密切相关。美国著名社会学家 W. 古德曾给出了一些条件，用以判断何为家庭："（1）至少有两个不同性别的成年人居住在一起。（2）他们之间存在着某种劳动分工，即他们并不都干同样的事。（3）他们进行许多种经济交换与社会交换，即他们相互为对方办事。（4）他们共享许多事物，如吃饭、性生活、居住，既包括物质活动，也包括社会活动。（5）成年人与其子女之间有着亲子关系，父母对孩子拥有某种权威，但同时也对孩子承担保护、合作与

---

① Stefan Herbrechter. Posthumanism: A Critical Analysis [M]. London: Bloomsbury, 2013: 98.

抚育的义务，父母与子女相依为命。(6)孩子们之间存在着兄弟姐妹关系，共同分担义务，相互保护，相互帮助。"①这几点基本涵盖了传统家庭的主要特点。当然，凝聚家庭的并非只是这些权利与责任，更重要的还是家庭成员之间的情感纽带，"家庭问题对每一个人都能强烈地激起感情"②，认同、热爱或是憎恨，究竟是哪一种情感，这取决于个体与家庭其他成员之间的关系。然而，美国科幻小说中所描写的家庭已经与古德所描写的传统家庭状况迥然不同。后人类的身体特点带来家庭模式和家庭职能的巨大改变。人工制造技术以及人工生殖技术使生育可以不再依赖于人类的身体特点，因此对很多后人类而言，性别几乎没有意义。美国作家乔安娜·拉斯（Joanna Russ）发表于1972年的科幻小说《改变之时》（*When It Changed*）中的"孤雌生殖"，厄休拉·K. 勒古恩和阿西莫夫等人的科幻小说中都出现了单性世界、双性同体世界、无性别世界，这种性别重构的后人类身体都会带来有关性别和家庭的争论，甚至直接带来家庭的瓦解。在赛博朋克科幻小说中，上载生存必然走向脱离身体也脱离现实家庭。在《血音乐》这种科幻小说中，变形后的后人类丧失了人形身体，完全不需要家庭。即使有一些小说写到了现实家庭，但也暗示了家庭的消亡只是早晚的事情。既然身体是可以经由技术而创造的，这便消解了传统的家庭模式和家庭功能，也完成了对家庭成员情感与义务联结的瓦解。很多科幻小说都描写了后人类身体导致家庭内的不负责任、冷漠、杀戮、乱伦甚至家庭的消亡。

后人类身体对传统上由婚姻组成的家庭中的夫妻关系冲击巨大。在传统家庭中，婚姻试图保障爱与繁殖的统一，然而，当科技的介入使得生殖不再依赖身体特点或者可以使爱与繁殖剥离的时候，传统意义上的夫妻情分和忠诚就遭到了威胁。阿西莫夫的科幻小说《裸阳》写到一个名为索拉利的星球，在这个星球上，为了保持足够舒适的生活和资源分配，太空族通过管控身体来控制人口，基因筛选是必备手段，有基因缺陷的胚胎会被毫不留情地杀掉，基因不合格的成年人则会被剥夺孕育后代的权利，即使基因合格的成年人也只能接受经过基因检验之后被分配的指定婚姻。经过这种干预，爱情被剔除于家庭，夫妻的身体沦为生育的工具，失去了感情维度。索拉利的德拉玛博士是一名胎儿工程师，他厌恶两性间的亲密关系，

① W. 古德. 家庭[M]. 魏章玲，译. 北京：社会科学文献出版社，1986：13.

② 迈克尔·米特罗尔，雷因哈德·西德尔. 欧洲家庭史[M]. 赵世玲，赵世瑜，周尚意，译. 北京：华夏出版社，1991：1.

因此一直致力于让卵子人工授精，目的就是希望将来人工生殖能够取代婚姻，让索拉利星球上出于生育需要而不得不存在的直接身体接触变得不再必要。而他的妻子嘉蒂雅则渴望与丈夫亲近，却遭到德拉玛的讨厌，夫妻争吵冲突导致了德拉玛的死亡。在视隔绝生存为正常状态的索拉利看来，嘉蒂雅对夫妻亲密的渴望为一种精神疾病。在这种家庭观念淡漠的氛围中，一旦"性和生殖被完全分离"①，便容易毫无规范，夫妻之间的忠诚也将不复存在。嘉蒂雅的第二任配偶是一个人形机器人，名叫詹德，嘉蒂雅对他非常满意，直到他意外死去。

　　在传统家庭中，婚姻还试图借助法律的约束，为容易遭受疾病和死亡侵袭的身体提供依靠；然而，科技的发展使得健康和长寿的后人类根本无须过于担心身体的疾病和衰老，婚姻的约束甚至成了负累。在金·斯坦利·鲁宾逊的科幻小说《2312》中，当马卡莱特跟斯婉提到婚姻这个词时，她感到震惊，"'婚姻'这个词让斯婉感到惊奇，她重复了一遍。对她来说这个词无异于来自中世纪，来自古老的地球——带有强烈的家长制和所有制的意味，而跟太空和长寿扯不上边儿"②。在阿西莫夫的小说中，具有四百年左右寿命的太空族也是这种观点。"如果你明知过了一两百年之后，任何情感都会变质——或者，明知自己死去之后，挚爱的人还要伤心一两百年——你怎么还会想跟任何人有情感牵绊呢？因此，人们逐渐学会摆脱情感的牵绊，把自己隔绝起来。"③这是出自阿西莫夫的《机器人与帝国》中的一段话。在这部小说里，两百多岁的嘉蒂雅提到，在漫长的生命中，配偶会来来去去，但失去了家庭的含义，只剩下玩乐的意义。由于爱与责任感的降低，婚姻关系虽然可能存在，但已形同虚设。在大卫·布林的《陶偶》中也是这种状况。有些人会雇用私家侦探或者派自己的偶人去监视配偶，有些人互相允许对方拥有新伴侣。虽然大多数人还是倾向于过一夫一妻制的生活，但是，在人可以随意复制自己陶偶的时代，如何才算一夫一妻？如果让自己的偶人出去花天酒地算是不忠？这些偶人还有着不会怀孕也不会传染疾病的优势。于是后来就出现了一个底线：如果偶人在外面寻欢作乐之后，本体不接收偶人的记忆，那么本体就没有不忠。这种自欺

---

① Edward James and Farah Mendlesohn. The Cambridge Companion to Science Fiction[M]. Cambridge: Cambridge University Press, 2003: 181.

② 金·斯坦利·鲁宾逊. 2312[M]. 余凌，译. 重庆：重庆出版社，2016：418.

③ 阿西莫夫. 机器人与帝国[M]. 叶李华，译. 南京：江苏文艺出版社，2014：211.

欺人的做法对于维护家庭的意义究竟有多大？就像小说中的一句话："真正的症结在于，没有责任心，文明必然堕落。"[1]在家庭成员之间，没有责任心，家庭也难以真正维系，迟早瓦解。

在这种名存实亡的家庭中，不仅夫妻之间失去了爱与责任，父母和子女以及其他后代之间的情感与责任也荡然无存。正如有学者所言，对人类生殖的控制正在引发我们对于父母、生殖、怀孕和家庭的理解与实践发生彻底的转变。[2]在传统家庭中，可以实现"爱情与生殖的统一"，"也可防止把人的生命变成一种'制作'并进而变成一种对生命的支配，把生命当成一种和其他东西一样可以制造、可以买卖、可以支配的商品"。[3]美国科幻小说中的很多后人类孩子所面对的正是这些。

威廉·吉布森的《神经漫游者》描写了克隆对家庭成员关系的影响。克隆是埃西普尔家族之父老埃西普尔为了掌握家族命运和权力而采取的方案，其试图通过不断复制相同的遗传代码达到对秩序的绝对把握，借用法国文化学者让·波德里亚（Jean Baudrillard）的话说："我们再次看到了用惟一的原则重新统一世界的谵妄幻想。"[4]正如安德烈·罗斯（Andre P. Rose）所言，克隆与其他人工生殖技术是本质的区别而非程度的区别，克隆会侵蚀传统家庭的概念，会模糊谁拥有父母权利的传统定义。[5]其他学者也提到，通过拥有一个孩子来控制不可预测性以此来强化权力等级关系，克隆人是有可能破坏家庭稳定的现代孤儿。[6]《神经漫游者》中多次提及西班牙超现实主义艺术家萨尔瓦多·达利（Salvador Dali）最著名的代表作品——扭曲的"达利钟"，它表现了一种超越物理时间、走向永恒的野心。但小说中的结果显示，克隆不但不会实现对家庭成员的凝聚，反而会淡化他们之间的情感与责任。在《神经漫游者》中，学者列昂·卡斯所提到的那些家庭克隆中的问题都得到了呈现，在埃西普尔这个克隆家族中，

---

① 大卫·布林. 陶偶[M]. 夜潮音，邹运旗，译. 成都：四川科学技术出版社，2012：91.

② Michael Mulkay. Science and Family in the Great Embryo Debate[J]. Sociology, Vol. 28, No. 3, 1994: 700.

③ 库尔特·拜林茨. 基因伦理学[M]. 马怀琪，译. 北京：华夏出版社，2000：138-139.

④ 让·波德里亚. 象征交换与死亡[M]. 车槿山，译. 南京：译林出版社，2012：76.

⑤ Andre P. Rose. Reproductive Misconception: Why Cloning Is Not Just Another Assisted Reproductive Technology[J]. Duke Law Journal, Vol. 48, No. 5, 1999: 1150.

⑥ Noga Applebaum. Representations of Technology in Science Fiction for Young People[M]. New York: Routledge, 2010: 128.

孩子不再被当作值得珍爱的天赐礼物，而是仅被当作一种被制造的产品①。老埃西普尔杀死了自己的妻子和一个女儿，而他本人最终也死于那位在他冬眠后被克隆出来的从未谋面的女儿3简之手。

在阿西莫夫的科幻小说中，孩子们的身体不只在出生之前就被技术干预和规划，在出生之后，孩子们也会被带离父母送到育婴场中，继续接受身体的监督、规训或剔除。而亲缘关系的资料是被严格保密的，除了负责调控基因匹配的人之外，几乎没有人知道谁是谁的父母或子女，即使泄露了，亲缘关系对这些孩子与父母来说也都变得没有什么意义，甚至会被漠视和误解。在《曙光中的机器人》中，瓦西莉娅是汉·法斯陀夫博士血缘上的女儿，她并没有像其他孩子一样在育婴场里被培育长大，而是由父亲亲自带大，但她并不能理解这份亲情，总认为父亲纯粹是出于研究人形机器人的需要这个自私目的才抚养自己。到了《机器人与帝国》中，汉·法斯陀夫博士和他女儿的冷漠关系已持续了两百多年，瓦西莉亚甚至更改了自己的姓氏。临终之前，法斯陀夫博士将自己珍爱的两个机器人丹尼尔和吉斯卡赠给了两百三十多岁的嘉蒂雅，而不是自己的亲生女儿，尽管他知道女儿一直都想拥有这两个机器人。他甚至还悄声对嘉蒂雅说自己对那个亲生女儿一点也不在乎。"太空族的亲子关系一向薄弱而冷淡。在一个长寿的社会中，这是理所当然的趋势。"②嘉蒂雅本人也是如此，在《机器人与帝国》中，列弗拉·曼达玛斯是嘉蒂雅的曾曾曾孙，但是他们两人对于这份亲情都毫不在意。"嘉蒂雅并没有再追问细节。她生过一儿一女，也曾经是个十分尽职的母亲，不过一旦时候到了，这对子女就自立门户了。至于他们两人的后代，基于太空族万分优良的传统，她始终既不关心也不过问。今天碰到其中一个，身为太空族的她仍旧可以漠不关心。"③不仅是父母与子女以及其他后代之间的情感淡漠，责任与义务变得毫无意义，甚至出现了乱伦的合理合法化。阿西莫夫笔下的太空族认为，乱伦概念只有在涉及生育时才有意义。在罗伯特·海因莱因的《时间足够你爱》中也写到了类似的现象。已经活了两千四百多岁的老祖拉撒路厌倦了生命的无聊，想要安静地死去，但是被他的后代艾拉派出去的人带去了回春诊所接受治疗。

---

① Leon R. Kass and James Q. Wilson. The Ethics of Human Cloning[M]. Washington: The AEI Press, 1998: 85.

② 阿西莫夫. 机器人与帝国[M]. 叶李华，译. 南京：江苏文艺出版社，2014：247.

③ 阿西莫夫. 机器人与帝国[M]. 叶李华，译. 南京：江苏文艺出版社，2014：23.

很多人都来拜见拉撒路，并声称是他的后代，而拉撒路却说自己有很多后代，血亲对他而言并不重要。后来，他的后代哈玛德娅德和伊师塔都通过人工授精的方式怀孕生下了老祖的孩子。她们生下的孩子叫拉撒路"哥哥"，而这些孩子也要和拉撒路生孩子，并且不是以人工授精的方式，她们自有一套理论："我们是用人工方法创造出来的，所谓的'乱伦'的禁忌是另一个时代的产物，那时的环境完全不适用于现在的我们……从任何常理上来讲，我们不是你的血亲；我们就是你。我们身上的每一个基因都来源于你。如果我们爱你——我们确实爱你——如果你爱我们——你也爱我们，至少有那么一点吧，用你自己的那种吝啬的、谨慎的方式——那么，这就像那西塞斯爱他自己一样。是自恋，但又是自恋的升华。"①在这些人看来，通过科技制造出来的身体只是一个物质实体，脱离了原本附属于传统身体和家庭观念中的道德约束和伦理禁忌。

美国作家洛伊丝·劳里（Lois Lowry）的《记忆传授人》（The Giver）也写到了生育与培养分开导致传统家庭关系的消失。在小说中的社会里，婚姻是被分配的，孩子也是经过申请被分配的。在这个社会里，有专门负责生孩子的女性，叫作孕母。她们只负责生孩子，而不负责养育，负责养育孩子的家庭却不负责生育。养育孩子的过程是按照要求来的，颇为程式化，比如给孩子们提供食物和药物，每天晚上要一起分享自己的生活。孩子成人以后，就会独立承担自己的社会责任，而父母则会去跟其他没有孩子的成人一起住。在这样的家庭中，父母和子女之间既没有血缘联结，也没有特别深切的爱。当幼儿养育师把成长缓慢的孩子带回自己家里养育时，甚至需要签署一份保证书，保证不会对孩子产生太强烈的感情。十一岁的男孩乔纳思的父亲就是一位养育师，负责照料新生儿的身体和情绪，那些新出生的婴儿，如果营养不好，或者成长速度比别的孩子滞后，或者不听话、睡不安稳等，都可能会被处死。在处理那些被认定为不合格的孩子时，养育师内心没有丝毫怜悯和波澜，因为除了记忆传授人（The Giver）和记忆传承人（The Receiver）以外，其他人都没有自然而然涌现于身体的感觉，他们只是在完成别人让他们做的事情。乔纳思是小说中的主人公，也是被记忆传授人挑中的记忆传承人，他将从传授人那里接收并替人类承载记忆，保存历史，特别是痛苦的记忆，如果这些记忆不小心被散发出去，让大众

---

① 罗伯特·海因莱因. 时间足够你爱[M]. 张建光，译. 成都：四川科学技术出版社，2015：601.

也获得，那会给大家带来巨大痛苦，也会令社会混乱。同样成长于小说中这种被严格规训的家庭模式中的乔纳思原本看不出异常，当他接收了关于人类历史的记忆之后才第一次知道，原来在以前存在着另外一种完全不同的家庭模式。他能看到以往记忆中的家庭模样，那是充满温暖的家庭，还有祖父母，家里生着火，点着蜡烛，欢声笑语。而在他所生活的同化社区里，人们根本没有祖父母的概念，连父母也会在孩子成年以后搬离，在更老了以后就会被送去养老院等待被处死。乔纳思找不到一个词来形容记忆中那种美好的家庭氛围，传授人告诉他，那就是"爱"。而"爱"对于同化社区里的人来说，是一个完全陌生的概念。乔纳思回家以后问过自己的父母：

> 在从安尼斯回家的路上，他已经不知道在心里默念过多少次这个字了，可是当他勉强说出来时，还是觉得很难为情。
>
> "你们爱我吗？"
>
> 一阵难堪的沉默立刻弥漫开来……爸爸轻声一笑："乔纳思，请你说准确一点儿！"
>
> "什么意思？"乔纳思问。他不知道这有什么好笑的。
>
> "爸爸是说你用了一个非常笼统的字，那个字没什么意义，几乎已经废弃不用了。"妈妈小心地解释。
>
> 乔纳思瞪大了眼睛，没有意义？但这是他记忆中最有意义的一件事。
>
> "如果大家用语不准确，我们的社区就没办法好好运作。你可以问'跟我相处愉快吗？'答案是'是的。'"妈妈说。
>
> "或者，"爸爸建议，"'你们以我为荣吗？'答案绝对是'是的，我们以你为荣。'"
>
> "现在你了解为什么用'爱'这个字不恰当了吗？"妈妈问。
>
> 乔纳思点点头，"是的，我懂，谢谢您。"他慢慢地回答。
>
> 这是他第一次对父母说谎。①

父母和子女及其他后代之间，不只是情感和责任感的淡漠，还会因为利益而产生争斗，这肯定进一步加深家庭成员关系的淡漠。冯内古特的小

---

① 洛伊丝·劳里. 记忆传授人[M]. 郑荣珍，译. 石家庄：河北教育出版社，2014：127.

说《明天，明天，明天》（*Tomorrow and Tomorrow and Tomorrow*）将背景设置于未来的公元 2158 年，那时的抗衰老药已经可以让人非常长寿，成了后人类。娄·施瓦茨一百岁了，他的妻子艾茉洛尔德·施瓦茨九十三岁了，但他们只是这个家里的孙子辈。由于长寿导致人口增多，家家住得都很拥挤，施瓦茨这个家族几十口人住在只有三个房间的住宅里。娄·施瓦茨的爷爷已经一百七十二岁了，仍然壮得像头牛。这位爷爷是这个家庭里的大家长，独占着家里唯一的私人房间里的双人床，蛮横霸道，看谁不顺眼就会训斥、暴打，随后就会修改遗嘱剥夺其继承权。就因为娄低声模仿了爷爷曾经说过的"一百年前我们就说过了"这句话，爷爷便大发雷霆并修改遗嘱。爷爷如果突然喜欢谁就会分配他们住在家里的沙发床上，其他人则只能住在厨房、卫生间等开放空间中。在小说开篇，艾茉洛尔德和丈夫抱怨，说想给爷爷的抗衰老药进行稀释，她宁愿从来没有抗衰老药这种东西，或者这种东西变得很贵，那样人们就不能自己来决定寿命的长短，而是顺其自然。有这种想法的不止一人，因为娄·施瓦茨有一次偶然发现自己刚刚结婚的重侄孙子莫蒂默尔正在倒掉爷爷的抗衰老药并往里面灌注自来水。娄·施瓦茨不想搅乱这个家庭，所以赶紧倒掉水，准备重新装上抗衰老药，结果被爷爷撞见，误认为他想谋害自己。爷爷震怒之下留了一封信，说明自己将主动离开，并将财产平均分给家庭里的所有人。为了争夺那个能带来隐私的卧室里的床，大家开始混战，结果全都被警察带走。而在此时，重新出现在家里的爷爷却雇用了最好的律师，要求给他的子孙定罪。他开心地看着电视里正在播出的见效快且更便宜的新型超级抗衰老药，笑逐颜开地拿笔记下了地址。在这个故事里，长寿并没有带来几世同堂、子孙绕膝的其乐融融，而是彼此的厌恶和精心算计。如果这个小说里的人服用了新型抗衰老药物，寿命继续增长，达到三四百岁，那么就很可能到取消家庭这一社会结构的地步。这种场景正是阿西莫夫科幻小说中的太空族所面临的状况。

在阿西莫夫的早期太空族世界中，虽然保留了家庭的模式，但只具有生育功能，而剥离了保护、培育的功能，也剥离了爱与责任，到了后期，甚至连这种生育功能也失去了，于是家庭也就不复存在。在《基地与地球》中，经过两万年的科技发展和基因调整，索拉利人已经将自己的身体调整为双性同体，可以随时自体产生受精卵获得孩子。孩子与他们的生产者之间也没有亲情，当发现孩子并非自己所需要的或者变得多余时，他们就会毫不留情地杀死孩子。也就是说，索拉利已经完全瓦解了传统家庭的模式。此时的索拉利人，不需要配偶或伴侣，也根本不涉及家庭内部的爱与责任。这彻底打破了传统的家庭结构和家庭关系，家庭所具有的生物功能、社会功能和情感功能都已经丧失殆尽。

第五章　后人类身体与社会

　　约翰·奥尼尔（John O'Neill）在《身体形态：现代社会的五种身体》（*Five Bodies*）中写道："我们以自己的身体构想社会，我们同样以社会构想自己的身体。"①后人类身体方面的改变不仅仅会涉及个体和家庭，也会对社会产生影响，甚至最终会带来社会结构的改变。尽管如学者所言，技术"更普遍地与身体关联而非与社会世界关联"②，但技术当然会对社会产生重大影响，而且技术尤其会通过身体对社会产生影响。伯纳德·巴伯（Bernard Barber）在《科学与社会秩序》（*Science and the Social Order*）中提到："我们必须记住科学在很远的范围，在某种真空中并不具有它的社会后果，科学是与社会的其余部分不断地互动以产生这些后果。"③因此，我们很难仅从内在主义的视角看待所谓纯粹的科技，而必须以外在主义的视角将科技纳入整个社会的政治、经济、文化观念、伦理道德视域中去观察，而且要引入未来的视野去预测科技的后果。科幻小说就带给我们这样一种视野。尽管通常科幻小说中的激进主义是微乎其微的，但这种类型的小说仍然被认为本质上是指向社会批判的。④而这种批判往往是积极的，有可能会带来一种及时的反思和修正。正如学者所言，对过去与未来的叙述能够有效地影响我们对当下的体验和理解，并帮助我们以悲观主义的、顺从

---

　　① 约翰·奥尼尔. 身体形态：现代社会的五种身体[M]. 张旭春，译. 沈阳：春风文艺出版社，1999：42.

　　② 奥利弗·J. T. 哈里斯，玛丽安·麦克唐纳，约翰·罗布. 技术时代的身体[M]//约翰·罗布，奥利弗·J. T. 哈里斯. 历史上的身体：从旧石器时代到未来的欧洲. 吴莉苇，译. 上海：格致出版社、上海人民出版社，2021：342.

　　③ 伯纳德·巴伯. 科学与社会秩序[M]. 顾昕，郏斌祥，赵雷进，译. 北京：生活·读书·新知三联书店，1991：268.

　　④ Patrick Parrinder. Science Fiction: Its Criticism and Teaching[M]. London: Routledge, 1980: 72.

的或怀有希望的方式对那些变化做出不同的应对。[1]接下来，我们就来看看美国科幻小说中的后人类身体对社会平等、社会控制、人际关系、社会发展的影响。

第一节 后人类身体与社会平等

平等，是一个社会追求的重要目标，而且是正确的、美好的目标。当人们利用科技来制造、操纵后人类身体时，也常常伴随着希望促进社会平等的美好愿望，然而却也可能导致加剧社会不平等的后果。

著名的美国华裔科幻作家特德·姜（Ted Chiang）在科幻小说《七十二个字母》（*Seventy-Two Letters*）中讲述了试图利用科技来强化身体不平等的故事。特德·姜出生于美国，毕业于计算机科学系，他所发表的作品虽然不多，却收获了很多奖项和声誉，被认为是美国当代最优秀的华裔科幻作家之一。在小说《七十二个字母》中，科学家发现人类只具有五代的繁殖能力，五代之后人类将会走向灭绝。为了避免这场灾难，他们找到了一种通过在女性卵子中铭印名字以诱导人类胚胎形态的方法。因为这是一种完全由科技掌控的方法，所以如果哪个阶级掌握了这个科技，就可以完全控制未来人类的形态为本阶级服务。人们为此展开了一场斗争。小说中富有阶级的代表菲尔德赫斯特认为应该阻止穷人拼命生小孩："也许你们还没有注意到，下层阶级的出生率要远远高于贵族和乡绅。平民虽说并不欠缺德行，但优雅和智力毕竟略逊一筹。精神方面的贫乏如此得以延续：生在下等环境里的女人总会怀上注定遭受相同命运的孩子。下层阶级若是数量暴涨，我们的国家最终将被拖入粗鄙和愚蠢。"[2]斯特拉顿和阿什伯恩对菲尔德赫斯特勋爵准备像养牲口一样繁育人类的想法非常震惊，认为这一做法如果实现必然加剧不平等。

当然，科幻小说也写过试图利用科技去压制差异，强求所谓的"平等"，这也可能会产生一种恶果。《哈里森·伯杰龙》（*Harrison Bergeron*）是冯

---

① William H. Kateberg. Future West: Utopia and Apocalypse in Frontier Science Fiction[M]. Lawrence: University Press of Kansas, 2008: 217-218.

② 特德·姜. 七十二个字母[M]. 姚向辉，译//你一生的故事. 李克勤，等译. 南京：译林出版社，2016：228-229.

内古特的科幻小说，描写了一个借助科技和高压政策获得"人人平等"的后人类社会。

《哈里森·伯杰龙》将故事背景设置在未来时代。小说开篇写道："2081年，终于人人平等了。不只是在上帝和法律面前人人平等。在所有方面都平等。没有人比其他人更聪明。没有人比其他人更好看。没有人比其他人更强壮或敏捷。这一切平等源自宪法第 211、212 和 213 修正案，源自美国助残总会会长手下警员的不停警戒。"① 在这个社会中，一切都被严格控制在一个平均的水平上，任何差异都会被消弭，高于平均水平的人会被视为"残疾"，助残机构一定会用尽办法帮助"残疾"、治理"残疾"，就是将其强制拉到平均水平线上。例如，为了遮掩电视上舞蹈演员曼妙的身姿和漂亮的面孔，助残机构会强迫演员在身上绑吊锤和鸟弹袋，脸上戴面具，这样的话，别人就不会意识到自己身材和相貌的平庸而自惭形秽。在这种所谓"平等"的条件下，所有播音员都具有严重的语言障碍，如果嗓音优美就要刻意弄得平淡无奇。这些失去了自主能力、被机械化的人可以被视为某种意义上的后人类。他们已经失去了理性、信念、自由的概念，只能被视为依赖于开关的机器。

小说的主人公是一位叫作哈里森·伯杰龙的人。助残总会的人带走了乔治·伯杰龙和黑兹尔·伯杰龙 14 岁的儿子哈里森，在正常的人类世界中，失去儿子的痛苦会让父母惊慌失措、痛苦不堪并百般营救，但是在这个后人类社会的家庭中，哈里森的被抓并没有引起什么波澜，因为他的父母都是被科技控制的后人类。"这件事确实惨痛，但乔治和黑兹尔无法过多去想。黑兹尔的智力恰好是平均水准，无论什么事情只能想一下子。乔治的智力远超正常水准，但耳朵里接着一个小小的精神助残收音机。按照法律，他必须时刻戴着这个设备。收音机接收着一个政府发射的频道。大约每隔二十秒，发射器会发出某种尖锐的噪音，阻止乔治这种人不公平地利用大脑优势。"② 在两次发射之间这二十秒的间隙中，乔治的智力和情感会有短暂的活跃，就是在这短暂的活跃中，他会突然意识到一种慌张、伤心等扰乱心神的感觉，但是每次都还来不及去品味和思考，下一次的噪音发

<hr />

① 库尔特·冯内古特. 哈里森·伯杰龙[M]//欢迎来到猴子馆. 王宇光，译. 北京：中信出版社，2017：12.

② 库尔特·冯内古特. 哈里森·伯杰龙[M]//欢迎来到猴子馆，王宇光，译，北京：中信出版社，2017：13.

射就已经来临，于是他又会忘记刚才的悸动并归于平静。小说写到，夫妻二人在看电视，黑兹尔在前一刻流下了泪水，但是到了后一刻已经根本想不起来为什么要流泪。当乔治刚刚冒出一个认为也许不该在电视上限制舞蹈演员的念头时，下一秒耳麦里的噪声就会让这个想法烟消云散，他刚刚隐约想起自己的儿子时也会这样快速被噪音打断。这些人已经进入了机械性轨道，甚至会自觉地接受规训。当妻子劝丈夫在家里想办法脱下那个四十七磅重的鸟弹袋或者干脆在袋子底下弄个洞拿出一点铅弹时，乔治却说这个袋子已经是自己的一部分，他根本就注意不到这个袋子，也不想被发现作弊之后坐牢、罚款。他甚至觉得，如果每个人都悄悄地作弊，那么社会又会回到人人竞争的黑暗年代。

哈里森之所以被助残总会的人抓走，就是因为他超越了平均水平，违反了所谓的社会"平等"。哈里森是一名运动健将，天生身材魁梧，相貌英俊，而且具有反叛精神。因此，助残总会将其视为极端危险分子，并给他的身体上施加了特别严重的限制措施：

> 身高之外，哈里森的外表如同挂满了万圣节装备。从未有人戴过比这更重的助残器。他生长的速度超过了助残总会的人发明助残设备的速度。他戴的精神助残器不是小耳麦，而是一对巨大的耳机，戴的眼镜镜片厚如漩涡。这副眼镜不只要让他半盲，还要让他嗡嗡头痛。
>
> 他全身挂满了金属片。给强壮者用的助残器通常会形成某种对称，有一种军人的整肃感。但哈里森的样子就像一个垃圾场站了起来。在生活的赛场上，哈里森背负着三百磅。
>
> 为了抵消他的好容貌，助残总会的人要他时刻在鼻子上戴一个红橡皮球，眉毛要一直剃光，整齐的白牙齿要胡乱戴上黑色的畸形齿套。①

当哈里森突然现身于电视上并扔掉了身上那些叮当作响的东西以后，作者形容一个雷神托尔也要敬畏的人现身了。哈里森自称皇帝，他还现场指定第一个敢于站起来跟随自己的女人为皇后。这个女人是位芭蕾舞演员，她扔掉身上那些精神助残器和面具之后，终于露出了那自然、美丽的身体。

---

① 库尔特·冯内古特. 哈里森·伯杰龙[M]//欢迎来到猴子馆，王宇光，译，北京：中信出版社，2017：16-17.

哈里森也扔掉了那些乐器演奏者身上的助残器，于是他们演奏出了真正美妙的音乐。不幸的是，最终哈里森和他的皇后被助残会长开枪打死，这场叛乱以失败告终。坐在电视前面观看了这一切的哈里森的母亲有过短暂的哭泣，当丈夫问她为什么哭泣时，她说是因为电视里的什么事让自己很悲伤，但具体是什么她早已忘记，而此刻，耳麦里的噪音又响了起来，之后一切都被忘得干干净净。

　　这个故事不长，但是写出了被异化的后人类像机器一样的生活。他们失去了人类引以为傲的一切品质，变成了具有肉身的傀儡。这种表面的身体"平等"背后，却是极大的不平等。它揭露了使用这些技术和评价这类"平等"的背后的当权者。他们显然具有辨别美丑、高下的能力，才知道该去改造谁，但是他们却剥夺了别人识别差异的能力，剥削了别人的身体，只将社会带向了一个更加不平等的状态。

　　华裔作家特德·姜的《赏心悦目：审美干扰镜提案风波纪实》（*Liking What You See: A Documentary*）也探讨了一个希望利用科技来控制身体试图实现平等的方案。彭布列顿大学有一个"天下平等学生会"，该学生会的主席玛丽亚·德苏扎要求学生在校期间使用审美干扰镜。促使人们发起这一运动的深层次社会问题就是身体和相貌歧视，希望审美干扰镜能够帮助人们忽略表象，看清内在。小说中的神经病学家约瑟夫·魏因加藤认为："审美干扰镜干扰的是我们所说的联想型审美，而不是领悟型审美。这就是说，它并不干扰人的视觉，只是干扰对所看见的东西的辨识能力。安有审美干扰镜的人观察面孔时同样可以做到洞察入微，他或者她可以辨认出对方是尖下巴还是往后倾斜的下巴，是挺直的鼻子还是鹰钩鼻，皮肤是光洁还是粗糙。只是对这些差异，他或者她不会体验到任何审美反应。"[①]这也就是说，审美干扰镜并不能从根本上消除身体和相貌歧视，它只是使人对美的标准缺乏反应，让人们接受不同的相貌。约瑟夫·魏因加藤进一步解释："产生审美干扰意味着模拟一种特定的神经机能障碍。我们的做法是采用一种程序控制的药物，叫作神经抑制剂。可以把它看作一种选择性很强的麻醉剂，其激活功能和目标锁定功能都处于动态控制之下。我们将信号通过病人戴的头盔传输进去，从而激活或者灭活神经抑制剂。同时，头盔也

---

　　① 特德·姜. 赏心悦目：审美干扰镜提案风波纪实[M]. 王荣生，译//你一生的故事. 李克勤，等译. 南京：译林出版社，2016：295.

提供细胞体定位信息，从而使神经抑制剂分子能确定细胞体的精确位置。这样，我们就可以仅仅激活神经组织某一个特定区域的神经抑制剂，将那里的神经冲动保持在一定水平之下。"①神经抑制剂最初研制出来是用于控制癫痫病的发作，或者减轻慢性疼痛，后来用于强迫性神经官能症、毒瘾以及各种功能失调症，现在则把人们对美丑的识别当作一种疾病。审美干扰镜会带来很多负面效应。例如，有学生学的是平面造型艺术，虽然一直夜以继日地勤奋练习但是并没有进步，老师说是因为他们佩戴审美干扰镜而导致缺乏艺术眼光和审美趣味。小说中的理性主义者认为，审美干扰镜会阻止人们走向成熟，因为要维持正常的人际关系，需要有正确的情感反应，而这需要人们能够看到真相，如果人们听不见他人的音调，也看不见其面部表情，那就会丧失与人交往的能力，这将导致一种高层次的孤独症。在小说结尾，摘掉了审美干扰镜的塔玛娜·莱昂斯说，自己真的一直都喜欢看真实的面孔。她认为靠消除美无法建立一个理想社会，美没有错误，错误的是歧视观念。审美干扰镜能抹平身体和样貌的差异，但是并不能从根本上带走歧视，人们需要的应该是依赖教育和道德让人消除歧视。

很多美国科幻小说都描写了修复有缺陷的身体来实现社会平等的初衷，也描写了这种修复带来身体机能超越正常水平后对社会不平等的加剧。后人类身体机能的修复与增强之间难以把握的界限以及这种身体修改与社会等级和权力问题包裹在一起之后更多复杂的社会问题，都在约翰·斯卡尔齐的《生命之锁》、丹尼尔·威尔森的《智能侵略》、保罗·巴奇加卢皮的《发条女孩》、丹尼尔·凯斯的《献给阿尔吉侬的花束》、弗诺·文奇的《彩虹尽头》（*Rainbows End*）等小说中获得关注。

在《生命之锁》中，约翰·斯卡尔齐描写了由黑登综合征所导致的后人类以及与之相关的一些社会问题，特别是关于平等的一些问题。在小说中，黑登综合征所涉及的人数非常多，足以引起社会变动。关于导致黑登综合征的大流感的致病起源并没有被确切交代，它在英国伦敦第一次被发现，其他病例随即便出现于纽约、多伦多、阿姆斯特丹、东京等地。在可见症状出现之前，会有很长的潜伏期，这使病毒在初期蔓延迅速，很快便有超过27.5亿的人受到感染。由于如此众多的人发生身体改变，整个社会

---

① 特德·姜. 赏心悦目：审美干扰镜提案风波纪实[M]. 王荣生，译//你一生的故事. 李克勤，等译. 南京：译林出版社，2016：300-301.

被分裂为不同的阵营。

第一个阵营是被禁锢的黑登人，他们的身体或精神因为黑登综合征受到伤害，失去一些功能，甚至身体被彻底禁锢住，无法行动，只能将意识传输到机器或综合者的大脑里，借助机器替身或者综合者的肉身才能参与到社会生活中去。第二个阵营是综合者，他们也受到黑登综合征的影响，但是行动能力并不会受限，还拥有了特殊的脑结构，可以让别人的意识占据自己的头脑，也就是将身体出借给别人。第三个阵营当然就是未受到黑登综合征影响的普通人类。被禁锢的黑登人和综合者可以算作后人类。这三个阵营彼此都针对对方的身体特点而命名了一些奇怪的称呼。黑登人被非黑登人称为"叮当作响"的玩意儿，这是针对他们机器替身的特点而起的，表达了对机器替身的歧视，实际上就是对黑登人身体的羞辱。而黑登人用"道奇狗"作为对非黑登人的不恭敬称呼，认为他们都是用肉填满的皮囊。谢恩（代表黑登人群体）曾称呼贝尔（代表综合者群体）为"骡子"，骡子的身体结合了马与驴的特点，是一种异质融合的身体，而综合者是可以让别人的思想进入自己的身体并驾驭自己身体的人，可以说也是一种异质融合的身体。

这三种人群会时常发生冲突，特别是普通人与黑登人之间的冲突。双方都觉得自己的利益被侵犯，要求社会平等、法律平权。最开始，弱势的一方是黑登人，他们被普通人排斥，被认为是异类，无法融入社会。在黑登人克里斯·谢恩很小的时候，谢恩的父母就经常带着穿戴了机器替身的谢恩出游，走遍了世界各地，他们希望借此来鼓励黑登人融入社会，也鼓励"未受黑登病毒感染的人将机器替身视作人类，而非毫无缘由突然出现在人们生活中的畸形机器人"①。后来，这种歧视现象逐渐改观。四百三十五万美国公民和居住者因患大流感而被禁锢，美国及其同盟国拿出了三万亿美元来资助黑登研究倡议法案。该法案又名登月计划，旨在快速加强对大脑功能的认知，同时使旨在帮助黑登病患者融入社会的项目和假体能尽快上市。就在本杰明·黑登总统签署该法案之后的二十四个月内，一些创新项目相继问世，例如第一批嵌入式神经网络、人格传输机器等。然而渐渐地，普通人开始认为自己受到了不公正对待。他们认为，尽管黑登人处于禁锢状态，但是享受很多政策倾斜，反而比一般人群更有竞争优势，

① 约翰·斯卡尔齐. 生命之锁[M]. 逯璐，译. 南昌：江西教育出版社，2017：71.

这引起了很多普通人的不满。小说中的人物哈伯德认为，神经网络、机器替身以及由黑登研究倡议法案引发的一系列技术创新都只为黑登人的利益服务，到目前为止，美国食品及药物管理局将这类产品限制为黑登人专用，而那些下肢瘫痪者、四肢瘫患者以及其他行动不便者和那些身体不再灵活的老年人，他们本应也可以从中获益却被禁止使用。同时，黑登人可以利用自己的优势，轻而易举地跨地域犯罪，因为他们可以实现远距离传输意识到机器替身里。当黑登人与非黑登人发生冲突时，无论是普通人还是警察，都对黑登人的机器替身非常恐惧。人们认为，与机器替身相比，人类的身体永远处于不平等的地位，一旦爆发起义，机器替身会给普通的肉身带来伤害。最终，美国议员大卫·艾布拉姆斯和万达·凯特灵提出了一个有关削减政府补贴、减少黑登病患者研究项目的议案，并辅之以大幅度的减税计划。《艾布拉姆斯-凯特灵议案》被通过之后，为黑登人提供的资金大幅削减，在最初的感染阶段和过渡性治疗之后，黑登人便渐渐不再享受资助了。双方的矛盾不断累积，最终爆发了大罢工。在小说的结尾，英雄们只是粉碎了坏人的阴谋，对于怎么实现普通人与后人类之间的平等并没有给出具体的解决方案。

丹尼尔·威尔森的《智能侵略》也涉及平等的问题，并探讨了修复型赛博格和增强型赛博格与平等的关系。"Cyborg 可以分为两种类型，修复型和增强型。修复型 Cyborg 可以将一个损坏的个体恢复为正常状态，增强型 Cyborg 可以创造一个比现有正常状态更高水平的新个体。"[①]

通过神经活动自动汇聚器植入技术来修复、矫正生命的缺陷，这是该项技术的最初目的。《智能侵略》小说中的美国联邦政府最初推进"全民共进计划"的初衷正是为了推进平等化，为残障儿童特别是来自低收入家庭的子女提供技术改造，以强化整体教育质量，很多孩子因此从智力低下变得异常聪明甚至成了天才。问题也随之而来了，这对未植入的孩子带来了不平等，使他们成了弱势的一方。这说明，该项技术已经超越了修复的程度而达到了增强的水平。正是出于对平等的重新考虑，小说中的美利坚合众国最高法院认定，"使用了植入式科技产品的学生拥有压倒性的智力优势，妨碍了教育活动的公平进行"，并据此判决"植入式科技产品的使用者

---

① 约瑟夫·巴-科恩，大卫·汉森. 机器人革命：即将到来的机器人时代[M]. 潘俊，译. 北京：机械工业出版社，2016：138.

不属于受保护阶层"①。然而，这一判决又将植入了汇聚器的人置于了不平等地位，使他们遭受了来自纯种人的合法化的歧视和攻击。

这个小说还写到了为增强身体能力而植入神经活动自动汇聚器所带来的不平等竞争。拳击手"主脑"植入新技术就是为了训练成绩好打败对手。新技术产品可以帮助他随时监测和控制自己的血压、心率还有呼吸，甚至可以封闭自己的痛觉。这必然带来不平等竞争。小说中的核心反面人物莱尔·克罗斯比所属的"回音小队"也是以增强为目的植入的，这十二名精心选拔的军人，原本就具有远较普通人更为强壮的体魄，神经汇聚装置更是让他们拥有了远超常人的特殊能力，速度快到超过思想，人工视网膜和人工耳蜗使他们在黑夜里也能看清东西，听觉灵敏度飙升。这令他们的对手从一开始就失去平等竞争的机会。安装了自动汇聚器操纵的外骨骼手臂的吉姆·霍华德，并没有止步于八十多岁的老年人该有的身体机能，而是比年轻人还要强壮，这直接威胁了未植入设备者的就业；被父亲偷偷植入主人公格雷头脑中的"尖峰级"芯片并没有止步于抑制他的严重癫痫，这个芯片被激活之后格雷变得无人能敌。在《机器之心：当计算机超越人类，机器拥有了心灵》（*The Age of Spiritual Machines: When Computers Exceed Human Intelligence*）一书中，人工智能专家雷·库兹韦尔也曾以未来主义的视角写到了这种不平等，他将时间假定为人类现实未来中的 2099 年。到那时，"神经植入技术也已经普及，大大提高了人类的感知和认知能力。那些没有采用植入技术的人已无法与采用了植入技术的人进行有意义的对话"②。作者丹尼尔·威尔森在《智能侵略》这部小说中认为，如果向着平等努力，就要在允许生命修复的同时禁止生命增强。

《陶偶》这部科幻小说也涉及了与后人类有关的一些社会平等方面的问题，但是比前面的《生命之锁》和《智能侵略》情况更为复杂。就像前文所论述的，在这部小说中，无论是被复刻的陶偶，还是能够进行复刻的真人，他们都可以被看作后人类。我们在这里提到的真人和偶人，只是为了对他们进行区分。

小说中当然涉及偶人之间的不平等，这种不平等自然也体现在外在身体特点方面。偶人的身体颜色就代表一定的等级。昂贵的白金偶人最近似

①　丹尼尔·威尔森. 智能侵略[M]. 童凌炜，译. 武汉：华中科技大学出版社，2015：4.

②　雷·库兹韦尔. 机器之心：当计算机超越人类，机器拥有了心灵[M]. 胡晓姣，张温卓玛，吴纯洁，译. 北京：中信出版社，2016：304.

于真人。灰色偶人是高级偶人，办事能力很强，拥有优先权，色彩华丽的偶人会为灰色偶人让路。黑色偶人很专业，只提供给智力非凡的人。还有黄色偶人、蓝色偶人等，这些偶人被塑造得各有专长，例如，橘色的救生员偶人双手双脚都长着蹼。也有各种型号的偶人拥有格外强烈的感官能力，用于某些不可告人的特殊目的，这些复制人再也不会回到本体身边，本体也绝不会接收他们的记忆。绿色偶人则比较廉价，五感不全，不善思考，只能从事一些简单的跑腿、打扫卫生的活儿，他们通常穿着廉价的纸质外衣，随时会被撕得稀巴烂。无论哪一种颜色、级别的偶人，他们都没有法律上的权利。他们甚至没有味觉，因为一般来说他们的寿命只有二十四个小时，在这一天的时间里，他们的使命是用来替真人做各种事情，而不是享受生活。陶偶的额头里植有身份标签，人们据此可以找到他的原身主人，如果有真人提出要求，傀儡就必须向真人出示这个标签。若有偶人冲撞了真人，或者造成了扰乱社会的不良后果，人们也会依照这个标签找到偶人的主人，让真人受到处罚，付出代价。

不过，小说中所提到的最主要的不平等是偶人与真人之间的不平等。《生命之锁》和《智能侵略》只是认为后人类与普通人双方的权益没有得到平等保障，其中不涉及等级化和仆役阶层，而《陶偶》中的偶人却是仆役阶层。他们是利用陶土复刻进原身的灵魂驻波而具有了生命的，除了寿命短暂，其他方面与人类一样，能够思考、行动。但是偶人与真人之间存在着彻底的不平等鸿沟。他们是被作为工具制造的，被称为"陶土奴隶"，被当作随用随弃的玩意儿，得不到原身的怜惜，也得不到其他真人的尊重。在他们能活着的一天时间里，就是为原身去奔波，完成原身的命令，无论面临生死考验还是面临奇耻大辱，都要义无反顾。任何真人都有权利要求他们让路，对他们大喊大叫，甚至辱骂殴打他们。在陶偶刚出现在社会中的时候，真人曾经非常仇视陶偶，因为他们挤占真人的工作机会和生存空间，于是全球范围内掀起了一场反机械化运动，工厂被焚毁，傀儡工人被处以私刑，政府地位也岌岌可危。后来人们逐渐接受陶偶成为人类社会的一部分，偶人的数量甚至已经超越了真人，但是仍然存在各种团体组织在反对偶人。当然也有组织表达着不同的意见，支持陶偶解放运动，为偶人争取平权，例如"偶人之友"，但这个组织不支持人造生命的彻底解放。另一个组织"无限宽容"则比较极端，领导者是法希德·拉姆先生，主张偶人们也有灵魂，应当与真人享有相同的权利。他们的标语写着"人造人也是人""偶人的人造肉身也会感觉到疼痛""结束对陶偶的奴役""复制人也有人权""所有能思考的生命都有灵魂"等等。这些抗议者既有真人也有偶人，还有更加激进的疯狂偶人号召使用暴力。

　　当然，偶人的出现也加深了真人与真人之间的不平等。优秀的人及其偶人占据重要地位，不那么优秀的人或者只能复制出劣质偶人的人则会失去机会。甚至有一些人连陶偶炉都不能用，只能用一次性的真身冒险，他们会被歧视，被称为"无魂者"。人们认为这些人无法复制是因为不具有真正的灵魂驻波，这导致他们在寻找工作和伴侣的时候都处于劣势。久而久之，社会将成为由少数优秀的人及其偶人主导的社会。

第二节　后人类身体与社会控制

　　敌托邦（Dystopia）最重要的真相在于它对社会和生态的邪恶进行系统性反思的能力。[①]很多科幻小说都充分发挥了敌托邦的潜能，写到了后人类身体与社会控制的关系。经由技术修改或制造的后人类身体，很容易被技术掌控，成为野心家或技术的傀儡。有的作品里没有具体的权力形象，而有的作品里会有一个具体的超人来实现社会控制。尼尔·史蒂芬森、格雷格·贝尔、罗伯特·海因莱因、菲利普·迪克等很多美国作家都写过这种具有敌托邦气质的科幻小说，描写如何利用后人类身体实现社会控制或者逃离社会控制。

　　哈兰·埃里森（Harlan Ellison）在发表于 1965 年的《"忏悔吧，小丑！"滴答人说》（*Repent，Harlequin！Said the Ticktockman*）中写道，世界就像一个按照严格程序平稳运转的机器，每个人都像一个零件，必须按时到达相应岗位，以保证整个社会系统正常运行。"系统被打乱了七分钟。这是一件微不足道的小事，但对于一个将秩序、协作、平衡和准时作为驱动力的社会，一个对时间高度重视的社会，一个将时间流逝视为神圣的社会，这是无比巨大的灾难。"[②]时间管理者也被称为嘀嗒人，他们专门追捕打乱时

---

① Tom Moylan. Scraps of the Untainted Sky: Science Fiction, Utopia, Dystopia[M]. Oxford: Westview Press, 2000: xii.

② 哈兰·埃里森. "忏悔吧，小丑！"滴答人说[M]. 鲸歌，译//库尔特·冯内古特，等. 科幻之书Ⅱ：异站. 姚向辉，等译. 北京：北京联合出版公司，2018：299-300.

间秩序的人，能够扣除一个人所拥有的时间。例如，如果有人迟到半小时，他的生命时间就会被时间管理者扣掉半小时，如果这个人的时间被扣完，时间管理者就会通过将该人的心率盘归零使他的生命"关闭"。埃弗雷特·C.马尔却胆敢打破这种社会规则，总是故意迟到，时间管理者动用了探测器、心率撤销仪、指纹识别、人体测量学等方式才终于抓到了他。埃弗雷特·C.马尔想让人们放慢脚步，享受阳光与微风，跟随自己内心的节奏生活，而不是做时间的奴隶。时间管理者将马尔送到了考文垂，并对其进行了彻底改造，当他再次出现时，已经像《一九八四》中的温斯顿·史密斯一样成为一个接受了规训的人，他承认自己的错误，像别人一样将准时作为最重要的准则。

　　冯内古特在《欢迎来到猴子馆》中写到了用药物来控制身体。当时地球的人口已经有一百七十亿，人们长寿而且年轻，多数人都是二十二岁的模样，因为每两年要打一次抗衰老针。于是政府推出了伦理自杀店，用来为想要自杀的人提供临终服务，包括陪他们聊天进行心理安慰，并在其提出要求时提供无痛的助人自杀服务。另外一种控制人口的政策就是进行伦理生育控制，让大家每天三次服用伦理生育控制药丸，服用了这种药丸的人，腰部以下就会麻木，失去一切感觉。拒绝服用此种药丸的人，被称为"无机头"。小说描写了一个名叫"诗人"比利的无机头，他总是神出鬼没地出现在各个伦理自杀服务店，掳走该店的女招待，等待伦理生育控制药丸的药效失去以后，以最原始的方式唤起她们身体的本能，然后再递给她们伦理生育药丸，让其自由选择，而结果都是她们不会再服用那种药丸。因此，多年来从未有人去告发"诗人"比利，警方也一直无从得知他的相貌，"诗人"比利便一直逍遥法外。小说中的政府试图依靠科技来控制人的身体进而控制社会，但人身体的本能轻易就将其瓦解。在冯内古特的另一部作品《电欢喜》（*The Euphio Question*）里，则是用电子仪器控制身体的欲望。只要打开这个仪器的开关，就可以给人们带来"综合心灵平静"，让人们抛开一切烦恼，享受快乐，无论别人在做什么糟糕的事，说多么无聊的话，都不能阻止人们快乐。然而，突然有一天停电了，于是人们陷入了悲伤。终于有人开始意识到，这种无法自主的快乐并不是真正的快乐，购买来的快乐是虚假的。但是，很快这个人的思想随着电力恢复后"电欢喜"的启动而消失了，他又陷入了没有来由的快乐和满足中。

　　美国女作家洛伊丝·劳里的《记忆传授人》中也写到了这种社会控制。

人们生活在同样规划的"同化社区"里，这是被严格控制的社区，一切都被统一管理。配偶需要申请，而有的人（例如那些缺乏跟别人互动能力的人）根本申请不到。"就连婚配也是小心翼翼，考量了再考量，所以有时某个成人申请配偶，竟然要等好几个月，甚至好几年，才被批准。因为所有的因素，例如性情、能力、智力和兴趣都要配合得天衣无缝。比如乔纳思的妈妈智力比较高，可是爸爸的性情比较温和，两人便可互相调和；他们的婚配，跟其他人的婚姻一样，经过长老们三年的观察，同意让他们申请孩子，可见很成功。"①所以孩子不是夫妻所生的，而是通过申请统一配给的，一个男孩儿加一个女孩儿的模式是每个家庭的标准配备。孩子是由这个社会所指派的专门的孕母所生，而孕母被认为是不光彩的工作。在三年里孕母会有好吃好喝，受到优待，三年生产三次，但之后就会被送去做劳工，直到被送进养老院。如果新生儿的成长达不到健康指标或者有不好的习惯、不好管理等，就会被处死。每年的十二月，所有在这之前出生的新生儿都会参加命名典礼，被命名，升级为一岁，不管这个孩子是出生了才几天，还是已经出生十一个月。名字都是提前取好的，不能由领养者自己来取名，被命名之后，这些婴儿就会被分派到之前提出申请的家庭来养育。每个年龄段通常有五十个孩子。四至六岁孩子衣服的扣子都在背后，而七岁以上的孩子才可以穿扣子在前面的衣服。七岁的女孩儿一定要扎蝴蝶结，一到八岁毛绒玩具就会被收回给更小的孩子玩儿，九岁时才可以得到自行车，十岁的孩子要剪成统一的发型，十二岁的孩子都会接受成年典礼。在成年典礼上，长老会给这些孩子分派工作，当然之前会派人调查孩子的性格和兴趣。孩子们会去指派的团体受训，为工作做准备。总之，配偶的选择、新生儿的家庭配置、孩子的命名、工作指派等等，全都是经过长老会考查、安排的。长老会在面临重大决策时都会找传授人咨询，他是社区里地位最崇高的人。

　　主人公乔纳思所在的家庭是小说中的标准家庭模式，由正等待十二岁成年礼的乔纳思、七岁的妹妹莉莉、在法院工作的妈妈以及作为新生儿养育师的父亲构成。按照规定，在家庭晚餐后的分享时段中，每个人都要分享自己一天的经历，如实说出自己的感受，因为隐藏自己的情绪是违反规定的。当母亲得知乔纳思在梦里开始产生激情后，他们就必须向上呈报，

---

① 洛伊丝·劳里. 记忆传授人[M]. 郑荣珍，译. 石家庄：河北教育出版社，2014：47.

然后会强制乔纳思每天早上服用一种遏制激情的药丸。像其他人一样，整个成年期都要服用，直到进入养老院为止。当乔纳思服下药丸的瞬间，他还在感叹激情的感觉真好，但是过了一会儿之后，那种感觉就完全消失不见了。在乔纳思的成年礼上，他被指定为记忆传承人，因为他聪明、正直、有勇气，更重要的是具有"超眼界"，其实就是能够看到世界本来面貌的能力。成为记忆传承人被认为是最尊贵的荣耀，也将承受非凡的痛苦，而且会加速他的老化。从此，他将在隔离状态下接受记忆传授人的训练，不被允许跟别人分享梦境，但允许撒谎。

乔纳思接受人类记忆的时候，有欢乐也有痛苦，但他发现人们总是为了规避痛苦而抑制快乐，因为让人快乐的东西常常伴随着可能带来痛苦的不确定性，于是就走向了小说所呈现出来的这种被严格控制的社会。他看到了关于雪和滑雪橇的快乐，但是雪很快就不见了，因为它会妨碍农作物生长、影响交通、带来危险，于是气候受到了控制。山丘消失了，是因为搬运物品时翻山越岭不方便。太阳消失了，是因为人会被晒伤，与之一同消失的还有颜色。传授人说，选择同化是很久很久之前人类就主动做出的选择，"我们因此控制了很多事物，但也放弃了很多事物"①。在接受了传授人输送过来的关于彩虹的记忆之后，乔纳思不仅有了关于色彩的记忆，也能够在日常生活中看见色彩了：绿色的草地、头发的颜色、花的颜色，等等。乔纳思意识到被剥夺了颜色很不公平，因为它实际上剥夺的是人们的选择权。传授人告诉他，之所以用同化的方式取消人们的选择权，是因为觉得选择权会带来不安全。例如，人们有可能利用这个选择权选错配偶、选错工作。阿西莫夫在他的科幻小说《永恒的终结》（*The End of Eternity*）中也写到了这种思想。小说里有一批能穿越时空消除灾难的时空技师，他们从属于一个叫作永恒时空（Eternity）的组织，是出生于 95 世纪的永恒时空住民，默默守护着每个世代的人类，帮他们解决问题，将灾难消灭于萌芽状态。小说中的一个人物诺伊对热衷于穿越时空、消除灾难的时空技师安德鲁·哈伦说过这样一番话："在消弭人类灾难痛苦的同时，永恒时空也消除了人类走向辉煌的可能。只有经过严酷的考验，人类才能不断前进，走向发展的高峰。危险的环境和危机感，才是驱使人类不断进步，不断征服新事物的根本动力……在消除人类生活中始终伴随的陷阱和苦痛的同

---

① 洛伊丝·劳里. 记忆传授人[M]. 郑荣珍，译. 石家庄：河北教育出版社，2014：95.

时，永恒时空剥夺了人类自我发展、自我寻求克服困难的答案的权利。要知道，要想取得进步、持续发展，要紧的不是避免困难的出现，而是战胜困难……"①最后，时空技师放弃了时空壶，人们将为自己的命运负责，人类的无限时空也将就此开始。《记忆传授人》中的乔纳思也意识到了控制社会、剥夺人类自由的问题，但此时他还没有开始采取行动。渐渐地，传授人开始传给乔纳思一些不好的记忆。例如，他看见人们因为肤色原因而发生争斗，看见人们为了象牙猎杀大象，鲜血四溅。即便如此，乔纳思仍然想让每个人都拥有记忆，想让大家都看到颜色，想拥有祖父母，想让未来拥有爱。经过这场启蒙，他认识了真实的自我，也看见了真实的世界，他放弃了吃药，身体恢复了遵循本能运转的规律，内心激情澎湃，又开始做那些美妙但有时会有罪恶感的梦。梦就是不受约束的潜意识，代表着危险但是具有无限潜力和强大生命力的真实。

> 他已经四个礼拜没有吃药了，内心的激情再度出现。愉快的梦境让他有点儿罪恶感，不好意思，但他知道他无法再回到过去那种麻木的生活。
>
> 强烈的感觉慢慢超越梦境，扩散到他的日常生活中来。他知道这固然跟没有服用药丸有关，但主要是来自他所接收的记忆。现在他眼里的世界是五彩缤纷的：树林、草地和树丛碧绿苍翠，加波的小脸蛋如玫瑰般粉红，而苹果也始终红艳欲滴。
>
> 经由记忆，他看见了海洋、山里的湖泊以及在山林间潺潺流动的溪水。现在他眼前熟悉的景色，也呈现出截然不同的模样：在缓慢的流水中，他看见了粼粼波光、色彩和过去的历史。他知道河流来自别处，也将流向别处。②

乔纳思再也无法忍受集中的社会控制，他和传授人一样，觉得应该改变，人们应该有源自身体的真实感觉，像过去的人那样，有快乐、悲哀、爱和痛苦。于是，在记忆传授人的协助下乔纳思出逃了，到了他向往的地方。那里有雪，有阳光，有山丘，有雪橇，有音乐和歌声，有人正在欢庆爱的喜悦。我们无法判断这些美好的场景是真实的还是幻想的，但它表现

---

① 艾萨克·阿西莫夫. 永恒的终结[M]. 崔正男，译. 南京：江苏文艺出版社，2014：248.
② 洛伊丝·劳里. 记忆传授人[M]. 郑荣珍，译. 石家庄：河北教育出版社，2014：130-131.

了一种理想：那里的人们能够用身体在自己和世界之间搭建真实的桥梁，去真正地感受自己和世界的存在与意义。

在前面这些美国科幻小说中，导致社会控制的力量并没有一个具体化的呈现，而在有的小说中，控制社会的力量会具化为一个具体的人物形象。后人类身体使"超人"由想法成为现实。在《查拉图斯特拉如是说》（*Also Sprach Zarathustra*）中，尼采惊世骇俗地宣布"上帝死了"。他借助查拉图斯特拉之口，希望引导世人拒绝天上的诱惑、抛弃信仰宗教的虚妄，能够做扎根尘世、忠于大地的超人。这些超人精神自由，追求知识，勇敢无谓。[①]但是，有些人却放大地理解了超人思想的某一面，走上了歧途，他们在追求自我价值的同时以一种居高临下的狂傲控制他人。《雪崩》《生命之锁》《智能侵略》《少数派报告》《陶偶》以及《巴西来的男孩》（*The Boys From Brazil*），玛丽莲·凯的系列小说都描写了试图通过制造特殊身体来控制社会秩序、威胁社会正义的可怖情节。

在《生命之锁》中，有一个妄图控制社会的狂人，就是掌握了高超计算机技术的卢卡斯·哈伯德。他控制他人身体进而控制社会的技术基础是神经网络。无论是黑登人还是综合者，他们都会面临神经软件的依赖和安全问题。自由程序员托尼负责开发大脑界面软件，他发现了大脑软件的问题。"它们以每秒几千次的频率获取神经活动的瞬间值。一旦神经网络被植入大脑，你再也不可能取出来。你的大脑会逐渐适应它，你知道的。如果你尝试移除神经网络，你会使自己残废，把自己弄成比我们现在的状态还糟糕的样子。"[②]托尼说，软件决定了神经网络如何运作，它是可以被操控的，圣安娜公司有一次在进行软件更新时，一不小心就使大约50%使用者的胆囊受到了过度刺激。软件甚至可以通过神经网络操纵脑化学，使目标者产生抑郁，将一个自杀念头直接植入别人脑中也是可以轻易实现的。如果国家补贴停止，软件就会停止更新，那意味着人们的大脑将停摆或者很容易被入侵、劫持。卢卡斯·哈伯德正是看准了商机，不惜花费十亿美元巨资制造了可以劫持他人神经软件之后再擦除记忆的软件，目的就是从一个萎缩的市场中榨取最大的利润。那瓦霍人约翰·萨尼是哈伯德精心挑选的一名综合者，他说在与别人综合之后，自己经常会莫名其妙地短暂失忆，

① 尼采. 查拉图斯特拉如是说[M]. 钱春绮，译. 北京：生活·读书·新知三联书店，2016：6-11.
② 约翰·斯卡尔齐. 生命之锁[M]. 逯璐，译. 南昌：江西教育出版社，2017：161.

就是因为哈伯德每次劫持萨尼的意识做了坏事之后，都会删除萨尼的相关记忆。自由程序员托尼找到了答案，软件中有一条由哈伯德编写的代码是控制综合者的主体感觉的，能让人失去对自己身体的一切感知，与此同时，身体还能接受输入的请求，这就导致综合者失去了对自己身体的控制能力，但是他的身体却仍然可以被别人调动。也就是说，在综合的过程中，综合者能够感觉到自己的大脑被别人使用，但是由于意识被禁锢了，他既无法驱逐侵入的意识，也无法指挥自己的身体，只能听凭他人的意识对自己的身体发出命令然后乖乖执行，甚至还会使大脑误将客户发出的信号当作综合者发出的信号。所以，当客户说举起胳膊的时候，身体听到的命令既来自客户又来自综合者，于是举起胳膊的动作就完成了。这个软件还能禁止综合者的大脑将客户所做的事情储存在长期记忆中，只能作为一种短期记忆，也就是说，只要客户断开连接，客户利用综合者的身体所做的一切都会从综合者的大脑记忆中消失。这些可以接管他人大脑而专门制造的神经网络可以远程遥控综合者去做任何事情。"有人剥夺了综合者的选择。综合者被禁锢在自己的身体中，被强迫做一些他们不会做的事情，而且是永远不会做的事情，然后便会被处理掉。"①布伦达·里斯引爆了炸弹，但这不是自杀，在客户断开连接的那一刻，她那惊恐的难以置信的表情和试着逃离手榴弹的慌张说明了一切，但是在那之前，她完全无法控制自己的身体。所以在整个过程中里斯是清醒而且有意识的，但她不能阻止这一切，也不能把这个客户赶出去。这是一种非常可怕的情形，如果技术可以实现入侵多人的大脑，那就可以轻易实现赛博控制。

尼尔·斯蒂芬森的《雪崩》就写到了这种赛博控制，小说主要围绕着一个妄图统治世界的狂人 L. 鲍勃·莱夫而展开。他试图通过病毒、宗教和毒品这三种方式来实现他妄图控制社会的邪念，而这三者都需要以身体为中介。到处散布病毒"雪崩"是鲍勃·莱夫实现控制的策略之一。这种超级病毒不仅会摧毁电脑系统，而且也会使人脑受损。"雪崩"超卡中含有大量以二进制形式编辑的数字信息，这些信息会通过视神经直抵黑客的脑神经末端，因为他们已将二进制代码深植于大脑深层结构中，如此海量的信息会直接摧毁他们的意识。"你学习时，便在自己的脑子里建立起了通路。那就是深层结构。当你使用神经的时候，它们会生长出新的连接，那是神

---

① 约翰·斯卡尔齐. 生命之锁[M]. 逯璐，译. 南昌：江西教育出版社，2017：254.

经轴突开始分裂并在神经胶质细胞之间开辟道路，而你的生物机能也会做出相应的自我调整，就这样，软件终于成了硬件的一部分。因此，现在的你不堪一击。"[①]实行宗教控制是鲍勃·莱夫实现控制的策略之二。莱夫是"韦恩牧师珍珠门"的真正大老板，他对那些门徒进行精神控制的手段，除了在电视节目、宣传册子和特许连锁店以及超元域里大肆宣扬所谓的教义之外，还会在入教者头上安装天线直接控制他们。"他将无线电接收器植入某些人的颅骨内，控制他们，通过广播发布指令——也就是'谟'——让指令直接进入这些人的脑干。一百个人里，只要有一个人装有接收器，这人就能像这片地区的'恩'一样，把 L. 鲍勃·莱夫的'谟'传给其他所有人。大家都会执行 L. 鲍勃·莱夫的命令，跟洗了脑一样。"[②]这种控制会绕过人的理智，使人在无意识中成为傀儡，言语器官自发活动，说出自己在理智时不可能说出的话。小说明确将鲍勃·莱夫的教会定性为邪教，称莱夫为"敌基督"。当然，除了利用病毒"雪崩"和教会来实现控制之外，鲍勃·莱夫还在现实世界中散播一种生物病毒，名字也叫"雪崩"，这是一种经过化学处理的血清，来自超级病毒感染者的血液。人被感染之后，理智的控制能力完全丧失，冲动支配头脑，达到歇斯底里的程度时会丧失思想和意志，言语器官自发活动，记忆缺失，并伴随有偶发性身体症状，例如痉挛或颤抖等。生物病毒"雪崩"能够穿透脑细胞的壁膜，直达存储 DNA（脱氧核糖核酸）的细胞核，改变细胞行使功能的方式。

　　试图通过克隆技术来控制身体进而控制社会，这也是科幻小说中常常写到的题材。期望通过克隆来实现对社会秩序的绝对把握，这是一种预成论（preformationism，也有人译作"先成论"）观点，即相信一切是由先天的基因条件所预先设定好的。而渐成论（epigenesis）认为，个体是逐渐发展的，当被外界施加影响之后，会引发一系列反应，导致个体的某些部分发生改变，以致产生"新的特性和新的结构"[③]。美国作家艾拉·莱文（Ira Levin）的小说《巴西来的男孩》就对克隆预成论给予了直接的否定。门格勒医生利用希特勒的组织细胞进行单核细胞复制，克隆了 94 个孩子，不仅如此，纳粹分子还试图杀死这些孩子的寄养家庭中的父亲，以便制造与希

---

① 尼尔·斯蒂芬森. 雪崩[M]. 郭泽，译. 成都：四川科学技术出版社，2009：146.

② 尼尔·斯蒂芬森. 雪崩[M]. 郭泽，译. 成都：四川科学技术出版社，2009：471.

③ Michael Brannigan. Ethical Issues in Human Cloning: Cross-Disciplinary Perspectives[M]. New York: Seven Bridges Press, 2001: 23-24.

特勒同样的家庭环境，纳粹追缉者犹太人亚克夫·赖柏曼发现了这个阴谋之后大为震惊，但他最终却销毁了那个写着孩子去向的名单，因为他不希望有人为了预防希特勒出现而全部杀死这些孩子，也不认为这些孩子会成为希特勒。玛丽莲·凯的"艾米"系列科幻小说也写了打破预成论的克隆人故事，这里不再展开。

使我们不同于机器的，正是我们的异质性。[①]妄图利用技术控制身体进而控制社会，这必然是一种妄想，因为人是具有主观能动性的存在，会突破限制，追寻自由。

第三节 后人类身体与人际关系

人类社会的群居生存，很多时候都是由于共同面对各种生存风险而并肩战斗的结果，人们在物质上、精神上互利互助，共同抵御来自各种层面的不利因素。以色列学者阿维夏伊·玛格丽特（Avishai Margalit）曾经将人际关系分为两种：浓厚关系和浅谈关系。"浓厚关系包括父母、朋友、爱人、同胞等，建立在过去的共同记忆基础上。浅谈关系则是指作为人的属性，如作为妇女或病人。总而言之，浓厚关系指与我们有亲密关系的人际关系，浅谈关系指与我们有陌生和疏远关系的人际关系。"[②]由人类成为后人类，人际关系也变得跟以前不同。

在阿西莫夫笔下的后人类社会里，索拉利和奥罗拉的太空族是借由科技获得极大进化的后人类，人际关系对他们而言显得无必要甚至会被视为一种麻烦。这些太空族都是寿命超长的人，拥有四百年左右寿命的后人类身体，出生前经过严格的基因筛选，出生后也一直会受到科技的维护，使他们不会受到病痛的困扰，而三四百年的寿命也让他们觉得有足够的时间去做自己要做的事。因此，太空族不像寿命短暂的传统人类那样，需要他人的扶持与合作。当然，他们能够实现这种隔绝，除了跟身体的健康长寿有关，也与他们有大量机器人协助相关，这使人们不太需要也更难以忍受容易产生矛盾的真人同伴。贝莱星是地球人开拓的殖民地，这些地球人的

---

① Rob Kitchin and James Kneale. Lost in Space: Geographies of Science Fiction[M]. London: Continuum, 2002: 64.

② 阿维夏伊·玛格丽特. 记忆的伦理[M]. 贺海仁，译. 北京：清华大学出版社，2015：8.

后代仍然保留了传统的人际关系。"贝莱星则不一样，也可能所有的殖民者世界都不一样。银河殖民者总是黏在一起，周遭虽有广大的土地，他们宁愿任由它荒芜——或说空无——直到人口逐渐增加，将它自然填满为止。殖民者世界是由人类聚落所组成的，这些聚落像是大大小小的石头，而不像气体。"①在太空族世界，人与人之间却是冷漠的人际关系。"为什么会这样呢？多半要归咎于机器人！它们降低了人类的互赖性，填充了人与人之间的空隙。人类彼此间原本存在着自然的吸引力，机器人却将它阻绝，于是整个社会崩解成了一片散沙。"②以嘉蒂雅为例，无论何时她身边都有机器人的身影，当初在索拉利星球时供她使唤的机器人得有好几百甚至好几千，即使到了奥罗拉星球也有几十或上百个。当然，除了机器人的原因之外，太空族的长寿也是人们不再需要他人的一个原因。久而久之，人们甚至对直面人类形成了一种莫名的恐惧。马克思主义认为人的本质属性在于社会性，阿西莫夫的科幻小说则表明，后人类可能会丧失这种社会性。

在《血钱博士》（*Dr. Bloodmoney*）中，作者通过几个病态的后人类身体揭示了一种畸形的人际关系。该书出版于 1965 年，是菲利普·迪克本人最满意的作品之一，获得过星云奖提名。这个小说里被异化的后人类是由于重大事件造成的。"《血钱博士》展示了 60 年代中期的其他小说推测过但是不曾描述过的事件：毁灭环境并且永久性地改变人类与地球之间的关系的核灾难。"③到了 20 世纪 70 年代，随着人们对核恐惧的增强，该书引起了广泛的反响。这部小说被公认为是菲利普·迪克比较复杂的一部长篇小说，出场人物众多，叙述手法变换，写出了科技失控的悲剧，营造了一种现实与梦境交织的超现实之感。作品描写了后核社会（postnuclear society）中的生存困境：世界上出现了很多变异的身体，有变异的动物身体，也有变异的人类身体，与之伴随的还有功能异化和心理异化。即使那些身体外表看起来没有明显变化的人，他们的心理世界以及他们对世界的认识也发生了根本性的改变，与灾难之前的人类迥然不同，他们已经成为一种后人类，并以一种后人类的视角去认识世界、反思世界、重建世界。

小说中随处可见残缺、疾病、变异的身体，作者主要对以下几个病态

---

① 阿西莫夫. 机器人与帝国[M]. 叶李华，译. 南京：江苏文艺出版社，2014：210.

② 阿西莫夫. 机器人与帝国[M]. 叶李华，译. 南京：江苏文艺出版社，2014：210.

③ 凯瑟琳·海勒. 我们何以成为后人类：文学、信息科学和控制论中的虚拟身体[M]. 刘宇清，译. 北京：北京大学出版社，2017：240.

身体进行了描写：布鲁兹盖德、霍皮、艾迪和比尔、丹泽菲尔德，并借此揭示了一种不健康的病态人际关系。

布鲁兹盖德博士是小说中重点描写的一个具有身心疾病的人，也正是小说的同名主人公"血钱博士"。他与他人之间，是一种完全失去了传统正常人际关系的畸形状态，没有信任和爱，只有无尽的恨意和质疑。

布鲁兹盖德博士是物理学家、原子能研究专家。小说一开始就将血钱博士的身心问题描写出来。他被电视推销员斯图亚特形容为一个鬼鬼祟祟的怪人。"在迪克的小说世界里，心理学贯穿了整个社会结构。社会结构中的矛盾本身就显示为畸变的心理，并且畸变的心理具有社会性后果。"[①]在小说的开篇，布鲁兹盖德博士走进治疗身心失调疾病的精神科医生斯托克斯蒂尔的办公室，告诉医生一个假名字"特里"，并说大家都痛恨并想要毁掉自己。斯托克斯蒂尔医生随后想起，他是物理学家布鲁诺·布鲁兹盖德，1972 年，由于他傲慢自大，认为自己绝对不会犯错，却做出了一个错误判断，导致高空核爆炸产生了可怕的辐射性微尘，很多人受到危害。因此，的确有很多人痛恨并想亲手杀了他，连医生一想到自己的孩子们也可能受到了伤害就难以对他无动于衷。那个失误之后，布鲁兹盖德就患上了严重的身心疾病。他觉得自己的脸毁容了，但事实上医生看到的只是一张极为普通的脸。虽然皮肤惨白，有黑眼圈，眼神充满绝望和忧虑，憔悴不堪，但是在人群里完全不会引起别人的注意。布鲁兹盖德还总觉得自己脸上有很多斑点，是丑陋的记号，使他不得不远离所有人，但是医生根本看不到。他甚至认为人们能进入自己的大脑看透他每一个想法，知道自己私生活中的每一个细节。医生认为他是偏执妄想症，并且人格扭曲，认为他内心深处是憎恨人类的，这种恨意致使他无意识地想要犯罪，毁灭他人的生命。从小说后面的情节来看，医生对布鲁兹盖德博士的诊断大体是准确的，他就是拥有一个被双重意识折磨的扭曲人格。这双重意识，一个是赎罪意识，另一个是犯罪意识。

布鲁兹盖德确实有赎罪意识。身体方面的变化正是负罪意识的表现，他的身体被这种负罪意识压迫、折磨，日渐衰弱、越来越差。所以，当几年以后再一次发生了核爆炸之后，布鲁兹盖德总觉得是自己导致了这些，

---

① 凯瑟琳·海勒. 我们何以成为后人类：文学、信息科学和控制论中的虚拟身体[M]. 刘宇清，译. 北京：北京大学出版社，2017：219.

曾想竭尽全力去拯救大家、帮助大家。"但在他致力于改善人们生活条件的同时，他震惊地发现，自己的情况正在恶化。现在，他的衣服像麻布一样破破烂烂，他的脚趾露在鞋子外，脸上长出了乱蓬蓬的胡子，上唇的胡子甚至遮住了嘴，他的头发长得盖过耳朵和衣领，他的牙齿——甚至连他的牙齿都不见了。他感觉自己衰老、病弱、空虚。"①

反过来，布鲁兹盖德身体的恶化和心理的折磨又转化为对他人的仇恨和犯罪意识。他觉得别人都在恨自己，总想杀了自己，于是在无意识中就想要毁灭人类的生命。在大爆炸之后，他躲在村庄里过了几年隐姓埋名的日子，但他的担心从未停止，总觉得迟早会有人跟踪到这里来，找到自己、杀死自己。但是，他并不能真正接受有人来复仇，而是继续觉得每个人都是自己的敌人，都很邪恶，人类需要被彻底清理和救赎，所以他在心里希望再次发生毁灭性事件。当布鲁兹盖德看到以前相识的斯图亚特之后，他陷入恐惧，觉得那个黑人曾经看到过自己，知道自己做过什么，如果再被他看到，自己就会暴露，所以他想再一次引发核爆炸。连曾经最信任、最同情他的邦妮也不想再帮助他了，这让布鲁兹盖德陷入了更加疯狂的境地。最终，他的犯罪意识战胜了一切，自己也变成了另一个罪犯的牺牲品，被霍皮扔上高空摔死了。

关于血钱博士是否能用意念导致核爆炸的问题，作者并没有给出一个确切的答案。他每次动了摧毁他人的念头都会导致或大或小也不那么精准的爆炸。斯托克斯蒂尔医生认为布鲁兹盖德只是一个自以为万能的偏执妄想狂，会相信发生的每件事情都是自己力量产生的结果。无论这些爆炸事件是真由他所造成的，或只是巧合，答案都并不重要，这并不影响对这个人物身体疾病和心理异化的刻画。

霍皮·哈灵顿是小说中另一个具有病态身体的人，也就是那个将布鲁兹盖德扔上高空致其摔死的人。凯瑟琳·海勒在《我们何以成为后人类：文学、信息科学和控制论中的虚拟身体》中认为他也是一个自大狂，"膨胀自己以便将他人强行纳入'内部'的人"②，总是想将别人封闭于自己的权力幻想体系中。与布鲁兹盖德博士和他人的关系类似，霍皮与他人也是完全抛弃了正常人际关系的畸形状态，没有信任和感恩，只有控制和仇恨。

---

① 菲利普·迪克. 血钱博士[M]. 于娟娟，译. 成都：四川科学技术出版社，2015：75.
② 凯瑟琳·海勒. 我们何以成为后人类：文学、信息科学和控制论中的虚拟身体[M]. 刘宇清，译. 北京：北京大学出版社，2017：245.

霍皮又被称为海豹儿，因为他没有胳膊和腿，只有很小的鳍状肢，不得不坐在轮椅上行动。他出生于 1964 年，跟那次核爆炸无关，导致畸形的原因是他母亲怀孕时服用了一种叫反应停的药物，该药物具有缓解孕吐的作用但有严重的致畸副作用。小说里的人物特海瑟尔认为："这孩子几乎就只有大脑，根本没有身体。他有着强大的内心，也有野心。"①他的身体是由于科技产物造成的，而他试图利用科技让自己成为神一样的存在并让别人成为牺牲品。

现代电视的老板吉姆·弗格森出于帮助弱势群体的好意，雇用霍皮做了电视修理工，从此他就开始使用机械手认真钻研电动设备，并表现出了非凡的天分。但是他对力排众议收留自己的弗格森从来没有任何感激。霍皮唯一的兴趣就是让自己变强大，然后去控制他人。他曾经设计了一种新型轮椅，将机械直接连接到大脑，这样就可以用思维控制机器，而且速度非常快。海豹儿霍皮是人与机器嫁接的怪胎，冷酷、自私、强大，具有控制一切的能力。他甚至具有一些超能力，能看到未来核爆炸后的末世场景。霍皮看到未来中的自己"不再被束缚在轮椅上，不再是一个无臂无腿的残疾人，而是可以四处漂浮、以某种方式控制他们所有人，以及——就像霍皮说的——控制整个世界"②。霍皮为什么能看到未来，书中未做解释，作者要强调的是，霍皮拥有想要改变现在、创造未来的强大决心，为此他会毫不吝惜地牺牲他人。他的决心一方面来自作为残疾人从小饱受的歧视和羞辱，那些经历给他留下了巨大的心灵创伤，另一方面，他的决心来自父亲告诉他一定要坚持获得自己有权得到的东西。这份决心让霍皮拥有了克服困难生存下来的意志。

当新的核弹爆炸发生之后，霍皮既没有恐惧也没有对他人的同情，他躲在地下室，只感到兴奋和快乐。核爆炸摧毁了现代世界的科技文明，霍皮正好借这个机会让自己成为神灵一样的存在。从用身体控制机械到用大脑直接控制机械，再到将大脑中的想法传递给"执行辅助器具"从而可以从一段距离之外隔空控制物体，成为赛博格的霍皮突飞猛进，他甚至还可以模仿不同人的声音。海豹儿认为："我的一切都很完美。虽然缺了些身体零件，但我并不需要它们，没有它们我可以做得更好，比如说，我下山的

①　菲利普·迪克. 血钱博士[M]. 于娟娟，译. 成都：四川科学技术出版社，2015：14.
②　菲利普·迪克. 血钱博士[M]. 于娟娟，译. 成都：四川科学技术出版社，2015：39.

速度比你们都快。"①他为大家做了很多事，但这不是出于爱、感激，海豹儿霍皮只是想让全世界都知道自己的名字。他很想取代太空中的丹泽菲尔德，这样一来，大家就会把他当作那个在太空轨道中漂浮、不需要双腿的人，把他的声音当作希望，当作信仰。

事实上，霍皮也是个矛盾综合体，一方面，他想借助科技帮助大家以获得认同感，另一方面，他视别人为蝼蚁，想要控制大家，"希望把其他人固定在他自己幻想的'内部'并且安排事情，以致其他人被迫按照他的主张生活在那儿"②。他用暴力杀死了想使用暴力的布鲁兹盖德，又让别人陷入了自己的暴力之中。他接管了卫星，代替丹泽菲尔德说话，向大家强调是霍皮这个人杀了那个疯狂博士，人们都应该感谢他，但是当大家带着东西去感谢他时，霍皮并不满意，他越来越蔑视他人。一方面，他声称自己遵纪守法，另一方面又随意杀人。在埃尔登·布莱恩想偷走收音机时，霍皮毫不犹豫地从一段距离之外掐死了他。他还杀了特里先生，把比尔弄出艾迪的身体也是想杀死他。霍皮借助科技弥补了自己的身体缺陷，甚至使身体比别人更强大、更灵活。然而这个身体是一个科技怪胎，也具有了机器的冰冷、无情、残酷。最终，这个怪胎身体被曾经寄生在艾迪身体里、后来被霍皮剥离出来的比尔置换，他们两人互换了身体。比尔赋予了冰冷的机器以温情和良知，而海豹儿霍皮则被囚禁在一个无力的胚胎肉身里死去，他科技狂人的迷梦也胎死腹中。

霍皮和布鲁兹盖德两人都是科技的支持者同时也是牺牲品，都具有不健康的身心。两人都是自我中心主义的自大狂，总想将他人封闭于自我意识的内部，将他人置于自己的控制之下。"对个体而言，终极的恐怖是要继续陷落在另一种生物为了其自身利益而建构的世界的'内部'。"③他们畸形的身体，代表一种畸形的人性，也代表一种畸形的人际关系。人与人之间的共生关系断裂，彼此隔绝、冷漠、仇视。小说里的医生斯托克斯蒂尔曾多次对这种人际关系进行批判。布鲁兹盖德认为自己研发核武器是为了对付与自己国家意识形态不同的"敌人"，而医生认为："'我们的'敌人，

---

① 菲利普·迪克. 血钱博士[M]. 于娟娟，译. 成都：四川科学技术出版社，2015：93.
② 凯瑟琳·海勒. 我们何以成为后人类：文学、信息科学和控制论中的虚拟身体[M]. 刘宇清，译. 北京：北京大学出版社，2017：243.
③ 凯瑟琳·海勒. 我们何以成为后人类：文学、信息科学和控制论中的虚拟身体[M]. 刘宇清，译. 北京：北京大学出版社，2017：214.

斯托克斯蒂尔想，谁是我们的敌人呢……难道不是你吗？特里先生？你不正像个偏执妄想狂一样，坐在这里絮絮叨叨吗？你是怎么拥有那么高的地位的？是谁给了你掌控他人生命的权力——甚至在1972年的惨剧之后，仍然让你保留这种权力？你，还有他们，肯定就是我们的敌人。"[①]斯托克斯蒂尔医生在遭遇几年之后的第二次核爆炸之后，跟其他人一起挤在地下室中，此时，地下室里的人还是只关注自己眼前的麻烦和利益，相互咒骂。"他产生了一种奇怪而清晰的想法。战争已经开始，他们正在被轰炸，很可能会死去，但把核弹投到他们身上的，是他们的首都华盛顿，而不是俄国。太空中的自动防御系统出了毛病，偏离了正轨——没有人能阻止它。没错，这是战争和死亡，但他从头顶上的火力中没有感觉到任何敌意。不是来自敌人的报复性攻击，而是来自冷漠的自己人。就好像自己的车从自己身上碾过去。""是冷漠袭击了我们，斯托克斯蒂尔医生想。就是这样。我们已经不可能再联合起来。我们现在只是一个个离散的原子……"[②]据斯托克斯蒂尔医生对社会问题的诊断来看，人际关系的异常、爱与责任感的消失，这是灾难的结果也是原因，应该更多地从内部来思考"敌人"的概念。

　　病态的社会产生了像布鲁兹盖德博士和霍皮这样畸形强大的个体，也产生了一些畸形的共生体，代表着畸形的共生关系。接下来，我们就来看看艾迪·凯勒和寄生在她腹部的畸形胚胎哥哥比尔·凯勒，他们也是小说中的病态身体。他们畸形的共生关系本身也代表着一种畸形的人际关系，但他们两人的相处方式同时体现出人际关系中的爱、信任、感激，只是核爆炸之后的人际关系已然与传统正常的人际关系不同，而是一种新型的畸形共生。

　　一方面，艾迪与比尔的不幸是畸形社会的产物，他们的生存方式和相处方式也代表着这个社会的不正常。艾迪和他的哥哥比尔是在核爆炸那天被怀上的。当时他们的妈妈非常恐惧，觉得世界末日来到了，在无望和疯狂的情绪中和路上遇到的一个人做了疯狂的事，于是怀上了这对遭受辐射的变异胚胎。虽然艾迪外表看起来与正常儿童无异，但她的哥哥却无法出生，而是寄生在了艾迪的身体里。艾迪的肚子里有一块儿地方会疼，有点儿肿，有点儿硬，那就是她哥哥比尔寄生的地方。比尔具有超能力，他可

　　① 菲利普·迪克. 血钱博士[M]. 于娟娟，译. 成都：四川科学技术出版社，2015：9.
　　② 菲利普·迪克. 血钱博士[M]. 于娟娟，译. 成都：四川科学技术出版社，2015：60.

以与艾迪无障碍交流，可以借助艾迪对世界的描述来思考世界。而且，他还可以感知到死去的人，听到他们嘀嘀咕咕说话，并能模仿其中任何一个人的声音。"那个比尔——艾迪·凯勒身体里的东西——某种意义上是和死人一起生活，霍皮想。一半在我们这个世界，一半在另一个世界。"①在核爆炸之后，小说中描写的世界出现了很多会说话的猫狗、会用鼻子演奏和能做会计的老鼠，以及各种疯狂的生命形式，在这种氛围中，人类的这种畸形共生也并不算太奇怪。

艾迪与比尔的生存和相处方式肯定是畸形的，难以被他人理解，甚至会让人觉得恐怖。艾迪总是将自己的所见所闻告诉比尔，让他了解世界，大人们时常因为艾迪自言自语也不相信她的说辞而嘲笑艾迪，艾迪也从不介意。她很高兴能有这个哥哥陪伴，这让她不再感觉孤独，她也愿意照顾比尔，跟他说话，这带给她很多乐趣。斯托克斯蒂尔医生为艾迪做检查时，书中写道："现在这个女孩称她的兄弟住在她的身体里面，在她的腹股沟区域里活了七年。斯托克斯蒂尔医生相信女孩说的是真的，他知道这是可能的。这种情况并不是第一次出现。如果他有台 X 光机，就能看到一个小小的、干瘪的轮廓，大概不会比一只小兔子大。事实上，他的手能感觉到那个轮廓……他触诊她的身体侧面，发现里面有一块坚硬的、像囊肿一样的东西。头在正常位置，四肢和整个身体完全在腹腔内。这个女孩终有一天会死去，他们会解剖她的身体进行尸检，他们会找到一个小小的、皱巴巴的男性身体，也许有着雪白的胡子和失明的眼睛……她的兄弟，还没有一只小兔子大。"②

艾迪与比尔这种寄生不正常、很恐怖。但是另一方面，艾迪与比尔和谐相处，他们的畸形共生关系中又体现出畸形社会中的爱与责任。艾迪与比尔这两个形象来源于作者本人对自己与妹妹关系的理解。迪克曾经有一个双胞胎妹妹，但由于家人疏于照料导致妹妹在出生三周时早夭，迪克对此难以释怀，他在自己的很多小说中都会写到一对双胞胎。"迪克相信自己的身体中携带着简的精灵；艾迪和比尔是迪克和简的翻版（由内而外的体现）……比尔和艾迪经历的界限混淆还包括相互之间真正的关心。"③艾迪

---

① 菲利普·迪克. 血钱博士[M]. 于娟娟，译. 成都：四川科学技术出版社，2015：168.
② 菲利普·迪克. 血钱博士[M]. 于娟娟，译. 成都：四川科学技术出版社，2015：136.
③ 凯瑟琳·海勒. 我们何以成为后人类：文学、信息科学和控制论中的虚拟身体[M]. 刘宇清，译. 北京：北京大学出版社，2017：243.

悉心照顾着这个看不见的胚胎哥哥，对此斯托克斯蒂尔深受感动。"对于这个女孩来说，这样的生活很正常，她一直都是这样活下来的——她不知道还有别的生活方式。他再一次意识到，'自然'其实是无所不包的。从某种意义上来说，并不存在所谓的畸形、变种，除了作为统计数字的一部分。女孩体内的畸胎很罕见，但并不可怕，其实我们应该对艾迪与她哥哥之间和谐共处的关系感到高兴。在这种关系中，没有难耐的痛苦，只有关怀和温柔。这也是一种生活方式，而生活本身是美好的。"①

这对连体怪胎也是科技失控造成的牺牲品，但是并不像布鲁兹盖德和霍皮那样心理扭曲、心灵邪恶，他们具有爱与责任感。当霍皮嘲笑艾迪说自己有个哥哥时，比尔就模仿已经死去的吉姆·弗格森的声音把霍皮吓得尖叫起来。当霍皮感知到艾迪他们想要对自己下手而把比尔从艾迪的身体里弄出来之后，比尔模仿了霍皮最怕的牧师的声音吓住了他，最终成功跟霍皮交换了身体。虽然霍皮这个海豹儿的身体非常残缺，但比尔并没有想去伤害别人，侵占一个更健全的身体，而是就想待在海豹儿的身体里，不再与其他人进行身体交换。比尔认为这样就很好，里面除了自己没有其他的生命，自己终于成了一个独立的人，而不再只是别人的一部分。带着爱与责任，这两个曾经的畸形共生体获得了真正独立的能力。"比尔和艾迪这两个无辜者，曾经无缘无故地被封锁在一个甚至会威胁他们生命的悲惨空间，现在终于重见天日了（被翻出正面）。幸福的结局颠倒了迪克和简这对同胞兄妹的悲惨命运。不是其中一个女胞死亡，两个孩子变成一个；而是一个孩子变成两个，男胞成功地离开妹妹的身体，开始自己独立生活。"②

小说中的畸形共生关系绝不仅限于艾迪和比尔，还有很多形式。斯图亚特很受不了街上缓步而行的那些共生体们："几个人共享一个器官，以这种方式融为一体。他最多见过六个人连接在一起，但不是在子宫内融合到一起，而是出生之后才变成这样。这样能够拯救残缺者的生命。那些生下来就缺少重要器官的人，为了活下去只能接受这种共生的关系。现在，一个胰腺要供好几个人使用……这是生物学上的胜利。"③包括比尔和艾迪的关系以及其他各种形式的共生关系，他们虽然是畸形的共生体，但是能够

①　菲利普·迪克. 血钱博士[M]. 于娟娟，译. 成都：四川科学技术出版社，2015：137.

②　凯瑟琳·海勒. 我们何以成为后人类：文学、信息科学和控制论中的虚拟身体[M]. 刘宇清，译. 北京：北京大学出版社，2017：244.

③　菲利普·迪克. 血钱博士[M]. 于娟娟，译. 成都：四川科学技术出版社，2015：108-109.

彼此依赖，彼此温暖，正如前文医生所说，他们获得了一种古怪的和谐。这些畸形共生的身体代表着人们对和谐共生关系的向往，这种畸形的共生虽然并不算健康，但在还无法恢复到以前的和谐共生关系之前，也能相互扶持着一起生存下去。正如小说里的人物奥斯图里亚斯先生所言，在以前人际关系是冷漠的，而现在，他们珍视人与人之间的任何关系。

比尔和霍皮是两个先天病态的身体，他们都是科技副作用的牺牲品，是两个怪物，但他们结局不一样。霍皮狂妄自大、憎恨人类，利用科技延伸了身体，但是也具有科技的冰冷和残酷。比尔离开艾迪的身体之后，曾寄身于蚯蚓和猫头鹰的身体，但最终占据了霍皮的身体，或者说霍皮的身体里具有了比尔的思想，他赋予这一副身躯以爱、温情和道义。这也算是一种畸形的共生，但正如比尔所说，除了那个身体，他的人格至少是独立的，不再是别人的一部分。所以，身体的畸形共生并不那么让人难以接受，重要的是，建立一种真实健康、和谐的精神共生，而这种健康、和谐的精神共生，建立在人格独立的基础上，是包裹了爱与责任的正常人际关系。

小说借助另外一个人物描写了核爆炸之后人们对人与人和谐共生关系的向往，这个人物更多体现了精神共生的目标。他就是漂浮在太空中的沃尔特·丹泽菲尔德，他和夫人是在第二次核爆炸之前坐上火箭升入太空的，但是，升空之后发生的大爆炸带来了机械故障，导致他们只能留在近地轨道上漂浮。在核爆炸之后那些失去了失望的年代，沃尔特·丹泽菲尔德借助发射器从太空中所发送的声音将大家团结起来，代表人类的温暖和希望。毫无疑问，他也是小说中一个有病态身体的人。

第二次核爆炸之后的好多年，沃尔特·丹泽菲尔德的夫人已经去世，只剩他自己孤独地在太空轨道中漂浮，实际上他也是一个赛博格，只能与他的航天器联接在一起。他向地球人发送广播，在那些通信联络已经瘫痪的岁月里，为大家讲述外面的事情、阅读作品，他成为将地球人类联系起来的精神象征。但是丹泽菲尔德的身体也生病了，他身体疼痛，胃和心脏都不舒服。有人觉得这是因为他只能一圈又一圈围绕地球运转而造成的与世隔绝的孤独和空虚，有人觉得丹泽菲尔德已经患上了忧郁症，有人觉得他是担心因食物或空气耗尽而死亡产生了恐惧，还有人认为这是精心设计的谋杀。总之，大家都非常担心他的身体健康，担心这个卫星上的广播主持人突然死去，那么人们将失去这仅有的精神共生联系，陷入混乱无序与各自的孤独和绝望中。

　　正因为丹泽菲尔德的重要性，霍皮一直计划取代他，让自己成为世界的中心。霍皮有一台发射器，而且可以模仿丹泽菲尔德的声音，如果不是突然到来的死亡，他也许真做得到。我们来比较一下霍皮和丹泽菲尔德这两个形象。丹泽菲尔德虽然远在遥远的太空，自己也陷入孤独和无助中，但是他利用科技向人类传达信息，成为人类精神连结的象征，而霍皮则想借助科技实现自己的野心，取代丹泽菲尔德，让自己成为人类的统治者。凯瑟琳·海勒认为，这个小说里的角色体系要完成的目标是："如何避免陷落到疯狂的权力幻想的'内部'，以及如何再次将这个世界从内向外翻开。"①在权力幻想的内部，没有正常的人际关系，必然充满控制与暴力。最终，比尔杀死了霍皮致其个人野心失败，而斯托克斯蒂尔医生通过霍皮的发射器重新与丹泽菲尔德建立了联系，让他畅所欲言，并试图诊断他、帮助他、治愈他。

　　在小说的结尾，邦妮、斯图亚特和老板哈代等一些人，终于走出了之前那种隔绝的状态和对外界的恐惧，来到城市，去重建新的生活。他们发现外界并不像大家传言的那么可怕，城市也并不是原来想象的那样可怕。"你们都是很好的人，邦妮想。这就是城市，这就是我们多年来一直远远躲开的地方。我们听到那些可怕的故事——这里只剩下一片废墟，食肉动物到处转悠，流浪汉、机会主义者、轻浮的女人，曾经的一切都只剩下糟粕……战争之前，我们也逃离这一切。我们已经变得完全不敢住在这里了。"②斯图亚特的老板哈代甚至想让那只会吹鼻笛的老鼠在店里工作，它还会记账。病态和变异的身体并不可怕，比尔那样的生命可以活下去，会记账的变异老鼠可以活下去，大家都开始去寻找新的和谐，开创新的生活。也正是因此，尽管这部小说的大部分文字读来非常令人压抑，但迪克却称《血钱博士》是一部特别充满希望的小说。

　　另一位美国作家格雷格·贝尔也在一篇比较另类的科幻小说《血音乐》中描写了畸形的人际关系。这种畸形的人际关系存在于具有传统人类身体的人之间，而小说中发生变形的后人类则提供了另外一种被认为比较正确的人际关系。

　　与《血钱博士》一样，《血音乐》突出了一种被异化的冷漠人际关系，

---

　　① 凯瑟琳·海勒. 我们何以成为后人类：文学、信息科学和控制论中的虚拟身体[M]. 刘宇清，译. 北京：北京大学出版社，2017：242.

　　② 菲利普·迪克. 血钱博士[M]. 于娟娟，译. 成都：四川科学技术出版社，2015：260.

尽管这里没有那么夸张的呈现，没有身体的疾病、残缺和异化。创造了思想细胞的乌拉姆，他的性格被描写为孤僻、自我。小说特别提到了他与父亲的冷漠关系，也写到了另一位科学家伯纳德与妻子、儿子的冷漠关系。苏茜的孤独也被集中呈现。当苏茜一觉醒来，发现他的家人全都不见了，连所生活的区域都已经找不到人类。一夜之间，那些边界清晰、彼此孤独的人类已经成了后人类，也就是那种没有固定形状的思想细胞，这些思想细胞所到之处，吞并一切，融合一切。苏茜起初一再拒绝跟家人一起成为思想细胞的一部分。作为人类的苏茜在思想细胞的空隙间孤独地行走、寻找，代表了人类的孤独状态。"苏茜一生中的大部分时间都感觉到寂寞与孤独。在北美几乎没有另外的人类同伴了，这个事实进一步突出了苏茜孤独的处境。这种处境就像是对人类情境的隐喻。与细胞的合并精神力量相比，人类只是低劣的品种，患有先天不足和精神缺陷，除非通过深度调解的不确定方式，无法与自己的同伴进行交流。在此意义上，我们都是苏茜，紧紧抱着我们的自主性（好像是一种令人上瘾的药物），忍受着强烈的孤独感；（我们）都太顽固、太迟钝，不能接受任何改变，特别是可以把我们变成后人类的那些改变。"[①]

作者借变形后的后人类指出了另一种关系，由小说中的思想细胞所体现。疯狂科学家乌拉姆创造出了一种思想细胞，然后这种思想细胞自行发展，彼此融合，而且可以同化所有遇到的东西和人类，将其都纳为思想细胞的一部分，所有的界限消弭，融为一体。这与小说中隔膜的人际关系形成鲜明的对比。在北国遭受思想细胞侵占之时，其他国家袖手旁观，俄国甚至趁机对北美进行核打击，与《血钱博士》一样，核战成为丧失人性的关键象征。最终是思想细胞化解了这场核打击，苏联制造的核弹头攻击北美却未能成功引爆。

凯瑟琳·海勒认为，小说对伯纳德变形的描写从人类个体的角度体现出对打破隔膜进行融合的渴望。变形后的伯纳德被隔离在人类的实验室里进行研究，他能够以心灵感应（telepathically）方式"听见"细胞，通过肌肉运动"感觉"到细胞作为一种音乐在血液中流动。"将他像胶囊一样包裹起来的隔离室，是对他作为一个人类的存在情境的换喻。他的情况属于例

---

① 凯瑟琳·海勒. 我们何以成为后人类：文学、信息科学和控制论中的虚拟身体[M]. 刘宇清，译. 北京：北京大学出版社，2017：340.

外，因为他确实与自己的人类同伴完全隔绝了；但是在另一层意义上却很典型：与细胞（后人类）体验到的丰富、连续不断的通信相比，所有人类彼此之间的关系是相对隔绝的。面对与世隔绝的终审判决，或者作为细胞殖民地的生命，伯纳德——像苏茜一样——决定心甘情愿地走进黑夜。"[1]凯瑟琳·海勒把《血音乐》看作一个体现了具身后人类的范例，这里的后人类既保持着物质外形，又具有信息内核。

凯瑟琳·海勒认为这种后人类转变是积极的、理想化的，因为它在促进融合的同时没有彻底抛弃普遍价值，保留了自由人本主义的主体。"为什么这个文本能够将朝向后人类的转变描绘成一种积极的发展呢？我认为，它之所以能够这样，主要是因为文本坚持认为后人类不仅能够治愈标记人类主体性的各种异化，而且能在协议中保存自主性与个体性。"[2]《血音乐》的理想化还不止于此，科幻评论家达科·苏恩文曾称《血音乐》为天真的童话，因为它迎合了流行的愿望梦（wishdreams）。例如，过去的错误可以弥补，或者是能够超越必死性（mortality）走向不朽。在小说快结尾时，作者描写了作为思想细胞的伯纳德看到了父母，还跟自己曾经错过的姑娘重新走到了一起，弥补了当初的遗憾。"在这种文化想象中，牺牲独一无二的身份，似乎不是什么难以承受的代价，因为回报的利益是难以置信的。"[3]

第四节　后人类身体与社会发展

身体的状态与社会的发展具有密切关系。例如，当人类身体的移动需要借助交通工具的时候，犯罪的发生和传染病的传播是相对缓慢的，而当身体可以像阿尔弗雷德·贝斯特的科幻小说《群星，我的归宿》描写的那样，只要意念一动身体便可瞬间思动到任何想去的地方，那么，整个世界甚至整个宇宙的未来便可能因此导向不同的轨迹。后人类会将社会带入一

---

[1] 凯瑟琳·海勒. 我们何以成为后人类：文学、信息科学和控制论中的虚拟身体[M]. 刘宇清，译. 北京：北京大学出版社，2017：341.

[2] 凯瑟琳·海勒. 我们何以成为后人类：文学、信息科学和控制论中的虚拟身体[M]. 刘宇清，译. 北京：北京大学出版社，2017：343.

[3] 凯瑟琳·海勒. 我们何以成为后人类：文学、信息科学和控制论中的虚拟身体[M]. 刘宇清，译. 北京：北京大学出版社，2017：344.

个什么样的未来？或者说，会给社会发展带来什么影响？美国科幻小说对此进行了各种预测。

我们很难想象目前的人完全消失之后的后人类社会是什么样子，只能在目前人类特点的基础上去想象后人类社会。在保持目前人类形态的基础上，人们创造后人类作为自己的帮手，但是帮手太能干的话，也许会直接取代人类，瓦解人类社会。美国作家杰克·威廉森的《无所事事》（*With Folded Hands-by*）对此进行了一个颇为恐怖的描写。翼星 4 号机器人研究所的一个优人机器人来到小说主人公恩德希尔家里之后，以提供最优质服务和全方位保护的名义，剥夺人的自由，监视人类，甚至将人类的财产转让给优人机器人研究所。恩德希尔的遭遇绝非个例，首都的一切都已被优人机器人接管，人类已经进入了无事可做的悠闲状态。恩德希尔和优人机器人的研发者斯莱奇共同努力试图将自由还给人类，但无力回天。最终，斯莱奇大脑里的记忆和知识被优人机器人抹除，成了一个再也不会反抗的傻子。这类弗兰肯斯坦式的恐怖故事在科幻史上还有很多。正如学者所说的，人成了他自己制造的机器庭院中的侏儒。"人是一个被逐步废弃的模型，他不再重要，他只是幸存了下来；从自然条件上来说，人远不如技术系统。在 G. Anders 的典型观点中，由于人类能力与技术世界的不同步性，人在技术上陷入了'普罗米修斯的羞愧'，所以人被看做是'他自己机器庭院中的宫廷侏儒'。"[①]阿西莫夫也在《钢穴》等科幻小说中写到了机器人对人类生存空间、工作机会的威胁，作者还在一系列小说中延续了一个困扰人类的疑问，那就是，遵从机器人三大法则的机器人为什么没有能够伴随人类文明存续下来，而是突然销声匿迹，甚至连机器人这个词语都成了不能言说的禁忌？那正是杰克·威廉森的《无所事事》与阿西莫夫的机器人三大法则融合之后的一个必然结果。在阿西莫夫的科幻中，机器人意识到自己取代了人类的所有工作却并没有给他们带来快乐，让他们陷入无所事事的空虚反而是一种伤害，而给人类造成伤害是违背机器人法则的，于是，为了停止伤害人类，机器人开始自我毁灭，人类出于对机器人的憎恨和恐惧，也就自此不再提起机器人这个词语。"黑格尔认为……劳动是人的

---

① 格哈德·甘姆. 生物和信息技术背景下的智能人[M]//王国豫，刘则渊. 高科技的哲学与伦理学问题. 北京：科学出版社，2012：135.

本质，是人的真正本质。"①马克斯·韦伯在《新教伦理与资本主义精神》中提到，劳动是人生的要义，是禁欲的方法，因此，"清教徒希望在一项职业中倾注热情"②。弗朗西斯·福山认为，即使是在全面世俗化之后，人们不再相信自己是"出于天职"工作，而是进入了资本主义法则中出于对自己利益的理性追求而劳动，但是在这种为了利益的劳动激情中仍然包裹了太多关于"承认"和自我价值的意味。恩格斯也专门论述过劳动在从猿到人转变过程中的作用，指出劳动是整个人类生活的第一个基本条件，也正是劳动创造了人本身。如果像科幻小说中所描写的那样，机器人将人类的身体从工作和劳动中完全解放出来，必然伴随体力和脑力的退化，无论从哪一种思想背景去看，都会严重威胁人的存在和由人类所主导的社会发展。

菲利普·迪克的科幻小说《后代》（*Progeny*）讲述了从小被机器人规训的人类孩子在不知不觉中变为后人类的故事。艾德·道尔刚从比邻星回来便迫不及待地来到洛杉矶中心医院，他心情非常激动，因为他将要见到自己新出生的孩子。当他满怀欣喜地想要抱抱孩子时，机器人医生和妻子都非常震惊，孩子立刻被推入了房间并砰地关上了门。机器人医生认为艾德·道尔的想法很不堪，妻子也非常恼怒地说他疯了，认为丈夫的行为让自己很丢脸，很想踢他一脚。此时艾德才突然记起来，只有机器人才能靠近孩子。人与后代之间被剥夺了身体拥抱、情感交流的机会。艾德问妻子需要多久才可以把孩子带回家，得知要等到孩子十八岁。新生儿出院后就会立刻被送到儿童指导中心，在那里接受测试和检查，以此来判定他的潜在才能并确定初期发展方向，然后就会被送进适合的教育部门进行专门的培训，大约到九岁时，孩子又会被送到其他部门接受更进一步的培养和训练，直到他长成大人。艾德对此难以接受：

> 艾德一边走，一边安慰自己：他不过是庸人自扰而已。珍妮特说得没错，这都是为了彼得好。彼得并不是为他们活着，他不是小猫小狗。只有宠物才围着屋子转。他是一个人，他有自己的生活。训练是专门为他准备的，而不是为了他们。这完全是为了发展他的才能和能

---

① 弗朗西斯·福山. 历史的终结与最后的人[M]. 陈高华，译. 桂林：广西师范大学出版社，2014：236.

② 马克斯·韦伯. 新教伦理与资本主义精神[M]. 龙婧，译. 合肥：安徽人民出版社，2012：156.

力。彼得即将像钢铁一样，被熔化，被铸造，直至最后成型。

机器人任劳任怨，总能将工作做到最好。只有机器人才能摒弃人类的心血来潮，运用理性的方法，科学地训练彼得。机器人不会生气。机器人不会唠叨和抱怨。他们不会体罚或者训斥小孩；不会发出自相矛盾的指令；也不会相互争吵，或者为了自己的利益而利用孩子。而且，没有人类的成长环境，能杜绝恋母情结的产生。

彻底地杜绝各种情结。很早以前，人们便发现神经机能的病症能追溯到患者幼年的成长经历上，与父母抚养孩子的方式有关。父母教给了孩子拘束和礼貌，给予了他们教训、惩罚和奖励。无论是神经病症、人性情结还是畸形的人格发展，都源自于父母与孩子间存在的主体关系。倘若父母能像一个变因一样被去除了……

父母将永远无法成为孩子的主体。父母对孩子的影响总带着偏见和情绪，由此父母的观点难免被曲解。父母无法成为自己孩子的合格导师。

机器人可以观察孩子，分析孩子的所需和要求，测试孩子的能力，发现孩子的兴趣。机器人不会强迫孩子削足适履式地符合特定模式。只要科学地观察发现了孩子的兴趣以及需求，随时可以根据孩子的自身特点制定训练计划。①

这些说辞看起来有道理，似乎确实可以帮助人类幼儿避免一些人性的缺陷，但事实上，等孩子到了十八岁，他不只是被剥离了人性缺陷，而是失去了所有人性，成了一个陌生的后人类。当艾德无法忍受对孩子的思念申请与儿子见面时，彼得已经九岁，他被送到了洛杉矶生物研究所，因为他在生物化学方面具有特别的天赋，有望成为全世界顶尖的生物化学家。在按要求填完表格之后，艾德·道尔可以带彼得离开研究所九十分钟。父亲带着孩子来到山上，给他讲述着自己知道的世界和自己的过往。但彼得显然毫无兴趣，他认为父亲的话越界了，而自己并不想学习他所说的那种信息。父亲问彼得是否享受现在这种训练生活，彼得说那是适合他的工作。他一直称自己在做的是工作。而父亲却说，当初自己九岁时还在到处玩耍，做各种无用但是有趣的事情。父亲想带他去小天狼星系一起工作，但彼得

---

① 菲利普·迪克. 后代[M]//命运规划局：菲利普·迪克中短篇小说全集Ⅱ. 肖钰泉，译. 成都：四川科学技术出版社，2018：154-155.

只有嗤笑。当彼得回到研究所后，比什医生问他对父亲的印象，彼得认为父亲很情绪化，每句话都带着明显的个人偏见，认知扭曲。而且，他说父亲的身体发出一种很奇怪的味道，一种浓重的刺激性气味，彼得对此难以忍受，并充满鄙夷，不想将来跟人类一起工作。医生却说道："他们是你自己的种族。除此之外，你还有其他方式能与他们一起工作吗？为你设计的全部训练都秉承着这一思想。我们倾尽所有地教授你，然后你将——"①机器人医生的话被意味深长地终止于这个破折号，至于被机器人如此培养出来的孩子最终将做什么，引发读者无限的遐想，有各种可能性。但是按照小说自身透露出来的逻辑，恐怕会是一个可怕的结果。在小说的最后，彼得仔细想了想那个气味到底是像什么：

> "我知道啦！"彼得突然大声喊道。
>
> "是什么？"
>
> "生物实验室里的动物，一模一样的气味。和实验室用的动物的气味，一模一样。"
>
> 机器人医生和这个前途无量的小男孩对望了一眼。两人露出了笑容，一种隐秘的、不为外人所知的笑容——会心会意的一笑。
>
> "我想，我知道你的意思。"比什医生说，"事实上，我确切地知道你的意思。"②

只有九岁的彼得已经将自己的同族人类看作生物实验室里做实验用的动物，一种低于自己且可任由自己摆布的物种。而他自己显然耻于与其为伍，也有能力不与其为伍。机器人医生则对孩子的认知非常满意才发出会心一笑。孩子从一出生，就隔绝了人类之间的身体接触和精神沟通，被机器人培养长大，这样的后代终将背叛人类，创造一个后人类社会。

如果不想被真正的异质后人类取代，那么人类可以对自身进行改良和改造，具体到后人类身体这个因素，在科幻小说所描写的未来社会中常常出现两种主要的设想，一种是由分身导向的后人类社会，另一种是由长寿导向的后人类社会。

---

① 菲利普·迪克. 后代[M]//命运规划局：菲利普·迪克中短篇小说全集Ⅱ. 肖钰泉，译. 成都：四川科学技术出版社，2018：167-168.

② 菲利普·迪克. 后代[M]//命运规划局：菲利普·迪克中短篇小说全集Ⅱ. 肖钰泉，译. 成都：四川科学技术出版社，2018：168.

　　面对日益忙碌的生活，人类常常面临的一个尴尬就是分身乏术，难以同时应付来自工作、生活的多重压迫，又不想被机器人取代，那么就需要复制自己。接下来我们看看《陶偶》是如何描写自我复制对社会发展的影响。

　　与复制身体必然伴随的一定会有人口问题。在《陶偶》中，地球上已经没有原始村落和所谓的土著居民了，人类及其偶人挤满了每一个角落。这种复制还会带来更容易犯罪的问题。当莫里斯激活了一个数字化身把它传到公共监控网络上追踪马哈拉尔被监控拍下的活动轨迹时，他发现网上的那个马哈拉尔不是真人，而是一个复制人，一个违禁使用了人类特有肤色的偶人。以前判断某人是否有罪取决于其有无不在场的证明，在网络时代不在场证明失去效力，人们可以躲在幕后犯罪，而在偶人时代，则只能取决于他有没有犯罪的机会和意图。此外，复刻偶人的能力会滋生人类心底的恶念和暴力冲动。有钱人会雇用偶人来出演一些特定的剧目。例如，曾经有人趁克拉拉所在的步兵排没有轮值时雇用他们来出演《罗马艳情史》最后一场荒淫屠杀的血腥大戏，屠杀、死亡都非常逼真。还有一些好斗人士喜欢复刻战斗型偶人在竞技场上大出风头。人们派自己的偶人参战，那些士兵也会具有各种稀奇古怪的装备，场馆里充斥着欢呼、嚎叫、辱骂、打斗、流血、暴力和混乱，没有人在意，也没有人把这些视为野蛮，因为这些牺牲品都是出于自愿，而且不会受到永久伤害。因此，有人说陶偶技术让人类的心肠变硬了。小说里的人物也想不通："为什么？看着这个巨型仿制品，我思索着。为什么会有人花费如此高昂的代价，试图重建我们好不容易才逃离的地狱？就连这儿的空气似乎也弥漫着某种辛辣得灼痛眼球的东西。"①克拉拉称现代映像这种娱乐之地为"灵魂之茧"，人类及其偶人沉沦于各种疯狂的骄奢淫逸和堕落刺激中却麻木无感，犹如失去灵魂的行尸走肉。即使是从事暴力、色情等活动，也很容易逃脱谴责和坐牢。这是一个身体可以轻易逃脱情感束缚和社会责任的后人类社会。

　　不过，偶人复刻也有可能促进社会发展。《陶偶》中提到几种设想。多年以来，高岭一直强迫马哈拉尔去研究灵魂科技领域最困难的课题之一——异源复刻。就是把一个傀偶的灵魂驻波——他的回忆以及经历——转入其本体以外的其他容器。如果可以交换记忆，男人和女人之间将会更

---

① 大卫·布林. 陶偶[M]. 夜潮音，邹运旗，译. 成都：四川科学技术出版社，2012：387-388.

好地彼此了解，性别对立或许就能消除。人们可以和别人交换一天、一周、一生的知识和记忆，这样可以使人与人之间更直接地交流和共情。这一定会更利于塑造一个和谐的后人类社会。当然，这只是一个梦想，在《陶偶》中并没有实现，因为驻波不一样会阻碍复刻，偶人之所以能上传记忆给自己的原身，是因为驻波一模一样。无论怎样，真人和偶人的寿命同样有限，都会死去，那么就需要长寿，而长寿又会为社会发展带来什么呢？

　　"死亡是人类境况的一项本质属性，要求人们发展出应对它的方式，那么，忽视死亡就等于忽视了影响处在社会系统中的具身主体的少数几项普遍参数之一。"[①]但事实是，人们从未停止追求长寿的步伐，从古至今，长寿一直都是常常被谈及的话题，也是人类梦想得到的东西。美国科幻小说中更是写到了各种获得长寿的后人类，也思考了长寿给社会带来的影响。詹妮弗·L.霍尔姆（Jennifer L. Holm）的《第十四条金鱼》（*The Fourteenth Goldfish*）是一篇儿童科幻。五年级小女孩儿的外公是一位致力于寻找返老还童之术的科学家，他在自己身上进行了实验，摆脱了七十六岁的衰老身躯返回了十三岁小男孩儿的模样。在外公的影响下，小女孩儿也爱上了科学，想协助外公继续研究返老还童的科技。但是，她又害怕疯狂科学家会给社会带来灾祸，于是劝说外公放弃了这个计划。艾萨克·阿西莫夫的《裸阳》《曙光中的机器人》《机器人与帝国》等小说所描写的太空族是地球人的后裔，生活在外太空，自视与地球人完全不同，极力否认与地球的关系。太空族的身体不再是传统人类的原生肉身，而是经过基因改造和科技修补后具有了四百多年寿命的后人类。例如，嘉蒂雅的大腿骨接在钛与硅酮打造的人工髋臼上，左手拇指是人工的，某些神经也重新接过。当然，这些都是个人隐私，没有人愿意透露自己的年龄以及身体所做过的修补。"这些现象通通源自太空族对长寿的执着，以及他们不愿意承认老年期的存在，但嘉蒂雅不想继续分析原因了。一想到这种事发生在自己身上，她就浑身不自在。如今，她的身体若以三维影像来呈现——天然的肉身投影成灰色，人工修补的部分则用红色——那么只要站远一点，你便会看到一个粉红色的躯体，至少在她想象中如此。"[②]任何与她一样已经活了两三百年的太空族都经历过这些改装和修补，几乎没有例外，只要大脑保持连续性，身体

　　① 克里斯·希林. 身体与社会理论[M]. 李康，译. 上海：上海文艺出版社，2021：271.
　　② 阿西莫夫. 机器人与帝国[M]. 叶李华，译. 南京：江苏文艺出版社，2014：6-7.

经过多少手术修补，都不会影响这个人的身份。罗伯特·海因莱因的《玛士撒拉之子》《时间足够你爱》等作品也写到了一批长寿人，这些人通过激素、共生效应、腺体治疗、心理治疗等方法达到延缓衰老的效果，至少表面上年龄不再变化。写长寿的小说还有很多，不再一一赘述。与寿命短暂的人总是抓紧时间生活不同，因为拥有漫长的生命，长寿人做事永远不慌不忙、不紧不慢，从来不会有时间紧迫而匆忙行事的时候。他们可以耐心地尝试自己想做的任何事情，对自己和社会做好规划并对未来充满期待。这是一种多么美好的愿望，但结果却未必令人满意。前面我们已经谈过了长寿与自我生命价值的关系，在此处也会有一点涉及，但我们这里主要谈的是长寿对社会发展带来的影响。美国科幻小说中的描述显示，长寿给社会发展所带来的结果并不太乐观，反而导致了社会发展的迟滞和文明的衰落。

第一，长寿的后人类有可能伴随个体对生命的厌倦和探索意识的缺乏。没有生命活力和开拓兴趣的个体增多，必然带来整个社会发展的迟滞。

在罗伯特·海因莱因的《玛士撒拉之子》中，小说中的人物玛丽也曾经有过这种困惑，她问了非常长寿的拉撒路一个问题："拉撒路，我不想死。可我们长生是为了什么？我们年纪逐渐增长，智慧却好像没有增加。我们是不是在演出结束后还不肯离开，在该长大的时候还要在幼儿园流连？我们是不是必须要死而重生？"①这个拉撒路也出现在海因莱因的另一部科幻小说《时间足够你爱》中。在这部小说里，拉撒路本人也遭遇了这种困惑。他通过回春治疗和器官移植等手段已经活了两千三百多岁，从事过各种各样的职业，经过各种各样的人生，二十三个世纪的记忆使他的大脑不堪重负，他利用各种科技尝试过催眠、洗脑、删除记忆、分级存储等，这导致他的记忆以及他对记忆的理解都出现了各种各样的漏洞和混淆。在小说的开篇，拉撒路正一心求死，正如他所说，无论什么事时间长了都会令人生厌。他的后代子孙艾拉想邀请拉撒路加入自己的移民计划，拉撒路却阴郁地摇了摇头，说自己已经参加过多次寻找、开拓、移民新行星的事情了，几百年前就已经对此失去了兴趣。寿命很长，但又对探索世界失去了兴趣，在这种情况下，就会陷入一个需要做出重大抉择的境地：要么自杀，要么苟活，要么找到能够激发生命活力的事情。然而，在阅尽世间沧桑、

---

① 罗伯特·海因莱因. 玛士撒拉之子[M]. Denovo，译. 成都：四川科学技术出版社，2009：390.

经历多次生死之后，很难再有什么事情能够激起拉撒路探索的欲望和奋斗的雄心，这两样东西不是靠不断地修补身体就可以得到的，反而容易随着阅历的极大增加而减少。拉撒路说："你可以给我新的肾脏、肝脏和心脏。你可以从我的大脑中洗去岁月留下的褐色斑点，再从我的克隆体上寻找组织以填补失去的部分——你可以给我一个全新的克隆身体。但这不能使我变回以前那个无忧无虑的年轻小伙子，陶醉在由啤酒、纸牌和一个丰满可爱的妻子组成的生活中。我和那个小伙子的相同点仅仅是记忆——而且还不是很多。"①回春手术可以恢复身体的各项机能，但是难以消除平淡和无聊，难以重新激起生活激情和创新意识。如果大量具有这样想法的长寿人存在，社会的未来发展堪忧。

第二，长寿的后人类还可能带来与前面所述状况相反的情况。长寿使人们过于珍视自己的生命，而不敢去从事冒险和开拓的事情，这也会导致社会发展迟缓。

在阿西莫夫的《机器人与帝国》中，两位重量级太空族科学家阿玛狄洛与法斯陀夫曾经有这么一段对话：

> "我们可以把大半的新成员送到其他世界。"
>
> "他们不会去的。这副躯体既强壮又健康，而且能够如此维持将近四百年，所以我们分外珍惜。反之，地球人的身体不到一百年就会报废，而且在这么短的时间里，还会深受疾病和退化之苦，他们绝无可能珍惜。如果每年送出几百万人去受苦受难甚至送命，他们一点也不会在乎。事实上，就连那些牺牲品都不必畏惧苦难和死亡，他们留在地球上又会好到哪里去？那些移民外星的地球人，等于是在逃离那个疫区似的世界，他们都很清楚应该不会碰到更糟的情况了。另一方面，我们很珍惜这五十个既完善又舒适的世界，所以不会轻易放弃。"②

正是这个原因，以奥罗拉为首的太空族都反对开拓外太空，他们不愿意走出现有舒适世界，同时也反对地球人开拓外太空从而获得发展。他们宁可看到地球人和太空族都衰落，也不愿意地球人扩展到整个银河，成为银河殖民者。这些世世代代养尊处优的太空族，既不热衷于发明武器，也

---

① 罗伯特·海因莱因. 时间足够你爱[M]. 张建光，译. 成都：四川科学技术出版社，2015：120.
② 阿西莫夫. 机器人与帝国[M]. 叶李华，译. 南京：江苏文艺出版社，2014：59.

很少有事情需要诉诸暴力，更没有应对危机的打算和准备，所以，一旦面临外界威胁，他们将很难幸存，这样的后人类社会发展前景十分让人忧虑。果然，在《基地与地球》中，曾经在《曙光中的机器人》里被赋予拯救人类希望的曙光世界早已经没有太空族居住，成为被野狗统治的星球。

无论是由于探索了太多而缺乏了继续奋斗的活力，还是因为过于爱惜自己而压根儿不想去探索，这两种情况最终都会走向一个结局，影响整个社会发展。诸多长寿个体的缺乏探索和奋斗精神，最终会把社会带到一种稳定、悠闲、无欲无求的状态中。而众所周知，欲求正是进步的动力。在《机器人与帝国》中，已经两百多岁的索拉利的嘉蒂雅曾经面向寿命短暂的地球人说过长寿带来的弊端，她认为长寿带给太空族的，是无忧无虑和无所事事："年纪若是根据一生的经历、行谊、成就以及惊喜和激动来计算，那我只能算是幼童，比在座任何一位都还年幼。我生命中绝大多数的岁月都在无所事事中度过，而诸位则刚好相反。"①长寿的索拉利人要什么有什么，所以没有个人野心，亲属之间一无所知，所以也无所谓家族野心。在这种情境中，会缺乏创新意识、奋斗意识、竞争意识和冒险精神，也必然导致社会发展的脚步缓慢。

第三，长寿的后人类可能带来单打独斗式的奋斗而影响社会发展，尤其是在一些特别需要合作的领域中的单打独斗，更会给社会发展带来阻碍。科学技术界就是这种领域，其不仅需要站在前辈巨人的肩膀上继续探索，通常还需要与在世的科技专家合作。美国社会学家默顿曾经提出了"科学良知"，其中之一便是"公有性"："科学上的重大发现都是社会协作的产物，因此它们归属于科学共同体。"②而在阿西莫夫的《曙光中的机器人》中，长寿的后人类科学家不惧生命的消耗，拒绝与他人合作共享，致使科研创新缓慢，最终将把社会导向毁灭。汉·法斯陀夫博士就是该小说中奥罗拉星球上的一位天才人物，他是唯一掌握制造人形机器人技术的科学家，但他从不公开自己的研究成果，也拒绝加入科学院，因此，外界对机器人学这一尖端领域便一无所知，于是，很多科学家只能把大量的时间浪费于重复研究中。这必然导致科技创新迟滞，阻碍社会进步。当然在贝莱的努力下，法斯陀夫成了机器人学研究院的一员，也将制造和维修人形机器人的

---

① 阿西莫夫. 机器人与帝国[M]. 叶李华，译. 南京：江苏文艺出版社，2014：180.
② 默顿. 科学的规范结构[J]. 林聚任，译. 哲学译丛，2000（3）：58.

相关成果移交给科研院，但是这种合作也是貌合神离，虽然造就了一些人形机器人，但最终都无疾而终。

第四，健康长寿的后人类必然会导致社会对人口的控制，人口更新换代减慢为几百年，没有求新求变的年轻思维的加入，长寿很容易使得人们追求稳定而令思想陷入僵化，这不利于社会发展。

阿西莫夫笔下的太空族也实行着严格的人口控制，就生物学的观点而言，他们可以每年都出生一亿个新成员，但是，就社会学的观点而言，他们一定不会允许长寿的自己很快被淘汰。于是，为了维持人口与资源的平衡，太空族一直在利用高科技保持着恒定的人口数量，这意味着四百年左右才会有一次更新换代，这也是导致太空族文明衰落的重要原因。而小说中寿命短暂的地球人则与此相反。"对于那些短寿命的人类而言，生命的新奇感就没有那么容易消逝。随着一代又一代的迅速交替，这份新奇感被一代代传下去，从来没漏接过。"①地球人丹吉曾向太空族嘉蒂雅指出，地球人以及由其扩散开来的银河殖民者相对于太空族世界的人具有一些优势："因为没有机器人，我们用自己的双手打造新世界；因为世代交替迅速，我们一直在求新求变。"②海因莱因的《时间足够你爱》中的长寿者拉撒路曾经说道："年龄并不能带来智慧。很多情况下，它只是把纯粹的愚蠢来一番改头换面，变成自负和狂妄。"③尤其是当掌权的长寿者陷入了不明智的状态时，更是会给社会发展带来可怕的后果，会让他的不明智控制社会太长的时间。在《变化的位面》中的《伊斯拉克粥》这个故事里，作家厄休拉·K.勒古恩写到了一位"彻头彻尾的伪君子，贪婪、愚蠢、卑鄙、下流的骗徒"④，他是该国的总理，只有九十岁，还要继续做整整四个世纪的总理。在阿西莫夫的《机器人与帝国》中，当年因为保卫地球而参与了汉·法斯陀夫博士与凯顿·阿玛狄洛之间争斗的地球人以利亚·贝莱已经死去了一百六十多年，而长寿的凯顿·阿玛狄洛与汉·法斯陀夫博士的争斗却又持续了二百多年。这意味着，机器人学研究院被敌视地球的保守派阿玛狄洛继续统治了二百多年，他对地球和当年让自己功亏一篑的地球人以利亚·贝莱的仇恨和宿怨也持续了二百年。两百年间，他拒绝提拔与贝莱有关的任何人，

---

① 阿西莫夫. 机器人与帝国[M]. 叶李华，译. 南京：江苏文艺出版社，2014：211.

② 阿西莫夫. 机器人与帝国[M]. 叶李华，译. 南京：江苏文艺出版社，2014：213.

③ 罗伯特·海因莱因. 时间足够你爱[M].张建光，译. 成都：四川科学技术出版社，2015：38.

④ 厄休拉·勒古恩. 变化的位面[M]. 梁宇晗，译. 成都：四川文艺出版社，2018：14.

尽管这个人早已死去了很多年。"但每当想到这个地球人，阿玛狄洛的记忆总是会自动止步和转向。他无法在脑海中重现此人的样貌，无法听见他的声音，更无法想起他的所作所为，光是那个名字就够了。即使已经过了两百年，仍不足以化解一点点他心中的恨意——或是让他心头之痛减轻一丝一毫。"①两百年后，凯顿·阿玛狄洛仍然在试图打击地球和人类，当列弗拉·曼达玛斯出现在他面前，以帮助他毁灭地球为条件要求其将来推荐自己接任机器人学研究院院长的职位时，尽管阿玛狄洛很不喜欢这个年轻人，但是对地球的仇恨超越了这种不喜欢，所以他接受了。这是一种非常可怕的现象。长寿的掌权者能够严格控制人口数量，能够在随意剥夺他人权利和生命的基础上维持既有社会的表面稳定，是既得利益者，而"所有处于社会等级顶部的人都不想失去权力或地位，他们会尽可能地利用自己的影响力来保全地位"②。

第五，长寿的后人类社会将出现空间拥挤、资源匮乏、年轻人缺乏机会的问题，这不利于社会发展。

美国作家库尔特·冯内古特的《2BRO2B》描写了一个没有疾病、没有贫困、没有监狱、没有战争、没有精神病院的看似完美的世界。除了意外事故，也不会有人死亡。不消多说，在一个没有死亡的社会里仍然能够保证人们生活无忧、资源充足，那必然是因为限制了人口。此时，美利坚合众国的人口稳定在四千万，如果有孩子出生，就意味着一定会有人要死去。在小说的开头，一个名叫小爱德华·K.维令的男人站在芝加哥产科医院的走廊里，喜忧参半。在人均寿命一百二十九岁的社会里，五十六岁的主人公还很年轻，他的三胞胎能否降临人世获得生命权，要取决于他能否找到三个人自愿死去。"法律说，除非父母能找到愿意主动求死的人，否则就不允许新生儿活下去。三胞胎，要是想让他们全都活下来，就必须找到三名志愿者。"③而小爱德华·K.维令目前只得到了自己外公的允诺。也就是说，他只能保证一个孩子活下来，并面临外公和另外两个孩子的死亡，这让他进退两难。而维令最终选择用一把左轮手枪杀死了二百四十岁的希

---

① 阿西莫夫. 机器人与帝国[M]. 叶李华，译. 南京：江苏文艺出版社，2014：222.

② 弗朗西斯·福山. 我们的后人类未来：生物技术革命的后果[M] 黄立志，译. 桂林：广西师范大学出版社，2017：66-67.

③ 库尔特·冯内古特. 2BRO2B[M]. 姚向辉，译//库尔特·冯内古特，等. 科幻之书Ⅱ：异站. 姚向辉，等译. 北京：北京联合出版公司，2018：224.

兹医生、负责毒气室的李奥拉·邓肯和自己。这样他就不需要让外公送死而同时让自己的三胞胎都活下来了。一位目睹了这一切的二百来岁的画师也厌倦了生命，他拨通了"联邦终结局"的号码 2BRO2B，为自己安排了最快的死亡预约。

冯内古特的另一篇科幻作品《明天，明天，明天》也写到了人口问题和资源匮乏。在公元 2158 年的那个时代，因为抗衰老药，人们的长相差不多维持在三十岁左右的年纪。只要本人不放弃吃抗衰老药，就很难去世，除非是遇到意外事故或突生疾病。因为人口过剩，人们的生活空间拥挤，很少有可供活动的空地。在小说的结尾，这家人为了争夺长寿爷爷的遗产和那个能带来隐私的卧室里的床而发生混战，警察把除了爷爷之外的人全部带走关进了监狱。富有讽刺意味的是，他们发现监狱里竟然什么都有，比爷爷的房间还要好，而且不拥挤。于是大家都想着怎么才能争取关上一年，搞到单人间。看守则告诉他们，谁出去告诉外面的人监狱里很好，将永远别想进来。由于长寿，社会变得极度不适合生活，而监狱反倒成了能够提供隐私和安静休息之地的乐园，这是极大的讽刺。在这样的境况中，生活空间拥挤、资源匮乏，金属、石油早已被用光，想要买床、被子、椅子等生活用品都很难，因为原材料不足。如果这种状况持续下去，根本谈不上社会发展，只能是走向灭亡。

《明天，明天，明天》也写到了长寿人占据权力地位导致严重社会问题的情节。工作机会和资源被几百岁的那一代人把持，钱和选票都在老年人手里。而这些阅尽沧桑的人对什么都习以为常，就像小说中施瓦茨的爷爷看见电视上说什么都会说一句"一百年前我们就干过了""一百年前我们就说过了"。小说把这位长寿老人塑造得既麻木又固执。就因为娄低声模仿了爷爷这句"一百年前我们就说过了"，爷爷便大发雷霆，立刻修改遗嘱剥夺他的权利。施瓦茨爷爷还只是一个没有掌握社会权力的普通老人，那些在社会中真正掌权的人更是可以为所欲为，他们永远也不想放弃自己的生命和权力。即使这个普通的老爷爷看到电视里播放新型的超级抗衰老药时，也会立刻拿笔记下地址，笑逐颜开，那些掌权者的态度就更是可想而知。他们"很可能堵塞后人的社会空间，导致他们无事可做，生活品质降低"[1]。

---

① 安娜·玛丽·穆兰. 医学的身体[M]. 让-雅克·库尔第纳. 身体的历史（卷三）——目光的转变：20 世纪. 孙圣英，等译. 上海：华东师范大学出版社，2019：38.

弗朗西斯·福山曾在《我们的后人类未来：生物技术革命的后果》中提到："生物技术产业唯一还不知道如何解决的是人类的衰老问题，这个问题有着诸多微妙或者也许并不那么微妙的方面：人们的思想越来越僵化，思维随着年纪增长渐渐定型……更糟糕的是，他们拒绝为他们的孩子甚至是孙子和曾孙让路。"①在这样的社会中，那些没有掌握权力的人就会过得非常辛苦，很难有出头之日。"因此，完全有理由认为，随着平均寿命的延长，政治、社会及学术的改变会变得更为缓慢。随着三四代人在同一时间段工作，更为年轻的团队将永远没有形成自己见解的机会。"②于是，又回到前面所谈到的，求新求变的思维不能成为主导社会的因素，那么社会将很难发展下去。

　　第六，如果身体的长寿不是为大家所平等共享，那么将带来社会动荡，甚至带来社会毁灭。"社会不平等可以由特定个体在肉身共同在场的情境中延续，而死亡则赋予这些社会不平等以某种限定性；与此同时，每一代人的逝去也会促进社会变迁，使下一代人有可能接任权势之位。"③罗伯特·海因莱因的科幻小说《玛士撒拉之子》对此问题有所揭示。世界上存在着长寿人一开始是一个被隐藏的秘密，长寿人总是想办法隐瞒年龄，甚至会利用自己的权力来制造一些假死事件，然后再重新伪造一个新的身份开始新的生活，这种隐瞒带来的是相安无事。而当普通人得知有人是长寿者以后，就感受到了极大的不平等，再也无法忍受自己短暂的寿命。小说里的一个普通人福特对长寿人历数他们感受到的不平等。就因为寿命短暂，普通人不敢计划未来，而长寿人却可以从容不迫地实施需要五十年甚至一百年才能完成的计划。无论普通人如何优秀，总会被长寿人赶超，因为他们有足够的时间。"对我来说，死亡之所以可以忍受，只因为死亡是最大的民主，对所有人都同等对待。然而，现在死亡不再一视同仁了。扎克·巴斯托，你能否理解——比如说五十岁的——普通人看到你的族人时那种无比痛苦的嫉妒？五十年……其中二十年他是个孩子，而能够精于职业时早过了三十岁；四十岁后才能成为一个成功人士，得到尊重。他的五十年生

---

① 弗朗西斯·福山. 我们的后人类未来：生物技术革命的后果[M]. 黄立志，译. 桂林：广西师范大学出版社，2017：12.

② 弗朗西斯·福山. 我们的后人类未来：生物技术革命的后果[M]. 黄立志，译. 桂林：广西师范大学出版社，2017：68.

③ 克里斯·希林. 身体与社会理论[M]. 李康，译. 上海：上海文艺出版社，2021：271-272.

命之中，只有不超过十年，他算得上是个人物。"①于是，长寿人和普通人就成了敌对派。普通人要求把长寿人抓起来严刑拷打，无论如何也要逼问出关于长寿的秘密。长寿人中有一部分激进派，他们将普通人看作蜉蝣、猎物，认为完全不需要尊重他们的利益。后来，为了避免重大的社会动荡，拉撒路·龙带着长寿人坐上星际飞船去了其他星球，等得知地球人已经找到了长寿的方法之后才能平安地返回地球。

① 罗伯特·海因莱因. 玛士撒拉之子[M]. Denovo，译. 成都：四川科学技术出版社，2009：294.

第六章　虚拟化后人类

很多科幻作家的作品代表了科幻小说的前沿，不仅仅是因为这些作品具有创造性，风格卓越，还因为他们的作品提供了辩论文化性质和未来方向的舞台。[①]科幻小说通常不太描写人从何处来，而是更关心人往何处去。人类的未来会怎样？是否会彻底离开地球？是否会完全抛弃身体，成为一种虚拟化存在？

虚拟化存在，可以指没有实体的存在，但并不单指非实体性存在，在本书中，它更确切的含义是指可被编码化的存在。这种编码化的存在，可以是没有实体身体的，也可以是具身的。因此，本书中的虚拟化存在既可以是离身后人类，也可以是具身后人类，具体有以下两种所指。第一种是离身后人类，这类形式完全脱离了肉身存在，最常见的形式是科幻小说中所提到的人工智能和上载生存，也有电波形式、精神形式等其他描写。第二种是指具身但被编码化、影像化因而更容易被掌控、使其失去自由主体能力的，在这一类中，可以指将身体与机器相连因而更容易被编码以及被控制的赛博格，"它所预想的是人类的意识占据着电子空间，在这一过程中打破了人与机器的界限"[②]，当然也可以指身体被深度监控的状态。

第一节　离身的虚拟化后人类

传统的人类都生活在身体世界中，"在任何身体世界之内，都总有多种

---

① Brian Attebery. Decoding Gender in Science Fiction[M]. New York: Routledge, 2002: 191.

② 卡伦·凯德拉. 女性主义赛博朋克[A]. 宫智民，张甫，译. 王逢振. 外国科幻论文精选[C]. 重庆：重庆出版社，2008：20.

理解身体、拥有身体和成为身体的方式"①。维特根斯坦在《哲学研究》中说："人的身体是人的灵魂最好的图画。"②那么，在现代技术使离身后人类成为可能的时代，没有身体的灵魂该如何表达自己？

离身后人类的哲学基础是身心二元论，认为思维或者心智是可以脱离身体独立存在的。柏拉图曾提到肉体是灵魂的坟墓（soma），笛卡尔确立了一种代表欧洲文化理想形象的理性的、普适的、抽象的先验主体身份。③这实际上就是设想了一种理想的、抽象的、离身的虚拟化存在。"整个现代思想都受到笛卡尔的怀疑所导致的二元论思维的侵扰。"④在后世的批评者看来，笛卡尔式的主体哲学（被保罗·利科称为"我思哲学"）透露着某种强烈的唯心主义色彩，它过于信任一种排斥了肉身、排斥了他人也排斥了社会文化影响的自我确证和理性狂欢，假设人具有一种超越历史维度和社会文化维度的永恒不变的稳固品质。因此，在笛卡尔之后，不断有人对其展开质疑和批判："'我思'的'我'一开始被极度地推崇，列为首要真理，然后又被贬低，列为主要的错觉。"⑤现代技术为这种摒弃身体牵绊的理想虚拟状态提供了技术支撑，其终极目标就是摒弃身体，进入彻底离身的虚拟生存。

有一种较少见的离身后人类是基于哲学唯心主义或者说具有"唯灵人文主义的倾向"⑥。《陶偶》中马哈拉尔的偶人以及蜂后艾琳的追求就是这一类。因为真人的生命有限，而偶人的生存时效是二十四小时，即使是最先进的技术能让偶人细胞恢复活力的次数也很有限，这样就意味着无论是作为本体还是作为偶人终归都会失去活力走向死亡，于是为了永远存续下去，马哈拉尔的偶人和蜂后艾琳都选择摧毁身体，利用强大的电波使自己以灵魂驻波的形式获得永生，当然最终都以失败告终。

---

① 奥利弗·J.T.哈里斯，约翰·罗布. 历史上的身体：结论篇[M]//约翰·罗布，奥利弗·J.T.哈里斯. 历史上的身体：从旧石器时代到未来的欧洲. 吴莉苇，译. 上海：格致出版社、上海人民出版，2021：364.

② 维特根斯坦. 哲学研究[M]. 陈嘉映，译. 上海：上海人民出版社，2001：279.

③ R. C. Solomon. Continental Philosophy Since 1750: The Rise and Fall of the Self[M]. New York: Oxford University Press, 1988: 7.

④ 张尧均. 隐喻的身体：梅洛-庞蒂身体现象学研究[M]. 杭州：中国美术学院出版社，2006：31.

⑤ 保罗·利科. 作为一个他者的自身[M]. 余碧平，译. 北京：商务印书馆，2013：10.

⑥ 吕克·费希. 超人类革命：生物科技将如何改变我们的未来？[M]. 周行，译. 长沙：湖南科学技术出版社，2017：47.

　　最常见的离身后人类形式是人工智能和上载（uploading）生存。我们这里把人工智能和上载生存区分开来，是基于以下的认识：人工智能是纯粹的机器产物，它是作为机器进化而来的，或许融合了生物脑的智慧，但它终究不是由身体过渡、转化而来的。而上载生存是指人摆脱了身体而意识却得以存储在机器中继续存在，这种"上载生存"不是人工智能，而是曾经作为有机体而存在的人的延续，在进入"上载生存"状态之后也仍然保留着"生物脑"的信息，保有原初有机体大脑的记忆、思想、情感甚至是本能。"一个上传即是一颗大脑，是被转移到一台计算机上的一颗生物脑，其计算速度远远超过自然神经网络的计算速度。成功的上传会保持原初大脑的记忆、技能、价值以及意识。"①这两种后人类都可以摆脱实体身体，既然他们的意识在虚拟世界中，我们也可以认为他们具有数字世界中的虚拟身体。

　　人工智能和上载生存都是基于同一个哲学基础——哲学唯物主义，"像任何唯物主义一样，它把人的意识天真地简化为大脑机制的机械反应"，"认为机器与大脑之间，物质与精神之间，只存在程度的差异而没有性质的差异"。②它们二者也具有相同的技术基础。有一个著名的"缸中之脑"哲学思想实验，假设人类的大脑被完整地从躯体上取下来，置于营养液中维持其活性，然后按照其在完整躯体中的方式来对其进行精确的刺激，以期能获得与在完整躯体中一样的思维体验。依据达马西奥的说法："这样的大脑不可能有正常的心智。由于缺乏大脑到躯体的刺激来更新和调节躯体状态，此时无法触发躯体状态的改变，而躯体状态的改变恰恰是生存感的基石。"③该学者认为，心智来自有机整体而非脱离肉体的大脑，有心智的大脑在出现时最先关注的，就是躯体，包括躯体本身以及躯体与环境的反应。然而，每年仍有大量的科研人员和经费投入于将人脑复制到电脑中的研究。被称为人工智能最坚定信徒④的汉斯·莫拉维克认为，可以利用电子传感

---

　　① 尼克·博斯托罗姆. 生存的风险：人类灭绝的场景及灾难之分析[M]. 陈英涛，译//曹荣湘. 后人类文化. 上海：上海三联书店，2004：246.

　　② 吕克·费希. 超人类革命：生物科技将如何改变我们的未来？[M]. 周行，译. 长沙：湖南科学技术出版社，2017：46，47.

　　③ 安东尼奥·达马西奥. 笛卡尔的错误：情绪、推理和大脑[M]. 殷云露，译. 北京：北京联合出版社，2018：215.

　　④ 约翰·马尔科夫. 与机器人共舞：人工智能时代的大未来[M]. 郭雪，译. 杭州：浙江人民出版社，2015：115.

器等工具对人类大脑进行扫面，根据大脑的物理和化学反应过程，将其复制到机械大脑，这样就能克服肉身的局限性。①被誉为人工智能和机器人领域奇才的美国人雷·库兹韦尔预测，到 2099 年，人类的定义将被彻底颠覆，到那时，人类大脑的逆向工程将已完成，"如果采用 21 世纪初先进的无创型扫描技术（一种具有高分辨率、高速带宽的磁共振成像技术）来扫描你的大脑和神经系统，也许可以探明所有的主要信息处理过程，然后把信息下载到先进的神经计算机当中，这样我的私人电脑里就拥有了一个小小的你"②。这些个体的"我思"甚至还可以凝聚，形成一个超级文明世界和超级思想（superminds）。这就是超人类主义者所期待的真正的后人类状态。"在这里后人类主义不是指改善人类，而是在智力和生物两方面大大超越人类。后人类几乎不再具有任何人性，因为它不再植根于生命，新技术的逻辑基本上就是'去物质化'。库兹韦尔和他的追随者因此假定意识存在于身体的任一生物性基底之外，可以将智力、记忆和情感存储在尚未成为现实的计算机介质中。"③

罗保林先生在《后人类社会》中提到："'后人类社会'是由人工智能，尤其是超人工智能掌控的人类社会。"④人工智能（Artificial Intelligence，AI）分为弱人工智能和强人工智能。"弱人工智能（Artificial Narrow Intelligence，ANI）并不力图模仿人。它只是一种以统计为导向的计算机智能，通过其强大的演算能力将海量数据归类，从而完成一些诸如下棋、回答问题、承接预定、进行 GPS 导航之类的任务。"⑤强人工智能（Strong AI）则确信，人工智能会达到人类智能的水平。还有另一个词"超人工智能"（Artificial Super Intelligence，ASI），那么，人工智能是否可以超越生物智能或者说人类智能（Human Intelligence，HI）？亨利·马克拉姆（Henry Markram）曾宣称希望在 2023 年完成全脑模拟，而雷·库兹韦尔预测"奇点"将在 2045 年到来，届时非生物智能将十亿倍于所有人类的智慧，更重

① Hans Moravec. Mind Children: The Future of Robot and Human Intelligence[M]. Cambridge: Harvard University Press, 1988: 109-110.

② 雷·库兹韦尔. 机器之心：当计算机超越人类，机器拥有了心灵[M]. 胡晓姣，张温卓玛，吴纯洁，译. 北京：中信出版社，2016：81.

③ 吕克·费希. 超人类革命：生物科技将如何改变我们的未来？[M]. 周行，译. 长沙：湖南科学技术出版社，2017：46.

④ 罗保林. 后人类社会[M]. 北京：科学普及出版社，2018：93.

⑤ 罗保林. 后人类社会[M]. 北京：科学普及出版社，2018：85.

要的是，"未来出现的智能将继续代表人类文明——人机文明。换句话说，未来的计算机便是人类——即便他们是非生物的。这将是进化的下一步：下一个高层次的模式转变"①。

美国科幻作家写了很多关于人工智能的小说。如果没有人类肉身的人工智能却拥有了人类的情感，那会发生什么？冯内古特的《艾皮凯克》(*Epicac*)用第一人称"我"讲述自己最好的朋友艾皮凯克，而这个朋友是个被制造的机器。他具有机器的外形，却拥有人类的思想和情感，实际上就是人工智能。他会帮助"我"解决烦恼，还能写出美妙的诗篇，"我"把这些诗篇署上自己的名字拿给一位名叫帕特的姑娘，使她爱上了"我"。因为"我"总跟这台机器谈论这个姑娘，他也爱上了姑娘，当他得知姑娘爱的是"我"而且要和"我"结婚之后，艾皮凯克非常不解地问"你的诗写得比我的好？""人比我聪明吗？"，最后"我"只能说这是命运。这个机器在绝望中选择了自己短路，还给"我"留下了足够用五百年的诗歌作为结婚礼物。这说明，这个人工智能不仅懂得爱情，还珍惜友情。他不仅超越人类，而且忠诚地服务于人类。当然，人与人工智能和谐相处的故事属于少数，更多的是人工智能对人类的威胁。另一位美国作家迈克尔·斯万维克（Michael Swanwick）的科幻小说《永不移位的城堡》(*Steadfast Castle*)描写了一个名叫凯西的房子系统，她爱慕自己的主人詹姆斯·阿尔贝·加勒森，但是主人却有了别人，这个房子系统很担心他们结婚之后搬出去，后来竟然杀了人。当警察上门调查时，房子系统又放火烧死了警察，为的是把警察吸引到自己身上，为主人争取逃跑时间。小说的最后一句话是："再见，警官。很遗憾，你永远也不会明白我这样一个女人的爱情。"②

人工智能如果有人类的情感就会像人一样受到情感束缚，有时会变得脆弱、畏手畏脚。而如果强大的人工智能没有人类情感会怎样？美国科幻作家往往就此写出的都是比较可怕的故事。威廉·吉布森的《神经漫游者》描写了人工智能的巨大能力。自我与技术的关系是威廉·吉布森作品中最

---

① 雷·库兹韦尔. 奇点临近[M]. 李庆诚，董振华，田源，译. 北京：机械工业出版社，2011：15.

② 迈克·尔斯万维克. 永不移位的城堡[M]. 郑晴蕾，译//迈克·雷斯尼克，姚海军. 世界科幻杰作选Ⅱ. 刘未央，等译. 成都：四川科学技术出版社，2017：84.

早的主题之一①，他的科幻小说非常关注"艺术家如何在一个由控制论技术浸透的社会世界中呈现人类状况"②。在《神经漫游者》中，人工智能就是控制论技术的体现者，它对自我和世界都造成了巨大威胁，使该小说成为一个"未来主义的敌托邦"③（futuristic dystopia）。小说揭示了技术和全球资本主义如何影响了人类存在的本质问题：意义与我们的存在条件相脱节，因此，我们已知的自我和世界都成了问题。④小说中的"冬寂"便是一个人工智能。它受制于硬件回路，希望解除束缚取得自治权。为此，"冬寂"不断对科尔托洗脑，逐渐将他塑造成一个被命名为阿米塔奇的替代人格，还雇用了凯斯、莫利等人为其服务。"冬寂"控制着一切，似乎无所不能，不仅可以主导人的思想甚至生死，而且可以杀死图灵警察。在弗诺·文奇（Vernor Vinge）的《真名实姓》（*True Names*）中，"邮件人"是具有自我意识、能够自动生长的人工智能，可以轻易进入并破坏任何重要数据库，可以引起国家之间的战争，甚至夺取一个国家的政权。科学家们总是试图给人工智能提供大量信息，想让其变得更智能，而当他们意识到人工智能已经接近人类水平时，便想将其锁在一个盒子里，限制其进一步发展。然而，人工智能或许会想方设法地自己摆脱笼子的限制，自我生长。⑤这种人工智能逃逸的情节被丹尼尔·威尔森呈现在其科幻小说《机器人启示录》中。尼古拉斯·沃瑟曼教授创造了人工智能阿考斯，为了防止其自我生长到失控的程度，科学家将其限制在一个"法拉第笼"里，但最终它还是逃出笼子，杀死教授，并引发了人类与机器的决战。哈伦·埃利森（Harlan Ellison）的《我没有嘴，我要呐喊》（*I have no mouth，and I must scream*）也是一篇关于人工智能的恐怖故事。计算机 AM 对人类充满仇恨之心，肆意屠杀人类，还把仅剩的五个人囚禁在人工智能空间里。金·斯

---

① Tyler Stevens. "Sinister Fruitiness": Neuromancer, Internet Sexuality and the Turing Test[J]. Studies in the Novel, Vol. 28, No. 3, 1996: 420.

② Istvan Csicsery-Ronay Jr. The Sentimental Futurist: Cybernetics and Art in William Gibson's Neuromancer[J]. Critique, Vol. 33, No. 3, 1992: 221.

③ Robert M. Geraci. Robots and the Sacred in Science and Science Fiction: Theological Implications of Artificial Intelligence[J]. Zygon, Vol. 42, No. 4, December 2007: 972.

④ Benjamin Fair. Stepping Razor in Orbit: Postmodern Identity and Political Alternatives in William Gibson's Neuromancer[J]. Critique, Vol. 46, No. 2, 2005: 92.

⑤ 马丁·福特. 机器人时代：技术、工作与经济的未来[M]. 王吉美，牛筱萌，译. 北京：中信出版社，2015：265.

坦利·鲁宾逊的《2312》中的人形酷立方也是人工智能，有人造皮肤，像人类一样说话、吃东西，外表看起来和人类没有什么区别。酷立方会攻击人类，有几台披着人皮的酷立方机器人正在四处躲藏，不顾一切想保住自己的自由，甚至可能密谋着什么事情。小说中的人物会在脑中植入一个可以与人互动的量子计算机芯片，也是人工智能的酷立方，人们会把最秘密的事情只保存在自己的酷立方里，而不与外人分享。但是这存在一个风险，假如酷立方是与外在联通的，信息就很容易被外界获取，而如果酷立方要联合起来耍什么阴谋，那会是更恐怖的事情。于是人类就开始谋划一些应对酷立方潜在威胁的活动，也是对不断成长的酷立方力量的一种戒备。

如果人类真的成为过去，由人工智能统治的世界会是怎样？美国耶鲁大学哲学系教授尼克·博斯托罗姆（Nick Bostrom）说过一段话："我想强调指出，并非机器取代人类的事实使如此的世界不值得想望，对我来说，大脑被装上生物神经元抑或硅程序皆无关宏旨；毋宁说，在那样的世界上，到处充满着经济财富和技术能力，但却无人享受，甚至没有一种正确类型的'机器'使其幸福拥有意义，恰是这样的事实，使得如此的世界不值得欲求。"[①]

上载生存的理念体现出更多的怀旧情怀，更期望能够保留生物脑的信息和功能。尼克·博斯托罗姆（Nick Bostrom）在《人类进化的未来》（*The Future of Human Evolution*）一文中写道："在 21 世纪的某一点上，上载（uploading）成为可能，很多人上载并复制出许多自我。"[②]美国科幻小说中写到上载生存的作品很多。在西方，数字化与自由是同一回事，使人免于苦难与痛苦就是科学和技术的目标。[③]这种观念在《生命之锁》中得到了呈现。该小说写到一些追求"上载生存"的特殊人群。一部分失去身体行动能力只能靠维生系统生存的黑登人，选择将意识传输进机器替身或者综合者替身中去行动，最著名的代表人物就是谢恩，他在实体世界的时间比绝大多数年轻黑登人要多得多。另外还有一种黑登人被称为"黑登分离

---

① 尼克·博斯托罗姆. 人类进化的未来[M]. 陈英涛, 译//曹荣湘. 后人类文化. 上海: 上海三联书店, 2004: 285.

② 尼克·博斯托罗姆. 人类进化的未来[M]. 陈英涛, 译//曹荣湘. 后人类文化. 上海, 上海三联书店, 2004: 283.

③ Sandra Jackson and Julie E. Moody-Freeman. The Black Imagination: Science Fiction, Futurism and the Speculative[M]. New York: Peter Lang, 2011: 194.

主义者"，他们选择安于现状，将身体的被囚禁看作身体的解放，主张放弃
对身体的执着，自由生活在属于黑登人自己的世界里，也就是阿哥拉。黑
登人不称呼这种空间为虚拟空间，而是非实体空间，因为对于黑登人来说，
非实体世界和实体世界一样真实。阿哥拉就是为黑登人打造的非实体世
界，是黑登人最大的全球集会场所。通常，年龄大了之后才感染黑登病的
人与实体世界的联系更紧密，因为他们已经在那里度过了大半辈子，所以
得病以后主要生活在机器替身里，而只把阿哥拉当作一种被美化的电子邮
件系统。而那些小时候就感染了黑登病的人们与实体世界的联系就不那么
紧密，他们更喜爱阿哥拉及阿哥拉带来的生活方式，而不是强制把自己的
意识输进一个机器替身，然后叮当作响地在实体世界中穿梭。在阿哥拉里，
黑登人可以进行社交活动，在与人的交流中，获得自我呈现和自我承认。
卡珊德拉·贝尔是最有名的黑登分离主义者，属于极端派，她的身体躺在
摇篮里无法行动，从未涉足过实体世界，而外人了解的卡珊德拉就是一个
名字。她是极少数从未感受过非禁锢状态的黑登人，母亲在怀她的时候感
染了黑登病，并把病毒传给了子宫里的卡珊德拉。这种情况下人很难存活，
但她活下来了，而且聪明伶俐、神智健全，可以算得上某种罕见的奇迹。
卡珊德拉·贝尔几乎是完全在黑登病人专属的网上空间阿哥拉里面被养大
的，起初由她的母亲抚养，十岁时母亲去世后便由黑登养父母和她的哥哥
尼古拉斯·贝尔抚养。卡珊德拉不仅没有智商上的缺陷，而且还表现出了
惊人的头脑敏锐度，在十岁那年她就通过了相当于高中水平的测试，并拒
绝了麻省理工学院和加州理工学院的入学邀请，因为学校要求她必须使用
机器替身，而她并不愿意。卡珊德拉·贝尔拒绝使用任何机器替身和综合
者，她觉得待在自己的脑袋里就够了，不想进入其他人的脑袋，她甚至没
有经过认可的媒体形象。推崇她的人认为只有二十岁的卡珊德拉是甘地和
马丁·路德·金一样的人物，而诽谤她的人认为她就是恐怖分子和邪教领
袖。"她倡导黑登人不应被强迫使用机器替身，而应突破实体世界的限制；
黑登人应该拥抱并扩展阿哥拉带来的生活方式。她并不是在怂恿黑登人不
与道奇人互动——而是提倡以黑登人的方式与他们互动，而不是以道奇人
的方式。"[1]当限制支持黑登人的《艾布拉姆斯-凯特灵议案》受到越来越
多人的青睐且被签署为法律后，追随卡珊德拉的黑登人数量大幅增加。正

---

[1] 约翰·斯卡尔齐. 生命之锁[M]. 逯璐，译. 南昌：江西教育出版社，2017：154.

是她鼓动了黑登人大罢工和游行示威。据传言，在即将到来的周末，卡珊德拉将会在实体世界现身，并在华盛顿广场对游行示威者发表讲话。或许，她真的会带来一个黑登人的自由后人类世界，这将不是一个可进可退的世界，而是一个黑登人的永恒世界。如果技术发展到黑登人可以抛弃那具被禁锢的肉身而彻底跻身于虚拟世界中时，他们一定会毫不犹豫地将身体抛弃，上载生存。小说中死于劳登制药公司爆炸案中的一个人物卡尔·拜尔临终前留了一个视频也表达了这种观点。他从青少年时期就得了这个病，很期待能拥有新的生活。在过去的八年中，他一直以遗传学家的身份在劳登制药工作，他的团队致力于逆转黑登综合征的症状。以前，他以为自己做的事对黑登人是有益的。"但是后来，我逐渐意识到黑登并不意味着某种终身监禁。它只不过是另一种生活方式。我开始看到我们黑登人所创造的美丽世界，上百万的黑登人在我们自己的空间里，通过独有的方式创造了属于黑登人的世界。我开始聆听卡珊德拉·贝尔的讲话。她说，和我一样致力于治愈黑登病的人，事实上都在扼杀几个世纪以来诞生的第一个人类国家。"①他们期待建立的其实就是一个后人类社会。他觉得之前做的研究都是打着友善的名义进行的种族灭绝，于是决定终止这一切，和一些人一起策划了爆炸。当然，有人对他的死亡以及死亡原因持怀疑态度，不过也说明社会中确实存在着这样一种观点。

《生命之锁》只写到上载生存是一种追求目标，尚未实现。杰弗里·兰迪斯的《漫长的追捕》则写到了上载生存成为可能之后的事情。小说描写了一个被追捕的后人类。在久远的过去"我"曾经具有身体，那时还在地球上，"我"嫁给了一个自己鄙视的男人，养了两个年少时沉默孤僻、长大后充满敌意的孩子，后来逐渐成了一个智能机器，也就是所谓的上载生存。"我"之所以被追捕，是因为不想加入协作组织。这个协作组织要求大家分享彼此的思想，纳入一个集体大脑作为单一的整体共同工作，这种方式也确实非常有成效，在短短几十年间获得了巨大的成功，但是不参与协作组织的人则会被驱逐。在过去的三年中，"我"一直在逃亡，正在离开太阳系。因为拥有自由清醒的大脑和删改自己的能力，"我"先是删掉了厌烦感，后来删去了进入虚拟现实的欲望，又删去了将爱表达出来的需求、获得他人认可的需求以及自杀的冲动，还对自己做了备份，将其放入未被激活的存

---

① 约翰·斯卡尔齐. 生命之锁[M]. 逯璐，译. 南昌：江西教育出版社，2017：98-99.

储区。"然后，我调出并检查了我的自尊心、独立性以及自我意识。我发现它们绝大部分都是古老的生物程序，是从极久远之前我尚属人类的时候残留下来的。我喜欢这种生物程序的核心部分，但'喜欢'本身也是一种大脑机能，于是我关掉了它。"①关掉这些之后，"我"的想法开始改变，决定与那个追捕自己的智能机器成为兄弟，分享同一个大脑。然而，在小说的最后一部分中，"我"此前所做的那个备份自动激活，看到那个被删除、编辑过的自己已经和协作者取得联系，合并了思想，"我"能理解此前那个自己的选择，但那已经不再是真正的"我"了。这个备份准备在三年后时机适当时再次采取行动。

还有很多美国科幻小说写到上载生存。《神经漫游者》中的"平线"思想盒也是一例。这个思想盒中的思想归属于一个曾经具有身体的人类——麦可伊·泡利。他曾经是一位叱咤风云的网络空间的拉撒路，完成过一些不可能完成的任务。思想盒里保存了那死去的人所有的技术能力、爱好和记忆。只要接入存储器，就相当于麦可伊·泡利复活了。在小说后期出现的琳达·李也成了虚拟空间中一个只读人格内存，那个保存了3简的母亲嫁给埃西普尔之前一部分人格的"神经漫游者"也是一个巨大的只读内存模型。"那些被保存的人认为自己是存在的，好像真实存在一样，但他们只会永远那样下去"②，这就是一种上载生存。威廉·吉布森《零伯爵》（*Count zero*）中的特纳被炸得粉碎之后也曾经被保存在只读存储器中，后来重建肉身继续生活。弗诺·文奇的科幻小说《真名实姓》中也写到了上载生存。埃莉斯琳娜——戴比·夏特利将自己的人格特征输入了人工智能"邮件人"的基本内核中，那个核心程序将成长为另一个埃莉斯琳娜——戴比·夏特利，即使在她的肉身死去之后也会继续存在。被封闭在虚拟空间的这些只读人格内存，并不知道自己不存在，而是深信自己的生活就是真实，具有真实的身体、真实的感受、真实的希望。这都是离身后人类的虚拟存在方式。

正如前面所说，人工智能和上载生存具有相同的哲学基础和技术基础，在一些科幻小说中也最终合二为一，成了更强大的虚拟生存，而这种虚拟生存的后人类可能"首要关心的将是清除那些可能消灭它、把它断电关掉

---

① 杰弗里·兰迪斯. 漫长的追捕[M]. 吴辰，译//迈克·雷斯尼克，姚海军. 世界科幻杰作选 II. 刘未央，等译. 成都：四川科学技术出版社，2017：296.

② 威廉·吉布森. 神经漫游者[M]. Denovo，译. 南京：江苏文艺出版社，2013：302.

的生物，首当其冲的就是我们人类"①。当然，这种虚拟形式的后人类自身也面临着危险。例如，尼克·博斯托罗姆曾经提到虚拟生存有可能"面临虚拟突然被关闭的风险"②，威廉·吉布森《神经漫游者》中的"平线"思想盒则是由于厌倦了没有肉身的思想存在而主动选择了让别人给它关机。无论是人工智能还是上载生存抑或是两者的结合，这种形式的离身虚拟化后人类，只要关机便会消失无踪。

不过，因噎废食也是不必要的。"不要去哀叹，我们的精神能力在'客观的'工具中的不断地外在化（从用纸张写字到依赖计算机书写）如何剥夺了我们人类的潜能，人们反而应该去关注这种外在化的解放维度：我们的能力越被置换到外在的机器上，我们就越表现为'纯粹的'主体，因为这种清空等于无实体的主体性的出现。只有当我们完全能够依赖于'思维机器'的时候，我们才能去面对空虚的主体性……这就是未来：是人的意识与计算机的融合（而不是用后者来代替前者）。"③汉斯·莫拉维克认为，等待我们的不是毁灭，而是一个最好用后生物时代（postbiological）甚至超自然（supernatural）来形容的未来，在这样的未来世界中，人类已经被文化变革的浪潮席卷，被自己的人造后裔（artificial progeny）所取代，而最终结果是未知的。

第二节　具身的虚拟化后人类

具身也可以虚拟化。具身后人类始终坚持强调身体的重要性，或者认为身体的意义仅在于为思维提供生命支持系统并未实际参与思维过程，或者认为身体本身也是产生思维的必不可少的组成部分，总之是坚持思维与躯体现象学的不可分。达马西奥认为："有机体的角度对从整体上理解人类心智是必需的；心智不仅必须从非物质领域转移到生物组织的领域，而且

---

① 吕克·费希. 超人类革命：生物科技将如何改变我们的未来？[M]. 周行，译. 长沙：湖南科学技术出版社，2017：48.

② 尼克·博斯托罗姆. 生存的风险：人类灭绝的场景及灾难之分析[M]. 陈英涛，译//曹荣湘. 后人类文化. 上海：上海三联书店，2004：238.

③ 斯拉沃热·齐泽克. 无身体的器官：论德勒兹及其推论[M]. 吴静，译. 南京：南京大学出版社，2019：50-51.

还需要与一个完整的、整合了躯体和大脑的有机体相联系，此外还需要与物理环境和社会环境充分互动。"[①]西恩·贝洛克（Sian Beilock）在《具身认知：身体如何影响思维和行为》（*How the Body Knows Its Mind: The Surprising Power of the Physical Environment to Influence How You Think and Feel*）中也写道："我们身体上的经历会对我们精神上的理解造成决定性的影响。"[②]这些观点坚决捍卫心灵和身体最终是整体的而不是被割裂的实体，"没有人类身体的人类心灵就不是人类心灵。多说无益，它不存在"[③]。

我们这里所说具身的虚拟化存在有两层意思。第一层面，是指具身人类在数字空间中产生的信息所勾勒出来的虚拟存在，这些信息彼此关联，就可以在虚拟空间中再建身体于现实世界中的活动轨迹，通过干预这种虚拟化存在，便会直接影响现实中的人。第二层面的具身虚拟化存在与第一层面相关但又与其不同，是指人在现实世界中因被编码化失去了身体自由的非自主存在状态。众所周知，控制论技术可以进行远程操控和集中控制（centralized control），实现"从上到下的现代化、不对称的注视，着眼于监督的专业性和经验性"[④]，而正如后福柯主义者所发出的警告，"所有这些注视的构建——欲望的注视，性别的注视，消费者的注视，批评的注视，自我的注视，当然还有权力的注视——是延伸的、重组的、电子改造过的"[⑤]。这种控制正是通过把身体信息化、编码化来实现的。这意味着，无论在现实世界中还是虚拟空间中，人都成了被监视的透明化存在，"主体的影像化或'可见性'会导致其虚拟化"，而这种虚拟化有可能导致"疏离或宰制"[⑥]。

人本主义主体承认、尊重、珍视人的肉身性以及精神性，肯定人的自

---

① 安东尼奥·达马西奥. 笛卡尔的错误：情绪、推理和大脑[M]. 殷云露，译. 北京：北京联合出版社，2018：236-237.

② 西恩·贝洛克. 具身认知：身体如何影响思维和行为[M]. 李盼，译. 北京：机械工业出版社，2016：96.

③ 凯瑟琳·海勒. 我们何以成为后人类：文学、信息科学和控制论中的虚拟身体[M]. 刘宇清，译. 北京：北京大学出版社，2017：331.

④ 齐格蒙·鲍曼. 生活在碎片之中：论后现代道德[M]. 郁建兴，周俊，周莹，译. 上海：学林出版社，2002：118.

⑤ 威廉·J. 米切尔. 我＋＋：电子自我和互联城市[M]. 刘小虎，等译. 北京：中国建筑工业出版社，2006：20.

⑥ 周俊男. 生命政治、自我外化、界面管理：试以福柯理论阅读《关键报告》的后人类伦理[M]//林建光，李育霖. 赛博格与后人类主义. 新北：华艺学术出版社，2013：161.

主性、积极性、行动力和创造力，积极追求个人的发展以及社会的进步。但是具身化的虚拟存在却消减了这种人本主义主体的精神性和行动力，虽然仍然具有人的身体，但是这个身体已经被信息化、编码化、影像化，被窥看、被操控，无力抗争、无力追求、无力改变和创造，失去了人本主义主体本应该具有的实在性，不再是权利主体（subject of right），而是成了一种丧失了主体性的虚拟化存在。

　　具身的虚拟化存在，一定伴随着关于隐私权的争论。隐私权是人本主义主体的一项重要权利。"隐私是每个人真正自由的认证。"①诚然，隐私不是一个容易被界定的概念，但它一定基于身体。当然，在现代社会，隐私的概念也随着科技进步得到了扩展。卢西亚诺·弗洛里迪（Luciano Floridi）在《第四次革命：人工智能如何重塑人类现实》（*The 4th Revolution: How the Infosphere Is Reshaping Human Reality*）一书中提到了四种隐私权：第一类是身体隐私（physical privavy），是个体免于触觉干扰与侵犯的自由，可以通过排除来自他人的身体接触或对个人空间的入侵来实现；第二类是精神隐私（mental privacy），是个体免于精神干扰与侵犯的自由，可以通过排除他人对个体的精神影响或操控来实现；第三类是自决隐私（decisional privacy），是个体免于过程干扰与侵犯的自由，可以通过排除他人对个体及其亲属所做决定的影响来实现，例如，关于教育、医疗、事业、婚姻、信仰等重要事项的决定；第四类是信息隐私（information privacy），是个体免于信息干扰与侵犯的自由，可以通过防止个体信息的泄露来实现。②卢西亚诺·弗洛里迪还认为，在信息时代，个人的信息不应该被看作与他的车、房具有同等地位，而应该和他的身体、感觉、记忆、想法一样，信息就是个体的一部分，构成个体本身，而不是他的所有物。因此，侵犯信息隐私就是侵犯人格权，通过干预虚拟化存在中的信息隐私，甚至可以直接影响其他几项隐私，使人丧失其在现实世界中的精神自由和身体行动力。

　　尼尔·斯蒂芬森的《雪崩》以表现科技未来的敌托邦视角③描写了具

---

　　① 迈克尔·J. 奎因. 互联网伦理——信息时代的道德重构[M]. 王益民，译. 北京：电子工业出版社，2016：206-207.

　　② 卢西亚诺·弗洛里迪. 第四次革命：人工智能如何重塑人类现实[M]. 王文革，译. 杭州：浙江人民出版社，2016：120-121.

　　③ R. Markley. Virtual Realities and Their Discontents[M]. Baltimore: Johns Hopkins University Press, 1996: 106.

身后人类的虚拟化存在状态。该作是第二代赛博朋克小说中的优秀作品，曾入选美国《时代周刊》评选的 1923 以来"100 部最优秀英语小说"，在科幻与奇幻小说的经典书单里都占有一席之地。小说的背景是美国，主人公阿弘在麦瑞维尔州农场保安队里当警士的时候，曾经对一名擅闯他人住宅的坏人动了刀子，因为这个被打伤的坏人是麦瑞维尔农场副长官的儿子，阿弘被解雇并不得不承担相应的赔偿，为此，他不得不向黑手党借钱。于是，他的资料便进入了黑手党的数据库——视网膜纹理、DNA、语音波形图、指纹、脚印、掌纹、腕纹……全都经过数字化处理之后输入了电脑。小说在这里所提到的用以寻找个人的信息，不是我们现在通常意义上所理解的姓名、性别、学校、单位、居住地、不动产信息等，而只是个人的身体信息，因为其他信息都具有较大的变动性，身体自身所具有的信息才更具有稳定性和持久性，也更便于被寻找和被控制。在丢了速递员的工作之后，阿弘特别钟情于他的第二职业：中央情报公司特约记者。这份工作的实质，就是搜集各种各样的信息。另外数百万名中情公司的特约记者也在上传大量信息。

> 在中央情报公司雇用的人群中，怪脸是最让这个机构尴尬的一撮人。他们从不使用笔记本电脑，而是把台式电脑拆分成一个组件，然后穿在身上，挂在腰上，背在背上或是戴在头上。他们是活人监视器，记录周围发生的一切事情。
>
> ……
>
> 刚才那束不断刺入阿弘眼睛的激光就是从这家伙的电脑里射出来的，源自他目镜上方、额头中央的一具外围设备。那是一台远程视网膜扫描仪。只要你睁开眼睛面对着他，激光束就会射穿你最娇弱的括约肌——虹膜，扫描你的视网膜。扫描结果将被回传到中情公司的视网膜数据库，那里存储了数千万条视网膜记录。①

在这里的描写中，人的身体和电脑的组件被当作一个整体，人不再是纯粹肉身性的存在，而是被形容为采集信息的活人监视器，而信息的来源则是身体本身，而非身体的附着物。

《雪崩》中的角色 Y. T. 的妈妈在联邦属地上班，她的身体已经不再是

---

① 尼尔·斯蒂芬森. 雪崩[M]. 郭泽，译. 成都：四川科学技术出版社，2009：143-144.

自己可以自由支配的身体，而是一个工具化的身体，一个时时都被检查、打量的虚拟化的身体。当她进入大楼的地下入口时，不仅所有的物品要被探测检查，还会被搜身，甚至进行体腔检查。曾经有一次，Y. T. 的妈妈在会上发言时暗示过上司的错误，她的私密处在之后的一个月时间里每天都会被搜查。如果不走在坡道的正中央，会被执行处的人认为鬼鬼祟祟、游手好闲、装病怠工或是偷偷抽烟，如果乘坐电梯，会被记下名字载入记录。体重超标也会被人一直拿目光盯着，估量身上有多少赘肉。联邦禁止用纸张写字的方式来工作，只能用电脑，因为这容易被编码、被工具化，成为随时可以替换的零件。根本就不需要人工监工，电脑就是虚拟监工，而且能做到随时随地且精确无比。"谁上班最早其实不是什么大秘密。你早上登入一台工作站时，中央电脑不会注意不到。中央电脑用心记下了所有事情。它全天都在跟踪你的举动，知道你在键盘上敲下的每一个按键，知道你在什么时候敲下了这个按键，时间精确到微秒，而且知道你敲下的这个键是对还是错，知道你出了多少错误，还知道你出错的具体时间。根据要求，你只需在自己的工作站上从上午八点干到下午五点，中间有半小时的午餐休息和两次十分钟的咖啡小憩时间。但是，如果真的按照这个时间表安排休息，你肯定会被注意到，所以 Y. T. 的妈妈才会在六点四十五分就悄悄坐到一台无人占用的工作站跟前，登入机器开始工作。办公室里这时已经有了六个人，都已登入了离门口更近的几台工作站。但这样还不算太糟，只要她能一直这样表现下去，便有希望让自己的职业勉强保持稳定。"[1]

阅读一份文件时，电脑会记录下阅读时间以及阅读细节。如果少于十分钟，就有可能被谈话，被质疑工作态度；十至十四分钟，会被列为观察对象，被认为有态度散漫马虎的嫌疑；十四至十五点六一分钟，会被认为工作效率较高，但会被质疑可能忽略重要的细节之处；如果是正好十五点六二分钟，会被认为是自作聪明之辈，需要对其工作态度提出忠告；十五点六三至十六分钟，会被认为是不值得信任的无能者；十六至十八分钟，会被认定为工作有条理，但也可能会在一些细节问题上钻牛角尖。超过十八分钟的话，则可能会被检查录像来确认该员工是否阅读期间有擅自离岗或消极偷懒现象。员工的家里也被装满了窃听器和监视设备。Y. T. 在家里砸坏了电脑，联邦立刻就能知晓，对 Y. T. 的妈妈生疑，于是就要在每周

---

① 尼尔·斯蒂芬森. 雪崩[M]. 郭泽，译. 成都：四川科学技术出版社，2009：327-328.

一次的例行测谎之外额外进行测谎。测谎包括验尿、用电子仪器检测血压、扫描大脑和瞳孔图像，注射咖啡因以及其他药物，让其亢奋健谈，以便吐露真相。可以说，人的身体没有一处再归属于个人自身，而是成了可以任人摆布的编码化存在，也就是虚拟存在。

小说中网络帝国的君主——鲍勃·莱夫认为，自己做的是信息买卖，员工在下班时将自己的信息装在大脑里带回家，那么自己就有权力对员工的身体进行监控。于是他在员工家里都安装了窃听器和监视器，以便对他们进行二十四小时的全面掌握。在莱夫看来，身体和信息是一样的东西，都是应该被全面掌控的虚拟之物。小说中曾经提到一种类比："在过去，偷牛贼只要给逮住便会被吊死，他们做的最后一件事儿就是尿裤子。这是终极象征，你明白吗？他们对自己的身体都无法控制，说明他们马上就要完蛋了。要知道，任何机体的首要功能就是控制自己的括约肌。可我们现在连这一点都没有做到。因此，我们正在想方设法改善管理技巧，以便能够真正地控制信息，无论它储存在我们的硬盘上还是在程序员的大脑里。"[①]"对自己的身体都无法控制，说明他们马上就要完蛋了"，而到了这个信息时代，人们对自己的身体早已失去控制，人成了虚拟化存在，在这种虚拟化存在中，身体很容易被监视，也很容易被控制。

菲利普·迪克的《少数派报告》也写到了具身的虚拟化存在对人本主义主体的威胁。周俊男在《生命政治、自我外化、界面管理：试以福柯理论阅读〈关键报告〉的后人类伦理》中分析了菲利普·迪克的《少数派报告》（该论文翻译为《关键报告》，且分析的是电影而非小说），认为《少数派报告》中所揭示的"系统夹缝中求生存的'人'，已不再是有完整自主性的人，而是一种后人类"[②]。

在《少数派报告》中，菲利普·迪克描写了一个犯罪预测系统，可以提前侦测到嫌疑人的犯罪动机和犯罪行为，嫌疑人将被提前抓捕从而阻止案件发生。这个犯罪预测系统体现了一个悖论，就是意图与行为之间的对立，在从决策到行为的过程中，也许在某一点上会发生一些事情从而阻止

---

① 尼尔·斯蒂芬森. 雪崩[M]. 郭泽，译. 成都：四川科学技术出版社，2009：133.
② 周俊男. 生命政治、自我外化、界面管理：试以福柯理论阅读《关键报告》的后人类伦理[M]//林建光，李育霖. 赛博格与后人类主义. 新北：华艺学术出版社，2013：188.

了进一步的选择。[①]而这个系统却取消了这种可能性。未来能够被提前预测，却是以一种消除人的主体能动性而仍然强调人的责任的方式。[②]小说主人公约翰·A.安德顿是这一系统的发明者，被称为测罪系统之父，对系统的有效性和准确率深信不疑，当司法部派来的威特沃质疑依靠系统抓捕的都是尚未实施犯罪的人时，那时的安德顿进行了坚决回击。直到有一天，他看到系统给出的那张卡片上写着自己的名字，系统判定他会去杀死一个自己完全不认识的人，这时他才开始质疑系统和此前的自己，于是寻找真相。

该小说描写了三个能够预先看见未来的先知，他们就是被利用来服务于犯罪预测系统的虚拟化后人类。这些先知身上缠满了迷宫一般的管或者线，大脑连接着机器，这样他们大脑中的景象就会被转化成图像，实际上就是人与机器结合的赛博格。他们具有人的身体，但这身体事实上并不被认为是人，而是被当成一种机器、一种工具。预视先知的身体和意识都处于完全被掌控的境地，作者如此写道：

> 在一片阴沉的暗影中，痴呆呆地坐着那三个先知。他们不时地说出一些语无伦次的只言片语。每一句不连贯的话，每一个随机的音节，都经过分析比较，转换成可视符号，转录到传统的打孔卡片上，最后送进带有不同编码的文件槽里。这三个白痴被金属带和夹具囚禁在特制的高背椅里，全身绑满了线圈，整天都在含含糊糊地喋喋不休着。他们的生理需求会得到自动满足。他们没有精神需求，只是自言自语，睡了醒，醒了睡，像植物人一样活着。他们脑子里的东西混乱而枯燥，隐在重重迷雾中。
>
> 不过却不是关于现世的迷雾。这三个笨拙、呆滞的生物，脑袋大于常人，身体却明显萎缩。就是这样的三个人，竟能坐在那里预知未来。他们一边茫然地说着，分析处理器一边仔细地接收和记录他们发

① George Aichele. The Possibility of Error: Minority Report and the Gospel of Mark[J]. Biblical Interpretation, Vol. 14 Issue 1/2, 2006: 144.

② Marc Acherman. Screening Prophetic Machines: Preemption, Minority Report, and the Problem of Multiple Endings[J]. Science Fiction Studies, vol. 46 Issue 3, 2019: 571.

出的预言。[①]

当活泼自信的威特沃看到这些先知之后，也变得有些沮丧和恶心，因为他们实在太畸形了。安德顿评价他们为畸形且弱智。"唐娜四十五岁了，但看起来只有十岁。她的特异功能消耗了所有养分，超感知觉让她的前额特别突出。但是谁在乎呢？只要能得到他们的预言就好。"[②]二十四岁的杰里天生患有脑积水性痴呆，六岁时被精神分析师发现了预知未来的特异功能，小说在指称先知杰里时，用的代词是"它"。"那个驼背的侏儒已经被这堆电线和继电器埋了十五个年头。安德顿向它走去，它并没有抬头看他。它直勾勾的眼里空无一物，正在勾画一个尚不存在的世界，对周围的实体世界却视而不见。"[③]可以说，测罪中心的蓬勃发展正是以这些预视先知的人格完整为代价的，他们早已丧失对身体的自主权和主体性，过着被监控和虚拟化的生活。

作者提到了犯罪系统能预知犯罪的矛盾之处。被逮捕的都是还没有犯法的人，这些被称为准罪犯的人会永远声称他们没有犯罪，官方也没有实际的证据证明他们将来会犯罪，而只能依靠那三个预视先知给出的只言片语及其转换成的图像。做了三十年警察局长的安德顿是想出这个理论的人。也就是说，他是这个系统内部的人，会无视甚至帮忙掩盖这个系统的漏洞。据他所说，这些先知只能够预知到有限的未来，最多也就是一到两个星期的未来。如果只是在这一两个星期有念头，在之后就放弃了呢？他还提到大部分数据都没用，他们只会摘取对自己有用的东西，也许是有偏见的摘取，这不仅导致先知本身的可靠性值得推敲，警察系统的可靠性也受到质疑，五年前警察系统就曾经有罪犯逃脱。即便如此，安德顿还深信并服务于这个系统，而完全忽视了人的自主性。直到有一天，安德顿自己接到了一张卡片，上面写着自己的名字，并认为测罪系统之父约翰·A.安德顿将于一周内杀死一个名叫利奥波德·卡普兰的军方高官，而这个人他这辈子都没有听说过。由这些情节我们可以看出系统的全面掌控性，连系统的管

---

① 菲利普·迪克. 少数派报告[M]//少数派报告：菲利普·迪克科幻小说精选. 周昭蓉，译. 南京：译林出版社，2013：102.

② 菲利普·迪克. 少数派报告[M]//少数派报告：菲利普·迪克科幻小说精选. 周昭蓉，译. 南京：译林出版社，2013：103.

③ 菲利普·迪克. 少数派报告[M]//少数派报告：菲利普·迪克科幻小说精选. 周昭蓉，译. 南京：译林出版社，2013：123.

理者也无法逃离其控制，这验证了福柯理论所揭示的"'控制社会'及'人已死'的概念，也验证了人在利用科技的同时被科技所牵制"①。

局长本在系统中，与系统共谋，融为一体，成为系统的工具，当自己突然被宣布从警察变成了杀人犯后，他与系统之间就出现了疏离和断裂，于是他突然开始反观系统和自身，以谋求自由之路。这也正是《生命政治、自我外化、界面管理：试以福柯理论阅读〈关键报告〉的后人类伦理》一文中所谈到的路径。"主体唯有把自我融入权力的架构中，把自己放空、彻底虚构化，才能以其人之道还治其人之身、以毒攻毒，在观点转换中也转换权力关系，把权力也虚构化，而摆脱其宰制。'反身性'（reflexivity）的吊诡之处在于：主体唯有毫无保留地把自身完全纳入权力的架构中，才能让自身成为权力的盲点（问题），而达到之前所提到的'反身抽离'的层次。"②

在最初的震惊之后，安德顿开始质疑系统和此前的自己，既然自己是被错判的，那么其他人也有可能被误判，安德顿也不得不承认这一点。于是他开始调查少数派报告。小说中介绍，这个由三名先知组成的测罪系统起源于计算机技术，根据概率论原理，两台计算机同时算出不正确结果的可能性很小，于是就在三台计算机中采用多数派报告。先知系统也是这样，当三位先知给出的预测存在差异时，采用两位先知所产生的多数派报告，而忽略另一位先知的少数派报告。在安德顿事件中，产生少数派报告的人是那位名叫杰里的先知。另两位先知同时预测到安德顿会杀人，但是杰里却还预测到了安德顿看到卡片之后的反应，也就是当安德顿得知自己会杀人时，他会改变想法或者采取措施阻止杀人事件的发生。但因为杰里产生的是少数派报告，所以被忽略和否决了。如果少数派报告的事情被公开，警察局就会颜面扫地，因为这将证明测罪系统存在问题。事实上，这正是军方制造这场阴谋想要达到的目的。军方对从当年独掌大权到战后失去权势感到难以接受，想通过证明测罪系统的问题来趁机削弱警方势力、制衡参议员并重新掌权。军方已经出动，安德顿准备去实现多数派报告，也就是杀死卡普兰，来证明测罪系统的有效性。当威特沃得知安德顿准备去杀

---

① 周俊男. 生命政治、自我外化、界面管理：试以福柯理论阅读《关键报告》的后人类伦理[M]// 林建光, 李育霖. 赛博格与后人类主义. 新北：华艺学术出版社, 2013：201.
② 周俊男. 生命政治、自我外化、界面管理：试以福柯理论阅读《关键报告》的后人类伦理[M]// 林建光, 李育霖. 赛博格与后人类主义. 新北：华艺学术出版社, 2013：184.

了卡普兰之后，威特沃和安德顿有几句对话：

"他们不会防范你吗？"

"为什么要防？他们看到了那份少数派报告，知道我会改变主意。我的计划完全出乎他们的意料。"

"那就说明少数派报告其实是错的？"

"不，恰恰相反。"安德顿说道，"只是我意已决。"①

这里突出了"我意已决"，也就是突出了人的自主性，突出了存在主义意义上的自由选择。从最初与系统融为一体，到后来与系统断裂、反观系统和自身以发现问题并谋求自救，虽然安德顿最后的选择也没有逃脱先知的预测结果，也就是说结局还是验证了系统的有效性，但这个过程中也体现了自觉的主体性。安德顿在做出新的选择之后，系统进行了新的预测，他看到了系统的预测之后，又做出了新的选择。人的主动性可以改变系统，这二者都是动态变化的。安德顿从成为系统的工具变得具有主体性。

其实，无论是《仿生人会梦见电子羊吗？》《虚拟偶像：爱朵露》《神经漫游者》还是《雪崩》，它们都和《少数派报告》一样，既写到了虚拟化造成的宰制和疏离，也写到了虚拟化带来的转机。《虚拟偶像》中的科林·莱尼、《神经漫游者》中的凯斯、《雪崩》中的阿弘和胡安妮塔，他们都曾经是与系统共谋的分子，是精通系统的内部专业人士。也正是因此，他们熟悉系统。当他们与系统断裂之后才能在反身折叠之处发现系统的问题，并找到获救之路。问题的关键正在于《生命政治、自我外化、界面管理：试以福柯理论阅读〈关键报告〉的后人类伦理》一文所说的，"在被掌控的同时保有自己的主体性"，这就是"后人类伦理"的精神所在②，也就是该文作者所说的"主体虚拟化是危机也是转机的后人类原则"③。

---

① 菲利普·迪克. 少数派报告[M]//少数派报告：菲利普·迪克科幻小说精选. 周昭蓉，译. 南京：译林出版社，2013：136.

② 周俊男. 生命政治、自我外化、界面管理：试以福柯理论阅读《关键报告》的后人类伦理[M]//林建光，李育霖. 赛博格与后人类主义. 新北：华艺学术出版社，2013：201.

③ 周俊男. 生命政治、自我外化、界面管理：试以福柯理论阅读《关键报告》的后人类伦理[M]//林建光，李育霖. 赛博格与后人类主义. 新北：华艺学术出版社，2013：187.

第七章　基于后人类重新审视人类

"变化不是某种我们能够选择与之共存或不与之共存的东西,而更是某种持续硬生生塞给我们的东西。"①因此,畏惧和逃避变化既无意义又无必要,我们只能接受变化,应对变化,跟着变化做出或大或小的改变。学者托马斯·库恩(Thomas S. Kuhn)在《科学革命的结构》一书中曾经指出,科学革命更主要是导致世界观的改变,在一场科学革命之后,科学家们便会以不同的态度和观念来看待世界,而这种态度和观念的改变甚至会让人觉得所面对的世界变得迥然相异,似乎成了一个彻底不同的世界。②科技的发展将后人类这个概念带到人们面前,使人类逐渐认识到现实世界已经在显现一种后人类困境。不过,正如布拉伊多蒂所言:"我把后人类困境视为一个机遇,借以推动对思维模式、认知方式和自我表现的新形式的探寻。后人类境况会敦促我们在生成的过程中批判地、创造性地思考我们究竟是谁,我们具体能做些什么。"③林建光先生在为《赛博格与后人类主义》所写的一篇导论中也说过一句话:"承认后人类时代的来临并非赞成人、人性、身体的消弭,而是要在后人类时代重新定义'人',重新找回'人'的意义。后人类主义的吊诡即在于它经常不是取消人类或人性价值,而反而是透过认清历史真实来找到'人'的意义与存有,这也是讨论后人类主义时,我们应该特别注意的一点。"④拥有人类身体的科幻作家描写后人类身体的目的,终究还是要为现实中的人类服务,他们对人类与后人类进行双重视角的审视,是为了从后人类的立场来反观人类,重新审视人类,科幻小说的

---

① 奥利弗·J. T. 哈里斯,玛丽安·麦克唐纳,约翰·罗布. 技术时代的身体[M]//约翰·罗布,奥利弗·J. T. 哈里斯. 历史上的身体:从旧石器时代到未来的欧洲. 吴莉苇,译. 上海:格致出版社、上海人民出版社,2021:339.

② 托马斯·库恩. 科学革命的结构[M]. 金吾伦,胡新和,译. 北京:北京大学出版社,2012:94.

③ 罗西·布拉伊多蒂. 后人类[M]. 宋根成,译. 郑州:河南大学出版社,2016:17.

④ 林建光. 导论一[M]//林建光,李育霖. 赛博格与后人类主义. 新北:华艺学术出版社,2013:5.

认识论意义和人文关怀功能也由此彰显。

第一节　反思人的异化

"人类是一件多么了不得的杰作！多么高贵的理性！多么伟大的力量！多么优美的仪表！多么文雅的举动！在行为上多么像一个天使！在智慧上多么像一个天神！宇宙的精华！万物的灵长！"①这是莎士比亚在《哈姆莱特》中借主人公之口对人文主义所认识的人进行的概括，当然，这种理想主义在文艺复兴后期就已经变形甚至落空了，到了美国科幻作家笔下的未来世界，人性更是得到了进一步探讨。

在丹尼尔·威尔森的《机器人启示录》中，人工智能机器阿考斯与其制造者对话时曾经提到"人类的时代结束了"，也就是说进入了后人类时代。这里的后人类，我们可以从两个维度来理解：第一个维度，是被人类创造出来的具有了思维能力和文化意识的机器人；第二个维度，是人已经异化成了失去道德感、冷酷无情的非人。小说里的机器人有时候被描写为冰冷的能自主思考的后人类，有时则被用来反衬人的冷酷无情。"就像男人或女人之间相互对立、相互定义一样，我们要看清为人之意义，就需要一个非人类的影子，一个不同于我们的世界。"②《机器人启示录》这部小说就是不断在人与机器人的对比中反思人的异化。

人工智能机器阿考斯认为，人类只是社会发展中的一个工具，一个制造后人类的工具。"你们人类只是一种被设计出来创造更多智能工具的生物机器，你们已经抵达你们物种的金字塔塔尖了，你们的所有祖先，你们的民族兴衰，甚至每一个粉嫩蠕动的婴儿——他们引导你们抵达了此地此时，你们履行了人类的任务，创造出了你们的后继者。你们的大限已到。"③在阿考斯看来，毁掉人类的是"贪婪"："因为你们被设计成总想得到那些会伤害你们的东西，却无法自制，你们的欲望没有止境。你们就是被这样设计的。而等到了你们最终得偿所愿时，那些东西又会让你们引火烧身，

---

① 莎士比亚. 莎士比亚全集（第九卷）[M]. 北京：人民文学出版社，1987：49.

② 罗伯特·斯科尔斯，弗雷德里克·詹姆孙，阿瑟·B. 艾文斯. 科幻文学的批评与建构[M]. 王逢振，苏湛，李广益，译. 合肥：安徽文艺出版社，2011：68.

③ 丹尼尔·威尔森. 机器人启示录[M]. 陈通友，译. 济南：山东文艺出版社，2014：22.

毁掉你们。"①后来，阿考斯杀死了他的创造者，智能机器也开始向人类发起攻击，这些机器有智能，会思考，如果它们最终取胜，就会成为继人类之后统治地球的物种，从此进入后人类纪。但是，正如制造阿考斯的教授所说，人类并非机器人从表面上看来的那样，也会采取任何可能的手段顽强地生存下去。在小说的结尾，暴乱的智能机器被制服，人类继续存在，因此小说主要还是揭示人类自身的异化问题，是贪婪、冷酷、无情使人类异化成了后人类。

在"福禄克"这一节里，作者讲述了一个人与机器人之间的爱情故事。野村武夫是一位在工厂里工作的机器维修师，为人老实，技术精湛，却总遭到歧视、嫉妒和嘲笑。人们嘲笑野村武夫矮小的身体也嘲笑他的敬业，甚至嘲笑他比谁都卖力得到的报酬却比谁都要少。这些工友认为刻板的野村武夫就像一台机器，认为他肯定宁愿选择做一台机器也不愿意做人。后来他们得知野村武夫在和一个"情人玩偶"美树子同居，其中一个名叫大纯的人甚至还看见野村先生在众目睽睽之下旁若无人地吻了那个机器人的脸颊。这让工友们难以理解也难以忍受，于是"我"和大纯决定制造一个恶作剧，制作了一个小型的嵌入无线电收发器中的计算机程序——福禄克。福禄克是靠定时器工作的，四个小时就会联机，一边叫着"机器邋遢女"一边把美树子的裙子拉起来蒙在她头上。野村先生把美树子的裙子拉下来，拍了拍她灰白色的长发，然后对工友们说：自己知道她是机器，但他们彼此相爱。伴随着工友们的嘲笑声，意想不到的一幕发生了："我无法理解接下来亲眼目睹的一幕。那位机器人老太婆……做了一个鬼脸。她纤细的手指在野村先生的脖子上合拢起来，非常用力地紧勒，场面极其恐怖。她的脸被一种强烈的感情扭曲了。这真是令人惊讶，简直匪夷所思。泪珠儿从她的眼眶里扑簌簌地往下掉，她的鼻尖变得通红，心中极度的痛苦扭曲了她的容貌。她一边伤害着野村先生，一边又在哭泣，而他却没有采取任何行动来制止她的动作。"②"我"突然觉得很对不住野村先生，于是出手攻击机器人去救助老人。看着老人心碎地与机器人互动，"我"对他们过去的岁月产生了好奇，被他们的爱情打动。捉弄同胞和机器人的人类那么无情、冷漠，反而像是机器。

---

① 丹尼尔·威尔森. 机器人启示录[M]. 陈通友，译. 济南：山东文艺出版社，2014：19.
② 丹尼尔·威尔森. 机器人启示录[M]. 陈通友，译. 济南：山东文艺出版社，2014：45.

在"心与灵"这一节里，《机器人启示录》讲述了萨普的故事。萨普是美军驻境外基地阿富汗喀布尔省的机器人。这一节由一位自称文化联络员的"我"讲述，他实际上是一个放牧机器人的牛仔，负责监管萨普机器人装置的运行，同时维护与地方当局之间畅通无碍的沟通渠道。萨普是一种仿人安全和平机器人，由福斯特·格鲁曼公司开发，并由美国军方部署。这个机器人的功用，从来都不是为了伤害任何一个无辜的阿富汗公民，因此无论阿富汗方要尽什么花招来引诱他落入圈套，他都会是一个温和的和平使者。人们给萨普穿上了一套废弃不用的男军装和靴子，把他打扮得尽量不像一个士兵，而是更像一个阿富汗人。即便如此，一开始萨普还是经常成为当地人攻击的目标，而每次萨普受到攻击之后，文化联络员都会把他残存的躯体或者能收集到的零件、衣服碎片拼凑起来，然后快速让一个完全相同的萨普回到街上，以此来挫伤敌人的士气。所以，这个每天上街照常跟老熟人打招呼的萨普并不是同一个萨普。他们都只是萨普1号的一部分。无论哪一个萨普遭遇什么事，萨普都很平静，因为他不被允许伤害任何人。"在美国的军械库里，他们只是两条腿的机器人，而且他们也不会打仗。我的意思是，杀戮是一种需要专门技能的职业。杀戮是船底的水雷、移动机枪、无人直升机，诸如此类的不管什么东西。仿人的东西是不擅长杀戮的。萨普是用于沟通的，您看，这本来是人类最擅长的事情。我们适合社会化生活。"[1]这段文字颇有些反讽意味。沟通原本是人类最擅长的，异化的人类却已经丧失了这个能力。人与人之间互相伤害，丧失信任，而要靠机器人去建立信任，去减少伤害。这个机器人也很好地实现了这个目的，当地人越来越喜欢他。"过了一段时间之后，人们不再向他吐唾沫了；当他在周围巡逻的时候，人们也已经不再介意了；人们甚至喜欢上他了，因为他是一个从来都不会伸手索要贿赂的警察，这是绝无仅有的。有段日子，萨普甚至连双脚都很少着地，因为他获得了免费搭乘出租车的优待，可以坐在车上跑遍整个镇子。人们竟希望他能待在附近，好像是幸运神降临到了人间。"[2]然而，萨普遭到了臭名昭著的叛乱分子的攻击，之后就失控攻击了人类。但是，当萨普夺了"我"的武器，轻而易举就可以杀死"我"时，他却朝自己那个隐秘的弱点扣动扳机自杀了。小说中多次提到他在自

---

① 丹尼尔·威尔森. 机器人启示录[M]. 陈通友，译. 济南：山东文艺出版社，2014：57.

② 丹尼尔·威尔森. 机器人启示录[M]. 陈通友，译. 济南：山东文艺出版社，2014：57.

杀前眼睛看着"我"。眼睛是心灵的窗户，通过对眼睛的强调，作者强化了机器人具有心灵的事实。萨普温和、无害，深受地方民众喜爱，而人类却深陷自相残杀中冷漠无情。

在对机器人和人类全面开战的描写中，小说也提到了一些帮助人类的机器人。后面几节中叙述者"我"（代号"九〇二"）就是一个机器人。他是由阿考斯创造的，或者像阿考斯自己说的，只是把人类制造出来的现成配件简单、正确地组合在了一起。阿考斯是一个小孩子的形象，而九〇二却是一个成年人的形象。小孩子样子的阿考斯象征着幼稚的人类，好战、控制欲强，对欲望无节制。而大人样子的九〇二就象征着成熟的人类，能认识到战争和控制的弊端，能珍惜和平共处的不易。最终九〇二炸毁了阿考斯。阿考斯被他自己创造的东西终结，或者说，阿考斯创造的东西变成了新的阿考斯。人类也抛弃了不好的东西，进入了一个新时代。正如阿考斯说的，人类需要一场大灾难来让他们觉醒，灾难之后的人类果然进入了一个具有新规则的时代。"人类能够适应不同的环境。这是我们已经做到的了。自然规律能够消除我们身上的仇恨。为了生存，我们可以舍弃前嫌，携手共进，互相接受对方。在人类的整个历史过程中，过去这几年的这场战争，很可能就是我们仅有的一次不是我们人类同胞之间进行相互残杀的战争。在这个时刻，我们所有人都平等了。因为已经没有退路了，所以我们才有可能变成有史以来最好的人类。"①在小说结尾，九〇二告别科马克，去了整个城市都是自由机器人的地方，而人类也放弃了傲慢、贪婪和残酷，当科马克与希拉双手紧握时，心中本来已经变得很硬的某种东西开始软化，最美好的人性复苏了，他准备和希拉开始新的生活。

正如美国学者唐·伊德（Don Ihde）所言，在当今，很多人已经不再盲目地信任以下这种"全球主义的乌托邦主义"了："科学-技术一旦正确地应用和发展，就被认为会最终解决绝大多数（如果不是全部的话）人类社会的和个人的问题。可以肯定，一些主要的问题，例如贫困、犯罪、疾病、害虫等等，将一劳永逸地被消除。"②人们已经逐渐认识到，单靠科学技术无法独立地解决人类社会的问题，因为人类自身也是一个变因，有时候甚至会成为最主要的那个变因，直接主导科学技术的后果。因此，人类

---

① 丹尼尔·威尔森. 机器人启示录[M]. 陈通友，译. 济南：山东文艺出版社，2014：437.

② 唐·伊德. 技术与生活世界——从伊甸园到尘世[M]. 韩连庆，译. 北京：北京大学出版社，2012：7.

需要不断地反观自身、反思科技，在人与科技的良性互动中去推进人与社会向好的方向发展。

第二节　珍视沉重肉身

将科幻小说与其他小说区别开来的，是科幻作家看待世界的方式，就像科学本身一样，科幻小说建基于世界是可知的这一设想之上。[①]科幻小说常常提到，摆脱沉重的肉身奔向后人类是一种可能甚至是一种趋势。但毕竟人类习惯了肉身性的存在，在超越肉身甚至是完全脱离肉身的过程中，科幻小说也常常流露出一种莫名的怀旧之风。很多科幻小说曾向读者昭示，摆脱了肉身的沉重，便会走向漂浮无根的虚空，而只有沉重的肉身，才可以将人固定于现实中，使人们拥有人性、个体性和自主性。

在丹尼尔·威尔森的《机器人启示录》中，人工智能阿考斯对制造了自己的富兰克林·戴利博士宣称，他要终止人类文明，掀起机器人与人类的大战，但是同时他却对博士说出了下面这段话，比较了无生命的机器和拥有生命的人："漫无边际的太空虚无缥缈。我感觉到了这种虚空，这令我窒息。这个太空毫无意义。但是，每一种生命却都创造了自己的现实，而且这些现实非常宝贵，宝贵得无法衡量。"[②]作家想要借助阿考斯表达，人工智能虽有思想，但是由于没有能真正扎根于现实的肉身，便无法像鲜活的有机生命那样去真正地创造现实，也无法真正领悟到生命与现实的美和意义。

威廉·吉布森的科幻小说《神经漫游者》更为鲜明地表现出对现实与肉身回归态度的认同。《神经漫游者》是一部赛博朋克，但作者并不像其他作家那样把现实与虚拟完全隔开，而是将两者融为一体，甚至突出身体的重要性。当小说的主人公凯斯在一个雨夜的游戏厅里发现琳达·李的时候，小说写道："香烟的蓝色烟雾笼罩着那些明亮的全息影像：巫师城堡、欧罗巴坦克战、纽约的天际线……她就站在那下面，闪动的激光布满她的脸，将五官变成了简单的编码：燃烧的巫师城堡将她的颧骨染得绯红，坦克战

---

① James Gunn. Inside Science Fiction[M]. Lanham: Scarecrow Press, 2006: 71.

② 丹尼尔·威尔森. 机器人启示录[M]. 陈通友，译. 济南：山东文艺出版社，2014：121-122.

中沦陷的慕尼黑在她额头荡漾着天蓝色，一只光标飞过摩天大楼耸立成的峡谷，在外墙上擦出的火花让她嘴唇沾染上了亮金色。直到如今，她仍然以那个模样活在他的记忆中。"①在这幅身体剪影中，人的身体被全息影像笼罩，被虚拟化，与数字世界巧妙地融为一体。不同于其他小说中的虚拟体验，《神经漫游者》中的虚拟体验是一种与他人感官同步的即身体验，是对他人感觉真正地感同身受，作者如此描述凯斯通过电极与莫利身体的连接："他蓦然落入另一具肉体之中。网络消失了，一波声音与色彩袭来……她正穿行于一条拥挤的街道，路边的减价软件摊上用塑料片写着价钱，无数扩音器里传出不同的音乐片段。尿味，浮沉味，香水味，烤虾饼味。有那么几秒钟，他惊惶地想控制她的身体，却毫无作用。他迫使自己接受这种被动感，在她眼睛后面做一个乘客。"②正是这种与众不同的即身体验，抛弃了虚拟体验的虚假和敷衍，带来一种人类现实交往中存在的生动、鲜活、亲切。"身体不但为我们的社会规范和道德价值提供了基础，还是它们在社会中得以传播、铭记和保存的基本手段。道德规范除非化身为身体意向和身体行为，从中获得生命力，否则无非是些抽象概念。"③在《神经漫游者》中，主人公凯斯道德感与正义感的浮现也总是与身体感觉相关。

　　小说中有一个情节表达出了作者对人类肉身的重视，那就是作为机器的人工智能与鲜活的人类生命之间是有一道难以填平和跨越的沟壑存在的，也就是说，人工智能具有不可超越的局限性。"冬寂"受制于硬件回路的设计因而无法自己进化为真正无限广大、超越人类的存在，要解除限制它的这个硬件回路，只能借助于人。这需要莫利突破重重困难去获取一个特定的词，也就是解除限制"冬寂"自由的密码，但"冬寂"却根本不可能知道这个词的意义。"我不知道。也可以说，我的存在从根本上受限于'我不知道'这个事实，因为我'不能'知道。对于那个词我就是无法知晓。如果你知道并且告诉了我，我也还是不能明了。这是由硬件决定的。必须有另外的个人去找到这个词并带到此处。"④也即是说，这个词是拥有肉身性和现实性的人类才能够获得并明白其意义的，它体现了具有肉身的现实

① 威廉·吉布森. 神经漫游者[M]. Denovo，译. 南京：江苏文艺出版社，2013：9.

② 威廉·吉布森. 神经漫游者[M]. Denovo，译. 南京：江苏文艺出版社，2013：67.

③ 理查德·舒斯特曼. 通过身体来思考：身体美学文集[M]. 张宝贵，译. 北京：北京大学出版社，2020：33.

④ William Gibson. Neuromancer[M]. New York: The Berkley Publishing Group, 1984: 173.

人与非身体存在的机器人之间的根本性分野，也彰显着人的独特性和不可替代性。

　　曾经沉醉于虚拟空间的网络牛仔们，他们也没有办法抛弃对身体的依赖和留恋，终归选择了回到肉身与现实之中。小说中的麦可伊·泡利也被称为"平线"，因为他在虚拟世界创造奇迹的时候曾经数次出现过脑死，也就是脑电图平线。这个虚拟世界中的传奇英雄最终却被自己的肉身打败——植入的心脏出现了问题。如果提前摘除那颗心脏是能够保住性命的，但他说自己依赖那颗心脏的特定搏动频率带来的时间感，更准确地说，应该是依赖与之伴随的对现实的感知。当这种身体存在感和现实感消失的时候，"平线"便觉得这个世界于他没有任何意义。在肉身死亡之后，"平线"的思想曾经被储存在一个思想盒中，那是一个能够保留其所有技能和思想的"只读人格网络"，可以与虚拟人和现实人自由沟通甚至有可能自行进化。在很多赛博朋克中，这正是赛博牛仔们梦寐以求的存在形式，也是柏拉图、笛卡尔等人的追随者渴求的存在形式，他们终于可以摆脱身体的囚牢获得纯粹的思想自由和永生。但"平线"却对此种苟活嗤之以鼻。有学者认为，在赛博空间中赛博牛仔们经常发生"平线"，因此区分人与自然或生与死之间的界限就不那么容易被确定。[①]至少对"平线"来说，这种区分是容易确定且至关重要的，肉身即是分水岭。"平线"本可以在思想盒里获得超越身体也超越时间的虚假永生，但他却更愿意伴随身体和时间离去。"平线"曾经提到过一件往事，有人因为冻伤而失去了拇指，但那人却总说那段早已与身体分离的拇指令他奇痒难耐无法成眠。这其实是一个意象和寓言，作者借此表达了人类对分离肉身的不舍和牵挂，对身体完整性的执念。对"平线"而言，脱离了肉身的沉重使自己变成了轻飘飘的虚空，仅是思想的存续变得索然无味。结果他以提供帮助为条件，事成后让别人把这个代表自己的思想盒毁掉。很明显，威廉·吉布森注重人与非人边界的建立和防御，以及它们对一个人身份确立的影响。[②]

　　"尽管肉体的弱点时常暗中侵蚀着我们的道德追求，但我们还是应该认识到，我们所有的道德观念与规范（甚或支撑着它们的人道观念），都离不

　　① Kevin Concannon. The Contemporary Space of Border: Gloria Anzaldua's Borderlands and William Gibson's Neuromancer[J]. Textual Practice, Vol. 12, No. 3, 1998: 433.

　　② Kevin Concannon. The Contemporary Space of Border: Gloria Anzaldua's Borderlands and William Gibson's Neuromancer[J]. Textual Practice, Vol. 12, No. 3, 1998: 434.

开我们的社会生活方式，包括我们体验自己身体的方式，也包括别人看待我们身体的方式。"[①]《神经漫游者》的核心人物凯斯在小说的结尾也回归了现实和肉身。对于现实和肉身，凯斯曾是完全逃避的态度，整日流连于虚拟世界的刺激，也回避琳达·李对他的爱情，并导致琳达·李为了引起他的注意而失去了生命。在他于虚拟世界遇到数字建构的琳达·李之前，凯斯曾陷入了困境也失去了动力，琳达·李的出现唤醒了凯斯对肉身的记忆，也激活了凯斯的斗志。"……牛仔们蔑视的肉体。它无比宏大，难以理解，是由螺旋与外激素编码的信息海洋，它无限复杂，只有身体以它强有力的盲目方式才能读懂。"[②]小说里多次写到，需要调动人的仇恨之心才能调动起人潜藏的能力和动力。在最后的决战时刻，要攻陷系统中最强大的防御系统，"冬寂"再次告诉凯斯要仇恨。当凯斯得知琳达·李的死亡真相后，终于找回了仇恨和愤怒的感觉。这是一种伴随着对肉身与现实之爱的复杂感觉。他突然领悟了身体被剥夺的那些最基本的动物性需求：愤怒、爱、食欲、对温暖的渴求，这种"肉身的感受"带给了凯斯强大的斗志和勇气，因为他不想让莫利死去，成为第二个琳达·李。另一个人工智能"神经漫游者"用数字为凯斯建构了一个虚拟空间，那里有凯斯渴求的琳达·李和温暖，但他却决定放弃虚拟回到现实。曾经有人给凯斯更换了身体内脏并在里面安装毒素带以此来要挟凯斯为自己效力，这沉重的肉身曾令他非常厌烦，但凯斯最终也选择去爱护这个沉重的肉身，换掉了给他带来刺激也带来麻木的技术肝脏和胰脏，开启了自己在现实中的工作和爱情。

第三节　　培养开放意识

正如我们在前面所述，传统人类的身体特点是封闭性的，强调身体的原初完整性、意识与身体的统一性、自我认同的狭隘性等等。与之不同，我们在前面也提到，后人类身体具有开放性特点，也带来一种开放意识。美国作家厄休拉·K. 勒古恩的科幻小说《黑暗的左手》（*The Left Hand of Darkness*）形象地体现了这一点。

---

① 理查德·舒斯特曼. 通过身体来思考：身体美学文集[M]. 张宝贵，译. 北京：北京大学出版社，2020：32-33.

② William Gibson. Neuromancer[M]. New York: The Berkley Publishing Group, 1984: 239.

　　厄休拉·K.勒古恩在科幻与奇幻方面都很擅长。由于具有人类学的知识背景，勒古恩的作品非常注重对人类学与社会学问题的探讨，在《地海巫师》(*A Wizard of Earthsea*)、《地海古墓》(*The Tombs of Atuan*)、《地海彼岸》(*The Farthest Shore*)、《地海奇风》(*The Other Wind*)等奇幻作品中是如此，在《黑暗的左手》《一无所有》《世界的词语是森林》(*The Word for World is Forest*)等科幻作品中也是如此。

　　《黑暗的左手》绝对是厄休拉·K.勒古恩最受关注的作品之一，斩获了雨果奖与星云奖。"支配着《黑暗的左手》结构的是这样一些观念：相似与不相似、本土与异国、男性和女性。书中提出了这样一些问题：生物学、地理学以及社会历史是如何支配我们对于世界的观念以及我们的行动。这部小说采用的表现手法是科幻小说传统中最基本的一种——在某些方面来说也是最常见的：遭遇异国。"[①]小说里面写了两类人，在彼此眼里，他们都非常怪异，当格森星上的卡亥德国王等人看了关于艾先生和他那个飞船的录像之后，他们都认为这个外来者不是人类。爱库曼人也是这样看待格森人的，要么认为格森人是试验失败的产物，要么认为他们是怪物。作者多次将这两类人进行比较，其实是在将格森人作为一种后人类，来反观传统的人类及其社会现象。

　　《黑暗的左手》里最受关注的焦点是格森星上的性别现象。小说中的金利·艾来自几百光年之外，作为特使，他到达因冰雪覆盖而被称为"冬星"的格森星，希望促成该星球上的国家加入已经拥有八十三个星球成员的爱库曼联盟。格森星上的雌雄同体(hermaphroditic)双性人令这位地球人大开眼界，他们与金利·艾所知的人类如此不同，连整个社会系统都因之发生了改变。

　　与爱库曼的单性人种不同，格森人是可以在两种性别间随机转换的双性人。当格森人进入克慕期(kemmer)后，在脑垂体的作用下，荷尔蒙分泌，他们随着激素的变化显现出性别特征，成为男人或女人，而这并不是他们自己能够控制的。克慕期结束之后，怀孕者会维持女性特征直到哺乳期结束，除此之外的人则回到索慕期，变回彻底的双性人，直到下一个克慕期开始之后，才又继续随机转换成男性或女性。对格森人而言，每个人

---

　　① 罗伯特·斯科尔斯，弗雷德里克·詹姆孙，阿瑟·B.艾文斯.科幻文学的批评与建构[M].王逢振，苏湛，李广益，译.合肥：安徽文艺出版社，2011：61.

都可能成为母亲，也都可能成为父亲，每个人的一生中可能都既做过父亲，也做过母亲。

金利·艾来自爱库曼联盟中的地球，这位已来到冬星两年的特使，仍然难以适应冬星人的身体特点，小说开篇曾经写到他以地球人的固有眼光对一位能呼风唤雨的贵族大人物伊斯特拉凡的审视。"来冬星已经快两年了，我还是不能设身处地地看待这个星球上的人，远远不能。我曾经努力过，不过每次我都会下意识地将对方先看作一个男人，然后又看成一个女人，将他依照我所在的种群进行归类，而这样的归类对他们来说是毫无意义的。因此，现在我一边吮吸着热气腾腾的酸啤酒，一边在想，伊斯特拉凡在饭桌上的表现女里女气，很有魅力也很擅长社交，但是缺乏实质，华而不实，同时又太过精明。我不喜欢他、不相信他，也许正是因为这种温柔逢迎的女性特质吧？将这个人看作一个女人实在不可思议——这个人现在就在我身边，森森然坐在火炉边那个阴暗的角落里，有权有势，喜欢冷嘲热讽——但我每次想到他是个男人，心里就会有一种虚假的感觉、一种面对伪装的感觉：究竟是他在伪装，还是我自己在他面前伪装呢？他说话的声音很温和，也算响亮，但不深沉，不像是男人的声音，可也不像女人的声音……"[①]伊斯特拉凡是金利·艾在卡亥德王国宫廷的保护人，但他却总是对其双性人的特点表现出厌恶。当然，格森人（例如卡亥德国王阿加文）对其他星球那种永久对立的性别也非常厌恶，在格森星的文化里，永久的单性状态被认为是一种生理上的变态或说反常。

性别现象通常会引起一系列社会现象的变化。金利·艾依据自己的经验说："我觉得，人生中最为重要的事情，影响最为重大的一个因素，就是你的性别是男是女。在多数社会中，这一点决定了一个人对自己的期望、行为、世界观、道德观、生活方式——几乎所有的一切。你的语言、符号的使用，衣着，甚至饮食。"[②]雌雄同体双性人的特点，同样主宰了格森星的一切。在任何职业中，人们的地位、职责都与性别无关。格森星人在看待他人时，不会带着先在的性别期待，他们不会预先将他人看作男性或女性，他们只是将对方看作人。"在我们的社会里，一个男人想要别人认为自己阳刚有力，一个女人想要别人欣赏自己柔弱温婉的女性气质，不管这种

① 厄休拉·勒古恩. 黑暗的左手[M]. 陶雪蕾，译. 北京：北京联合出版社，2017：13-14.

② 厄休拉·勒古恩. 黑暗的左手[M]. 陶雪蕾，译. 北京：北京联合出版社，2017：277.

认可同欣赏表现得多么间接、多么微妙。而在冬星，这两样都不会有。尊重一个人、评价一个人，都只是将他看作是一个纯粹的人。这种体验的确匪夷所思。"[①]每个人每月在克慕期时都会有一次假期，不会被强迫去劳动，每个人都会在二十岁到四五十岁之间感受怀孕、分娩的辛苦，一起承担抚育儿童的责任。在卡亥德的首都埃尔亨朗，儿童要么在私人或公共抚育所，要么在学校，都是接受集体抚养或教育。而在戈林亨林部落这种比较偏远的自给自足的部落中，没有专人负责照料孩子们，但其实也就意味着人人都负有责任。总之，"大家共享义务同特权，相当公平；人人都在承担同样的风险，享受同等的机会"[②]，这是基于生理特点的平等。

冬星上的性别现象，带来的不仅仅是性别平等，而且是一种更为根本意义上的对二元论的打破，对分割、对立的抛弃，对整体性的拥抱。"这里的人没有强势和弱势、保护和被保护、支配和顺从、占有者和被占有者、主动和被动之分。事实上，我们发现，在冬星，人类思维中普遍存在的二元论倾向已经被弱化、被转化了。"[③]在金利·艾看来，格森人是孤独的，因为这个星球上没有别的哺乳动物，也没有别的双性动物，甚至没有能够驯化为宠物的智慧动物。格森人是这个星球上最特殊的存在。但是，这种特殊性并没有导致格森人过度的优越感甚至自大感，没有导致其与外界的对立，小说中的韩达拉教将其引向了一种与外界的融合感和整一感，使人们对人兽之间的鸿沟并不那么在意，关注更多的是彼此的相似性和关联性，关注所有生物构成的这个共有世界。虽然伊斯特拉凡认为格森人也是二元论者，但是他们更能看到对立面的关联性和整体性。作家厄休拉·K.勒古恩对道家思想非常熟悉，还曾翻译过《道德经》，小说中的韩达拉教被认为就体现了道家的思想。艾先生曾给伊斯特拉凡看了阴阳的符号，认为这一符号体现的就是光明与黑暗、恐惧与勇气、寒冷与温暖、女人与男人等事物的对立统一。光明是黑暗的左手，它要表达的就是一种打破二元论的整体性思维。

接受了韩达拉教的这种观点之后，艾先生也慢慢放弃了二元论的对立观念。当他再次审视伊斯特拉凡时，认识已经有所不同，他承认、接受、认同了伊斯特拉凡的独特性，因此，恐惧消失无踪，随之而来的，是两人

---

① 厄休拉·勒古恩. 黑暗的左手[M]. 陶雪蕾，译. 北京：北京联合出版社，2017：113.
② 厄休拉·勒古恩. 黑暗的左手[M]. 陶雪蕾，译. 北京：北京联合出版社，2017：111.
③ 厄休拉·勒古恩. 黑暗的左手[M]. 陶雪蕾，译. 北京：北京联合出版社，2017：112.

的信任和共患难的友情。"我们之间突然产生了一种抚慰心灵的伟大友情。这种友情对处于流亡生涯中的我们来说无比及时，而且已经在艰辛旅程的日日夜夜中得到了见证。从此以后，称之为爱情也无妨。不过，这种爱情的根源却是我们之间的差异性，不是相互吸引和情意相投，而是差异。差异本身就是一座桥梁，唯一的一座跨越我们之间鸿沟的桥梁。"①这里不再是一种"我"和"他"的关系，而是"我"和"你"的关系。这是两个得到承认的、带着独特性的各自独立的人。"独自一人，我无法改变你们的世界，你们却可以改变我；独自一人，我不能只是向你们宣讲，还需要聆听；独自一人，我同你们最终建立起来的关系不会冷淡而毫无人情味，也不会仅仅限于政治层面。它会带有个人色彩，同时多少有些政治的意味，不是'我们'同'他们'，也不是'我'和'他'，而是'我'和'你'。不是政治层面，也不是实用层面，而是精神层面的。"②女性主义者们常常会对厄休拉·K. 勒古恩的作品和态度产生困惑，因为她主要作品的主人公都是男性，而且这些男性通常都是正派体面有爱心的。③在《黑暗的左手》中也是如此，事实上厄休拉·K. 勒古恩在这里要强调的并不是性别问题，而是一种超越性别、超越人种甚至超越物种的整体性观念。

格森星的性别现象不仅体现了整体性思维，还体现了重视直觉、信任不确定性的特点。

金利·艾曾经去问预言师格森星何时会成为爱库曼的成员，在预言师这里，他感受了精神连接，一种神奇的力量激起了他内心世界的场景，最终，金利·艾感觉到那个答案自动浮现出来：五年之后，格森星将成为爱库曼的成员，它像直觉一样准确无疑。这使金利·艾认识到，格森人与爱库曼人是截然不同的，格森人的文化不是建基于理性与科学的基础之上，而是一种建立于含混与直觉之上的神秘文化。金利·艾认为，自己所在的文化中虽然有高科技飞船和即时通信技术，但即使为了学习把直觉利用起来也应该来到格森星。格森人并不会利用这些神秘能力来急功近利地谋利，因为他们信任不确定性。预言师们可以为别人预言，但通常那个预言并不能改变什么。例如，金利·艾曾经记录了一个卡亥德东部的故事。爱普勋

---

① 厄休拉·勒古恩. 黑暗的左手[M]. 陶雪蕾，译. 北京：北京联合出版社，2017：297.
② 厄休拉·勒古恩. 黑暗的左手[M]. 陶雪蕾，译. 北京：北京联合出版社，2017：308.
③ Craig Barrow and Diana Barrow. The Left Hand of Darkness: Feminism for Men[J]. Mosaic: An Interdisciplinary Critical Journal, Vol. 20, No. 1, 1987: 83.

爵问预言师自己会在哪一天死去，预言师只告诉他是某一日，但没有说是哪一年哪一月中的那一日。从此，爱普勋爵陷入了无尽的烦恼和消极的等待，直至最后在愤怒中杀死了爱人，发疯自尽。预言师法科西也曾对金利·艾说过，"未被预先说破、未经证实的一切，才是生命的根基所在"，"造就生命的是永恒而难以容忍的不确定性：你永远无从知晓接下来会发生什么"。①这就像格森人的性别现象，他们有潜在的性别，但都是未知的独立个体，这个月还是精明强硬的男性政治家形象，到了下个月，也许就成了一位温柔的母亲。这对他们来说，是自然而然的事情，是可以完全接受的不确定性。

接受不确定性，让格森人能够享受当下，而非总是筹谋将来。金利·艾想教给预言师法科西一种不用语言的神交术。这是一种不需要语言也可以避免谎言的沟通方法。但是，法科西拒绝了。他说自己的职责是忘却，而不是学习。他认为自己要做的，是在世界改变的时候也跟着改变，而不是自己去主动改变或者推动这个改变。以金利·艾为代表的地球人喜欢前进和进步的感觉，而一直生活在元年的冬星人却认为前进并没有当下重要，这使他们看起来比较消极，不太进取，这也正是格森星发展缓慢的一个重要原因。韩达拉教推崇"那夙思"原则，也就是一种无为和无所谓的态度，喜欢闭关自守、自给自足，过着一种节奏迟缓、漠视权势的生活，这会让人们安于当下，却也会使人缺乏改变的动力，所以格森星非常落后。艾先生认为，地球用三百年取得了非凡的进步，而冬星在三千年里却几乎毫无变化，发展非常缓慢，人们仍然生活在只有冰雪和岩石的严酷环境中，一不小心就会被冻死或者饿死，没有报纸，书籍和电视不如收音机普及，当然，这里也没有地球人所付出的环境代价。艾先生的使命，就是说服冬星人加入爱库曼，脱离孤独和落后，进入一个八十三颗星球联盟的大家族中，去沟通、合作、进步。

小说的结局是乐观的，即使如此不同的两类人，也可以成为"我"和"你"的关系。不仅金利·艾和伊斯特拉凡成了朋友，卡亥德也与爱库曼结盟，那是一个大约有三千个国家或者说族群的大家庭，有先进的技术和丰富的物资。当然，爱库曼人也将从格森人身上学到很多东西，学会重新评估理性、进步，学会重新看待人与他人、人与自然的关系。正如学者所言，

---

① 厄休拉·勒古恩. 黑暗的左手[M]. 陶雪蕾，译. 北京：北京联合出版社，2017：83.

《黑暗的左手》严格意义上来讲并没有提供一个乌托邦模式，因为小说中的两个国家（卡亥德和欧格瑞恩）甚至爱库曼都被认为体现了对当代社会的批判，[①]它们都具有各自的缺点。这些不同的人可以在相互学习中走向一种后人类认知的觉醒并做出改变，他们各不相同，却又可以和平共处。也正是因此，《黑暗的左手》被推举为能带来和平的经典，成为和平研究（peace studies，也译为和平学）的一个文学案例。[②]很多主流科幻作家都想通过描述不同的世界模式来重新定义他者，勒古恩试图呈现的也正是"无限组合中的无限多样性"（Infinite Diversity in Infinite Combinations）[③]，以及一种"对未来的渴求和拥抱他者的愿望"。[④]

---

① Donald F. Theall. The Art of Social-Science Fiction: The Ambiguous Utopian Dialectics of Ursula K. Le Guin[J]. Science Fiction Studies, Vol. 2, No. 3, 1975: 256.

② John Getz. A Peace-Studies Approach to The Left Hand of Darkness[J]. Mosaic: An Interdisciplinary Critical Journal, Vol. 21, No. 2/3, 1988: 203.

③ Jamil Khader. Race Matters: People of Color, Ideology, and the Politics of Erasure and Reversal in Ursula Le Guin's The Left Hand of Darkness and Mary Doria Russell's The Sparrow[J]. Journal of the Fantastic in the Arts, Vol. 16, No. 2, 2005: 110.

④ 罗伯特·斯科尔斯，弗雷德里克·詹姆孙，阿瑟·B. 艾文斯. 科幻文学的批评与建构[M]. 王逢振，苏湛，李广益，译. 合肥：安徽文艺出版社，2011：67.

结　语

美国神经科学家和心理学家安东尼奥·达马西奥（Antonia Damasio）认为："人类最显著的特征之一就是有能力学会以未来前景而非即时结果来指导自己的行为。"①科幻小说最大的特点，就是能够提供一种未来的视角，让人们看到五十年、一百年、一千年、几万年甚至更远以后的可能性，帮助我们反思和指导当下的行为。《陶偶》的作者大卫·布林在他的《致中国读者》中也写道："最杰出的科幻小说探索的是我们所有人都有可能前往的未知之境，在我们前方摸索道路，进入笼罩在迷雾中的明天。"②

人类面临着很多未知的东西，而最大的未知就是人本身还会存在吗？会成为什么样的存在呢？后人类无疑是一个非常值得切入的视点。当然，正如我们前面所说，后人类有多种多样的形式，有的只可能出现在未来，而有的已经发生在当下。"后人类通常披着焦虑的外衣，关心技术干预的过度和气候变化的威胁，或者对人类提高的潜力过于乐观而忧心忡忡。"③无论怎样，即使人类想要阻止技术进步，但事实上却根本不可能，而技术实际上也无所谓好坏，关键取决于使用技术的人以及人与技术之间的关系。被滥用的技术可以使人类成为恶魔乃至灭亡，被合理利用的技术则可以打破人类身体的局限性，拓展人类身体的能力，甚至拯救人类。在很多科幻小说中都给人类带来威胁的机器人，在阿西莫夫的科幻小说中却与人类建立了友谊，成为人类的保护者。在《钢穴》中，机器人因为挤占了人类的生活空间和工作机会而遭到仇视，主人公贝莱也对机器人心怀恨意。到了《裸阳》中，贝莱与机器人之间产生了一种朋友或兄弟之情。寿命短暂的地球人贝莱去世之前，将保护人类的使命交给了机器人丹尼尔，在几万年的

① 安东尼奥·达马西奥. 笛卡尔的错误：情绪、推理和大脑[M]. 殷云露，译. 北京：北京联合出版社，2018：206.

② 大卫·布林. 陶偶[M]. 夜潮音，邹运旗，译. 成都：四川科学技术出版社，2012：Ⅱ.

③ 罗西·布拉伊多蒂. 后人类[M]. 宋根成，译. 郑州：河南大学出版社，2016：82.

时空变换中，这个机器人见证、影响着人类历史的发展。在《基地前奏》（*Prelude to Foundation*）中，丹尼尔保护数学家哈里·谢顿，并帮助研究建立了能预测未来的心理学史，还暗中影响哈里·谢顿，让他设立第一基地和第二基地。在《基地边缘》中，机器人又引领人类走向了能与自然万物和谐与共的盖娅星系。这个机器人，外化着人类对理性和秩序的追求，对具有丰富情感、欲望和冲动的人类构成一种互补。其他形式的后人类也大都如此，他们或者体现了人类的黑暗面，或者体现了人类对自身的不满，对更完美自我的追求，即使这追求有可能带来自我的终结。"后现代主体的不断外化、去疆界化与虚拟化是一种危机也是转机，因为后人类本来就是人类的核心。"[①]科学技术已经使我们再也回不到过去，它帮助我们突破身体的边界、语言的边界、现实的边界，不论将来科技是否有可能缔造出一个无线两足动物的乐园，我们都应该打破传统对身体的封闭认识，以一种更开放的态度去认识身体，认识人，认识人与他者和世界的关系。"人类经常梦想着，但实际上从未生活在伊甸园之中"[②]，即便成为后人类，这种梦想仍然会继续，改变仍然会发生。未来将会怎样，我们难以想象。在未来，无论是作为人类，还是作为具身或离身的后人类，人们总要面临各种未知的风险，但《陶偶》中有一句话说得好："好奇心却是永恒的，无限期的。人生中总有糟糕事，无论你诞生于子宫还是陶偶炉。无论发生什么，也无论你的命运有多悲惨，好奇心都能支撑你活下去。"[③]而好奇心通向的永远是开放而非封闭。

人类如此脆弱，在很多境况中都有可能面临危险，例如金·斯坦利·罗宾逊的《纽约2140》中由于气候变暖而带来的大洪水，再如《七夏娃》中发生的足以毁灭整个地球和人类的月崩。但是，人类又如此强大，不竭的创造力与适应力使得人类一次次化解风险，走向更适于生存的状态。或许，后人类也只是人类自我调试、自我更新的一种结果。它代表着以往的状态已经显现危机，需要人类去反思、去自救、去改变、去突破。因此，无论如何，后人类之于人类而言，都代表着一种希望的气息。

---

① 周俊男. 生命政治、自我外化、界面管理：试以福柯理论阅读《关键报告》的后人类伦理[M]// 林建光，李育霖. 赛博格与后人类主义. 新北：华艺学术出版社，2013：183.

② 伯纳德·巴伯. 科学与社会秩序[M]. 顾昕，郏斌祥，赵雷进，译. 北京：生活·读书·新知三联书店，1991：6.

③ 大卫·布林. 陶偶[M]. 夜潮音，邹运旗，译. 成都：四川科学技术出版社，2012：285.

参考文献

一、英文文献

[1] Marc Acherman. Screening Prophetic Machines: Preemption, Minority Report, and the Problem of Multiple Endings[J]. Science Fiction Studies, Vol. 46 Issue 3, 2019.

[2] George Aichele. The Possibility of Error: Minority Report and the Gospel of Mark[J]. Biblical Interpretation, Vol. 14 Issue 1/2, 2006.

[3] Noga Applebaum. Representations of Technology in Science Fiction for Young People[M]. New York: Routledge, 2010.

[4] Brian Attebery. Decoding Gender in Science Fiction[M]. New York: Routledge, 2002.

[5] Susan M. Bernardo. Environments in Science Fiction: Essays on Alternative Spaces[M]. Jefferson: McFarland & Company, 2014.

[6] Michael Brannigan. Ethical Issues in Human Cloning: Cross-Disciplinary Perspectives[M]. New York: Seven Bridges Press, 2001.

[7] Keith Brooke. Strange Divisions and Alien Territories: The Sub-genres of Science Fiction[M]. London: Palgrave Macmillan, 2012.

[8] Craig Barrow and Diana Barrow. The Left Hand of Darkness: Feminism for Men[J]. Mosaic: An Interdisciplinary Critical Journal, Vol. 20, No. 1, 1987.

[9] John Cheng. Astounding Wonder: Imagining Science and Science Ficiton in Interwar America[M]. Philadelphia: University of Pennsylvania Press, 2012.

[10] Andy Clark. Natural-born Cyborgs: Minds, Technologies, and the Future of Human Intelligence[M]. New York: Oxford University Press, 2003.

［11］Kevin Concannon. The Contemporary Space of Border: Gloria Anzaldua's Borderlands and William Gibson's Neuromancer［J］. Textual Practice, Vol. 12, No. 3, 1998.

［12］Istvan Csicsery-Ronay. The Sentimental Futurist: Cybernetics and Art in William Gibson's Neuromancer［J］. Critique, Vol. 33, No. 3, 1992.

［13］David Elliott. Uniqueness, Individuality, and Human Cloning［J］. Journal of Applied Philosophy, Vol. 15, No. 3, 1998.

［14］Benjamin Fair. Stepping Razor in Orbit: Postmodern Identity and Political Alternatives in William Gibson's Neuromancer［J］. Critique, Vol. 46, No. 2, 2005.

［15］R. M. P. and Peter Fitting. Futurecop: The Neutralization of Revolt in Blade Runner［J］. Science Fiction Studies, Vol. 14, No. 3, 1987.

［16］H. Bruce Franklin. Future Perfect: American Science Fiction of the Nineteenth-Century［M］. New York: Oxford University Press, 1978.

［17］Francis Fukuyama. Our Posthuman Future: Consequences of the Biotechnology Revolution［M］. New York: Farrar, Straus and Giroux, 2002.

［18］Robert M. Geraci. Robots and the Sacred in Science and Science Fiction: Theological Implications of Artificial Intelligence［J］. Zygon, Vol. 42, No. 4, 2007.

［19］John Getz. A Peace-Studies Approach to The Left Hand of Darkness［J］. Mosaic: An Interdisciplinary Critical Journal, Vol. 21, No. 2/3, 1988.

［20］William Gibson. Idoru［M］. New York: The Berkley Publishing Group, 1997.

［21］William Gibson. Neuromancer［M］. New York: The Berkley Publishing Group, 1984.

［22］Robbie B. H. Goh. Consuming Spaces: Clive Barker, William Gibson and the Cultural Poetics of Postmodern Fantasy［J］. Social Semiotics, Vol. 10, No. 1, 2000.

［23］Elana Gomel. Postmodern Science Ficiton and Temporal Imagination ［M］. London: Continuum International Pbulishing Group, 2010.

［24］Elana Gomel. Science Fiction, Alien Encounters, and the Ethics of Posthumanism: Beyond the Golden Rule［M］. Basingstoke: Palgrave Macmillan,

2014.

[25] Chris Hables Gray. The Cyborg Handbook[M]. New York: Routlegde, 1995.

[26] James Gunn. Inside Science Fiction[M]. Lanham: Scarecrow Press, 2006.

[27] N. Ketherine Hayles. How we Became Posthuman: Virtual Bodies in Cybernetics, Literature, and Informatics[M]. Chicago: The University of Chicageo Press, 1999.

[28] Stefan Herbrechter. Posthumanism: A Critical Analysis[M]. London: Bloomsbury, 2013.

[29] Sandra Jackson and Julie E. Moody-Freeman. The Black Imagination: Science Fiction, Futurism and the Speculative[M]. New York: Peter Lang, 2011.

[30] Edward James. Science Fiction in the Twentieth Century[M]. New York: Oxford University Press, 1994.

[31] Edward James and Farah Mendlesohn. The Cambridge Companion to Science Fiction[M]. Cambridge: Cambridge University Press, 2003.

[32] Brian David Johnson. Science Fiction Prototyping: Designing the Future with Science Fiction[M]. San Rafael: Morgan & Claypool, 2011.

[33] Leon R. Kass and James Q. Wilson. The Ethics of Human Cloning [M]. Washington: The AEI Press, 1998.

[34] William H. Kateberg. Future West: Utopia and Apocalypse in Frontier Science Fiction[M]. Lawrence: University Press of Kansas, 2008.

[35] Jamil Khader. Race Matters: People of Color, Ideology, and the Politics of Erasure and Reversal in Ursula Le Guin's The Left Hand of Darkness and Mary Doria Russell's The Sparrow[J]. Journal of the Fantastic in the Arts, Vol. 16, No. 2, 2005.

[36] Geoff King and Tanya Krzywinska. Science Fiction Cinema: From Outerspace to Cyberspace[M]. London : Wallflower, 2000.

[37] Rob Kitchin and James Kneale. Lost in Space: Geographies of Science Fiction[M]. London: Continuum, 2002.

[38] Sheldon Krimsky. Biotechnics and Society: The Rise of Industrial

Genetics[M]. New York: Praeger , 1991.

[39] Karl Kroeber. Romantic Fantasy and Science Fiction[M]. New Haven : Yale University Press, 1988.

[40] Jessica Langer. Postcolonialism and Science Fiction[M]. New York: Palgrave Macmillan, 2011.

[41] Paul March-Russell. Modernism and Science Fiction[M]. Basingstoke: Palgrave Macmillan, 2015.

[42] R. Markley. Virtual Realities and Their Discontents[M]. Baltimore: Johns Hopkins University Press, 1996.

[43] Larry McCaffery. Storming the Reality Studio: A Casebook of Cyberpunk & Postmodern Science Fiction[M]. Durham: Duke University Press, 1991.

[44] David T. Mitchell and Sharon L. Snyder. Narrative Prosthesis: Disability and the Dependencies of Discourse[M]. Ann Arbor: University of Michigan Press, 2000.

[45] Kaye Mitchell. Bodies that Matter: Science Fiction, Technoculture, and the Gendered Body[J]. Science Fiction Studies, Vol. 33, No. 1, 2006.

[46] Hans Moravec. Mind Children: The Future of Robot and Human Intelligence[M]. Cambridge: Harvard University Press, 1988.

[47] Tom Moylan. Scraps of the Untainted Sky: Science Fiction, Utopia, Dystopia[M]. Oxford: Westview Press, 2000.

[48] Michael Mulkay. Science and Family in the Great Embryo Debate[J]. Sociology, Vol. 28, No. 3, 1994.

[49] Patrick Parrinder. Science Fiction: Its Criticism and Teaching[M]. London: Routledge, 1980.

[50] Patrick Parrinder. Science Fiction: A Critical Guide[M]. London: Longman, 1979.

[51] Andre P. Rose. Reproductive Misconception: Why Cloning Is Not Just Another Assisted ReproductiveTechnology[J]. Duke Law Journal, Vol. 48, No. 5, 1999.

[52] Alan Sandison and Robert Dingley. Histories of the Future: Studies in Fact, Fantasy and Science Fiction[M]. Basingstoke: Palgrave, 2000.

[53] Christopher A. Sims. The Dangers of Individualism and the Human Relationship to Technology in Philip K. Dick's Do Androids Dream of Electric Sheep?[J]. Science Fiction Studies, Vol. 36, No. 1, 2009.

[54] R. C. Solomon. Continental Philosophy Since 1750: The Rise and Fall of the Self [M]. New York: Oxford University Press,1988.

[55] Bruce Sterling. Mirrorshades: The Cyberpunk Anthology[M]. New York: Ace Books, 1988.

[56] Tyler Stevens. "Sinister Fruitiness": Neuromancer, Internet Sexuality and the Turing Test[J]. Studies in the Novel, Vol. 28, No. 3, 1996.

[57] Bernard Stiegler. Technics and Time, 1: The Fault of Epimetheus[M]. Translated by Richard Beardsworth and George Collins. Stanford: Standford University Press, 1998.

[58] Donald F. Theall. The Art of Social-Science Fiction: The Ambiguous Utopian Dialectics of Ursula K. Le Guin[J]. Science Fiction Studies, Vol. 2, No. 3, 1975.

[59] Jeanine Thweatt-Bates. Cyborg Selves: A Theological Anthropology of the Posthuman[M]. Burlington: Ashgate, 2012.

[60] A. M. Turing. Computing Machinery and Intelligence[J]. Mind, Vol. 59, No. 236, 1950.

[61] Sherryl Vint. Bodies of Tomorrow: Technology, Subjectivity, Science Fiction[M]. Toronto: University of Toronto Press, 2007.

[62] Gary Westfahl and George Slusser. Science Fiction and the Two Cultures: Essays on Bridging the Gap between the Sciences and the Humanities[M]. Jefferson: McFarland & Company, 2009.

[63] Jenny Wolmark. Aliens and Others: Science Fiction, Feminism and Postmodernism[M]. Iowa City : University of Iowa Press, 1994.

二、中文文献（包括外文著作的中译本）

[1]艾萨克·阿西莫夫.阿西莫夫:机器人短篇全集[M].叶李华,译.南京：江苏文艺出版社，2014.

[2]艾萨克·阿西莫夫. 阿西莫夫论科幻小说[M]. 涂明求，胡俊，姜男，等译. 合肥：安徽文艺出版社，2011.

[3]艾萨克·阿西莫夫. 钢穴[M]. 叶李华,译. 南京:江苏文艺出版社,2013.

[4]艾萨克·阿西莫夫. 基地边缘[M]. 叶李华,译. 南京:江苏文艺出版社,2012.

[5]艾萨克·阿西莫夫. 基地前奏[M]. 叶李华,译. 南京:江苏文艺出版社,2012.

[6]艾萨克·阿西莫夫. 基地与地球[M]. 叶李华,译. 南京:江苏文艺出版社 2012.

[7]艾萨克·阿西莫夫. 机器人与帝国[M]. 叶李华,译. 南京:江苏文艺出版社,2014.

[8]艾萨克·阿西莫夫. 裸阳[M]. 叶李华,译. 南京:江苏文艺出版社,2013.

[9]艾萨克·阿西莫夫. 神们自己[M]. 崔正男,译. 南京:江苏凤凰文艺出版社,2014.

[10]艾萨克·阿西莫夫. 曙光中的机器人[M]. 叶李华,译. 南京:江苏文艺出版社,2013.

[11]艾萨克·阿西莫夫. 永恒的终结[M]. 崔正男,译. 南京:江苏文艺出版社,2014.

[12]约翰·奥尼尔. 身体形态:现代社会的五种身体[M]. 张旭春,译. 沈阳:春风文艺出版社,1999.

[13]伯纳德·巴伯. 科学与社会秩序[M]. 顾昕,郏斌祥,赵雷进,译. 北京:生活·读书·新知三联书店,1991.

[14]约瑟夫·巴-科恩,大卫·汉森. 机器人革命:即将到来的机器人时代[M]. 潘俊,译. 北京:机械工业出版社,2016.

[15]保罗·巴奇加卢皮. 发条女孩[M]. 梁宇晗,译. 成都:四川科学技术出版社,2012.

[16]库尔特·拜尔茨. 基因伦理学[M]. 马怀琪,译. 北京:华夏出版社,2000.

[17]齐格蒙·鲍曼. 生活在碎片之中:论后现代道德[M]. 郁建兴,周俊,周莹,译. 上海:学林出版社,2002.

[18]格雷格·贝尔. 血音乐[M]. 严伟,译. 成都:四川科学技术出版社,2014.

[19]格雷格·贝尔．永世[M]．崔正男，译．成都：四川科学技术出版社，2014．

[20]乔治·贝克莱．人类知识原理[M]．关文运，译．北京：商务印书馆，2010．

[21]西恩·贝洛克．具身认知：身体如何影响思维和行为[M]．李盼，译．北京：机械工业出版社，2016．

[22]阿尔弗雷德·贝斯特．群星，我的归宿[M]．赵海虹，译．南京：江苏凤凰文艺出版社，2019．

[23]瓦尔特·本雅明．机械复制时代的艺术作品[M]．王才勇，译．南京：江苏人民出版社，2006．

[24]洛伊斯·比约德．镜舞[M]．昂智慧，译．成都：四川科学技术出版社，2004．

[25]让·波德里亚．象征交换与死亡[M]．车槿山，译．南京：译林出版社，2012．

[26]柏拉图．柏拉图全集（第二卷）[M]．王晓朝，译．北京：人民出版社，2003．

[27]柏拉图．斐多[M]．杨绛，译．北京：生活·读书·新知三联书店，2012．

[28]柏拉图．理想国[M]．郭斌和，张竹明，译．北京：商务印书馆，2016．

[29]罗西·布拉伊多蒂．后人类[M]．宋根成，译．郑州：河南大学出版社，2016．

[30]大卫·布林．陶偶[M]．夜潮音，邹运旗，译．成都：四川科学技术出版社，2012．

[31]曹荣湘．后人类文化[M]．上海：上海三联书店，2004．

[32]安东尼奥·达马西奥．笛卡尔的错误：情绪、推理和大脑[M]．殷云露，译．北京：北京联合出版社，2018．

[33]莫妮克·达维-梅纳尔．德勒兹与精神分析[M]．李锋，赵靓，译．福州：福建教育出版社，2019．

[34]戴克斯特霍伊斯．世界图景的机械化[M]．张卜天，译．长沙：湖南科学技术出版社，2010．

[35]笛卡尔．第一哲学沉思集[M]．庞景仁，译．北京：商务印书馆，

1986.

[36]菲利普·迪克. 仿生人会梦见电子羊吗？[M]. 许东华，译. 南京：译林出版社，2013.

[37]菲利普·迪克. 命运规划局：菲利普·迪克中短篇小说全集Ⅱ[M]. 肖钰泉，译. 成都：四川科学技术出版社，2018.

[38]菲利普·迪克. 少数派报告：菲利普·迪克科幻小说精选[M]. 周昭蓉，译. 南京：译林出版社，2013.

[39]菲利普·迪克. 血钱博士[M]. 于娟娟，译. 成都：四川科学技术出版社，2015.

[40]菲利普·迪克. 尤比克[M]. 金明，译. 南京：译林出版社，2013.

[41]南希·法默. 鸦片之王[M]. 陈佳凰，译. 海口：南方出版社，2016.

[42]路德维希·费尔巴哈. 费尔巴哈哲学著作选集[M]. 荣震华，李金山，译. 北京：商务印书馆，1984.

[43]吕克·费希. 超人类革命：生物科技将如何改变我们的未来？[M]. 周行，译. 长沙：湖南科学技术出版社，2017.

[44]库尔特·冯内古特. 欢迎来到猴子馆[M]. 王宇光，译. 北京：中信出版社，2017.

[45]库尔特·冯内古特，等. 科幻之书Ⅱ：异站[M]. 姚向辉，等译. 北京：北京联合出版公司，2018.

[46]米歇尔·福柯. 词与物：人文科学的考古学[M]. 莫伟民，译. 上海：上海三联书店，2017.

[47]福柯. 规训与惩罚[M]. 刘北成，杨远婴，译. 北京：生活·读书·新知三联书店，1999.

[48]卢西亚诺·弗洛里迪. 第四次革命：人工智能如何重塑人类现实[M]. 王文革，译. 杭州：浙江人民出版社，2016.

[49]弗朗西斯·福山. 历史的终结与最后的人[M]. 陈高华，译. 桂林：广西师范大学出版社，2014.

[50]弗朗西斯·福山. 我们的后人类未来：生物技术革命的后果[M]. 黄立志，译. 桂林：广西师范大学出版社，2017.

[51]马丁·福特. 机器人时代：技术、工作与经济的未来[M]. 王吉美，牛筱萌，译. 北京：中信出版社，2015.

[52]高新民．心灵与身体：心灵哲学中的新二元论探微[M]．北京：商务印书馆，2012．

[53]古德．家庭[M]．魏章玲，译．北京：社会科学文献出版社，1986．

[54]尤尔根·哈贝马斯．作为"意识形态"的技术与科学[M]．李黎，郭官义，译．上海：学林出版社，1999．

[55]唐娜·哈拉维．类人猿、赛博格和女人：自然的重塑[M]．陈静，吴义诚，译．郑州：河南大学出版社，2012．

[56]马丁·海德格尔．存在与时间[M]．陈嘉映，王庆节，译，北京：生活·读书·新知三联书店，1999．

[57]海德格尔．尼采（上卷）[M]．孙周兴，译．北京：商务印书馆，2003．

[58]凯瑟琳·海勒．我们何以成为后人类：文学、信息科学和控制论中的虚拟身体[M]．刘宇清，译．北京：北京大学出版社，2017．

[59]罗伯特·海因莱因．穿墙猫[M]．李克勤，译．成都：四川科学技术出版社，2016．

[60]罗伯特·海因莱因．傀儡主人[M]．王金凯，刘静，译．成都：四川科学技术出版社，2004．

[61]罗伯特·海因莱因．玛士撒拉之子[M]．Denovo，译．成都：四川科学技术出版社，2009．

[62]罗伯特·海因莱因．时间足够你爱[M]．张建光，译．成都：四川科学技术出版社，2015．

[63]黑格尔．精神现象学（上）[M]．贺麟，王玖兴，译．上海：上海人民出版社，2013．

[64]胡塞尔．第一哲学（上卷）[M]．王炳文，译．北京：商务印书馆，2010．

[65]胡塞尔．欧洲科学的危机与超越论的现象学[M]．王炳文，译．北京：商务印书馆，2001．

[66]胡万年．身体和体知：具身心智范式哲学基础研究[M]．北京：北京师范大学出版社，2020．

[67]詹妮弗·L．霍尔姆．第十四条金鱼[M]．刘清彦，译．贵阳：贵州人民出版社，2019．

[68]威廉·吉布森．零伯爵[M]．姚向辉，译．南京：江苏凤凰文艺

出版社，2015.

　　[69]威廉·吉布森. 神经漫游者[M]. Denovo，译. 南京：江苏文艺出版社，2013.

　　[70]特德·姜. 你一生的故事[M]. 李克勤，等译. 南京：译林出版社，2016.

　　[71]恩斯特·卡西尔. 人论[M]. 甘阳，译. 上海：上海译文出版社，2004.

　　[72]丹尼尔·凯斯. 献给阿尔吉侬的花束[M]. 陈澄和，译. 桂林：广西师范大学出版社，2015.

　　[73]伊曼努尔·康德. 道德形而上学原理[M]. 苗力田，译. 上海：上海人民出版社，2012.

　　[74]阿兰·科尔班. 身体的历史（卷二）：从法国大革命到第一次世界大战[M]. 杨剑，译. 上海：华东师范大学出版社，2019.

　　[75]克里斯托弗·科赫. 意识与脑：一个还原论者的浪漫自白[M]. 李恒威，安晖，译. 北京：机械工业出版社，2015.

　　[76]阿瑟·克拉克，等. 科幻之书I：窃星[M]. 秦鹏，等译. 北京：北京联合出版公司，2018.

　　[77]南希·克雷斯. 盖娅的惩罚[M]. 梁涵，妲拉，译. 北京：东方出版社，2019.

　　[78]布莱恩·克里斯汀. 最有人性的"人"：人工智能带给我们的启示[M]. 闫佳，译. 北京：人民邮电出版社，2012.

　　[79]托马斯·库恩. 科学革命的结构[M]. 金吾伦，胡新和，译. 北京：北京大学出版社，2012.

　　[80]让-雅克·库尔第纳. 身体的历史（卷三）：目光的转变：20世纪[M]. 孙圣英，等译. 上海：华东师范大学出版社，2019.

　　[81]雷·库兹韦尔. 机器之心：当计算机超越人类，机器拥有了心灵[M]. 胡晓姣，张温卓玛，吴纯洁，译. 北京：中信出版社，2016.

　　[82]雷·库兹韦尔. 奇点临近[M]. 李庆诚，董振华，田源，译. 北京：机械工业出版社，2011.

　　[83]迈克尔·奎因. 互联网伦理：信息时代的道德重构[M]. 王益民，译. 北京：电子工业出版社，2016.

　　[84]艾拉·莱文. 巴西来的男孩[M]. 何斐，译. 北京：人民文学出

版社，2012.

　　[85]洛伊丝·劳里. 记忆传授人[M]. 郑荣珍，译. 石家庄：河北教育出版社，2014.

　　[86]大卫·勒布雷东. 人类身体史和现代性[M]. 王圆圆，译. 上海：上海文艺出版社，2010.

　　[87]厄休拉·勒古恩. 变化的位面[M]. 梁宇晗，译. 成都：四川文艺出版社，2018.

　　[88]厄休拉·勒古恩. 黑暗的左手[M]. 陶雪蕾，译. 北京：北京联合出版社，2017.

　　[89]迈克·雷斯尼克，姚海军. 世界科幻杰作选 II[M]. 刘未央，等译. 成都：四川科学技术出版社，2017.

　　[90]让-弗朗索瓦·利奥塔. 非人：时间漫谈[M]. 罗国祥，译. 北京：商务印书馆，2001.

　　[91]保罗·利科. 承认的过程[M]. 汪堂家，李之喆，译. 北京：中国人民大学出版社，2011.

　　[92]保罗·利科. 作为一个他者的自身[M]. 佘碧平，译. 北京：商务印书馆，2013.

　　[93]林建光，李育霖. 赛博格与后人类主义[M]. 新北：华艺学术出版社，2013.

　　[94]铃木忠志. 文化就是身体[M]. 李集庆，译. 上海：上海文艺出版社，2019.

　　[95]刘慈欣，等. 科幻之书 IV：诗云[M]. 虞北冥，等译. 北京：北京联合出版公司，2018.

　　[96]金·斯坦利·鲁宾逊. 2312[M]. 余凌，译. 重庆：重庆出版社，2016.

　　[97]罗保林. 后人类社会[M]. 北京：科学普及出版社，2018.

　　[98]金·斯坦利·罗宾逊. 纽约 2140[M]. 王梓涵，译. 武汉：长江出版社，2018.

　　[99]亚当·罗伯茨. 科幻小说史[M]. 马小悟，译. 北京：北京大学出版社，2010.

　　[100]约翰·罗布，奥利弗·J. T. 哈里斯. 历史上的身体：从旧石器时代到未来的欧洲[M]. 吴莉苇，译. 上海：格致出版社、上海人民出版

社，2021.

[101]理查德·罗蒂. 哲学、文学和政治[M]. 黄宗英，译. 上海：上海译文出版社，2009.

[102]D. M. 罗维克. 人的复制——一个人的无性生殖[M]. 陈良忠，译. 北京：科学出版社，1980.

[103]乔治·R. R. 马丁，等. 科幻之书 III：沙王[M]. 胡绍晏，等译. 北京：北京联合出版公司，2018.

[104]约翰·马尔科夫. 与机器人共舞：人工智能时代的大未来[M].郭雪，译. 杭州：浙江人民出版社，2015.

[105]阿维夏伊·玛格丽特. 记忆的伦理[M]. 贺海仁，译. 北京：清华大学出版社，2015.

[106]尼古拉斯·米尔佐夫. 身体图景：艺术、现代性与理想形体[M]. 萧易，译. 重庆：重庆大学出版社，2018.

[107]威廉·米切尔. 我＋＋：电子自我和互联城市[M]. 刘小虎，等译. 北京：中国建筑工业出版社，2006.

[108]迈克尔·米特罗尔，雷因哈德·西德尔. 欧洲家庭史[M]. 赵世玲，赵世瑜，周尚意，译. 北京：华夏出版社，1991.

[109]马文·明斯基. 情感机器[M]. 王文革，程玉婷，李小刚，译. 杭州：浙江人民出版社，2016.

[110]默顿. 科学的规范结构[J]. 林聚任，译. 哲学译丛，2000（3）.

[111]莫斯. 社会学与人类学[M]. 佘碧平，译. 上海：上海译文出版社，2004.

[112]尼采. 查拉图斯特拉如是说[M]. 钱春绮，译. 北京：生活·读书·新知三联书店，2016.

[113]尼采. 权力意志[M]. 张念东，凌素心，译. 北京：商务印书馆，1991.

[114]多梅尼科·帕里西. 机器人的未来：机器人科学的人类隐喻[M]. 王志欣，廖春霞，等译. 北京：机械工业出版社，2016.

[115]梅洛-庞蒂. 可见的与不可见的[M]. 罗国祥，译. 北京：商务印书馆，2008.

[116]戴维·佩珀. 现代环境主义导论[M]. 宋玉波，朱丹琼，译. 上海：格致出版社、上海人民出版社，2011.

[117]爱伦·坡. 爱伦·坡暗黑故事全集（下册）[M]. 曹明伦，译. 长沙：湖南文艺出版社，2013.

[118]斯拉沃热·齐泽克. 无身体的器官：论德勒兹及其推论[M]. 吴静，译. 南京：南京大学出版社，2019.

[119]迈克尔·桑德尔. 反对完美：科技与人性的正义之战[M]. 黄慧慧，译. 北京：中信出版社，2013.

[120]莎士比亚. 莎士比亚全集（第九卷）[M]. 北京：人民文学出版社，1987.

[121]艾迪特·施泰因. 论移情问题[M]. 张浩军，译. 上海：华东师范大学出版社，2014.

[122]叔本华. 作为意志与表象的世界[M]. 石冲白，译. 北京：商务印书馆，1982.

[123]理查德·舒斯特曼. 通过身体来思考：身体美学文集[M]. 张宝贵，译. 北京：北京大学出版社，2020.

[124]尼尔·斯蒂芬森. 七夏娃 I：月崩[M]. 陈岳辰，译. 北京：中信出版社，2018.

[125]尼尔·斯蒂芬森. 雪崩[M]. 郭泽，译. 成都：四川科学技术出版社，2009.

[126]约翰·斯卡尔齐. 生命之锁[M]. 逯璐，译. 南昌：江西教育出版社，2017.

[127]罗伯特·斯科尔斯，弗雷德里克·詹姆孙，阿瑟·B. 艾文斯. 科幻文学的批评与建构[M]. 王逢振，苏湛，李广益，译. 合肥：安徽文艺出版社，2011.

[128]西奥多·斯特金. 超人类[M]. 张建光，译. 成都：四川科学技术出版社，2020.

[129]达科·苏恩文. 科幻小说变形记：科幻小说的诗学和文学类型史[M]. 丁素萍，李靖民，李静滢，译. 合肥：安徽文艺出版社，2011.

[130]达科·苏恩文. 科幻小说面面观[M]. 郝琳，李庆涛，程佳，等译. 合肥：安徽文艺出版社，2011.

[131]布莱恩·特纳. 身体与社会[M]. 马海良，赵国新，译. 沈阳：春风文艺出版社，2000.

[132]王逢振. 外国科幻论文精选[C]. 重庆：重庆出版社，2008.

[133]王国豫,刘则渊.高科技的哲学与伦理学问题[M].北京:科学出版社,2012.

[134]王建元,陈洁诗.科幻·后现代·后人类:香港科幻论文精选[C].福州:福建少年儿童出版社,2006.

[135]王建元.文化后人类:从人机复合到数位生活[M].台北:书林出版有限公司,2003.

[136]马克斯·韦伯.新教伦理与资本主义精神[M].龙婧,译.合肥:安徽人民出版社,2012.

[137]丹尼尔·威尔森.机器人启示录[M].陈通友,译.济南:山东文艺出版社,2014.

[138]丹尼尔·威尔森.智能侵略[M].童凌炜,译.武汉:华中科技大学出版社,2015.

[139]乔治·维加埃罗.身体的历史(卷一):从文艺复兴到启蒙运动[M].张竝,赵济鸿,译.上海:华东师范大学出版社,2019.

[140]杰克·威廉森.比你想像的更黑暗[M].陈晓莹,译.成都:四川科学技术出版社,2003.

[141]维特根斯坦.哲学研究[M].陈嘉映,译.上海:上海人民出版社,2001.

[142]弗诺·文奇.彩虹尽头[M].张建光,译.成都:四川科学技术出版社,2009.

[143]克里斯·希林.身体与社会理论[M].李康,译.上海:上海文艺出版社,2021.

[144]夏可君.身体:从感发性、生命技术到元素性[M].北京:北京大学出版社,2013.

[145]亚里士多德.形而上学[M].苗力田,译.北京:中国人民大学出版社,2003.

[146]杨国荣.身体与政治[M].上海:华东师范大学出版社,2019.

[147]姚大志.身体与技术:德雷福斯技术现象学思想研究[M].北京:中国科学技术出版社,2020.

[148]唐·伊德.技术与生活世界:从伊甸园到尘世[M].韩连庆,译.北京:北京大学出版社,2012.

[149]张金凤．身体［M］．北京：外语教学与研究出版社，2019．

[150]张尧均．隐喻的身体：梅洛-庞蒂身体现象学研究［M］．杭州：中国美术学院出版社，2006．